El color del silencio

Elia Barceló

Rocaeditorial

© 2017, Elia Barceló

Primera edición: mayo de 2017
Segunda reimpresión: mayo de 2017

Publicado en acuerdo con UnderCover Literary Agents.

© de esta edición: 2017, Roca Editorial de Libros, S. L.
Av. Marquès de l'Argentera 17, pral.
08003 Barcelona
actualidad@rocaeditorial.com
www.rocalibros.com

© del diseño de la portada: 2017, Sophie Guët

Impreso por LIBERDÚPLEX, S.L.U.
Ctra. BV-2249, km 7,4, Pol. Ind. Torrentfondo
Sant Llorenç d'Hortons (Barcelona)

ISBN: 978-84-16700-78-3
Depósito legal: B. 8047-2017
Código IBIC: FA

RE00783

Aunque en esta novela se tratan sucesos históricos y reales, y aparecen nombres de personas que realmente existieron, tanto la trama como los personajes y los actos que cumplen a lo largo de sus páginas son producto de mi fantasía y no reflejan más realidad que la puramente narrativa.

Por lo demás, he intentado ser fiel a la verdad histórica hasta en el detalle, y quiero dar especialmente las gracias al profesor Ángel Viñas por *La conspiración del general Franco*, que he leído con provecho y placer, así como a los profesores Paul Preston y Juan Pablo Fusi, cuyas obras, ambas tituladas *Franco*, me han regalado tanto información como agradables horas de lectura.

Mi amor por Marruecos y especialmente por la ciudad de Rabat me ha hecho situar allí parte de la historia. He tratado también de ser fiel a la realidad en las descripciones y en los detalles históricos.

Mi más profundo agradecimiento a mis primeros lectores: mi marido, Klaus; mis hijos, Ian y Nina; mi hermana Concha; mi madre, Elia; mis amigos Charo Cálix, Ruth y Mario Soto, que han contribuido a que esta novela sea ahora mejor que en su primera versión. ¡Gracias por estar en mi vida y leer lo que escribo!

Y por último, gracias a los lectores y lectoras que, con su colaboración, harán que esta novela, que sin ellos no sería más que una especie de curioso rompecabezas metido en una caja, se despliegue, se yerga y empiece a latir.

Esta novela es para ti, que la has elegido entre tantas otras.
Para ti la he escrito. Gracias por querer leerla.

LA FAMILIA GUERRERO-SANTACRUZ

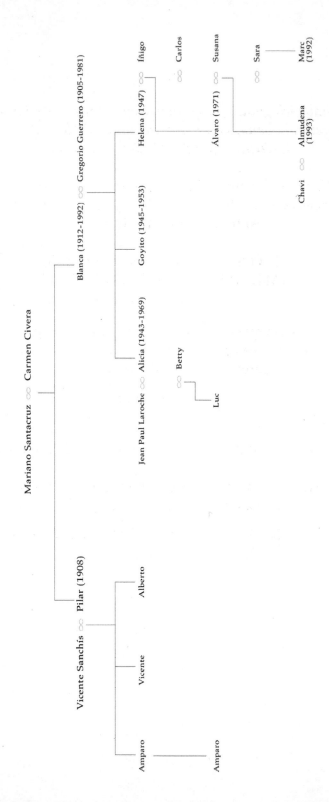

«Das habe ich getan», sagt mein Gedächtnis. «Das kann ich nicht getan haben», sagt mein Stolz und bleibt unerbittlich. Endlich… gibt das Gedächtnis nach.

«Yo he hecho eso», dice mi memoria. «Yo no puedo haber hecho eso», dice mi orgullo y permanece inflexible. Al final… la memoria cede.

F.W. NIETZSCHE. *Jenseits von Gut und Böse*
(*Más allá del bien y del mal).* 1886

* * *

… hasta que llega un niño y se pone a hurgar con un palito en lo que tanto trabajo nos ha costado enterrar en el jardín trasero…

JULIO CORTÁZAR

* * *

Freedom's just another word for nothing left to lose.

«Libertad» no es más que otra palabra para decir que ya no te queda nada que perder.

KRIS KRISTOFFERSON & FRED FOSTER
Me and Bobby McGee. 1969

* * *

$\mathcal{A}$yer soñé con La Mora. Era uno de esos sueños que al principio no se distinguen de la realidad y a la vez son como los sueños de descubrimiento, que producen esa euforia no solo del reencuentro con lo muy amado, sino de maravillado asombro por todo lo que es nuevo, lo que siempre estuvo allí y uno no fue capaz de ver entonces.

La Mora brillaba como una joya en el fondo de un estanque, al mismo tiempo real e imposible, la superficie del agua alterada por ondas y reflejos que revelaban y ocultaban por turnos la existencia de lo que no debería estar allí pero sin embargo estaba.

Recorría sus senderos fijándome en las fuentes, en los faroles de hierro y cristales de colores que colgaban de los árboles, en los azulejos de los bancos, con sus dibujos geométricos azules y verdes y negros. Todo estaba florido y yo sabía que había llegado en la mejor época del año, en esa primavera atlántica fresca y fragante que luego morirá bajo el sol del verano, pero que ahora desplegaba sus encantos para todos los sentidos del contemplador, del raro paseante que se dejara arrastrar por la pura belleza de la vida que volvía a surgir, poderosa, después del letargo invernal.

Me detuve debajo de uno de esos árboles que nunca supe

nombrar, cargado de bolas de flores de color de rosa que cuelgan como adornos de Navidad, disfrutando de la soledad, de la calma y el silencio de aquel jardín, que parecía uno de esos jardines encantados de los cuentos. De un cuento oriental abierto solo para mí.

La brisa que venía del mar agitaba las ramas altas, hacía balancearse las flechas oscuras de los cipreses sobre el cielo de un perfecto azul y se frotaba contra las palmas de las palmeras, produciendo ese ruido que, con los ojos cerrados, suena como la lluvia; trayendo desde algún lugar un perfume de clavellinas rojas que competía con el olor de la sal.

Sabía que no había nadie en el jardín y que nunca lo habría, que aquella magia era solo para mí. Eso me hizo reír de felicidad y eché a correr por los senderos encontrando tras cada recodo nuevas vistas que no conocía: un laberinto de boj con un reloj de sol en el centro, una gran alberca rectangular salpicada de nenúfares blancos con un surtidor en un extremo que lanzaba al sol su lluvia de diamantes, un templete de mármol desde el que se veía el mar rompiéndose en una playa desierta, un busto romano en una hornacina arropada por una nube de rosas de té.

De repente, la soledad empezó a pesarme y deseé intensamente tener con quien compartir toda aquella belleza, pero sabía que los había abandonado a todos, que la culpa era mía, que nunca nadie vendría a aliviar el peso de aquellas sombras que empezaban a salir de debajo de todos los arbustos, a conquistar los rincones más hermosos, a cubrir de tinieblas las estatuas y las flores.

Eché a correr de nuevo tratando de encontrar la casa para guarecerme. Yo sabía que había una casa en algún lugar y que la casa era mía. Las sombras me perseguían y eran sombras calientes, hambrientas, extrañamente vivas.

En mi carrera, tropecé contra una fuente, hundí la cabeza en el agua fría y, al sacarla, vi algo brillar en las profundidades, algo que relucía entre las algas intensamente verdes del fondo. Metí la mano en la fuente buscando a tientas el fulgor que había entrevisto, pero el agua se oscurecía por momentos y las sombras se acercaban.

Mis dedos se cerraron por fin en torno a algo metálico y frío. Lo saqué venciendo la resistencia de las plantas acuáticas y, cuando abrí la mano para ver qué había recogido, me di cuenta de que el agua se había vuelto roja, como mi mano, que sangraba apretada en torno a un cordón de oro del que pendían varias medallas sanguinolentas lanzando destellos dorados.

Dejé caer la joya en la fuente roja y, al alzar los ojos, vi tu sombra, la sombra que me ha acompañado toda la vida y nunca he sido capaz de exorcizar.

Luego me desperté en la oscuridad de un cuarto que no era el mío y me eché a llorar, rompiéndome en sollozos.

15

1

Australia. Época actual

$\mathcal{H}$abía pasado mala noche, revolviéndose en la cama, despertando brevemente, angustiada, para volver a caer en unos sueños inquietos que no llegaban a ser pesadillas y ya no recordaba pero que le habían dejado una sensación de miedo difuso, una vaga inquietud, como si las sombras que siempre la habían acompañado y que ella llevaba toda la vida exorcizando a través de sus lienzos, estuvieran a punto de encarnarse, salir de la oscuridad y atacarla a plena luz hasta devorarla por completo.

No tendría que haberse dejado convencer. Si se hubiera negado, ahora se habría despertado en su propia cama, en su propia casa y, después de nadar un rato en el estanque, podría meterse en su taller y seguir con el cuadro que había empezado la semana anterior. Sin embargo, aquí estaba, en un hotel de Sídney, a apenas una hora de entrar en un ambiente que le resultaba desasosegante y extraño, en busca de algo probablemente inalcanzable que de todas maneras reabriría muchas de las heridas que con tanto mimo había ido cuidando hasta que se habían convertido en retorcidos costurones del alma, ocultos a casi todos.

«¿Por qué te empeñas en hurgar en el pasado, Helena? —se preguntó mirando su reflejo en el gran espejo del tocador—. A tu edad y con tu experiencia deberías saber que el pasado no se puede cambiar, que ni siquiera se puede comprender, que la mayor parte de las cosas que sucedieron se han desdibujado hasta el punto de que ni tú misma sabes si fueron como las recuerdas o si, con el tiempo y la narración, han ido cambiando sutilmente hasta acabar convertidas en otra cosa, en otra historia que es la que has elegido contar a base de omitir detalles, de resumir, de tratar de dar coherencia a lo que sucedió.» Esa curiosa manía de los seres humanos de buscar el sentido de las cosas, ese impulso que nos hace ver figuras en las nubes de verano, en las manchas en el techo de una habitación, en las grietas de las paredes, hasta en la superficie de la luna. Pareidolia, se llama. El mismo impulso que nos hace creer que nuestra vida es un todo coherente, que tiene sentido, que todo lo que nos sucedió sirvió para algo positivo, algo que no tendríamos si no hubiéramos pasado por todos esos momentos de dolor, de sacrificio, de fracaso, de renuncia.

«¿Serías lo que ahora eres si no hubiera sucedido nada aquella noche de 1969? Si Alicia no hubiera muerto, te habrías limitado a ser la tercera socia en la empresa, a ocuparte de la administración, a pintar solo como *hobby*, en los ratos libres. Si no hubiera muerto, no habrías salido huyendo despavorida, no te habrías casado con Íñigo, ni habrías tenido un hijo por casualidad, ni los habrías abandonado a todos para lanzarte a la vida de artista que te llevó a recorrer el mundo en los años setenta, una más de los miles de *drifters* que pululaban por Asia buscando algo que Asia no podía darles porque no estaba dentro de ellos. No habrías tenido tantos amantes, tantas relaciones fallidas. O quizá sí, quizás ese impulso de cazadora estaba desde siempre en tu naturaleza y, de haber elegido una vida más convencional, te habría traído muchos más problemas, ya que, por muy moderno que se crea un marido, a casi ninguno le gusta que su mujer sea sexualmente libre.»

Sacudió la cabeza y terminó de pintarse los labios con el

nuevo color rojo anaranjado que daba más luz a su piel bronceada. «Deja de darle vueltas. Ya has decidido. Tu vida es lo que es, y no está nada mal. Ahora a ese puñetero seminario, taller o lo que sea, y luego a España, a la boda de la niña, a disfrutar de Madrid unos días, ver si se concreta lo de la exposición y a volver a casa, a Adelaida, a seguir trabajando. El pasado está muerto y enterrado. Nunca sabrás lo que sucedió aquella noche. Te morirás sin saberlo y en el fondo dará igual. Los seres humanos tenemos que aprender a vivir con nuestra ignorancia. Basta ya. ¡A la calle!»

Salió del hotel con tiempo de sobra para llegar puntual. Su maldito sentido de la puntualidad, inculcado por su padre, que siempre le había repetido: «La puntualidad es la cortesía de los grandes». Los grandes. La arrogancia de su padre, que también había heredado.

Todavía no había conseguido explicarse a sí misma por qué había cedido a la suave y persistente presión de Carlos y se había inscrito en aquella «constelación», que le ocuparía un fin de semana completo y que ni siquiera sabía bien qué era. Algo así como una terapia psicológica, una dinámica de grupo poco convencional, una de esas cosas que ella asociaba con la New Age y las tonterías pensadas para sacarle el dinero a hombres y mujeres, sobre todo mujeres, bien situados, de mediana edad y más bien crédulos. Horroroso.

Pero ya no era momento de darle más vueltas: lo había hecho y ahora tenía que apechugar. Igual hasta le servía de algo.

Dando la espalda al puerto, se internó por las callejuelas de The Rocks, el viejo barrio portuario de Sídney, llegó a la dirección que figuraba en la invitación, vio una puerta de madera pintada de azul turquesa con una placa sencilla de metal mate y subió la angosta escalera sin tener que tocar ningún timbre.

Se oía un murmullo de voces, casi todas femeninas, le pareció. Efectivamente, al llegar, sus ojos se cruzaron con otros cuatro pares de ojos de mujer y, en un instante, todas le sonrieron casi como dándole ánimos por haberse atrevido a comparecer. Lo que esperaba: detestable.

Sonrió también, aunque hubiera preferido salir de allí dando gritos, y enseguida la «consteladora» se acercó a ella con la mano tendida. Era una mujer grande y huesuda, de largo pelo gris trenzado a la espalda, vestida con una especie de saco suelto de color violeta sobre el que llevaba un collar aborigen. Seguramente era más joven que ella, pero el pelo sin teñir y el vestido que negaba todas sus formas de mujer la hacían parecer más vieja. Tenía ese aire semiesotérico que a Helena le hacía hervir la sangre, pero parecía genuinamente contenta de verla. Sería porque acababa de cobrar la transferencia por el importe del fin de semana, que no era precisamente barato.

—Bienvenida. Soy Maggie. Encantada de recibirte. ¿Tú eres?

—Helena. Helena Guerrero.

—Perfecto. Vienes de Adelaida, ¿no?

—Eso es.

—¿Hablas inglés sin dificultad?

—Claro. —Le pareció casi ofensiva la pregunta, aunque enseguida se dio cuenta de que su nombre no era en absoluto anglosajón y Maggie no podía saber que ella llevaba más de veinte años viviendo en Australia, más de cuarenta hablando en inglés.

—Bien, pues ponte cómoda. Tendremos las sesiones en esa sala de la derecha, elige la silla que prefieras. En los descansos aquí fuera habrá agua, té, café y zumos, algo de picar dulce y salado. Ah, y frutos secos. Todo entra en el precio que has pagado.

Le dedicó una última sonrisa y se marchó a recibir a otra participante, dejándola junto a la puerta de la sala donde iba a pasar los próximos tres días.

Era un espacio diáfano de unos sesenta metros cuadrados, con ventanas en tres de las paredes y un círculo de dieciocho o veinte sillas iguales de las que siete ya estaban ocupadas: cinco hombres y dos mujeres que cabecearon con amabilidad al verla entrar.

Pensó en sentarse en la silla que estaba más cerca de la puerta pero acabó decidiéndose por la de la mitad exacta del círculo. No tenía ni idea de si la «consteladora» sacaría conclusiones a partir de la posición elegida por cada uno, pero prefería que la considerara arrogante al haber elegido la posición central a que supusiera que tenía miedo y quería estar cerca de la salida.

Poco a poco fueron entrando los demás, hasta completar el círculo. Dieciocho personas: seis hombres, doce mujeres y Maggie. Todos tenían un aspecto normal y, sin darse cuenta, esta se descubrió pensando si no serían psicópatas disfrazados. Sacudió mentalmente la cabeza. ¡Qué idioteces se le ocurrían! Carlos había asistido a varias «constelaciones» y era perfectamente normal. Ella también lo era y estaba a punto de participar en una. Lo más probable era que todas aquellas personas fueran gente sensata con una gran curiosidad por descubrir cosas sobre sí mismos, o bien gente que llevaba tanto tiempo intentando sin éxito superar un dolor psíquico, un trauma, una herida que no cicatrizaba, que habían decidido darle una oportunidad a algo tan poco convencional como una «constelación». Al menos a ella le parecía poco convencional, aunque por cómo se comportaban algunos de los asistentes, daba la sensación de que para varios no era su primera vez. Si la gente se animaba a volver, eso podía querer decir que no estaba tan mal.

Helena apenas sabía qué iba a suceder allí, a pesar de que Carlos y también Stefanie habían intentado explicárselo varias veces. Por lo que había podido comprender, se trataba de una especie de terapia de grupo que consistía en que cada uno de los asistentes, por turno, planteaba un problema íntimo que deseaba resolver, algo que normalmente llevaba muchos años

21

arrastrando. La persona en cuestión formulaba frente a los demás el problema y luego elegía de entre los asistentes a las personas que iban a representar a los familiares, amigos o enemigos que estaban relacionados con esa cuestión en concreto. Una vez elegidos, de modo absolutamente misterioso e incomprensible, al parecer empezaba una dinámica entre ellos que ponía de manifiesto aspectos del problema que en muchos casos nunca habían salido a la luz. Lo que le habían contado Carlos y Stefanie rayaba en lo esotérico y por eso durante muchos años se había negado a participar en una «constelación», a pesar de que sentía curiosidad por ver si aquello podía ayudarla a superar el peor dolor de su vida, ese terrible dolor que yacía enquistado en lo más profundo de su alma y había marcado toda su existencia desde los veintidós años. No albergaba muchas esperanzas, pero no podía negar que muy dentro de ella titilaba una lucecilla de ilusionado deseo, como el de una niña que ha dejado de creer en los Reyes Magos, que sabe muy bien que son solo los padres, pero que aún quiere que exista la magia.

—Bienvenidos —dijo Maggie recorriéndolos con la vista—. ¿Os parece que empecemos?

Dos días después, Helena había presenciado ya doce constelaciones e incluso había sido elegida para participar en tres de ellas como figura actuante. Había visto a sus compañeros de seminario llorar, reír, retorcerse por el suelo, aullar de dolor, maravillarse de pronto ante la repentina comprensión de algo que llevaban toda la vida persiguiendo. Del pasado de aquellas personas se habían levantado terribles fantasmas que habían envenenado sus sueños y sus vidas durante años; algunos se sentían ahora más ligeros y liberados, otros no habían logrado comprender todavía lo que había sucedido en el tiempo de la constelación, otros más no se habían atrevido aún a plantear sus preguntas. Mientras tanto, todos recordaban los nombres de los demás y en la mayor parte de los casos aquellos dos días habían creado una relación más cercana e intensa que la que, en circunstancias normales, habrían logrado en dos años de relación. El conocimiento del dolor de los demás, de las heridas que aún marcaban sus vidas, guiados por la experta mano de Maggie, era lo que los había acercado entre sí, al menos a la mayoría de ellos.

Helena, sin embargo, se mantenía algo distante, como siempre; discretamente en la periferia. Y a pesar de que ya se había dado cuenta de que aquel sistema podía ayudar, no conseguía liberarse lo suficiente como para exponer delante de todas aquellas personas lo que solo había contado a unos pocos amantes y amigos a lo largo de su vida. Tampoco estaba convencida de que escenificando lo que sucedió en 1969 pudiera romperse la dura cáscara de culpabilidad y autorreproches que la había acompañado desde entonces.

De hecho, no quería regresar a aquellos días ni siquiera en sus propios recuerdos; no quería volver a la luz candente de Marruecos, a la magia de aquel jardín a finales de julio, al horror de lo que vino después.

—¿Quieres empezar tú la sesión de la mañana, Helena?
La voz de Maggie la sobresaltó.

—No —contestó sin pararse a pensarlo.

—¿No? Vamos, mujer, estoy segura de que lo tienes ya formulado para ti misma; solo te falta decirlo en voz alta. Venga, ¿cuántas figuras necesitas? ¿A quién quieres elegir para que te represente? ¿Quién va a ser Helena mientras tú miras lo que sucede?

Sin ser consciente de haber tomado la decisión, pasó la vista por el círculo de sillas y detuvo su mirada en Claire, una mujer entrada en la treintena, rubia, pequeña, que parecía tener mucha experiencia participando en constelaciones. Era terapeuta familiar pero no la había elegido por eso, sino porque de algún modo tenía la sensación de que había algo en aquella chica apa-

23

rentemente frágil que la representaba mejor que cualquiera de los otros, a pesar de que físicamente no podían ser más distintas. Claire inclinó la cabeza en un asentimiento y se puso de pie.

—Cuéntanos, Helena —dijo Maggie.

Como todos los australianos que había conocido, Maggie pronunciaba su nombre como «Jélena», con hache aspirada y acento en la primera sílaba. Y eso, que en muchas ocasiones le molestaba, ahora le resultaba tranquilizador, como si la Jélena que estaba a punto de desnudar su alma en público fuera otra persona.

El primer día, en las presentaciones, ya les había dicho que era española pero que llevaba mucho tiempo viviendo fuera de su país, primero en Tailandia, luego en Bali, después en Australia. Sabían también de su infancia a caballo entre España, Marruecos y Suiza. No les había dicho a qué se dedicaba y nadie había tenido interés en saberlo.

24 —Sucedió hace muchos años —comenzó, titubeante—, el 20 de julio de 1969; bueno, entre el 20 y el 21, el día o más bien la noche en que la especie humana llegó a la Luna. Yo tenía veintidós años y estaba de vacaciones en una casa que mis padres tenían en Marruecos, donde había pasado casi todas las vacaciones de mi infancia. Estaban mis padres, mi hermana y mi cuñado. Y un montón de amigos de varias nacionalidades. Dábamos una fiesta en el jardín para celebrar el alunizaje. Mi hermana salió por la tarde a recoger unas telas que habíamos encargado para la decoración. —Helena tragó saliva, mirando al suelo—. No volvió. La policía la encontró al día siguiente. Su cadáver había aparecido entre la playa y las rocas en la desembocadura del río, debajo de la antigua fortaleza de los Oudayas. La habían violado y asesinado, seguramente para robarle la pulsera de oro con monedas de adorno que llevaba. Una pulsera que era mía, herencia de la abuela, y que yo le había prestado para la fiesta porque le iba mejor que el collar de perlas auténticas que había heredado ella.

»Desde entonces me he sentido…

Se interrumpió y todos se quedaron mirándola en silencio, esperando que terminara la frase. Maggie le hizo un gesto suave de invitación.

—No sé bien… —terminó—. Culpable… supongo.

—¿Por estar viva? —ayudó Maggie al cabo de un minuto de silencio total—. ¿Por haber podido seguir viviendo cuando tu hermana ya no podía hacerlo?

Helena asintió con la cabeza.

—Pero también… impotente, estúpida, furiosa por no saber quién lo hizo, por no haber podido vengar a Alicia —continuó—. Llevo toda la vida luchando por pasar página y dejar todo aquello atrás. Sé que no tiene solución y, sin embargo… aquí estoy, como una idiota.

Maggie no comentó sus palabras. Se limitó a asentir y preguntó:

—A ver, dinos a quién quieres ver representado. ¿Tus padres?

—Sí.

—Háblanos un poco de ellos.

—Mi padre era comerciante, empresario… un hombre de negocios que se hizo muy rico en la época de la posguerra española. Era un franquista convencido, un hombre de derechas, que tenía una gran mano para los negocios de todo tipo. —Hizo una pequeña pausa mientras recorría los rostros de sus compañeros—. ¿Te importaría representar a mi padre, Ted?

El hombre se puso en pie.

—¿Y tu madre? —siguió preguntando Maggie.

—Una mujer muy guapa. Madre, esposa, ama de casa. —Se le escapó una risa nerviosa—. Bueno, ama de casa en el sentido de que sabía dirigir a los criados, organizar fiestas, relacionarse con la comunidad diplomática… cosas así. Sandra, me gustaría que lo hicieras tú, por favor.

—¿Quién más?

—Mi hermana, Alicia. Mi hermana mayor. Una chica maravillosa, cuatro años y medio mayor que yo. Rubia, fina, elegante. Estudió diseño en Milán y París. Ella y mi cuñado tenían una casa de modas que empezaba a irles realmente bien cuando… cuando sucedió. ¿Querrías hacerlo tú, Lily?

—Ahora quizá tu cuñado, ¿no?

—Mi cuñado no era de la familia. —Helena apretó los labios—. Quiero decir, que no era consanguíneo. No veo qué pinta él en esto.

—Se trata de un sistema familiar, no de vínculos de sangre. Tiene que estar.

Cerró los ojos con fuerza y la imagen de Jean Paul en 1969 explotó en su mente: guapo, bronceado, carismático, con su sonrisa blanca y su pelo largo. Pasó la vista por los compañeros y eligió al que menos se le parecía.

—Entonces hazlo tú, Tom, si no te importa.

—¿Alguien más? —insistió Maggie.

Helena sacudió la cabeza.

—¿Quieres que pongamos también a la Culpa? Parece que es lo que más te ha preocupado todos estos años.

—Si va a servir de algo…

—Vamos a probar. ¿Alguien se siente llamado a hacer de Culpa? Gracias, Andy. Vamos, Helena, ven aquí a mi lado, siéntate y obsérvalos. Mira lo que sucede y lo iremos comentando.

A pesar de que ya lo había visto en las constelaciones de los demás participantes y de que ella misma, cuando había sido figura, también había notado esa curiosa sensación de no ser la misma de un momento a otro, le sorprendió que, nada más empezar, Ted, el que representaba a su padre, un hombre de unos cuarenta años más bien fofo y con barriga, pareciera envararse, estirarse y adoptar la actitud deportiva, casi militar, que su padre había mostrado siempre, hasta su vejez. ¿Cómo podía saber Ted qué tipo de hombre había sido su padre? Maggie también lo notó enseguida y empezó a preguntarle:

—¿Cómo te sientes? ¿Qué sientes hacia los demás?

Ted empezó a caminar a pasos largos, decididos, abriendo y cerrando los puños, mirando en todas direcciones.

—Furia. Sobre todo furia, rabia. Me gustaría poder coger a alguien del cuello y apretar fuerte.

—¿A quién?

—No sé. Me da igual. Me gustaría romper cosas. Necesito relajarme, sacar esta rabia de dentro.

—¿Quieres pegarle a tu mujer? ¿A tus hijas?

A la izquierda de Helena, dos de las mujeres que no «actuaban» en esa constelación, comentaron en voz baja:

—Podría ser un abusador.

—No —casi gritó Helena—. Mi padre jamás nos puso la mano encima. Y a mi madre la adoraba. No va por ahí la cosa.

Ted contestó también.

—Nunca le haría daño a mi familia.

—Entonces, esa rabia… ¿contra quién es?

Se detuvo a pensarlo, en el mismo centro de la sala. Mientras tanto tenía dos rosetones encendidos en las mejillas y se le marcaban los tendones del cuello y las venas de las sienes. El resto de su «familia» ocupaba posiciones exteriores.

—Contra el asesino de mi hija. Nunca en toda mi vida había sentido una furia así, una rabia roja, que casi no me deja pensar. Y… no sé… hay algo más, alguien más, pero no sé qué es. Alguien me ha jodido la vida, me ha traicionado. Me ahogo solo de pensarlo.

—¿Tu mujer?

—No. Esa rabia no tiene nada que ver con ella.

Hubo una pequeña pausa. La que representaba a Alicia, la hermana asesinada, estaba casi de espaldas a los demás, con la mirada perdida por la ventana. Jean Paul estaba muy cerca de Helena y apoyaba una mano en su hombro. La Culpa se apretaba contra la madre, que intentaba rechazarla sin éxito.

—Entonces, si no ha habido traición por su parte, ¿por qué

27

se siente tan culpable la madre? —preguntó alguien desde el círculo.

—¿Por qué te sientes tan culpable? —Maggie dirigió la pregunta a Sandra, la que representaba a la madre de Helena.

Sandra se retorcía las manos, trataba de apartarse de la Culpa y había empezado a llorar, con los hombros vencidos de dolor.

—No lo sé. Sé que hay un peso terrible encima de mí. Algo que nunca debí haber hecho. —De repente se dobló sobre sí misma agarrándose el vientre con las dos manos.

—¿Un aborto clandestino? —susurró alguien.

—No que yo sepa —dijo Helena maravillada por el sesgo que estaban tomando las cosas.

—¿Hubo más hijos en tu familia? —preguntó Maggie.

—Ahora que lo preguntas, sí. Entre Alicia y yo hubo un chico, Goyito, que murió de pequeño, de una meningitis.

—Quizá tu madre se sintiera culpable de su muerte.

Helena se encogió de hombros.

—Se pasó años vestida de negro, ella, que era tan guapa y tan amante de seguir la moda. Tardó mucho en superarlo, pero no tenía la culpa de nada. Fue una enfermedad que en aquella época era mortal con frecuencia. Nosotras éramos pequeñas, al menos yo. Apenas lo recuerdo.

—¿Y tú, Alicia?

Lily, la chica que representaba a Alicia, volvió la cabeza por encima de su hombro, apartando por unos momentos la vista de la ventana.

—Siento una pena lejana, difusa. Nada intenso.

—¿Y qué más?

—Quiero irme lejos. Los quiero mucho a todos, pero necesito irme, apartarme, me siento oprimida, como en una jaula demasiado estrecha. Ven, Helena, dame un abrazo; tenemos que despedirnos.

Helena se puso en pie tan violentamente que su silla cayó al suelo con estrépito. Maggie le puso la mano en el brazo.

—Tú aún no. La otra Helena, la que te representa.

Claire se acercó a Lily y se abrazaron estrechamente mucho tiempo. Las dos sonreían, felices. Luego Lily aflojó el abrazo y se desligó de su hermana.

—Tengo que irme, Helena, pero siempre estaré contigo.

A la Helena real se le llenaron los ojos de lágrimas mientras la Helena de dentro de la constelación se arrojaba en brazos de Jean Paul, que la consolaba con una expresión pétrea. La Culpa se fue apartando lentamente de la madre y se colocó detrás de ellos dos, sin tocarlos, pero mirándolos fijamente.

—¿Qué sientes tú como marido de Alicia? —preguntó Maggie.

—Dolor. Un gran dolor. Y necesidad de proteger a Helena. Quiero estar a su lado.

—¿No sientes necesidad de estar al lado de Alicia, tu mujer?

—Ella ya se ha ido. No me necesita.

La madre se acercó a Alicia por detrás, a pasos cortos, vacilantes. La abrazó por la espalda, apoyando la barbilla en su hombro y susurró:

—Perdóname.

—¿Por qué tiene que perdonarte tu hija? —intervino Maggie.

—No lo sé. Me ha venido a los labios sin más. No sé por qué.

Maggie se volvió hacia Helena, que estaba secándose los ojos con un gurruño de pañuelos de papel.

—¿Te dice algo todo esto? ¿Ves cosas que los demás no sabemos cómo interpretar? ¿Reconoces algo?

Antes de que Helena pudiera contestar, Martha, una mujer de mediana edad que había estado callada casi todo el tiempo, se puso de pie de golpe y entró en el círculo con decisión.

—Maggie, yo tengo que estar ahí. Hace falta algo más. ¿Puedo entrar?

La consteladora hizo un gesto de invitación con la mano mientras preguntaba:

—¿Por qué? ¿Quién eres?

—Mmm… —Martha dio un par de vueltas por el círculo, acercándose y alejándose de todas las figuras—. Es difícil de decir… Creo que no soy un «quién»… —Todos la miraron, expectantes—. Creo… —continuó— creo… que soy un «qué».

—¿Un qué? —preguntó Maggie sin inmutarse—. ¿Qué tipo de qué?

—Soy una sombra. Sí. Eso es. Una sombra.

Helena se quedó mirándola horrorizada. Una sombra. Martha había dicho que era una sombra y que tenía que estar en la constelación. ¿Cómo podía saber esa mujer que en su vida siempre había habido una sombra, que en todos sus cuadros había una sombra? Se tapó la boca con la mano para no gritar, se puso en pie y huyó por el pasillo hasta encerrarse en el lavabo.

La caja

Lo primero que se ve al abrir la caja es un sobre alargado de color crema donde, en una letra antigua e irregular, que en una época lejana debió de ser muy bonita y ahora se ve maltratada por el tiempo y la vida, se lee «Helena», con una hache llena de volutas y florituras.

Dentro, un buen montón de hojas de papel fino escritas por la misma mano pero con diferentes colores de tinta y con grandes fluctuaciones en la caligrafía, como si hubieran sido redactadas a lo largo de varias sesiones o incluso varios años.

Por la parte de atrás el sobre está lacrado para asegurar la pestaña. El lacre es violeta y lleva una inicial profundamente grabada. Una «B».

Foto 1

La foto —en blanco y negro y con bordes aserrados— muestra a un matrimonio con sus dos hijas frente a las torres de Serranos, en Valencia.

Los adultos no tienen mucho más de treinta años pero la forma de vestir, de peinarse y simplemente de estar, de mirar a la cámara, los hace mucho más viejos, como si estuvieran más cerca de los cincuenta que de los veinte. La madre, una mujer pequeña y delgada, lleva un vestido suelto de talle bajo en color claro con medias blancas tupidas y un sombrerito cloche muy pegado al cráneo, de donde se escapan un par de rizos que adornan la frente. Los labios están delineados en forma de corazón y sonríen con una cierta timidez. Bajo el brazo aprieta una cartera; una de sus manos reposa sobre el hombro de la hija pequeña y con la otra acaricia las perlas de un collar que le llega casi a la cintura.

El padre, de amplias entradas y vientre ya prominente a pesar de su juventud, viste traje de verano con chaleco y corbata claros. Lleva un sombrero panamá y en la mano que se apoya en el hombro de la otra niña humea un puro habano de buen tamaño. Su expresión es de relajado orgullo, de hombre satisfecho con lo que ha conseguido en la vida: su mujer, sus hijas, la buena situación de la que evidentemente gozan.

Las hijas van vestidas como si fueran gemelas a pesar de que está claro que se llevan dos o tres años; una tiene unos diez, la otra sobre los siete u ocho. Las dos llevan vestidos vaporosos y un gran lazo en el pelo. Las dos sonríen a la cámara; la mayor más seria, la pequeña con una malicia que la hace inmediatamente simpática al contemplador.

De fondo se ven las torres de Serranos, macizas, imponentes, y a su alrededor algunas personas con sombreros y bastones, un tranvía y parte de un coche negro que podría ser un Ford.

En la esquina derecha hay un sello en relieve: Martí, fotógrafo. Calle Barcas, 34.

Detrás, escrito en tinta violeta ya muy desvaída, se lee: *Mamá, papá, Pilar y yo. Corpus Christi 1922.*

2

Australia. Época actual

En el mismo momento en que ponía el pie en los adoquines de la calle de las enfermeras, la Nurses Street, un par de calles más abajo de donde había tenido lugar la constelación, sonó el teléfono.

Carlos.

Lo dejó sonar varias veces, indecisa. No tenía ninguna gana de hablar con Carlos porque tendría que darle la razón. O mentirle. Pero eso tenía poco sentido. Se conocía lo bastante como para saber que antes o después se lo contaría y entonces él sabría que le había mentido y volverían a tener una de esas absurdas discusiones sobre la confianza y la traición y las mil cosas que habían rumiado una y otra vez desde que estaban juntos, desde lo que él llamaba «estar juntos» y parecía sentarle tan bien solo porque tenía nombre. Era casi patético lo orgulloso que se le veía cada vez que la presentaba diciendo: «Helena, mi pareja». Ya que ella nunca había consentido en casarse, al menos había cedido en eso que tan feliz lo hacía a él, sin que para ella supusiera el menor riesgo: que pudiera llamarla así en público.

Se había casado una vez. Una sola. Y con eso había tenido bastante para la eternidad. Cuando por fin había conseguido el divorcio de Íñigo se había jurado no volver a pasar por la humillación de no ser enteramente libre, y hasta el momento lo había conseguido. Treinta y cinco años de libertad. Condicional en ocasiones, pero libertad al fin y al cabo. Ya ni recordaba la cantidad de veces que había sentido la necesidad de liberarse de nuevo.

Y ahora… Carlos. Tranquilidad, apoyo, cariño.

Se estaba haciendo vieja.

Encogiéndose de hombros interiormente, contestó al teléfono. La verdad era que sí le apetecía comentar con alguien lo que acababa de suceder. Sonrió para sí misma, por las estúpidas mentiras que intentaba contarse. ¿Por qué se decía que le apetecía comentarlo «con alguien»? La verdad era que le apetecía hablarlo con Carlos. No se le ocurría nadie más con quien le apeteciera comentar una cosa así. Era solo su maldita manía de hacer como que no necesitaba a nadie en su vida. Ni siquiera a él.

Pero ahora tenía que confesarse que lo sucedido la había sacudido profundamente. Solo que todavía le parecía muy pronto para compartirlo; aún no había tenido ocasión de digerir ni siquiera parcialmente lo que había pasado en la constelación.

—Tenías razón —le dijo al descolgar, antes incluso de oír su voz.

Carlos sonrió. Ella lo sabía por su forma de soltar el aire. Siempre que la llamaba retenía el aire en los pulmones como si tuviera miedo de su posible reacción.

—Cuenta, cuenta.

—Uf, qué difícil. No sé por dónde empezar.

—Entonces, ¿ha servido para algo?

—Pues no sé. No lo entiendo ni yo.

—Pero ha pasado algo…

Tardó un instante en contestar y luego lo hizo cuidadosamente, como calibrando sus palabras para no concederles más peso del necesario.

—Ssí... supongo que sí. Curioso. Tenías razón. Interesante. Curioso.

—Vamos, Helena, no me tengas en ascuas. ¿Dónde estás?

—Acabo de salir de allí. Hoy era la última sesión, así que me he despedido a toda velocidad para que no se me pegara nadie; tú sabes cómo detesto a esa gente que se te pega para tomar un café y comentar lo que sea, y ahora estoy pasando por delante de los ferris. Había pensado acercarme a alguno de los locales de aquí cerca de la Ópera, ver cómo se hace de noche sobre la bahía y comer algo antes de volver al hotel.

—Así que finalmente no te has quedado en casa de Ivy.

¡Mierda! Se le había olvidado por completo que le había dicho a Carlos que estaría en casa de Ivy.

—Tenía bronquitis —improvisó—. Me lo dijo nada más llegar y decidí no arriesgarme. No sería plan contagiarme, llegar a España y contagiar a todo el mundo. Y más para una boda. He cogido un hotelito pequeño cerca de donde se ha hecho el taller o el... seminario... o como se llamen esas cosas.

—Se llaman constelaciones, Helena, lo sabes muy bien. Mira, te dejo que te acomodes en algún restaurante y te llamo en media hora, ¿te parece? Así puedes ir pensando en lo que me vas a contar.

—Sí, hombre, sí. ¡Qué pesado!

—Es que te quiero y estoy muy harto de verte sufrir por algo que podría tener arreglo.

—¡Arreglo! ¡Ja! Como si fuera la primera vez que trato de hacer algo al respecto...

—Pídete un buen vino frío y hablamos.

Helena guardó el móvil en el bolsillo, inspiró hondo y perdió la vista en la imponente estructura del puente de hierro que unía las dos costas opuestas de la inmensa bahía de Sídney. A contraluz sobre el cielo de poniente, ya de color melocotón, se lo veía erizado de figurillas diminutas como hormigas negrísimas subiendo y bajando por la curva exterior.

35

Tiempo atrás había pensado en subir también los mil cuatrocientos peldaños para ver la ciudad desde lo alto. Luego se había dado cuenta de que esa era la misma vista de la que disfrutaba cada vez que llegaba o salía en avión y desistió. Su vida ya había sido bastante fatigosa, perfectamente comparable a la subida del puente: un peldaño tras otro, tras otro, tras otro, sin mirar atrás, sin mirar hacia abajo; cada vez más alto hasta llegar al punto donde se acababa la ascensión, donde no se podía subir más.

Y entonces, ¿qué? Bajar. Solo quedaba bajar cuando habías llegado a lo más alto. Un peldaño tras otro. Primero paso a paso. Quizá luego sentada, bajando de culo de escalón en escalón, con cuidado para no caer de golpe.

Una vez una cantante de ópera anciana con la que coincidió en una cena le dijo que en el camino de subida era conveniente tratar bien a las personas con las que te ibas encontrando en tu vida profesional porque, más tarde, en el camino de bajada, esas personas podrían ser almohadones que acolcharan los peldaños del descenso. Si no te habías preocupado a lo largo de tu vida de buscarte esos cojines, la bajada sería muy dura.

Ella, entonces, no había seguido el consejo, pero ahora empezaba a pensar que quizás habría sido una buena idea. Cuando empezara a bajar, habría mucha gente que se alegraría de su declive y muy poca para amortiguarle la caída.

Por fortuna estaba Carlos. Debería tratarlo mejor. Era muy buena gente y la quería de verdad, a pesar de las reacciones bruscas tan propias de ella, de su insultante manera de decir las cosas cuando estaba asustada y no quería confesarlo, de las ocasionales debilidades que intentaba ocultar y cubrir con agresividad y arrogancia.

Hizo una inspiración profunda tratando de cambiar de pensamientos. Era absurdo estar en un lugar tan hermoso, con un tiempo tan agradable para la estación y no disfrutarlo a bocanadas.

Frente a ella, el edificio de la Ópera brillaba suavemente nacarado poco antes de encender sus luces para la siguiente representación. Lo había visto cientos de veces, pero siempre conseguía regalarle un destello de felicidad. ¡Pobre arquitecto Utzon! Ella se sentía feliz al ver su creación y él fue tan desgraciado a lo largo de su construcción que jamás regresó a Australia, a ver su obra terminada.

Eligió un restaurante que ya conocía, donde servían unos excelentes *linguine al cartoccio* con marisco. Pidió una botella de pinot grigio y, saboreando la primera copa, empezó a recordar lo que había sucedido en la constelación.

Carlos se había pasado años dándole la lata con que debería probarlo, con que estaba seguro de que eso la ayudaría a ver con más claridad en su vida, quizás incluso a superar aquel dolor que arrastraba desde 1969, bien encapsulado pero presente, siempre dispuesto a saltar como una fiera salvaje y a abrir de un zarpazo el caparazón que se había ido construyendo alrededor de sus sentimientos.

¿Era eso en definitiva lo que había logrado darle la constelación? ¿La posibilidad de abrir esa cáscara y mirar por fin qué había debajo?

No. No era eso. Ella sabía muy bien lo que había debajo: un terrible complejo de culpa y un dolor inacabable. Eso no era nuevo. Lo que sí era nuevo era lo que había aparecido: lo que nadie más que ella podía saber y sin embargo se había revelado en el grupo.

Y otra cosa: algo que ni siquiera ella sabía qué significaba pero que podría ser el cabo de un hilo del que valía la pena tirar.

Volvió a sacar el teléfono y tecleó rápidamente un mensaje para Carlos:

Déjame cenar ahora con calma. Al llegar al hotel
nos hablamos por Skype. Beso.

37

Y

Cuando dos horas más tarde, ya lista para la cama, se acomodó entre los almohadones para conectarse a Skype, tocó el botón del correo por pura inercia y abrió sus e-mails.

Álvaro, su hijo, le decía que iría al aeropuerto a recogerla. Martín Méndez confirmaba la cita con el director del museo. Almudena, su nieta, se disculpaba por no poder ir al aeropuerto y le pedía que no olvidara que habían quedado en Paloma Contreras, en la calle Fuencarral, para lo del vestido de novia. Varios mensajes de hoteles y líneas aéreas. Varias invitaciones a *vernissages* y *finissages*. Y un nombre que le puso la carne de gallina nada más pasar la vista por él: Jean Paul Laroche.

Cerró los ojos unos segundos y, cuando los abrió, el nombre seguía allí. En el asunto —tan propio de él—: «*Long time no see*».

¡Y tanto! No habían vuelto a verse, aunque sí se habían escrito de vez en cuando con el correr de los años, desde el entierro de Alicia el 25 de julio de 1969. Un escalofrío largo y diferente a todos la recorrió desde la nuca a los dedos de los pies. Por un momento estuvo tentada de borrar el e-mail sin abrirlo, pero la curiosidad la venció. O quizá fuera el deseo de castigarse una vez más, un poco más.

Querida cuñada, Helena magnífica, amada de las musas, gran pintora condenada a luchar por el reconocimiento universal en esta época absurda que nos ha tocado vivir de banalización del arte, de abaratamiento de todo lo que vale la pena.

¡Ah! Pero nosotros conocimos otra, ¿no es cierto, *ma belle*? Hubo una época en la que nosotros fuimos niños mimados del destino, hermosos, jóvenes, artistas, viviendo inocentes en el jardín del Edén, *sex and drugs and rock & roll*, ¿recuerdas?

Todo acaba, sí. Aquello acabó también. Hace tiempo.

He seguido tu vida *on and off*. Primero por los diarios y las revistas. Luego por internet, mágico invento que me permite ahora hablar contigo, o más bien escribirte sin saber siquiera dónde te alcanzarán estas palabras. Antes era necesario tener una dirección que te ataba a un lugar, al espacio que cubren los mapas. Uno podía saber con bastante seguridad que el destinatario de una carta la leería en el lugar donde uno lo estaba imaginando: en la cocina del piso de Madrid, en el jardín del chalet de Santa Pola, en la cama del ático diminuto de Montparnasse… Ahora nadie puede saber dónde estás cuando las palabras te alcanzan. ¿Dónde estás tú, bella Helena, mientras lees estas líneas? ¿Has sentido escalofríos al recibir este mensaje?

Soy viejo pero sigo siendo vanidoso. Solo eso explica mi frase anterior que, sin embargo, aunque me avergüence un poco, no quiero borrar. Me gusta la idea de haberte hecho sentir un estremecimiento. No tengo ya muchas ocasiones, por desgracia.

He sabido que vas a venir a Madrid. Hoy en día todo se sabe.

Casualmente yo también estoy en Madrid y me temo que seguiré estando mucho más tiempo del que quisiera.

Dejemos los misterios: estoy ingresado en una clínica. Ya te daré detalles si accedes a verme. Los médicos que me atienden son jóvenes y agradables. La clínica es carísima y saben que tienen que tratarme como cliente. No creo que salga vivo de aquí y si, por un milagro, mi cuerpo consiguiera sobrevivir, no creo que mi mente estuviera a la altura.

No quiero cansarte ni deprimirte con estas miserias propias de la edad. De mi edad, bella cuñada.

¿Vendrás a verme?

Sé que es mucho pedir. Sé que no es una perspectiva agradable, después de tanto tiempo. Pero hay ciertas cosas que quedaron por decir, ciertas cosas que me gustaría explicarte o que me expliques. Los seres humanos tenemos la absurda necesidad, especialmente cuando se acerca el final, de encontrar la coherencia en nuestra vida, de comprender la lógica de nuestras acciones, de cerrar círculos.

Quizá también de pedir y —¡oh, milagro!— recibir la absolución de las personas que más caras nos fueron en otros tiempos.

Sé que no tengo derecho a exigir nada. Sé que es posible que me odies porque durante más de cuarenta años he disfrutado de lo que debería haber sido tuyo. Ahora lo recuperarás. Puedo asegurarte que lo he cuidado bien y que ha sido lo más amado de mi vida.

No quiero suplicar, tú me conoces. Esto ya ha sido mucho más de lo que nunca pensé que haría. También eso lo sabes.

Si vienes, sabré que hay dios.

No tardes, Helena.

Parpadeó varias veces para quitarse las tontas lágrimas que se empeñaban en llenarle los ojos. El texto que acababa de leer era tan Jean Paul que dolía, que convocaba el tiempo más feliz de su existencia, los años en los que Alicia, Jean Paul y ella…

El insistente pitido del Skype le dio un susto tan grande que, sin darse cuenta, se encontró con una mano presionando el corazón mientras la otra manoteaba buscando el icono que permitiría establecer la conexión y haría que callara el horrible sonido.

Desde la pantalla, Carlos la miraba con preocupación.

—¿Pasa algo, cielo?

Detestaba con toda su alma que la llamara «cielo» o «cariño» o «tesoro»; se lo había dicho mil veces pero Carlos, simplemente, no lo podía evitar.

—Parece que has visto un fantasma —insistió.

—Algo así. —Cogió el vaso de agua que tenía en la mesita y dio un largo trago—. Acabo de recibir un e-mail de Jean Paul.

—¿Jean Paul?

—Mi cuñado. El marido de Alicia.

Hubo un silencio.

—¿Qué quiere?

—Está en Madrid, en una clínica. Quiere verme.

—¿Vas a ir?

—No lo sé.

Otro silencio.

—Cambiemos de tema. Anda, cuéntame lo de esta tarde.

—¿Tú a eso lo llamas cambiar de tema? —Tuvo la sensación de que si no se controlaba se le escaparía una risotada y Carlos pensaría que había bebido demasiado o que se estaba volviendo histérica.

—Cuéntame cómo ha sido la cosa.

Helena hizo una inspiración profunda y empezó a hablar.

—Ya sabes que los dos primeros días no pasó nada de particular, quiero decir, en lo que a mí se refiere. En otros casos parece que la gente sí consiguió avanzar en la solución de sus problemas; ya te conté del hombre que recordó de pronto que su abuelo había llegado a Australia no huyendo de los nazis sino al contrario, para ocultar lo que había sido en Alemania.

Carlos cabeceó afirmativamente.

—Esta mañana Maggie me preguntó si quería intentarlo yo y me pidió que explicara al grupo resumidamente cuál era la situación familiar en la que me gustaría ahondar. Tengo que confesarte que no me hacía mucha gracia tener que exponer ese tipo de cosas frente a un grupo de desconocidos. —«Ya», oyó decir a Carlos en voz baja—. Pero pensé que al fin y al cabo para eso había ido y tampoco iba a perder nada. De todas formas llevo toda mi vida pintando cuadros en los que, en la base, no hago otra cosa que desnudar mi alma frente a quien quiera ponerse delante de ellos.

»Bien. Pues como ya tenían mis datos básicos, me limité a decir que mi hermana mayor, Alicia, murió en 1969 —Helena tragó saliva como siempre que llegaba a ese punto—, bueno… que la asesinaron en la calle…, y que yo, desde entonces, siempre me he sentido culpable por seguir viva cuando Alicia, a la que yo adoraba, era la mejor de las dos… —Se le quebró la voz y desvió la vista hacia la ventana por la que no se veía nada, salvo un pedazo de cielo oscuro donde brillaba una estrella solitaria. Volvió a tragar saliva y continuó—: Maggie me pidió que eligiera a gente para representar a mis padres, a mis hermanos, a mí misma… Yo sola me di cuenta de que faltaba Jean Paul y lo coloqué también. Luego ellos empezaron a moverse, a interactuar… tú sabes cómo es. —Carlos asintió con la cabeza—. Ah, y Maggie también pensó que sería buena idea poner a alguien como Culpa. Como no podía ser de otro modo, mi padre se colocó en el centro de todo, dominando la situación, haciendo que todos se sintieran pequeños a su lado, y sin embargo… misteriosamente, al cabo de un rato empezó a decir que sentía una furia tremenda, lo que no me resultaba nada raro considerando que podía ser un hombre enormemente violento cuando se le provocaba… pero al preguntarle dijo que estaba furioso… te vas a reír… furioso… porque se sentía traicionado.

»Seguimos investigando y lo único que quedó claro era que no tenía nada que ver con mi madre, que no se trataba de ninguna traición sexual o sentimental, al parecer. No llegamos a saber qué era lo que lo había llevado a decir eso, pero, por extraño que te parezca, yo he sentido que era verdad y no paro de darle vueltas.

»Mi madre estaba siempre agarrada a la Culpa y parecía destrozada. En un momento dado se ha doblado de dolor por la cintura, agarrándose el vientre, y entonces yo me he dado cuenta de que no les había hablado de mi hermano Goyito, el que murió de niño de una meningitis. Y mi hermana… —volvió a tragar saliva—, mi hermana solo decía que quería marcharse.

—¿Y su interacción contigo?

—Me abrazaba… bueno, abrazaba a la mujer que me representaba, y me decía que me quería mucho pero que ahora tenía que irse, que necesitaba irse de allí. Pero lo más impresionante fue que de repente una de las mujeres que no estaban participando en ese momento, que estaba simplemente mirando lo que pasaba, se puso de pie y dijo que quería entrar en la constelación, que hacía falta que ella estuviera. Maggie la dejó entrar y, cuando le preguntó quién o qué era… —La voz de Helena se cortó.

—¿Sí? ¿Qué dijo? —urgió Carlos, inclinándose hacia la pantalla.

—Dijo… dijo que ella tampoco lo sabía seguro, pero… Dijo… dijo… que era importante, muy importante. —Hizo una pausa, mientras luchaba con la palabra que quería pronunciar y que se le atravesaba en la garganta—. Que era una sombra —soltó por fin.

—¿Una… sombra?

Helena asintió con la cabeza varias veces, sin hablar.

—¿Tú les habías dicho quién eres?

—Eso es lo curioso. No. Ni un mínimo indicio.

—Alguien debe de haberte reconocido.

—A los pintores nadie nos reconoce por la calle, Carlos. No digas tonterías. Esa mujer no podía saber que soy pintora y que siempre, siempre, hay una sombra. En todos mis cuadros.

—Y que nadie sabe de qué o de quién es —completó él—. Pero es tu marca de fábrica, Helena. A lo mejor solo quería halagarte.

Ella negó enérgicamente con la cabeza.

—¿Entonces?

—No hemos llegado a saberlo. —Hizo una pausa. No iba a contarle que había salido huyendo despavorida a encerrarse en el baño y que luego se había negado a seguir hablando del asunto con Maggie y con los demás—. Y ahora me escribe Jean Paul, después de quién sabe cuántos años, para decirme que quiere verme, que quiere explicarme algo y que yo le explique algunas cosas. ¿Tú crees que es posible que él sepa más de lo que sucedió entonces?

43

—No te hagas ilusiones, cariño. Si está enfermo… puede que la cabeza no le rija bien ya. ¿Cuántos años tiene?

—Setenta y siete o setenta y ocho, ya no sé bien.

—¡Ah! No es tan viejo como yo pensaba.

—Mi hermana tendría setenta y tres; cuatro y medio más que yo.

—Anda, preciosa, vete a dormir. ¿Cuándo sale tu avión?

—Mañana por la tarde.

—Entonces puedes dormir hasta que quieras, darte una vuelta por Sídney, tomártelo con calma. Mañana hablamos otra vez.

—Sí. Buenas noches, Carlos.

Sin darle tiempo a añadir nada más, Helena pulsó el botón rojo y se quedó mirando fijamente la pantalla apagada. Volvió a abrir el e-mail y leyó de nuevo el mensaje de Jean Paul buscando algo que no estaba allí. Lo que ella buscaba, si aún existía, estaba en Marruecos.

44

La caja

Foto 2

*L*a foto muestra a tres personas en un local público, presumiblemente un club nocturno o un lugar amplio habilitado para un baile, porque se ven mesitas redondas de mantel blanco con copas de champán anchas y bajas de las que se usaban antes, y la esquina de un escenario adornado con claveles blancos. El hombre vestido de traje oscuro —cincuentón, casi calvo, con una barriga considerable— sonríe orgulloso a la cámara mientras sus brazos rodean a dos muchachas veinteañeras vestidas con traje de noche que seguramente son sus hijas, aunque no se parezcan demasiado a él. Hay algo en la naturalidad y en el cariño con que están juntos que hace pensar que son una buena familia. No se aprecian los colores porque la foto es en blanco y negro, pero una de las chicas va vestida de claro y la otra de oscuro.

La que va de claro es más alta y algo más redondeada, con un busto pleno y en cierta forma maternal. Lleva el pelo rubio en un recogido con mucha laca que deja unas ondas sobre la ceja, y unas flores de tela a la altura del hombro del vestido de mangas cortas, acampanadas. No tendrá ni veinticinco años pero ya se nota que va a ser una esposa y madre modelo, o que ya lo es.

La otra lleva el pelo oscuro en una melena corta suelta, ondulada, con raya al lado, de manera que un ojo queda casi cubierto. Las cejas finas muy delineadas, a la moda de los años treinta, los labios rojo oscuro, casi negros en la foto. Su vestido, quizás azul intenso, quizá verde, es sencillo pero muy atrevido, sin mangas, de un tejido brillante que puede ser satén y que se pega a las curvas de su cuerpo moldeándolas hasta las caderas. A partir de ahí la falda se abre en un gran vuelo y las piernas quedan ocultas, al menos en reposo.

Las dos sonríen. Una con elegancia no exenta de timidez, la otra con un cierto descaro, como imitando a una estrella de cine, como si estuviera jugando a seducir al fotógrafo. No parecen hermanas, aunque sí hay un aire de familia en los rasgos de ambas y, fijándose, se nota que la nariz recta y fina del padre se repite, más pequeña, en las chicas.

La inscripción en la parte de atrás, tinta negra que se ha vuelto marrón con el tiempo, dice: *Papá, Pilar y yo en el Club Náutico. Julio 1935. Una hora más tarde iba a conocer a Goyo, pero aún no lo sabía.*

Después de las palabras hay un corazón dibujado.

3

Madrid. Época actual

Después de casi treinta horas de viaje, agotada por dentro y por fuera, se encontró en el aeropuerto de Madrid caminando por una cinta rodante entre cientos de personas, bajo un techo ondulado de colores que le recordaba las cajas de pinturas Alpino que Alicia y ella, a pesar de la diferencia de edad, invariablemente recibían el 8 de diciembre, por la Feria, esa tradición mediterránea que más tarde descubrió que debía de ser un reflejo de la fiesta de San Nicolás de otros países.

Delante de ella, en la cola de los pasaportes, dos mujeres aproximadamente de su edad comentaban entre risas las incidencias del viaje a México del que estaban volviendo. Aunque no se parecían demasiado entre sí, era evidente por su forma de hablar, de mirarse y tocarse que eran hermanas. El mundo estaba lleno de parejas de hermanas que viajaban juntas, que compartían habitaciones de hotel, que salían de compras, que quedaban para comer las dos solas, para tener ocasión de contarse sus cosas, de criticar a sus maridos, a sus suegras, a sus nueras y yernos… todo lo que ella habría querido hacer con Alicia y se había acabado para siempre en 1969, cuando ella apenas había cumplido veintidós años y aún era la hermana pequeña de una mujer casada de casi veintisiete.

Nunca había tenido ocasión de relacionarse con ella de

igual a igual, de ser la que aconsejara a su hermana en algo, la que pudiera ofrecerle ayuda, dinero, una casa donde quedarse un tiempo para coger fuerzas. Todo lo que Alicia le había dado a ella en los veintidós años que duró su relación.

Le hizo gracia que, de las hermanas que hacían cola delante de ella, una llevaba los pasaportes de las dos. Seguramente llevaría también los *vouchers* de los hoteles, la hoja con el itinerario, los libros de viajes… todo organizado en la mochila de calidad que llevaba colgada del hombro. La otra hablaba por los codos, se reía y llevaba un sombrero rojo de paja calada, con flores.

Se preguntó qué papel le habría tocado a ella si Alicia no hubiese muerto. ¿Se habría convertido en la hermana desenfadada, alegre, un poco loca, o habría ocupado el papel de la hermana responsable y organizada para dar ocasión a Alicia de desplegar todo su temperamento artístico, que ambas, obviamente, tenían en abundancia aunque en distintos campos?

Preguntas que nunca obtendrían respuesta.

Recogió la maleta, tan pequeña que ni siquiera habría sido necesario facturarla y, arrastrándola sin esfuerzo, caminó hacia las puertas correderas preparándose para encontrarse con Álvaro, a quien llevaba dos años sin ver. Un hijo de casi cuarenta y seis años que no había vivido con ella prácticamente jamás.

Habría preferido salir a la calle, tomar un taxi y meterse en la cama de un hotel céntrico. Ni le apetecía dar conversación y fingir que se encontraba de maravilla, ni tenía ganas de confesar que estaba agotada, que la edad empezaba a pasarle factura.

«No te mientas, Helena —se dijo—. El cansancio es el cansancio, pero lo que de verdad no te apetece es encontrarte con Álvaro, que siempre ha sido un pijo insoportable y, si te tolera como madre y ha venido a recogerte, es simplemente porque eres alguien y no le da vergüenza presentarte si se encuentra con gente de su ambiente.»

Sintió una punzada de vergüenza al pensar así sobre su propio hijo, pero lo dejó correr sin darle más vueltas. Al fin y al cabo nadie está obligado a que le gusten sus hijos. O sus padres. Y tenía que reconocer que ella nunca se había esforzado demasiado. Álvaro tenía diez años cuando el divorcio, pero Íñigo y ella llevaban mucho más tiempo sin vivir juntos y el niño siempre había vivido con su padre. Era normal que su relación fuera simplemente civilizada, sin mucho más.

Se abrieron las puertas y allí estaba Álvaro, tan guapo como siempre, mordisqueando la patilla de las gafas de sol, vestido con vaqueros negros y una americana de diseño con un estampado lo bastante llamativo como para que los ojos se giraran en su dirección, pero lo bastante discreto como para ser de excelente gusto.

—¡Mamá! ¡Bienvenida! ¡Qué bien te veo!

Se abrazaron unos segundos. Prefería que la llamara por su nombre, y de hecho era lo que solía hacer, pero debía de estar en plena euforia familiar con lo de la boda de la niña.

—Es que me sientan muy bien los viajes de treinta horas y la ropa de andar por casa.

A pesar de lo mordiente del comentario, Álvaro se rio, le cogió la maleta y, tomándola delicadamente del codo, la fue dirigiendo por el aeropuerto hasta el coche, un Alfa Romeo negro descapotable.

—Me ha dicho un pajarito —comenzó en cuanto hubieron salido del aparcamiento— que el Reina Sofía va a montar una retrospectiva tuya.

—Ese pajarito no está bien informado. Aún no hay nada definitivo.

—Pero tienen interés.

—Digamos que en principio sí. Pero entre el primer interés y la exposición pueden pasar muchas cosas, y muchos años.

—Tú te lo mereces, mamá.

—Indudablemente.

Álvaro le echó una mirada de reojo por si se trataba de un comentario jocoso y tocaba sonreír.

—No es ironía, querido. Lo digo en serio. Llevo casi cuarenta años de profesión, he expuesto en las galerías y museos más prestigiosos del planeta, hay cuadros míos en los mejores museos de arte moderno, cobro casi tanto como un artista varón, soy un referente en la pintura moderna y, si hablamos de pintura femenina moderna, Helena Guerrero es «la» pintora que hay que conocer. Son datos objetivos. Y sin embargo… en España da la sensación de que con Picasso y Dalí se les paró el reloj, y que el hecho de ser mujer sigue siendo un inconveniente insalvable, de modo que… no hay que hacerse muchas ilusiones. Ya veremos. A todo esto, ¿adónde me llevas?

—Al chalet.

—¿Al quinto infierno?

—San Sebastián de los Reyes no es el quinto infierno, mamá. Está prácticamente al lado de Madrid. Y estamos todos allí de momento.

—Yo prefiero algo más céntrico, donde pueda moverme sola, en taxi o en metro. ¿No está libre el piso del edificio España?

—El edificio completo se vendió hace un par de años. A una compañía china. Estoy seguro de haberte escrito contándotelo. Aunque ahora parece que va a volver a comprarlo un *holding* español.

—¿Y el apartamento de Torre Madrid?

Álvaro bufó delicadamente.

—Está arreglado para alquileres cortos, que es la mejor forma de sacarle partido.

—Perfecto entonces. ¿Está libre?

—Sí. Casualmente sí, pero está comprometido para dentro de tres semanas.

—Dentro de tres semanas yo tengo que estar en Chicago, así que no es problema.

Los labios de Álvaro estaban tan apretados que formaban una línea recta en su cara, como un corte de cuchillo.

—Entonces, ¿prefieres que te lleve allí?

—Con mucho.

Haciendo una maniobra brusca, Álvaro dio la vuelta a una rotonda y regresó hacia la zona centro de la ciudad.

—Te estaban esperando todos —dijo al cabo de un minuto en un tono de contrariedad casi infantil.

—¿Quiénes son todos?

—Sara, mi mujer…

—Sé quién es Sara —lo interrumpió Helena.

—Marc, Almudena y su novio… hasta papá pensaba pasar esta tarde a darte la bienvenida.

—¡Qué considerado! Discúlpame con él y dile que nos veremos en la boda. No hay prisa. Oye, dime, ¿qué tal es el chico?

—¿El chico? ¿Marc?

—No. Tu futuro yerno.

—Ah, ¿Chavi? Bien. Muy buena cuadra.

—¿Me gustará?

—No creo. A ti hace tiempo que no te gustamos ninguno de nosotros. No somos lo bastante bohemios seguramente. —Aparcó en doble fila delante del edificio y dio un tirón al freno de mano como si quisiera arrancarlo.

—Venga, Álvaro, no seas pueril. Claro que me gustáis. Sois mi familia. Yo es que siempre he sido un poco seca, ya lo sabes tú. Y muy independiente.

—Sí. Eso será. Anda, vamos, no puedo dejar aquí el coche mucho tiempo.

—¡Qué hijo más listo tengo! Veo que llevabas las llaves del piso encima.

—Sí. Y ahora tendré que pagarle una cena a mi mujer.

Helena lo miró inquisitivamente.

—Nos apostamos que no vendrías al chalet ni a pasar la primera noche. He perdido.

—Muy lista, Sara; me alegro de que tengas una mujer inteligente. Anda —dijo dándole un golpecito en las costillas—,

51

me dejas dormir hasta las siete de la tarde y luego mandas a alguien a que me recoja y ceno con vosotros en el chalet.

El rostro de Álvaro se iluminó.

—¿Y te quedas a dormir? ¿Solo por esta noche?

—¡Cuánto te gusta ganar, hijo mío! —En el ascensor Helena se colocó de espaldas al espejo—. En eso nos parecemos. De acuerdo, me quedo esta noche y así Sara tiene que pagarte la cena. —«Y además se fastidia al darse cuenta de que no me tiene tan calada como ella cree», añadió para sí misma—. Pero luego prefiero vivir aquí, a mi aire. Tengo los ritmos algo cambiados y no estoy acostumbrada a tener gente a mi alrededor; mucho menos a los niños.

—Almudena y Marc ya no son niños, mamá. Ella está a punto de casarse, él vive solo; son tus nietos y apenas te conocen.

—Marc no es nieto mío y no lo he visto más que una vez en la vida.

—Es hijo de mi mujer y lo hemos criado juntos, pero vale, bien, de acuerdo. No es nada tuyo.

Álvaro abrió la puerta del apartamento y dejó pasar a su madre. Olía a un perfumador de vainilla por encima de un olor más seco, a polvo, a piso deshabitado. Muebles elegantes, neutros; en las paredes, cuadros a juego con los colores básicos que había elegido el decorador: crema y toda la gama del rojo. La falta de imaginación hecha interiorismo.

La cama era enorme, llena de almohadones y cojines, con un cobertor de opulencia casi oriental.

La vista seguía siendo lo mejor porque, al estar en el piso quince, abarcaba la Plaza de España abajo, la Gran Vía enfrente, y a la derecha, el Campo del Moro hasta el Palacio de Oriente.

—Fue una gran compra la que hizo tu abuelo —comentó Helena mientras Álvaro abría las ventanas para ventilar.

—Debía de tener muy buenas relaciones. Esto no estaba al alcance de todo el mundo, incluso teniendo dinero. Fue el segundo rascacielos construido en Madrid.

—Sí. El primero fue el de ahí enfrente, el edificio España. Ese fue también el primer piso que compró mi padre, aún en plano, en plena posguerra.

—Lo que yo te digo: excelentes relaciones con la cúpula de entonces. Siento no haber tratado más al abuelo Goyo.

—Era un franquista fanático, pero fue un buen padre. Y al fin y al cabo… tú también eres de derechas; os habríais llevado bien. Siempre apreció la capacidad de un hombre para hacer dinero. —«Incluso cuando se ganaba los cuartos haciendo ropa de mujer, como su yerno francés», recordó, y el pensamiento la llevó directamente a su cuñado en la clínica.

—Pues si no necesitas nada más… A ver si evito la multa. —Se dieron dos besos ligeros en las mejillas—. Vendrá alguien a recogerte a las siete.

—También puedo coger un taxi.

—Déjate mimar un poco, mamá. ¡Para una vez que vienes!

Cuando Álvaro se hubo marchado, Helena dio un par de vueltas por el apartamento tratando de recuperar las imágenes de cómo era cuarenta y cinco años atrás, cuando llegaron Íñigo y ella a ocuparlo. Ella con veintitrés años, embarazada de varios meses, recién casada con un arquitecto de veinticinco a quien ya entonces no quería. Las fiestas que habían dado allí para los amigos. La vida que se empeñaba en continuar después de la muerte de Alicia. Las visitas de su madre vestida de negro de arriba abajo, con los ojos hundidos en unos círculos morados y las manos perennemente apretadas en torno al rosario que había vuelto a sacar de la caja de palosanto donde había quedado olvidado durante tantos años, a medida que había ido superando el dolor de perder a su único hijo varón con solo ocho años.

Helena apenas recordaba a Goyito. Ella solo tenía cinco y pico cuando murió.

Ahora se daba cuenta de cuánto habían debido de sufrir sus padres al perder primero a Goyito, después a Alicia y

53

más tarde a ella, cuando se separó de Íñigo y se marchó a Tailandia sin saber bien a qué.

Pero había hecho muy bien en marcharse, en alejarse de todo aquello, de un marido a quien no había querido nunca, de un hijo que había llegado por casualidad, sin que nadie lo llamara, de unos padres para los que ella se había convertido en la única esperanza y la única posible redención de sus errores vitales, de unos suegros que querían convertirla en una señora de la mejor sociedad madrileña de la España franquista, un país inculto, estrecho, cutre, ruin, donde todo estaba prohibido y la Iglesia seguía dictando el comportamiento de todo el mundo, especialmente el de las mujeres.

Sabía que todos la habían tildado de egoísta, de loca, de mala hija, de mala madre… pero eso no importaba. De todo aquello había surgido su yo pintora. De aquella chica de veintitrés años que estudiaba empresariales para poder asociarse con la empresa de moda de su hermana y su cuñado, pasando por un asesinato, un parto y un abandono familiar, había nacido Helena Guerrero, la pintora más destacada del siglo, aunque tuviera que seguir luchando con sus colegas masculinos, con los galeristas y los coleccionistas y los directores de museos para que le pagaran lo que le correspondía y no la hicieran de menos por ser mujer.

Había corrido mucha agua por el río desde que durmió por primera vez en aquella habitación de Torre Madrid donde ahora se estaba desnudando. Ya no era joven, su cuerpo ya no era tan liso y tan firme como entonces; pero tenía mejor mente y, sobre todo, había aprendido a aceptarse como era, a quererse, a apreciarse e incluso a perdonarse muchos de sus errores. Salvo uno.

Valencia, 1935

Ya en la escalinata del Club Náutico se oía con fuerza la música que llegaba desde el salón de baile. Una orquestina interpretaba con gran entusiasmo la canción de moda —la *Carioca*— que se oía por todas partes desde que un par de meses atrás el público la había descubierto de la mano de Fred Astaire y Ginger Rogers en su última película estrenada en España con un éxito colosal, *Volando a Río*.

Los dos jóvenes intercambiaron una mirada divertida y se dirigieron con rapidez hacia un soldado que, después de saludarlos marcialmente, les pidió sus nombres para comprobar sus invitaciones. Mientras el soldado se aseguraba de que ambos oficiales estaban en la lista, unas chicas vestidas de baile atravesaron el vestíbulo en dirección al tocador entre risas y miradas de reojo.

—Aquí los tengo: teniente Vicente Sanchís y capitán Gregorio Guerrero. ¡Que lo pasen bien, señores!

Las muchachas se demoraban junto al espejo del vestíbulo, arreglándose las ondas del pelo, sin quitarle ojo a los dos oficiales que, en uniforme de gala y con la gorra bajo el brazo, estaban encendiendo un cigarrillo.

—¿Ves, Goyo? Te dije que valía la pena venir.

—Eso parece. Aunque, la verdad, recién llegado de Marruecos esto resulta de momento… no sé cómo llamarlo…

—¿Frívolo?

—Sí, también, pero eso no es lo peor. No sé… poco real, como algo visto en un cine, que no tiene mucho que ver con la vida como es.

—Eso lo arreglan unos vermuts de momento y luego, si tenemos suerte con las señoras, unas copas de champán —rio Vicente, poniéndole una mano en el hombro para empujarlo hacia el interior—. Vamos a ver quién hay. Supongo que todos marinos, claro. La fiesta la ha organizado el comandante naval de Valencia, en honor de la Virgen del Carmen. Si hubieras venido por San José, como te dije, habrías visto las Fallas, y en la fiesta de Comandancia todo el mundo llevaba nuestro uniforme.

55

—Uno no siempre puede disponer a su gusto, y marzo fue un mal mes en Marruecos.

—Venga, deja de hablar de moros y vamos a divertirnos.

Entraron a la sala grande, que había sido habilitada para salón de baile. Al fondo, frente a las cristaleras que daban al puerto, una pequeña orquesta, con una vocalista tan rubia y casi tan explosiva como Jean Harlow, tocaba ahora una canción más lenta. En la pista, docenas de parejas de militares de blanco y mujeres de largo vestidas de todos los colores del arcoíris bailaban sonrientes. No abundaban las jóvenes, pero las había, casi todas al borde de la pista, en grupos familiares, de pie o sentadas, fingiendo que no tenían demasiado interés en ser sacadas a bailar.

Los oficiales se dirigieron primero a presentar sus respetos al comandante Tejada y, una vez hechas las presentaciones, Vicente llevó a Goyo hacia el bar, donde pidieron dos vermuts con Picon.

—Oye, Vicente, ¿sabes por casualidad quién es ese pimpollo? —Guerrero había cogido del codo a su amigo y trataba de dirigir su atención hacia la zona de la orquesta, donde un hombre maduro, de barriga prominente, vestido de civil, bromeaba con dos muchachas jóvenes.

—¿Cuál?

—Aquella, la de verde.

—Pues si no me equivoco, deben de ser las hermanas Santacruz, Blanca y Pilar, porque el tío de la barriga es Santacruz en persona.

—¿Y quién es Santacruz?

—Un industrial importante, de los que tienen bien forrado el riñón. Hace zapatos de caballero y botas militares. Desde que entraste en el Ejército, todas las botas que has destrozado las ha hecho ese señor en sus fábricas.

—¿Lo conoces?

—Por encima. Juega al dominó en el Ateneo con mi padre y mis tíos.

—Pues me lo vas a presentar. Y a sus encantadoras hijas,

por supuesto. —Se acabó el vermut de un trago, se pasó el dedo por el bigote peinándolo bien hacia abajo y le guiñó un ojo a su amigo.

Juntos, cruzaron el salón. Vicente se detenía unos momentos con unos y con otros para saludar y presentar a su compañero. Gregorio trataba de tener paciencia sin quitar ojo a la muchacha de verde, que seguía de pie, abanicándose, mientras hablaba con su padre y su hermana.

Por fin llegaron frente a ellos y Vicente se cuadró, a pesar de que el empresario era un civil.

—Don Mariano...

—*Vicent, fill... Com està el teu pare?* —El hombretón abrazó al joven, palmeándole los hombros con fuerza. Las chicas miraban con curiosidad a los oficiales.

—Bien, muy bien. Mire, don Mariano, quería presentarle a un compañero mío que está aquí de permiso y no conoce Valencia, el capitán Gregorio Guerrero, Goyo para los amigos.

—Encantado, joven. —Don Mariano le estrechó la mano mientras lo miraba como tratando de adivinar su carácter—. Conque de permiso... ¿Dónde sirve usted?

—En Marruecos, señor.

—Un hombre valiente.

—El valor siempre se le supone a un soldado —sonrió Goyo, modestamente.

—Y por lo que veo, ya capitán, a su edad... ¿se ganó esos galones en África?

—Los primeros en África, don Mariano; el ascenso a capitán en Asturias, hace poco.

—Mi enhorabuena.

El industrial cambió una rápida mirada con los dos hombres, indicándoles con claridad que prefería cambiar de tema, dada la compañía femenina. La huelga de los mineros de Asturias y su posterior represión por parte del Ejército —para la que había sido necesario emplear mano dura, llegando incluso

57

hasta algunas ejecuciones— no era un asunto que quisiera tratar estando sus hijas presentes, a pesar de que personalmente le habría interesado enterarse de algunas cosas a través de un oficial que había tomado parte en ello.

—Estas son mis hijas. Aquí Pilar, la mayor, y esta otra, Blanca, la pequeña, la que hace que me salgan todas estas canas. Entre eso y el poco pelo que me queda…

—¡Qué forma de exagerar, papá! Mucho gusto. —Blanca fue la primera en ofrecerle la mano a Goyo. Tenía unos ojos verdes, rasgados, que brillaban como los de los gatos. De camino a Valencia, Goyo había escuchado en Sevilla, en un café-cantante, una canción nueva que se llamaba *Ojos verdes* y le había llegado al alma: «Ojos verdes, verdes como la albahaca, verdes como el trigo verde y el verde, verde limón. Ojos verdes verdes, con brillo de faca que se han clavaíto en mi corazón». Así eran los ojos de Blanca, con brillo de faca.

58

—Mucho gusto, señorita. Don Mariano, ¿me concedería el honor de permitirme un baile con su hija?

—¿Y por qué no me lo pregunta usted a mí? —intervino Blanca—. Si quisiera usted una silla de mi casa, estaría bien que le pidiera permiso a mi padre primero, pero para bailar… Ya se habrá dado usted cuenta de que tengo boca.

—Y preciosa, además. Hay cosas que no se pueden dejar de ver, señorita.

—Baile usted, capitán, baile. Saque a mi hija y no me la devuelva hasta dentro de treinta años.

—Mire que podría tomarle la palabra…

Todos soltaron la carcajada y Vicente, obedeciendo la perentoria mirada de Santacruz, pidió y obtuvo permiso para sacar a Pilar.

La vocalista se retiró a hacer un descanso y uno de los músicos, dejando el violín a un compañero, se acercó al micrófono y anunció que la siguiente pieza sería un tango en honor a Carlos Gardel, recientemente fallecido en un accidente aéreo.

Goyo y Blanca se miraron a los ojos unos segundos; luego él puso su mano en la cintura de ella y, con firmeza, la atrajo hacia sí, enlazándola.

—De modo que militar —comentó ella.

—De algo hay que vivir.

—Entonces, ¿no es usted militar por convicción?

—Por convicción, por vocación, por destino, porque nunca quise ser otra cosa desde que nací. Si le he contestado eso de antes, ha sido solamente porque, a juzgar por su tono, temía no agradarle, pero es una tontería. Soy militar por encima de todo y es mejor que lo sepa usted desde el principio, Blanca.

—¿Y eso?

—Porque voy a hacer todo lo posible por que se case usted conmigo y hay ciertas cosas que deben estar claras desde el primer momento.

Blanca echó atrás la cabeza y soltó una carcajada.

—¡Qué rapidez la suya, Gregorio!

—Para usted, Goyo.

—Si acabamos de conocernos…

—Yo he tenido esos ojos suyos grabados dentro desde que nací. He tardado en encontrarlos, eso sí, ya no soy un crío. Por eso ahora no puedo perder tiempo y arriesgarme a que otro se me adelante. Es usted la mujer más hermosa que he visto en mi vida.

—¡Qué zalamero!

—No era mi intención. Yo siempre digo la verdad, Blanca, tendrá usted que acostumbrarse. ¿Le apetece que salgamos un momento a tomar el aire? Hace mucho calor en este salón.

La muchacha le echó una mirada de reojo calculando hasta qué punto debía fiarse de aquel guapo capitán. Era cierto que hacía mucho calor; sería agradable salir a ver el mar, quizá se hubiese levantado algo de brisa y además, aunque se le notaba que estaba deseando besarla, también estaba claro que era un hombre de honor y no haría nada que ella no le permitiera. No iba a propasarse en una fiesta de Comandancia y con su padre presente, de modo que con una caída de ojos que no fallaba jamás, asintió dulcemente y cruzaron las puertas que daban a la terraza donde muchas otras parejas debían de haber pensado lo mismo que ellos dos. Seguía habiendo bastante luz pero había lugares en sombra o apenas iluminados por hilos de bombillas pintadas de colores. La luna rielaba en las aguas quietas creando un camino plateado en el mar; los veleros se balanceaban imperceptiblemente, el humo de los cigarrillos velaba las estrellas y por todas partes se oían chasquidos de mecheros, risas contenidas, susurros de conversaciones íntimas.

Goyo y Blanca caminaron unos metros por el pantalán alejándose del tumulto, en silencio; luego él sacó una pitillera de plata donde reposaban seis cigarrillos perfectamente cilíndricos y le ofreció uno con total naturalidad, lo que hizo que Blanca se mordiera el interior de las mejillas para no delatar su deleite de que la estuviera tratando como a una mujer adulta y sofisticada. Goyo le acercó la llama de su mechero, prendió también su pitillo, y ambos aspiraron profundamente mientras sus ojos se clavaban en la luna. Blanca ardía por preguntarle cuánto tiempo se iba a quedar en Valencia, pero no podía arriesgarse a que aquel hombre maravilloso pensara que era una fresca sin ningún tipo de pudor. ¡Cuánto le fastidiaba a veces ser mujer, tener que esperar pasivamente a que los hombres se decidieran!

—Me quedan muy pocos días en Valencia —empezó Goyo por fin. «Gracias, Dios mío», pensó Blanca para sí. El capitán acababa de responder a su pregunta no formulada—. ¿Sería demasiado atrevimiento pedirle que nos viéramos mañana otra vez? ¿O pasado?

—Pasado es el cumpleaños de mi prima Amparo. Ha invitado a un montón de amigos. ¿Le apetecería venir?

—Con mucho gusto. Pero yo me refería a vernos usted y yo, solos.

—¿Solos?

—Sin ningún tipo de mala intención, Blanca. Es que, como tengo poco tiempo, yo lo que quiero es conocerla mejor, que hablemos de muchas cosas… y eso en un cumpleaños… no es lo mismo.

—Sí. Tiene usted razón.

—¿Entonces?

—Podríamos dar un paseo por Viveros mañana por la tarde, si quiere. Son unos jardines muy bonitos, frescos. Podríamos tomar una horchata. —Aunque lo estaba deseando, Blanca se esforzó por que sus palabras sonaran ligeras, como quitándole toda la importancia a la cita, como si fuera algo que había hecho mil veces con otros admiradores.

—La recogeré en su casa a la hora que usted me diga.

—¿A eso de las siete?

—Como un clavo. —Le sonrió mirándola fijamente a los ojos—. Y ya que está usted en vena de conceder favores… ¿me permite que le pida algo más?

—Según.

—¿Podré escribirle cuando esté lejos?

—¿Vuelve usted a Marruecos?

—Por lo pronto sí, aunque es posible que después tenga que incorporarme a un nuevo destino. Si usted me permitiera escribirle, me haría muy feliz, Blanca.

—Bueno —dijo al cabo de unos segundos—. Lo que no sé es si yo le escribiré a usted. No suelo. No soy buena escribiendo y nunca sé qué decir.

—Con que usted me permita escribirle, ya verá como lo demás viene por sus pasos.

—¿Escribe usted bien?

—Me precio de tener un cierto talento epistolar.

—Habla usted como un libro antiguo.

Goyo sonrió pero no dijo nada. La tomó suavemente del brazo, por encima del codo, para dirigirla de nuevo hacia la sala de baile. Sus dedos se demoraron apenas sobre su piel.

61

—Mataría por un beso suyo, Blanca —dijo sin mirarla mientras caminaban acompasados por el pantalán.

Por una vez en su vida, Blanca no supo qué decir, de modo que siguió avanzando como si no lo hubiera oído.

—¡Mire! —dijo él deteniéndose y señalando al cielo—. ¡Una estrella fugaz!

Los dos vieron el trazo incandescente sobre el cielo nocturno.

—¿Ha pedido un deseo? —insistió él.

—Sí. ¿Y usted?

—También.

Dieron un par de pasos hasta detenerse debajo de una palmera cuyas palmas formaban un paraguas siseante sobre sus cabezas. Blanca se puso de puntillas y acercó sus labios a los de Goyo. Algo más que un beso casto. Algo menos que un beso de pasión.

62   —¿Es esto lo que le ha pedido a la estrella? —susurró ella mirándolo a los ojos en la penumbra.

Él la enlazó fuerte y la besó como ella llevaba toda la noche deseando. Pero solo una vez.

—Vamos dentro, Blanca —dijo Goyo con una inspiración—. Estarán ya buscándonos.

En el interior el ambiente estaba considerablemente caldeado, las mejillas enrojecidas, los ojos más brillantes por el baile y el alcohol. Apenas entraron, Vicente Sanchís se materializó a su lado junto con Pilar, con quien parecía haber estado bailando hasta ese momento.

—¿Dónde os habíais metido, picarones?

—Hemos salido un poco a tomar el fresco.

Bailaron un rato más, cambiando de pareja un par de veces, hasta que decidieron sentarse un poco a descansar. Un camarero dejó sobre la mesa la botella de champán que habían pedido después de que los dos hombres decidieran con una mirada que pagarían a medias. Vicente sirvió las copas.

—¿Cuánto tiempo se va a quedar en Valencia, capitán? —preguntó Pilar a Goyo.

—Muy poco, por desgracia. Tengo que marcharme el miércoles para regresar a mi puesto en Tetuán.

—Dicen que es precioso, a pesar de lo lejos que está.

—Sí, está lejos —dijo Goyo mirando a Blanca, que estaba sentada enfrente de él—, pero su hermana de usted me ha permitido que le escriba y así el tiempo se me hará más corto.

—Uf, no se haga muchas ilusiones. Mi hermana tiene muchos admiradores y recibe muchas cartas, pero no contesta nunca. Me da pena pensar que ponga usted demasiadas esperanzas en esta cabeza loca. —Pilar le dio un empujoncito con el codo a Blanca, que se sentaba a su lado. Goyo se limitó a sonreír.

Salieron todos juntos a la terraza para los fuegos artificiales y una hora más tarde, don Mariano se acercó a sus hijas para decirles que acababa de pedir el coche, que ya le parecía buena hora para marcharse.

—Papáaa… —se quejó Blanca—. Si aún es pronto…

—Para mí no. Y vuestra madre estará ya nerviosa.

—Nuestra madre estará durmiendo como un ángel a estas horas.

—¿Está enferma su esposa? —preguntó Vicente, solícito.

—No, hijo, nada grave. Una de esas horribles migrañas que le dan de vez en cuando. Vamos, princesas, a casa.

Las chicas suspiraron, pero no insistieron más, lo que a Goyo le resultó agradable, pues quería decir que las habían educado para saber quién manda y cuándo hay que obedecer sin más.

Don Mariano se despidió de los dos jóvenes con un fuerte apretón de manos.

—Ya sabe usted, capitán Guerrero, me tiene a su disposición.

—¿Por qué no vienen ustedes mañana a comer a casa? —intervino Pilar, evitando cruzar la mirada con su padre, por miedo a que no le gustara la idea. Pero una vez formulada la invitación, sería de muy mal gusto llevarle la contraria—. A eso de las dos.

—Será un honor —dijo Goyo enseguida—. Muy agradecidos.

—Encantados, don Mariano —añadió Vicente—, pero ¿no será una imposición? Si doña Carmen no se encuentra bien…

—No se preocupen ustedes, Encarnita guisa de maravilla y la ayudaré yo misma. Bueno, Blanca y yo. Mamá no tendrá que hacer nada, y siempre le gusta conocer gente nueva. Así será casi como si no se hubiera perdido el baile.

Los oficiales se despidieron besando la mano de las muchachas. Goyo, inclinando la cabeza frente a Blanca, le lanzó una mirada desde abajo, entre sus espesas pestañas, que hizo sentir a la muchacha carne de gallina en todo el cuerpo. Era verdad lo que había dicho su hermana, siempre había tenido muchos admiradores, pero aquel hombre era otra cosa, algo totalmente diferente.

Cuando las tres figuras —don Mariano en el centro con una hija a cada lado cogidas de su brazo, una de verde esmeralda y otra de rosa pálido—, se hubieron perdido tras las puertas del salón, los dos hombres se dirigieron a la barra y pidieron dos coñacs.

—Así que te gusta Blanquita… —comentó Vicente.

—Pues sí. Mucho. ¿Y tú qué tal con Pilar?

—No se me había ocurrido jamás hablar con ella, y mira que hace tiempo que la conozco, pero la verdad es que me ha caído muy bien. Es mucho más modosa y más dulce que su hermana.

—¿Te parece?

—Yo no podría soportar a una mujer como Blanca, tan moderna, siempre dando su opinión sobre cualquier cosa. ¿Sabes que conduce?

—¿Ah, sí?

—Y monta a caballo y va en bicicleta, y no se pierde una inauguración de arte o una obra de teatro, incluso de las atrevidas, como las de ese Lorca que se ha hecho tan famoso. Yo prefiero otro tipo de mujer. De las que saben cuál es su lugar y no quieren estar por encima de su marido.

—A cada cual lo suyo —concluyó Goyo.

—¿Te imaginas que acabáramos siendo cuñados? Don Mariano les dará una buena dote a sus hijas. A mis padres no les daría ningún disgusto que emparentara con los Santacruz.

—No te hagas muchas ilusiones, Vicente. Sabes muy bien cómo están las cosas —dijo Goyo bajando la voz—. Puede que muy pronto ya no sea tiempo de bodas y bailes.

—¿Tienes noticias?

—Algo sé, pero no es el momento ni el lugar para hablar de ello. Tengo un par de cosas que contarte. En privado.

—Luego en casa.

Se acabaron las copas de un solo trago, fueron a despedirse del anfitrión y, al salir a la calle, sus pensamientos ya no giraban en torno a las hermanas Santacruz sino sobre la cita que les acababa de dar el comandante Tejada para la noche siguiente, disimulada como reunión de fraternidad entre oficiales de distintas armas.

Las cosas estaban empezando a moverse.

4

Madrid. Época actual

—$\mathcal{N}$o sabes lo que me alegro de que te hayas venido conmigo, Helena.

—¿Y eso?

—Llevo toda la tarde tratando de hablar contigo, pero como todo el mundo estaba empeñado en acapararte, no había manera. Y como yo ni siquiera soy realmente de la familia…

Helena giró la cabeza hacia el muchacho al volante y enseguida la volvió de nuevo al frente. Últimamente le dolía el cuello si lo giraba demasiado en una u otra dirección.

—Bueno… ahora eso de la familia ya no se toma con tanta exactitud como antes.

—No soy más que el hijo del primer matrimonio de la actual esposa de tu hijo —precisó Marc.

—Ya. El hijo de Sara. El hijastro de Álvaro. Creo que la última vez que te vi tenías diez años o así.

—Once. Fue cuando fuimos a Australia a visitarte, poco después de la boda de mi madre con Álvaro. Ahora tengo casi veintitrés, como Almudena.

—Pues sí que tienes buena memoria.

—Es que me impresionó mucho tu casa, y tu estudio. Entonces decidí que quería ser pintor, como tú.

—¡Ah! ¡Vaya!

Habría preferido tomar un taxi y no tener que entablar conversación con nadie porque, a pesar de que la noche anterior y todo el domingo habían resultado mucho más agradables de lo que había pensado, y de que había podido echarse una siesta y todo el mundo se había ocupado de que estuviera cómoda, ya tenía ganas de volver a estar sola, de no tener que socializar con su familia. Si había aceptado la oferta de Marc de llevarla a Madrid era simplemente porque nunca había podido decir que no a ir en un coche rápido con un chico joven y guapo. Por estúpido que resultara, eso era algo que siempre la hacía sentirse mejor. Y Marc era condenadamente guapo.

—Sigo en ello, ¿sabes? —insistió el chico, al darse cuenta de que ella no pensaba añadir nada más—. Conseguí entrar en Bellas Artes y allí estoy, aunque si quieres que te diga la verdad, bastante harto de tanto convencionalismo. Los grandes no pasaron por la Academia o la rechazaron incluso en mitad de los estudios. Estoy pensando en dejarla. Para el tipo de cosas que yo hago, no necesito lo que me enseñan. Tú no estudiaste, ¿verdad?

—Sí. Claro que estudié —lo contradijo Helena con vehemencia—. En Estados Unidos. Una formación académica no te garantiza el éxito, pero al menos conoces las técnicas. Mira, Marc, es así de fácil: primero demuestra que eres capaz de pintar como Velázquez y luego podrás hacer lo que quieras.

Por el rabillo del ojo vio cómo Marc apretaba los labios. Estaba claro que no era eso lo que quería oír.

—Oye —dijo el chico, como si se le acabara de ocurrir la idea, al cabo de unos kilómetros en los que ambos se limitaron a escuchar una emisora de radio que ponía música de los setenta—. ¿Podría enseñarte mi trabajo? Me serviría de mucho tu opinión.

Ella suspiró. No tenía ningún interés en pelearse con el hijo de Sara y contribuir con ello al mal ambiente que antes o después se desplegaría en la familia, pero nunca mentía cuando le pedían una opinión profesional, y algo le decía que los cuadros de Marc no iban a gustarle, de modo que prefería darle largas al asunto y no acabar intercambiando insultos. Porque, si algo le había enseñado la experiencia de situaciones similares, era que nadie, y menos que nadie un principiante, se tomaba bien que un artista más viejo le señalara todos los errores que estaba cometiendo.

—Sí, hombre. Un día de estos… Después de la boda —contestó del modo más vago y menos hiriente que pudo.

—¿Y si vamos ahora? No vivo lejos del centro. De hecho nos pilla casi de paso.

—Son las once y media de la noche, criatura. No querrás que vea tus cuadros a oscuras…

—Mi atelier tiene luz eléctrica. Ventajas de ser hijo de familia burguesa. —Le lanzó una sonrisa luminosa que le daba aire de chico travieso pero buena gente, un pequeño diablillo. Tenía que reconocer que era una sonrisa que derretía el corazón—. ¡Venga! Te llevo. De paso ves dónde vivo, te pongo un whisky y me das tu opinión.

Helena se observó por dentro, tratando de decidir si su cuerpo aguantaría. Hacía poco más de veinticuatro horas de su llegada a España y no tenía ni idea de cuándo su organismo decidiría que necesitaba descanso inmediato, pero no pensaba confesarle a un mocoso que no podía más, y la verdad era que en ese preciso instante se sentía bastante bien. Para su cuerpo no eran casi las doce de la noche sino más bien las doce de la mañana. Un whisky le sentaría estupendamente antes de meterse en la cama.

—Entonces primero me llevas a algún lado cerca de tu casa a tomar esa copa. Si hay música, mejor. Bailamos un poco y luego le echo esa mirada a tus famosos cuadros, que más vale que sean buenos porque, en cuestiones profesionales, yo siempre digo lo que pienso. Y luego me llevas a casa. ¿Trato hecho?

Marc dio un salvaje acelerón como respuesta.

—¡Eres increíble, tía!

Sin tener muy claro si «tía» iba referido a su parentesco honorario o si se trataba de que la consideraba casi una chica de su edad, Helena se limitó a sonreír, perdiendo la vista en las luces de Madrid que ya llenaban el horizonte del sur.

En el chalet de San Sebastián de los Reyes, Álvaro se acababa de servir un whisky con hielo y miraba por encima del borde del vaso a su mujer, que le devolvía la mirada sin saber bien qué cara poner.

—Has perdido la apuesta, cari —dijo con su mejor sonrisa de triunfador—, así que voy a ir pensando a qué restaurante me vas a invitar. Al menos, como ves, la cosa no ha sido tan terrible y mi madre incluso se ha dejado acompañar a Madrid por tu hijo. Como Marc no es tonto, seguro que consigue que vaya a echarle un ojo a sus cuadros y... ¿quién sabe?, lo mismo tenemos otro genio en la familia.

—Está increíble tu madre. ¿Qué edad tiene ya? ¿Setenta?

—Sesenta y ocho. Y es verdad que se conserva estupendamente. Será la mala leche...

Sara se acercó y le dio un beso en la oreja.

—Pues se ha portado bastante bien.

—Salvo las barbaridades que le ha dicho a mi padre durante la comida.

Sara se echó a reír.

—Se las ha ganado a pulso. Es que Íñigo es de un machista... Hace más de cuarenta años estuvo casado con ella, ¿cuánto? ¿Dos años, tres...? Lo justo para que nacieras tú y poco más. Ella lo abandonó y desde entonces no se han visto más que un par de veces contadas... y sin embargo aún se empeña en hablarle como si lo supiera todo de ella y como si tuviera algún derecho sobre su vida. Yo encuentro normal que Helena le haya pegado un par de cortes, la verdad es que esta vez me ha caído mejor que todas las últimas veces.

69

—Hombre, me alegro. Al menos alguien lo ha pasado bien.

—Pero, cielo, ¿qué te pasa con tu madre? Si eras tú el que querías que viniera…

Salieron juntos al jardín y se sentaron en el sofá-balancín, mirando el cabrilleo de los faroles en el agua quieta de la piscina. Álvaro cogió la mano de su mujer mientras con la otra hacía girar los cubos de hielo en el vaso.

—¡Es que me habría gustado tanto tener una madre! ¡La eché tanto de menos de pequeño! Y luego, cuando mi padre decidió por fin volverse a casar, yo ya tenía casi quince años y, aunque Mayte siempre me cayó bien, ya no tenía edad de tener una madre nueva, así que me tuve que quedar con la que tenía, con la ausente, a la que solo empecé a ver de nuevo de Pascuas a Ramos a partir de los diez años, cuando después del divorcio mi padre empezó a ablandarse un poco y me permitía verla en Santa Pola, en el chalet de los abuelos. Agh, te lo he contado mil veces…

—Bueno… pues ahora la tienes. Disfrútala.

—Es que cada vez que la veo… no sé… tiene sus cosas buenas, claro, pero… no sé cómo explicarlo… no es como cuando pienso en ella, como cuando sé que va a venir y me hago ilusiones… no sé lo que me pasa.

—Que te gustaría, pero que no la sientes como si fuera tu madre —resumió Sara.

—Sí. Supongo que es eso —concedió Álvaro.

—Igual que para Almudena tampoco es una abuela de verdad.

—Pues no. Pero parece que a la niña le hace ilusión que haya venido desde Australia a propósito para su boda.

—Tanto como a propósito… También está eso de la retrospectiva… y además creo que tiene un amigo en una clínica de Madrid al que quería visitar.

—No me ha dicho nada.

—Se lo ha dicho a Almudena cuando trataban de encontrar un momento para ir a ver a Paloma.

—¿Qué Paloma?

—Paloma Contreras, la modista, hombre.

—¡Qué raras sois las mujeres! Las tiendas llenas de vestidos y tenéis que ir a hacéroslo a medida, como si estuviérais contrahechas.

—¿No te suena de nada alguien que va a un sastre desde hace años?

Álvaro se echó a reír suavemente.

—*Touché*. Pero es que, si no fuera por mí y unos cuantos más, el hombre se habría muerto de hambre. Y es un artista...

—Sí, ya. Como mi hijo. ¡Ya podía terminar empresariales de una maldita vez en lugar de tanto arte!

—¿Tú sabes que mi madre estudió empresariales?

—¿En serio?

Álvaro asintió con la cabeza, se acabó lo que quedaba en el vaso y lo dejó sobre el césped.

—Durante un tiempo la idea era trabajar con su hermana y su cuñado en la casa de modas que tenían. Luego sucedió lo de la tía Alicia y todo se fue a hacer puñetas.

—¡Pobre chica! ¡Tan joven!

—Creo que andaba por los veintisiete o veintiocho. Mi madre tenía veintidós, como Almudena ahora. Fue el 20 de julio de 1969. Mientras todo el planeta estaba mirando cómo Neil Armstrong bajaba del módulo y se paseaba por la superficie de la Luna, algún hijo de puta estaba violando y matando a mi tía en Rabat.

—Nunca me has contado realmente qué pasó.

Hubo unos segundos de silencio en los que solo se oía el suave murmullo de las ramas más altas de los árboles, movidas por una ligera brisa que en el suelo apenas se sentía.

—Nunca lo he sabido. Fue antes de que yo naciera. Mi padre tampoco sabía nada. Mi madre se largó. Mis abuelos, que podrían haberme contado cosas, nunca quisieron hablar de ello durante mi infancia. Lógico, claro. Y luego… la abuela Blanca perdió la cabeza y el abuelo Goyo se pegó un tiro. Fin de la historia.

—¿Y no te gustaría saber?

Álvaro se pasó las manos por el pelo, hacia atrás.

—Sí. A veces sí.

—Pues pregúntale a tu madre. A mí también me gustaría saberlo.

—Anda, vamos a la cama. Este fin de semana me ha dejado hecho polvo y eso no es nada cuando pienso en que dentro de dos semanas se casa la niña.

—Tú también te casaste y ya ves que no fue para tanto… —le tomó Sara el pelo mientras iba soplando las velas de todos los faroles que rodeaban la piscina.

—Porque me casé «de penalti», como se decía entonces, ¿te acuerdas de la expresión? Susana se quedó embarazada y no hubo más remedio. La cosa se arregló en unos días; nos casamos un sábado por la mañana, nos fuimos a comer a la Hípica y se acabó.

—Venga, venga, en el 93, cuando nació Almudena, ya no había que casarse si uno no quería.

—En mi familia, sí.

—Aparte de que yo me refería a nuestra boda, tuya y mía —dijo Sara, algo picada.

—Sí, eso fue bonito y tampoco fue tanto lío. Venga, en serio, a la cama. Estoy que no me tengo.

—Ve subiendo. Yo lo cierro todo.

Álvaro entró en la casa. Sara, como todas las noches, recorrió el jardín, se aseguró de que todo estuviera cerrado con llave y pensó que la vida sería mucho más fácil después de la boda cuando Almudena se fuera definitivamente a su propia casa, con su marido, y Helena volviera a Australia.

$$\Upsilon$$

Cuando llegaron a casa de Marc a eso de las dos, Helena ya estaba bastante tocada por los tres whiskies con hielo que se había bebido casi sin pausa. En el bar donde habían estado, el calor era infernal y habían estado bailando casi todo el tiempo, por un lado porque ella hacía siglos que no bailaba y había decidido aprovechar la oportunidad como si no hubiera mañana, y por otro porque bailar y beber le ahorraba tener que conversar en un lugar donde apenas si era posible oír los gritos de tu acompañante. Además, ¿de qué narices iba a hablar con aquel muchacho, como no fuera de cosas de la familia? Y ese era un tema que no le apetecía particularmente.

Lo que le apetecía mucho más era justo lo que había hecho: apoyar la frente en el hombro de Marc y dejarse llevar por la música lánguida que el DJ había puesto durante la última media hora. Al principio había pensado sentarse y descansar un rato de todos los saltos y sacudidas, pero el chico la había enlazado con total naturalidad y, apoyados el uno en el otro, se habían dedicado casi a dormir de pie, como dos elefantes cansados que no consiguen detenerse.

Había sido agradable abrazar de nuevo a un hombre joven. Hacía mucho que no se había permitido ese tipo de comportamiento. Hacía mucho que, por influencia de Carlos, se había acomodado a una vida de buena burguesa, de señora madura de clase media alta, y las únicas locuras que se permitía, ella que tantas había hecho durante su vida, eran las que tenían lugar en su taller y que solo concernían al uso y combinación de materiales nuevos.

Sonrió para sí misma imaginándose a Carlos allí, con ellos. Carlos diciéndole discretamente al oído: «¿No crees que después de la paliza del viaje y el *jet-lag* ya sería hora de retirarse?».

Pues no. Sería hora cuando ella decidiera que era hora. Ni un minuto antes.

Al llegar al estudio, Marc entró delante.

—Quédate ahí, Helena; voy a encender una luz para que no te rompas la crisma con algún trasto.

—Pero no enciendas muchas. Así el ambiente es más agradable. —No quería decirle que le estaba subiendo un dolor de cabeza que se pondría peor con la luz.

Al fondo de la única habitación se encendió un foco de teatro que había sido colocado para iluminar toda la pared donde se apoyaban media docena de cuadros de formato mediano. Al primer golpe de vista, todos parecían estar habitados por fantasmales mujeres semivestidas vistas a través de una ventana o por una puerta entornada.

Helena se acercó despacio, para contrarrestrar el ligero mareo que sentía, producto de la combinación del cansancio y el alcohol.

Marc esperaba junto al foco con los brazos fuertemente cruzados sobre el pecho y un diente mordisqueando el interior del labio.

—¿No hay donde sentarse? —preguntó Helena echando una mirada circular al desorden del cuarto y a las sillas llenas de papeles y libros.

—Aquí, en los pies de la cama, si quieres.

Helena se sentó donde le decía el chico y se quedó mirando los cuadros, que ahora estaban a unos cinco metros de ella.

—¿Qué? —urgió Marc—. ¿Qué me dices?

Ella apartó la vista de las telas para fijarla en él con un cierto cansancio; el cansancio de las cosas que una ha dicho cientos de veces.

—Que eres un pésimo dibujante.

—Soy pintor —se defendió, cambiando su peso de un pie a otro.

—Ya. Y por lo que parece, consideras que el dibujo está por debajo de tu nivel.

Marc se pasó la mano por el pelo, incómodo.

—No. Si pensara eso, me dedicaría a la abstracción. Es

que… no sé… que no me parece tan fundamental, que yo lo que busco es otra cosa.

—¿Qué buscas?

Helena casi lo podía oír pensar, esforzarse por encontrar una justificación de su chapucería en el dibujo, una justificación que sonara plausible y, a ser posible, intelectual. Nunca se había planteado realmente esa pregunta. Eso era evidente.

—Es que son fantasmas… —dijo por fin, eludiendo la respuesta a lo que ella quería saber—. Por eso están… como desdibujadas… difuminadas…

—Por eso y porque no eres capaz de pintar un personaje que parezca a la vez real y casi transparente.

Marc se encogió de hombros, molesto.

—Ven. Siéntate aquí. —Ella palmeó la cama a su lado—. Míralos de nuevo. Has evitado ponerles unos ojos de verdad para no tener que preocuparte de pintar una mirada, ¿no es así?

—Tú pintas sombras para no tener que pintar lo que las proyecta —contestó Marc, picado y ya casi agresivo. Helena se echó a reír.

—Sí. Pero todo lo que no es esa sombra está presente, no solo presente sino que además es hiperrealista; no hay ninguna técnica de evitación.

Marc jugueteaba con la cremallera de su cazadora de verano.

—Yo no soy hiperrealista. Cada uno tiene su estilo.

—Eso es verdad. Y… además, no son tan malos como yo temía —terminó con una sonrisa.

Él giró la cabeza hacia ella, con la expresión de un niño al que acaba de perdonársele un castigo y no acaba de creérselo todavía.

—Tienes mucho que aprender, pero tan malos no son. Hay algo… no sé… algo elusivo. Un talento de partida. —Helena le acarició la mejilla donde la barba ya pinchaba ligeramente.

—¿Crees… crees que se podrían vender? Tú que conoces a

75

tantos galeristas de los grandes… ¿crees que podríamos organizar una exposición?

Se miraban fijamente, a apenas veinte centímetros de distancia; la mano de Helena seguía explorando el rostro de Marc, su cuello, su hombro.

—¡Qué hambre tenéis los principiantes! —murmuró sin dejar de acariciarlo—. Nadie quiere aprender primero… antes de plantearse otras cosas. Vender, vender… eso es lo único que os importa.

—No es nada malo querer vivir del arte. Tú te has hecho rica con tus cuadros… —dijo él en voz estrangulada.

—Sí. Yo también tenía mucha hambre. Siempre he tenido mucha hambre…

Helena puso la mano en la nuca del chico y lo atrajo hacia su boca en un beso posesivo que Marc no esperaba pero que devolvió al cabo de unos segundos de indecisión. Ella empezó a desabrocharle la camisa.

—¿Qué… qué haces? —jadeó él, asustado. Helena sonreía como una loba.

—Tienes hambre, ¿no? Y prisa… mucha prisa. ¡Venga! Vamos a jugar el juego. ¿Qué cuesta tu cuerpo?

El muchacho tragó saliva frente a ella.

—¿Me ayudarás?

—Puedo planteármelo —contestó sin perder la media sonrisa—. Apaga ese foco.

Marc se puso de pie, fue a apagar la luz, se quitó la camisa y los vaqueros y volvió a besarla hasta que, juntos, cayeron en la cama.

Valencia, 1935

La comida había sido deliciosa; la conversación, agradable y distendida; y Carmen, la señora de Santacruz, había impresionado a los dos oficiales por su elegancia y discreta amabilidad, que los había hecho sentirse realmente cómodos a pesar de que la invitación tenía que haber sido para ella no solo una sorpresa sino casi una imposición.

Después de los postres, los caballeros se retiraron al despacho del anfitrión para degustar un buen coñac y fumar unos puros habanos, mientras las señoras se instalaron en la salita con un café y unas copitas de anís dulce.

—¿Qué dices de Vicente, mamá? —preguntó Pilar como al desgaire.

—Parece buen muchacho, aunque yo había oído decir que era un poquito tarambana… al menos de más jovencito. Pero hoy me ha resultado muy simpático, la verdad. Es teniente, ¿no?

—Sí, teniente.

—¿Y el otro muchacho ya es capitán?

—Es que está destinado en Marruecos, mamá —intervino Blanca—. Ahí aún se asciende por méritos de guerra.

—Sí, tiene aspecto de ser un hombre de armas tomar. —Blanca hizo una mueca y su madre se apresuró a precisar lo dicho—. Quiero decir que… no sé… que Vicente parece más señorito de buena familia, mientras que el capitán Guerrero parece… pues eso… un guerrero. Más hecho, más maduro… ¿cuántos años tiene?

—Treinta.

—¿Y sigue soltero?

—La vida militar no deja tiempo para los noviazgos —aportó Pilar, reflexiva—. Es lo que dice Vicente. Y lo del ascenso de Goyo no es por Marruecos. Los de antes sí, pero este se lo han dado por lo de Asturias, cuando lo de la huelga del año pasado, ¿os acordáis?

En ese momento entró Encarnita con una pequeña bandeja de plata, sobre la que había una tarjeta de visita.

—¡Uy, vaya! —comentó doña Carmen—. A ver a quién se le ha ocurrido venir a alegrarnos el domingo.

77

Blanca miró a su hermana con un punto de desesperación. Pilar sabía que Blanca pensaba salir a pasear con Goyo; si ahora recibían visita, al menos una de ellas tendría que quedarse para animar la reunión.

—Son los Valls. ¿Han venido también Solita y Joaquín? —preguntó doña Carmen a su doncella. Encarnita asintió—. Pues pásalos al salón; yo voy enseguida. ¿Nos quedan piñonates o algo que sacarles con el café? Ya voy yo a echar una mirada. Venga, hijas, salid a saludar.

Carmen salió de la habitación a toda prisa mientras las hermanas se miraban esperando el momento de hablar sin que su madre las oyera.

—Yo ahora mismo me voy con Goyo a los Viveros —dijo Blanca en un tono que no admitía réplica—. Vicente está siempre en Valencia y Goyo se marcha pasado mañana.

—Tú sabes muy bien que Joaquín Valls viene por verte a ti. Y Solita es un muermo. Además, yo había pensado que Vicente y yo podríamos ir con vosotros a Viveros.

—Pues venid después.

—No me parece bien que te vayas sola con ese hombre, que al fin y al cabo es un desconocido.

—Tú lo que no quieres es tener que hacerte cargo de los Valls. Pero mira, si ahora me voy yo, la próxima vez que haya que fastidiarse con algo, me lo quedo yo para que tú puedas salir con Vicente.

Pilar sonrió.

—Hecho.

—Pues discúlpame con ellos y diles que estoy de visita en casa de una amiga. Saldré por la puerta de servicio. Dile a Goyo que lo espero abajo.

—Abajo, ¿dónde? ¿En la escalera, como los novios de las criadas?

—Así se dará más prisa.

Unos minutos después, ya reunidos todos en el salón con

los hombres, que habían salido del despacho a saludar a los recién llegados, doña Carmen preguntó a Pilar:

—¿Y tu hermana?

—Ha tenido que salir corriendo. Con todo el lío se le había olvidado que había prometido visitar a Margarita, que está en cama.

—¡Vaya por Dios! ¡Uy! ¿Ya se va usted, capitán?

—Lo lamento, señora, pero no tengo más remedio. Ha sido un honor y un gran placer. Presente usted mis respetos a su hija. Gracias por todo, don Mariano.

Guerrero repartió sonrisas y apretones de manos, recogió la gorra de plato de manos de Encarnita y medio minuto después daba la vuelta a la esquina para encontrarse en la escalera de servicio con Blanca, que lo esperaba con una sonrisa traviesa y los ojos brillantes bajo el sombrero de paja.

—¿Me enseñas los famosos Jardines de Viveros?

Ella negó con la cabeza, juguetona.

—Otros mejores. Te voy a llevar a los jardines de Monforte. Están igual de cerca, pero así, si Pilar y Vicente se libran de los Valls, no nos encontrarán. Pero no se lo digas a nadie —añadió, cruzándose los labios con el índice.

—Tengo costumbre de guardar secretos.

Mientras caminaban por la acera de sombra, Blanca volviendo la cabeza de tanto en tanto para asegurarse de que no los había seguido nadie, Goyo pensaba que era la pura verdad lo que acababa de decir, aunque en ese momento había sido solo una frase juguetona. Tenía costumbre de guardar secretos. Los últimos meses había viajado bastante más de lo que su destino en Marruecos haría pensar porque Franco, su antiguo comandante en Alhucemas, mientras tanto su compañero de armas y el hombre a quien más admiraba en el mundo, le había pedido que sirviera de enlace para transmitir ciertos mensajes de los que no se podían confiar ni siquiera al teléfono, y mucho menos al telégrafo o al servicio de Correos.

79

Había tenido que mentir muchas veces, callar muchas otras, moverse en ocasiones al borde mismo de la ilegalidad, pero sabiendo siempre que contaba con el respaldo del general más joven de Europa, el hombre que, si quisiera, podría enderezar la terrible situación en la que se encontraba la patria, corroída por el pensamiento envenenado de los sicarios de Moscú.

Él tenía esperanzas de que llegara pronto el momento. Sanjurjo estaba harto de esperar, Mola tenía los planes casi listos. Solo era necesario asegurarse el apoyo de algunos de los generales, especialmente el de Franco, sin el cual todo el tinglado se vendría abajo, como ya había sucedido en el 32. Pero Paco no había dado todavía su consentimiento. Decía que la situación no estaba madura, que el momento no había llegado. Y seguramente tenía razón, pero estaban pasando cosas que hacían hervir la sangre de cualquier patriota, y a Goyo la espera le estaba costando cada vez más.

Había oído decir a Franco que la cosa no se resolvería con rapidez, que costaría mucho tiempo y mucha sangre, pero eso era algo que a él, personalmente, no le asustaba. Si con ese derramamiento de sangre enemiga y con el heroico sacrificio que una guerra implicaba se podía conseguir una vida digna, de paz y trabajo, sin bombas de anarquistas, ni iglesias quemadas por comunistas y socialistas, ni violaciones de monjas y mujeres decentes, valdría la pena luchar.

Lo que no tenía ninguna gracia era haber conocido a Blanca precisamente ahora, en un momento en que no podía disponer de su vida como le hubiera gustado, pero si Franco seguía retrasando su decisión, era más que posible que aún dispusieran de unos meses, quizás hasta un año. Tiempo suficiente para conseguir que Blanca estuviera dispuesta a casarse con él, y más si lograba convencer a ella y a su familia de que la guerra era inminente y, en esos casos, siempre era mejor para una mujer estar casada con un militar en lugar de ser solo su novia.

Pero ahora tenía que dejar de pensar en esas cosas. Ahora tenía que poner sus cinco sentidos en gustarle a Blanca lo suficiente como para encarrilar sus planes en la dirección correcta. Y disfrutar del momento de felicidad presente antes de que las cosas volvieran a ponerse feas.

Algunas imágenes de lo de Asturias pasaron por su mente pero las apartó, resuelto, como se aparta una mosca que se empeña en volver a una herida. No era el momento de recordar esas cosas.

Blanca se había detenido con una sonrisa invitadora a la puerta de una casa donde dos leones de piedra apoyados cada uno en una bola fingían proteger la entrada.

—Aquí es.

—¿Esto es un jardín público?

—No del todo —contestó ella con un mohín—. Fue en tiempos un palacete de una familia noble; ahora lo van a convertir en unos jardines abiertos a todo el mundo, pero de momento no es ni una cosa ni otra porque los jardineros aún no han terminado. Sería una lástima que te fueras de Valencia sin verlo. ¿Qué dices? ¿Nos atrevemos a entrar?

Goyo se tocó el bigote, fingiendo dudar con una sonrisa burlona.

—Contigo a mi lado me atrevo a todo. Incluso a desafiar a esta pareja de terribles leones de piedra.

—¿Sabes que los encargaron para el Congreso de los Diputados, en Madrid?

—No me digas. ¿Y qué hacen aquí?

—Que le salieron al escultor demasiado pequeños y decidieron encargar otros —terminó ella con una risa cantarina, mientras, asegurándose con una mirada por encima del hombro de que no había nadie más en la callejuela, empujaba la verja lo justo para que pudieran pasar—. Anda, ven que cierre.

Goyo hizo lo que le pedía, Blanca volvió a cerrar la reja y avanzaron unos pasos por el camino de la izquierda, que llevaba a una rosaleda donde se detuvo bajo un enorme rosal trepador, de flores de un rosa tan pálido que parecían blancas y desprendían un suave perfume.

—Ayer a estas horas aún no te conocía —dijo él mirándola a los ojos—. Sin embargo, siento como si nos conociéramos de toda la vida. ¿A ti te pasa igual?

Ella cerró los ojos un segundo, luego se dio la vuelta y, lentamente, se fue acercando al estanque, sabiendo que él la seguía.

Quería decirle que sí, que a ella le pasaba lo mismo, que si él le pedía que se fueran juntos al fin del mundo, no se lo pensaría dos veces. Pero no podía decirlo. ¿Qué iba a pensar de una mujer que confesaba una cosa así en la primera cita?

—Dime, Blanca, háblame por Dios.

—Yo también siento algo especial, Goyo, no puedo negártelo; pero es muy pronto todavía.

82

—Esperaré, Blanca. Esperaré lo que haga falta hasta que te decidas. Solo quiero que me contestes a una pregunta y luego te dejaré en paz, te lo prometo.

—Pregunta.

—¿Tengo esperanzas? ¿Puedo hacerme ilusiones, aunque sean pocas y vagas? ¿Puedo pensar en ti por las noches, cuando esté en Marruecos, y soñar con que me esperas aquí en Valencia?

Ella alzó la cabeza y lo miró. El último sol de la tarde se colaba por los agujeritos de su sombrero de paja y salpicaba su rostro de lunares de luz; sus ojos verdes brillaban como brotes tiernos.

Él era un hombre valiente. Lo había demostrado muchas veces, lo habían condecorado en dos ocasiones por su valor frente al enemigo. Sin embargo, en ese momento sintió miedo. Miedo de que lo rechazara, de que sus vidas, que apenas si se habían cruzado ligeramente la noche anterior, siguieran cada una por su cuenta, como líneas divergentes. Miedo de que le dijera que no y no volviera a verla nunca más. O mucho peor, de volver a verla y que estuviera casada con otro.

—Sí, Goyo —dijo Blanca por fin—. Te esperaré hasta que vuelvas.

Él la levantó del suelo y le dio un par de vueltas, loco de alegría, hasta que ella protestó golpeándole los hombros, y volvió a depositarla sobre la gravilla del camino.

—Entonces… ¿somos novios? —preguntó Goyo, sin querer perder la ventaja que ya había ganado.

Blanca bajó la vista, ligeramente ruborizada. A ella misma le extrañaba el efecto que aquel hombre producía en su interior. No se ponía colorada cuando bromeaba con sus otros pretendientes; jamás había tenido dificultades para decir que no o para dar largas a quien fuera. Sin embargo… ahora… con el capitán Gregorio Guerrero…

—Sí —le dijo—. Si quieres… seré tu novia.

Entonces se besaron como la noche anterior, pero con más intensidad, con más sentimiento, como si acabaran de descubrir una sed que solo podía saciarse en los labios del otro.

En ese momento Goyo Guerrero pensó que por primera vez en la vida conocía realmente el significado de la palabra victoria.

Madrid. Época actual

—Anda, déjalo —dijo Helena quitándose al muchacho de encima y sentándose en la cama con los pies ya en el suelo—. Los dos estamos demasiado borrachos para esto. Otro día, más.

En la penumbra, Marc se incorporó sobre un codo mirándola con perplejidad hasta que se dio cuenta de que hablaba en serio.

—¿Quieres que te pida un taxi?

—No. Quiero que me lleves a casa como habíamos quedado. Yo no soy una de esas muchachitas que se creen independientes porque vuelven a casa por su cuenta mientras el hombre se queda tan cómodo en su propia cama. El trato era que yo venía a ver tus cuadros y luego tú me llevabas a casa. —Helena se iba vistiendo mientras hablaba. Marc seguía sin comprender qué estaba pasando. Tenía claro que no había estado a la altura, eso sí. Lo que no tenía tan claro era si ella había decidido marcharse por eso o por otra cosa, y habría preferido con mucho terminar lo que habían empezado y tener algún tipo de fuerza sobre ella.

—Vale —dijo por fin, levantándose—. Ya te llevo.

Helena sonrió en la oscuridad sin que él se diera cuenta.

Las calles seguían llenas de gente en la madrugada de verano. Para Helena, acostumbrada a vivir en una ciudad tan tranquila y soñolienta como Adelaida, era realmente curioso ver todo aquel movimiento nocturno de gente semiborracha, como una invasión zombi saciada ya de carne y sangre pero sin ninguna necesidad de dormir. Con la ventanilla bajada, el aire de la marcha agitaba su pelo y sus pendientes largos. Cerró los ojos sintiendo una especie de felicidad, eco de días pasados, de cuando las noches de verano no acababan nunca y cada hora traía una nueva sorpresa engarzada a las demás como las cuentas de un collar inacabable. Cuando Marc trató de poner la radio, Helena cubrió su mano, disuadiéndolo.

—No, deja. Así se está bien. Necesito oírme pensar.

—¿Tú eres capaz de pensar a estas horas?

—Lo que hace la costumbre... ¿no? No suelo estar tanto tiempo entre gente como he estado este fin de semana. Necesito soledad. Lo que vale la pena surge de la soledad, crece en la soledad, hasta que lo das a luz. Estando entre gente no se puede crear.

—No lo había pensado nunca.

—Pues piénsalo.

Habían llegado a la Plaza de España y Helena bajó del coche con rapidez.

—Gracias, Marc. Ya nos veremos.

—¿Me das tu número? —El muchacho se pasaba la lengua por los labios resecos, nervioso. Le resultó enternecedor lo angustiado que estaba al pensar que no tenía manera de localizarla salvo a través de su madre y de Álvaro.

—Sí, hombre. Apunta. Es mi número español.

—Te haré una perdida para que tengas el mío y, si quieres, mañana podría llevarte por ahí, a donde tú me digas.

—Mejor dentro de un par de días. Mañana tengo cosas que hacer.

Nada más decirlo se dio cuenta de que era verdad. Al día siguiente iría a visitar a Jean Paul. No era consciente de haber tomado la decisión en algún momento de la noche, pero sabía que así era y que era inapelable. Iría a visitarlo en cuanto se despertara. Después de eso no tenía planes, porque no tenía la más remota idea de cómo le sentaría volver a ver al que, tanto tiempo atrás, fue su cuñado.

Y su gran amor de juventud.

85

La caja

Foto 3

*L*a foto es vertical, de papel grueso con un borde dorado, y ha sido ligeramente coloreada. En ella una pareja —él con uniforme militar, ella con un vestido estampado— se mira con arrobamiento, las manos enlazadas. Ella es la misma chica rubia de las otras fotografías. Detrás de ambos un paisaje pintado, de estudio, representando un jardín con flores y palmeras.

Cruzando la imagen una dedicatoria: «A mi querida hermana Blanca en recuerdo de nuestro compromiso». Y dos firmas, una con la misma letra redonda y voluntariosa, «Pilar» y otra, más pequeña, ilegible.

Detrás, con la misma caligrafía de las otras fotos: *Pilar con Vicente el día de su pedida. Abril 1936.*

5

Madrid. Época actual

La Clínica Guadarrama era un edificio blanco, funcional y con aspecto de hotel de lujo de los años sesenta, engarzado como una perla al fondo de unos jardines impolutos de tipo mediterráneo, llenos de palmeras, olivos esculpidos, pequeños estanques atravesados por puentecillos de madera, buganvillas en macetones y flores de temporada en cantidades industriales.

Era lógico que Jean Paul lo hubiera escogido para su estancia. Su necesidad de vivir rodeado de plantas y flores siempre había sido llamativa.

El taxi la dejó en la misma puerta y, en cuanto dio su nombre en recepción, una chica joven vestida de azul claro se deshizo en amabilidades y la condujo por un largo pasillo inundado de luz hasta un ascensor que las llevó al segundo piso.

No hablaron del paciente; se limitaron a intercambiar un par de vaciedades sobre el tiempo y la belleza del jardín hasta que llegaron a una puerta de color marfil sin ningún nombre en la plaquita de la derecha, como todas las otras. La muchacha llamó con los nudillos y, o bien tenía mejor oído que Helena y recibió permiso para pasar, o bien se limitó a abrir sin esperar a recibirlo. Entraron.

La ventana estaba justo enfrente y la luz la deslumbró por un instante. Girando la cabeza a su izquierda lo primero que vio fue una cama articulada de cuya estructura superior colgaba una botella de suero, encima de la cama un gran cuadro abstracto en tonos ocre, dos mesitas a los dos lados llenas de jarrones con flores y tarjetas de buenos deseos, un hombre en el sillón junto a la ventana que se acababa de poner de pie y la miraba casi con espanto.

—No, Helena, no soy yo —oyó una voz procedente de la cama.

Ella volvió a girar la cabeza a la izquierda para ver de dónde procedía la voz, tan conocida, esa voz que la estaba inundando de recuerdos que no quería recuperar.

En la cama, con una sábana de color amarillo pálido por medio pecho y el brazo flaco lleno de manchas de edad y atravesado por una vía casi gigante en comparación con el volumen del brazo, incorporado sobre unas almohadas también amarillas, una caricatura de Jean Paul la miraba, divertida. Llevaba un gorrito africano multicolor sobre el cráneo casi pelado en un patético intento de disimular las sesiones de quimioterapia. Si no hubiera sido por el color y la intensidad de su mirada, no lo habría reconocido.

—¿Qué? —preguntó en francés con un asomo de guasa—. ¿Cómo me encuentras? Y no me digas que estoy igual que entonces, porque se te nota el horror en la cara.

Por un instante, como Jean Paul había adivinado, había pensado mentir, decirle que apenas se le notaban los años, pero después de ese comienzo decidió limitarse a decir la verdad.

—Estás viejísimo.

Jean Paul se rio con una risa cascada que sacudió todo su esqueleto.

—Tan sutil como siempre, querida mía. Tú, en cambio, estás estupenda.

—Dentro de lo que cabe.

—Dentro de lo que cabe —concedió él. Luego se volvió hacia la ventana, hacia el hombre con cara de pocos amigos que los miraba en silencio—. Este es Luc, mi hijo. Mi único hijo. Ha venido a traerme unos papeles para firmar y a discutir unas cuantas cosas del negocio. La vida sigue ahí fuera y no hay más remedio. Pero ya se iba.

—No tengo diez años, papá. Sé muy bien cuándo molesto, no hace falta que me lo digas tú. —Se acercó a Helena con la mano tendida y se la estrechó mientras sus ojos la exploraban—. He oído mucho sobre ti.

—¿En serio? —Helena lo miraba, desafiante—. Y ahora que me tienes aquí, ¿qué piensas?

Luc bajó la vista, incómodo. No se parecía demasiado a Jean Paul, aunque era alto, como él, pero más corpulento de lo que su cuñado había sido nunca. Su rostro era más redondeado y, con la edad, acabaría por tener mejillas colgantes, como algunos perros. También tenía el pelo más oscuro y los ojos, no azules como los de su padre sino negros, poseían un punto de suspicacia que probablemente era de nacimiento y no llegaría nunca a cambiar.

—Eres más directa de lo que me habían dicho.

—Oh, sí, mucho más. A partir de cierta edad las mujeres empezamos a producir más testosterona y nos volvemos más masculinas. Así adquirimos muchas de las cualidades de vuestro sexo que antes nos habrían avergonzado.

—A ti nunca te avergonzó nada, *chérie* —dijo Jean Paul.

—Eso es verdad. Será que en mi caso siempre estuvieron descompensadas las hormonas.

Jean Paul volvió a reírse; a Luc no pareció hacerle ninguna gracia. Volvió al sillón, recogió los papeles que ocupaban una mesita auxiliar, los metió en un maletín, se volvió a su padre y le apretó la mano.

—Me voy, papá. Tengo una cita para comer con Marlène; ya te contaré cómo ha ido. Volveré por la tarde. Cuídate.

Volvió a estrechar la mano de Helena.

—Un placer conocerte.

89

Ella lo miró, burlona.

—Pues fíjate que no me lo ha parecido, pero me equivoco muchas veces. En mi caso, la primera impresión no siempre vale. Yo sí me he alegrado de conocerte, Luc. Sabía que existías, pero me costó mucho imaginarme a Jean Paul como padre.

Luc forzó una sonrisa neutra y salió de la habitación.

—¿No sabía tu hijo que iba a venir a verte? —preguntó Helena—. Parecía muy sorprendido.

—Sí. Le dije que te había escrito y que cabía la posibilidad de que vinieras un día de estos. Luc siempre ha tenido mucha curiosidad por conocerte. Solo que, claro, no le hace demasiada ilusión ver que realmente existes y que no estás al otro lado del mundo.

—No te sigo. —Helena buscó con la vista hasta encontrar una silla, que arrastró junto a la cama de Jean Paul. Prefería estar frente a él que tener que girar el cuello para hablarle.

90

—Luc es perfectamente consciente de que, en cuanto yo me muera, la maravillosa casa que siempre ha considerado propia, a pesar de que sabe desde niño que no es así, será tuya.

—¿La casa?

—No te hagas la ingenua, Helena. El jardín de Rabat, La Mora.

—¡Ah! —Fue apenas un suspiro. Para su propia sorpresa, se le llenaron los ojos de lágrimas en un instante. Hacía años, muchos años, que no había oído ni pronunciado ni pensado ese nombre. Era increíble la cantidad de imágenes, olores, dolores que podía despertar un nombre: La Mora. El lugar más hermoso y más terrible del mundo. El lugar que llevaba más de cuarenta años tratando de evitar.

—Sabes muy bien —Jean Paul siguió hablando mientras ella trataba de recuperar la compostura— que en el testamento de tu hermana constaba que yo tenía el usufructo de la casa mientras no volviera a casarme, pero no la propiedad. La propiedad es tuya; por eso no puedo dejársela a Luc en herencia. Y además, la verdad, tampoco querría. Creo que ya es hora de que la tengas tú, Helena. —Hizo una pausa y su voz se volvió más suave—. ¿Te acuerdas de La Mora?

Helena asintió con la cabeza, sin mirar al espantajo en el que se había convertido aquel hombre alto, guapo, carismático, todo aristas y pómulos altos, con el que Alicia se había casado a los veintidós años. ¿Cómo no se iba a acordar de La Mora, de su luz, de sus colores vibrantes, del brillo de sus azulejos, de la brisa que venía del mar mezclando su olor con los perfumes de las madreselvas, de las rosas, de las grandes matas de arrayán que rodeaban la fuentecilla? ¿Cómo no iba a acordarse de las comidas en familia, de las fiestas locas que llegaron después, del calor del verano, de las noches mágicas en aquel jardín? Recordar La Mora era recordar su juventud, la mejor época de su vida. Y también la peor.

—¿Y de Alicia, Helena? ¿Te acuerdas de Alicia?

Ahora sí que las lágrimas desbordaron de sus ojos sin que intentase siquiera controlarlas. Hacía años que no había hablado de su hermana con nadie. Entre otras cosas porque no había nadie con quien hablar, nadie que la hubiera conocido. Muertos sus padres, perdido Jean Paul en las nieblas del tiempo y la distancia, no quedaba nadie con quien hubiese podido realmente hablar de Alicia.

—Todos los días, Yannick —contestó con la voz entrecortada, llamándolo por el nombre que le había dado su abuela bretona, el antiguo nombre que solo ella había usado con él cuando estaban solos—. No pasa día que no me acuerde de ella. ¿Tú también?

Jean Paul le tendió la mano libre. Helena se levantó de la silla, se sentó con cuidado al borde de la cama y se la estrechó con fuerza. Era apenas un puñado de huesos. Se miraron un buen rato a los ojos, entre lágrimas, hasta que Helena separó su mano de la de él y le acarició la mejilla.

—¡Qué felices fuimos un tiempo! ¿Verdad? —dijo él suavemente.

91

Ella asintió en silencio.

—¡Y cuánto sufrimos también entonces! —añadió.

Ahora fue el turno de Jean Paul de asentir.

—Entonces fue cuando te perdí. A Alicia y a ti a la vez, en un par de días.

—Yo también lo perdí todo —dijo Helena con voz estrangulada—. ¡Agh! No tendría que haber venido.

Se puso en pie de golpe y Jean Paul tendió la mano hacia ella pensando que iba a marcharse.

—No, no te preocupes, no me voy aún. Es solo que no me gusta esto, que no tengo costumbre de hablar del pasado así, con alguien que sabe de qué hablo.

—¿Y con alguien que no sabe?

Helena se encogió de hombros.

—Con alguien que no sabe es más fácil. La única versión que vale es la que tú misma das. No se puede contrastar con la de otro. Y cuando todos han muerto, la historia es solo tuya. Narrar recuerdos, cuando no hay más que un narrador, es escribir ficción. El pasado se inventa, tú lo sabes.

—A veces sí. Para poder seguir adelante.

Callaron durante unos largos segundos. Helena se acercó a la ventana y corrió un poco la cortina para bajar la intensidad de la luz. Aún de espaldas, oyó la voz de Jean Paul.

—¿Hay alguien en tu vida?

—¡Qué forma más peliculera de preguntar, Yannick! Sí, claro que sí. Tú sabes que en mi vida siempre hay alguien. No soy capaz de estar sola, no me aguanto a mí misma.

—¿Quién es?

—Carlos. No, de hecho se llama Charles St. Cyr, pero todo el mundo lo llama Carlos porque de joven era buen guitarrista y lo llamaban así por Carlos Santana. Es australiano, de madre española y padre británico, editor especializado en cosas raras. Un gran tipo que me quiere de verdad.

—Eres una mujer afortunada.

Ella se encogió de hombros.

—¿Y tú?

—Yo, ¿qué?

—¿Tienes pareja?

—No. Hace mucho que no. La madre de Luc murió hace doce años. Desde entonces no ha habido nada serio y la verdad es que lo prefiero así. Siempre he sido un tipo difícil, tú lo sabes, y tengo bastante con la empresa y el jardín. Más que bastante, tengo demasiado.

Los dos callaron durante un par de minutos. Se miraban a los ojos, pero en silencio, diciéndose mucho más de lo que habrían podido poner en palabras. El azul de los ojos de Yannick seguía siendo un fiordo donde perderse, a pesar de las cuencas oscuras que se habían tragado aquellos maravillosos ojos de su juventud.

—Si no me encontrara tan mal, me encantaría ir contigo a Rabat, enseñarte La Mora —dijo Jean Paul por fin—. No tienes ni idea de lo preciosa que está. He tratado de respetar el pasado pero añadiendo cosas en cada momento del presente, para el futuro. Te gustará cuando la veas.

—No sé si llegaré a verla, Yannick.

Jean Paul la miró otra vez fijamente. Una mirada tan intensa que la obligó a desviar la vista.

—¿Tienes miedo de volver?

Ella asintió.

—Llevo más de cuarenta años tratando de olvidar lo que pasó. Volver es lo más idiota que podría hacer.

—¿Y por qué estás aquí?

—Buena pregunta. Ni yo misma lo sé.

Pensó por un segundo contarle lo de la constelación, incluso algunos detalles que no le había contado ni siquiera a Carlos, pero tenía la sensación de que sería peor, y de que no podía estar segura de que Jean Paul, el Jean Paul que ahora la miraba desde los ojos azules hundidos en aquellas ojeras

93

moradas, era el mismo que ella había conocido y amado tanto tiempo atrás.

—Volveré a verte un día de estos. Ahora estoy cansada, tengo que irme ya. —Curiosamente no le importaba confesarle a él su agotamiento.

—Sí, *chérie*, yo también estoy cansado —dijo cerrando los ojos unos segundos. Estaba más pálido que cuando ella había llegado apenas media hora atrás—. Mira, tienes mi e-mail, escríbeme cuando quieras; yo aquí no tengo otra cosa que hacer, salvo dormir cuando no puedo más. Podemos empezar una hermosa relación epistolar y, cuando tengas ganas, tú que eres móvil, acércate a verme. ¿Te parece buen arreglo?

Helena se inclinó sobre él y le dio un beso en los labios de papel de arroz.

—¡Qué vieja me haces sentirme, Yannick!

Él siguió sonriendo, sin abrir los ojos, cuando ella se marchó.

94

Nada más abandonar la habitación, Helena apoyó la espalda en la pared y se concentró en hacer unas cuantas inspiraciones profundas deseando dejarse resbalar hasta el suelo sin más, pero no le apetecía que alguna enfermera pensara que le había dado algún tipo de ataque, de modo que buscó con la vista hasta encontrar un grupo de sillones azules junto a la ventana del pasillo y se dirigió hacia allí a pasos lentos.

Ahora llamaría un taxi. ¿Y luego?

Luego tendría que darle una dirección, un destino. Era lo que había que hacer. Solo que no le apetecía que la llevara a ninguna parte.

Lo que a ella le gustaría era que el taxi pudiera llevarla a un tiempo en vez de llevarla a un lugar. Lo que de verdad querría era poder subirse al coche y decirle al conductor: «Lléveme a mis veinte años, al verano del 67, al *Summer of Love* en San

Francisco, donde por primera vez en mi vida descubrí la libertad; o mejor quizá, a un poco después, al septiembre de ese mismo año en La Mora».

Se acomodó en el sillón y cerró los ojos apoyando la cabeza en el respaldo. Lo recordaba con tanta precisión que dolía. Había llegado a Rabat después de haber pasado dos días en París, durmiendo casi todo el tiempo para quitarse de encima el cansancio y el *jet-lag* que arrastraba al llegar a Europa desde Nueva York.

En el aeropuerto de Casablanca su padre la esperaba, un poco tenso, erguido como una lanza, sin saber bien si la muchacha que llegaba era aún la misma de siempre, después de haber pasado un curso en Estados Unidos, en plena efervescencia del movimiento *hippy*; si seguía siendo su hija menor, su niña pequeña, la niña graciosa y bien educada, primero por las monjas y luego en el internado suizo.

Por eso se había molestado en vestirse mejor de lo que lo había hecho a lo largo del curso, con un vestido mini de color fucsia con ribetes blancos y sandalias con un poco de tacón.

Eso la llevó a pensar que Yannick debía de estar realmente muy enfermo si no había comentado nada sobre la ropa que ella se había puesto expresamente para visitarlo: un conjunto de túnica y pantalón de inspiración aborigen diseñado por una joven amiga australiana que estaba empezando a hacerse un hueco en el complicadísimo mundo de la moda. Le habría gustado poder decirle a May que Jean Paul Laroche había alabado su creación. Era uno de sus ídolos y, sin embargo, ella nunca le había contado que se conocían. Más que eso, que incluso estaban emparentados.

El Yannick que ella conocía habría dicho de inmediato si le gustaba el conjunto y, sobre todo, qué se podía hacer para mejorarlo, para darle ese algo indefinible que solo tenían sus diseños.

—Saint-Laurent, ¿no? —le había dicho aquel verano del

67 nada más bajar del coche de su padre—. La nueva línea de *pret-à-porter*.

—Pues no. Una copia baratita que me compré en Nueva York.

—Pues la han copiado muy bien —sonrió él, dejándole claro que no se lo había creído—, porque el tejido es excelente.

Mientras ellos hablaban junto al coche y Jean Paul iba bajando las maletas de su cuñada, Goyo empezó a dar voces para que saliera el resto de la familia.

—¡Ya estamos aquí! ¿Dónde os habéis metido?

Blanca, con un magnífico bronceado, en pantalón corto y blusa blanca, salió de la casa y se precipitó a abrazar a su hija pequeña, que llevaba meses sin ver.

—¡Qué delgada estás, Helena! Pero qué guapa, hija mía, qué guapa. ¡Ay, qué ganas tenía de verte! Anda, ven, estaba preparando un aperitivo. Ponte el bañador y a la piscina. Está haciendo un calor infernal.

Sonó un penetrante chillido, como un grito de guerra de película de indios, y Alicia apareció por el camino de la piscina, sin más ropa que un bikini azul claro, con la melena rubia suelta y unas enormes gafas de sol, dando gritos de alegría.

Las dos hermanas se abrazaron estrechamente durante casi un minuto mientras el resto de la familia las miraba con cariño, alegrándose con ellas.

—Ya estamos todos juntos —dijo Goyo con satisfacción—. ¡Qué descanso! Venga, hijos, vamos a hacer los honores a ese aperitivo que ha preparado mamá. Tienes que contarnos muchos meses, pequeña, así que ve aclarándote la garganta.

Helena era consciente de que algo de todo aquello que el cine de su mente le ofrecía era, en parte, una invención; no era posible recordar literalmente lo que se dijeron después de casi cincuenta años, pero sabía que mucho era verdad. Recordaba con claridad el bikini celeste de Alicia, tan atrevido para la época, los vaqueros clarísimos y la camisa blanca de Jean Paul, la sensación de abrazar a su madre y a su hermana, la sonrisa orgullosa de su padre, el olor a carne asada con especias que llegaba de la cocina abierta de la parte de atrás de la casa, donde Suad estaba preparando unos pinchos.

Recordaba también con exquisita precisión el momento, más tarde el mismo día, en que ya al atardecer, su cuñado salió del agua después de haber nadado unos cuantos largos mientras ella había estado dormitando en una tumbona. Él se secó la cara y el pelo con una toalla blanca a un metro de ella, lo que le dio ocasión de admirar su cuerpo con los ojos entrecerrados. Tenía la piel dorada del sol, los músculos apenas dibujados. Recordó con una sonrisa que, en aquel momento, había pensado: «A pesar de sus treinta años, es realmente guapo».

Entonces, creyendo que ella estaba dormida, Jean Paul la miró con una intensidad extraña, con dulzura y deseo y algo que nunca había sabido nombrar, quizá simplemente vergüenza o sentimiento de culpa por estar mirando así a una mujer casi diez años más joven, apenas salida de la adolescencia, que además era su cuñada. En ese momento, sin haberlo decidido, ella abrió los ojos y se miraron en silencio durante unos segundos que parecieron mucho más largos, como si el tiempo se hubiese hecho denso de pronto, como miel espesa. Ella tumbada en la hamaca, en bañador; él aún húmedo de la piscina, con el pelo revuelto y los ojos soñadores. Entre los dos una cuerda tensa, tensa, a punto de romperse.

Entonces cantó el muecín y el momento se quebró. Jean Paul entró en la casa murmurando que iba a cambiarse y ella se quedó mirando la negra silueta de las palmeras recortada sobre las nubes carmesí que llenaban el cielo de poniente, con el corazón encogido de angustia mientras Karim empezaba a encender los faroles que su hermana había colgado por todo el jardín y convertían el entorno en un cuento oriental.

Era un dolor exquisito, como cuando se toca con la punta de la lengua una muela sensible.

97

Podría haberse entregado a esos recuerdos tan exquisitamente dolorosos durante una eternidad, pero no allí, en los sillones azules de una clínica privada de Madrid, cuando Yannick estaba a apenas unos metros de ella muriéndose de cáncer, con el gorrito africano cubriendo su calvicie y el gotero alimentando su cuerpo enflaquecido.

Tenía que salir de allí, volver a la vida, hacer algo con el poco tiempo que le quedaba. Estaba a punto de cumplir sesenta y ocho años. El tiempo pasaba, inexorable, por el orificio del reloj de arena. Sus padres habían muerto, Alicia había muerto, a Yannick no debía de quedarle ya mucha vida. Había que vivir ya. Ya. Antes de que fuera tarde.

Ridículamente, se sintió débil, deseando que Carlos estuviera con ella dándole la sensación de que aún tenía tiempo, de que aún era joven, deseada, querida, necesitada.

Se puso de pie. La ventana daba a la entrada de la clínica. Había un taxi esperando.

Se atusó el pelo. Se mordió los labios para darles color. Se pellizcó las mejillas. Aunque… ¿qué más daba lo que el taxista pensara de ella? Una vieja que sale de una clínica, de visitar a otro viejo, a un moribundo.

¿Cómo podía saber el taxista que ella había sido joven, atractiva, condenadamente sexy? Que había vivido en San Francisco el *Summer of Love*, que había participado en la revuelta estudiantil del 68 en París… ¿qué más daba, al fin y al cabo? ¿Qué tenía eso de especial? ¿Qué podía importarle a alguien que tenía sus propios problemas reales, presentes, y que no había vivido aquella época que ahora sonaba histórica?

Sin embargo, para ella era importante que alguien reconociera su existencia más allá de su presencia física en un taxi, del dinero que pagaría al final de la carrera. Y que ese reconocimiento no fuera a su nombre ni a su prestigio sino simplemente a su presencia, a ella misma.

Con un saludo al pasar a las jóvenes de recepción, se instaló en el taxi, mirando el jardín. Un jardín aséptico, mimado, re-cortado, casi de plástico, que le traía recuerdos del otro, del jar-dín de La Mora con sus palmeras, sus cactus floridos, sus rin-cones secretos donde murmuraba el agua.

—¿Adónde vamos, señora? —preguntó el chófer.

—Al Museo del Prado —se oyó contestar al cabo de unos segundos.

No tenía muy claro qué era lo que pensaba encontrar allí, pero confiaba lo bastante en su instinto como para no llevarle la contraria. La pintura era la base de su existencia y no había mejor lugar que un museo para confirmarlo. Suponía que si hubiese sido escritora habría ido a una biblioteca o a una li-brería. Aunque una de sus amigas, que sí lo era, le había di-cho muchas veces la angustia que le producía en ocasiones entrar en una librería y darse cuenta cabal de cuánta gente existía en el mundo que producía libros uno tras otro: más li-bros, más historias, más novelas… en un flujo constante que nadie podía absorber.

En su caso no era así. Los museos la tranquilizaban; allí se sentía parte de una larguísima tradición, una más en una fila de pintores que se perdía en el horizonte; aceptada, compren-dida, integrada.

Entró directamente a visitar a Velázquez, el origen de toda pintura moderna, aunque los recién llegados como Marc ha-bían decidido que no tenían nada que aprender de él, que no era más que un pintor antiguo, barroco, sin interés para los jó-venes leones. ¡Idiotas!

Sin embargo, la serenidad que esperaba encontrar en las sa-las del museo no llegaba. Había demasiados turistas, demasia-dos guías, demasiada prisa a su alrededor.

Se quedó mirando el retrato del príncipe Baltasar Carlos a caballo y, en lugar de admirar, como siempre, la técnica y el re-sultado, por primera vez desde hacía mucho tiempo se encon-tró viendo no una obra de arte sino a un niño que murió antes de llegar a la edad adulta, a los diecisiete años; una vida truncada como la de su propio hermano y como la de Alicia.

Se giró lentamente por la sala. Todos muertos. Todas aquellas personas que en su época ocuparon los más altos peldaños de la escala social no eran ya más que polvo, exactamente igual que los bufones, los borrachos, los soldados, las hilanderas, las muchachas que sirvieron de modelo a las vírgenes… todos muertos.

La recorrió un escalofrío al pensar que todos ellos, en el momento de contemplar su retrato pintado por el gran maestro, debieron de sentir un toque de orgullo imaginando que acababan de dejar huella de su paso por el mundo, una huella para la eternidad. Esas personas tendrían planes para el resto de su vida, ilusiones, esperanzas, un futuro en fin.

Un futuro que se había acabado en la playa de un museo donde miles de visitantes los contemplaban desde la distancia que proporciona la vida frente a la muerte, sin darse cuenta siquiera de que también ellos fueron seres humanos que quizá murieron dejando sin resolver los acertijos de su existencia, los secretos y misterios de su pasado.

«Todo tiempo pasado fue futuro alguna vez», pensó, y el pensamiento le hizo daño.

Inspiró hasta el fondo de los pulmones y, atravesando salas a toda velocidad, salió del museo. Necesitaba respirar aire recién producido por los árboles, necesitaba sentir el calor del sol en la piel, sentirse rodeada de vida. Había sido mala idea visitar un museo el mismo día de su reencuentro con Yannick. Demasiados recuerdos, demasiado pasado, demasiada muerte.

Nada más salir al exterior, sonó su móvil anunciándole un mensaje de texto. De Carlos.

¿Qué me dices si adelanto la fecha del viaje y llego a Madrid unos días antes? Te echo de menos. Contesta pronto para que compre el billete. Te quiero.

Sonrió para sí y, antes de darse tiempo a pensarlo, tecleó:

Estupendo. Cuando quieras. Yo también.

Sabía que Carlos habría preferido con mucho que ella escribiera también «te quiero» con todas las letras, pero la conocía tanto que sabía que aquel «yo también» significaba lo mismo.

Decidió dar un paseo por el Retiro y quizá buscar algún sitio agradable para comer algo. No había tomado nada desde el desayuno y ya era tarde incluso para España, pero no quería más que un pincho de tortilla o una tostada con jamón, que podía conseguir en cualquier parte.

Su móvil empezó a sonar y por un momento pensó en no cogerlo. No tenía ganas de hablar con nadie. Pero, por otra parte, quizá precisamente hablar con alguien le quitara esa sensación de polvo y mortalidad que arrastraba desde la clínica.

La voz de Almudena la sorprendió.

—Siento molestar, ab… —se interrumpió un segundo—, pero me han llamado de Paloma Contreras preguntando si podríamos adelantar a esta tarde la prueba del vestido. ¿Tú podrías?

—¿Cuándo?

—A las cinco. Sara no puede, pero me da bastante igual.

Helena sonrió.

—Sí, no hay problema. Me apunté la dirección en alguna parte, ¿verdad?

—Sí, en el móvil. Con la cita que tenía que haber sido mañana. Sabes dónde está Fuencarral, ¿no?

—Por el centro. No te preocupes, la encontraré.

—Bueno, a… pues ahora mismo nos vemos.

Era absolutamente gracioso ver los esfuerzos que hacía Almudena por no llamarla de ninguna manera desde que le había

101

dicho que no quería que la llamase «abuelita» ni «abuela», que podía elegir entre llamarla por su nombre o llamarla «Gran» como se hacía en Australia, que abuela le traía espantosas asociaciones de mujeres de negro, con un pañuelo en la cabeza atado bajo la barbilla, con un moño canoso lleno de horquillas y una toquilla por los hombros como mostraban todas las ilustraciones de libros de su niñez. Pero al parecer Álvaro, con la mejor intención, le había estado hablando a lo largo de su infancia de su abuelita, la que vivía tan lejos. «Abuelita», como la de Caperucita Roja, en lo más profundo del bosque.

Se miró, al pasar, en la luna de un escaparate. Claro que tenía edad de abuela e incluso quizá, para algunos, aspecto de abuela, por muy moderna y juvenil que se sintiera. Intentó verse con distancia, como podría verla alguien que no la conociera: el pelo, abundante, en media melena, ondulado y teñido de su color original castaño oscuro; las cejas pobladas; los ojos maquillados. De abuela, nada. Helena Guerrero no era la abuela de nadie, aunque no quería decírselo a Almudena así de claro porque ese tipo de cosas eran las que los jóvenes no podían entender mientras siguieran siéndolo.

Se encogió de hombros. De hecho le daba exactamente igual lo que pensaran Almudena y Marc y el resto de la familia, jóvenes y viejos. Llevaba mucho tiempo a su aire, sin tratar de resultarle simpática a nadie y no le había ido nada mal.

Encontró la calle de Fuencarral mucho antes de lo que pensaba, se sentó en un bar de los que sirven tapas de fusión y picó unas cuantas cosillas entre japonesas y mediterráneas. A pesar de la hora y el calor, había mucha gente paseando, mirando escaparates, entrando y saliendo de las muchísimas tiendas que llenaban las dos aceras dedicadas casi todas a prendas de vestir y objetos tan bonitos como inútiles. No había visto ni librerías ni galerías de arte. Seguramente estaban por otra zona. O los madrileños ya habían perdido el interés en ese tipo de cosas.

Para hacer tiempo, sacó de la mochila el cuaderno que siempre llevaba consigo y su lápiz favorito. Fue pasando las páginas despacio, reconociendo el año anterior a través de los dibujos, bocetos y apuntes rápidos que había ido haciendo en momentos como ese, esperas en aeropuertos, en estaciones de tren, en cafés, en hoteles… a lo largo de sus constantes viajes profesionales.

De un momento a otro tomó la decisión de viajar menos, pintar más, disfrutar del mar, de su casa, de Carlos.

Era la millonésima vez que tomaba esa decisión; luego le ofrecían hacer una exposición en el fin del mundo y de repente decidía que aún no había estado allí y quería conocerlo o que sí había estado y le apetecía verlo otra vez. Su maldito carácter nómada. «Culo de mal asiento», que decía su padre sin la menor sonrisa.

Toda la vida de sus padres había transcurrido entre Valencia, Madrid, Rabat y Santa Pola. Nunca habían salido al extranjero. Para ellos Marruecos no contaba como el extranjero. Allí habían empezado su vida de casados y allí habían pasado los veranos años y años hasta que, después de la muerte de Alicia, su madre prefirió volver a España, a Madrid, y veranear en Santa Pola, donde los recuerdos no eran tan dolorosos. Nunca quisieron viajar, ni siquiera cuando ella, ya medio instalada en Bali, les envió una larga carta invitándolos.

Con un par de sabios trazos, dibujó el rostro de su padre: Gregorio Guerrero, un hombre duro, recto, de porte militar aunque nunca lo había sido salvo durante los años de la guerra, de los que jamás hablaba en casa. Los ojos negros, de una intensidad que a veces forzaba a apartar la vista, la nariz recta, el bigote recortado sobre los labios finos, los pómulos altos, el hoyuelo en la barbilla… los otros hoyuelos que en ocasiones se formaban en sus mejillas, junto con una red de arrugas en los ojos cuando era feliz y sonreía. Raras veces. Más luminosas por lo escasas que eran. Había sido un buen padre, algo estricto

103

pero más moderno que otros hombres de su época, un hombre que envió a sus dos hijas fuera del país para que tuvieran una educación de nivel europeo; que se alegró enormemente cuando ella le dijo que había decidido estudiar empresariales y que, sin embargo, luego estuvo de acuerdo en permitirle hacer un año de Bellas Artes en una academia de Nueva York.

Le dibujó una gorra de plato de capitán de barco porque, sin algo en la cabeza, parecía desnudo. Siempre le habían gustado las gorras y los sombreros de todo tipo; tenía una gracia especial para requintarlos sobre el ojo derecho y potenciar su mirada inteligente, sus largas pestañas. Había sido un hombre guapo. O más que guapo, carismático, magnético. Un hombre cuya voluntad lo precedía como un aura, que siempre había conseguido lo que deseaba.

Recordó la constelación, las palabras que quien hacía el papel de su padre había pronunciado sin saber él mismo qué significaban: que estaba furioso porque lo habían traicionado.

104

«¿Quién te traicionó, papá? —se preguntó mirando el retrato, que le devolvía la mirada sin sonreír—. ¿De qué traición hablabas? ¿Fui yo? ¿Fui yo al marcharme, al abandonaros a todos, a ti, a mamá, a Íñigo, a Álvaro, mi propio hijo? ¿Te referías a esa traición?»

Lógicamente, no hubo respuesta.

Su móvil empezó a pitar suavemente. Cinco minutos para la cita con Almudena.

Se levantó, fue dentro a pagar, se puso las gafas oscuras y la visera para protegerse del sol de la tarde que caía a plomo, y caminó con decisión al encuentro con su nieta.

Valencia, 1936

El capitán Gregorio Guerrero echó una mirada a su reloj de pulsera, vio que faltaban todavía cuatro minutos para su cita, se aseguró de que las punteras de sus botas seguían limpias, se estiró disimuladamente la guerrera, se pasó la mano por el pelo, alisándolo hacia atrás, y se peinó el bigote con el dedo. Como buen militar, daba una gran importancia a su apariencia, muestra tanto de respeto hacia sí mismo y el cuerpo en el que servía, como de cortesía frente a la persona con la que se iba a encontrar. Había decidido acudir de uniforme para un momento tan decisivo en su vida; era importante dejar claro quién era, y él, por encima de cualquier otra cosa, era militar, de modo que más valía que todos se fueran acostumbrando.

Era un día soleado, extraordinariamente luminoso, aunque él, habituado como estaba a la luz de Marruecos, no lo encontraba tan espectacular como sus camaradas vascongados, que la noche anterior se estaban quejando del calor y la luz de Valencia, justo lo que a él, siendo de Orihuela, le parecía el epítome de la perfección.

La mole del edificio del ayuntamiento destacaba al fondo de la gran plaza, a la derecha; justo enfrente se alzaba el imponente edificio de Correos y entre ambos sonreían los puestos de flores radiantes de color, como un cuadro de Sorolla. Si todo salía como él esperaba, una hora más tarde estaría comprando tres ramos en uno de aquellos puestos. Uno, el mejor, para su novia, Blanca. Otro para su futura suegra, doña Carmen, y el tercero para su futura cuñada, Pilar.

Se giró hacia la fachada del Ateneo Mercantil y, con un rápido toque a la gorra de plato como saludo, dejó pasar a una señora y su hija, que cogidas del brazo pasaban por la acera probablemente en dirección al mercado central. La muchacha le dedicó una sonrisa rápida, a la que él correspondió galantemente antes de borrarla de su memoria para entrar al vestíbulo del Ateneo.

«Estaré en la biblioteca o en el salón noble. Haga el favor de pedirle al conserje que me busque cuando llegue», le había dicho don Mariano cuando lo había llamado por teléfono a la fábrica.

Después de identificarse, el conserje se marchó en busca del señor Santacruz y él se dedicó a echar una mirada a aquel templo de las finanzas y el ocio de la mejor sociedad valenciana, un lugar de tertulia, reuniones, conferencias y bailes, con uno de los mejores salones de billar de España, todo con clase y elegancia, no como esos casinos de tres al cuarto donde se reunían los blasquistas, de los que todavía quedaban muchos a pesar de su estrepitoso fracaso en las recientes elecciones de febrero, y todos los intelectuales republicanos de medio pelo junto con obreros de izquierda de todas las denominaciones, anticlericales y populistas de la peor calaña.

El Ateneo era otra cosa: no había más que ver la nobleza de sus materiales, las hermosas maderas aceitadas, el terciopelo de sus tapicerías, sus cortinajes, sus mármoles, sus arañas del más fino cristal.

—¡Buenos días, Guerrero!

El capitán se giró hacia las escaleras para encontrarse con don Mariano, que bajaba hacia él con la diestra extendida. Se estrecharon las manos y se quedaron unos segundos mirándose hasta que el mayor de ellos hizo un gesto hacia el salón noble.

—¿Le apetece un vermut, capitán?

—Con mucho gusto, don Mariano. Lo que usted tome.

Se instalaron en dos silloncitos de cuero a una mesa junto a la gran cristalera por la que se veía el tráfago de coches, tranvías y peatones de la plaza más céntrica de Valencia. Mantuvieron un poco de conversación insustancial mientras el camarero les traía los vermuts y un platito de *torraos* y altramuces secos para acompañar la bebida.

Como aún era pronto para el aperitivo, el salón estaba casi vacío. Solo un par de hombres mayores, trajeados, sentados solos cada uno a su mesa, leían el periódico relajadamente.

—Pues usted dirá, Guerrero —comenzó Santacruz después del primer sorbo a su bebida.

—Supongo que tendrá usted una idea de por qué le he pedido esta cita, don Mariano.

—Si tiene que ver con mi hija Blanca, creo que será mejor que no vayamos más adelante, capitán. —Atajó un gesto del militar—. No tengo nada en su contra, créame, pero me parece por un lado muy precipitado y, por otro, no creo que sea el momento más adecuado para noviazgos y casorios. La situación de este país, y sé que no le digo nada que usted no sepa, hace temer lo peor.

—Precisamente, don Mariano. Justo de eso quería hablarle.

—¿De la situación política? —Santacruz enarcó una ceja, sorprendido—. ¿No se trata de Blanquita?

—Sí, pero no solo. —Guerrero se inclinó hacia el otro hombre, bajando la voz—. ¿Podríamos hablar en otro sitio un poco más… privado? —Terminó, echando una mirada significativa hacia el lector más cercano, que daba la impresión de estar utilizando su periódico más como biombo que como fuente de información.

107

Santacruz paseó la vista por la sala. Efectivamente, el cotilla de Samper estaba un poco demasiado cerca para su gusto.

—Venga usted conmigo —dijo levantándose con su vaso en la mano. Guerrero lo imitó.

Subieron en silencio hasta el quinto piso. Santacruz abrió una puerta y se encontraron en un salón enteramente revestido de madera de caoba, con un tresillo decimonónico tapizado de seda y las paredes llenas de grandes cuadros antiguos: santos, héroes, paisajes idealizados… Allí la escandalosa luz de mediodía entraba tamizada por unos visillos blancos y los sonidos de la casa apenas si llegaban amortiguados a la salita.

—El Salón de Banderas. Póngase cómodo. Aquí a esta hora no creo que nos moleste nadie.

Dejaron los vasos sobre el velador, Santacruz se instaló en el sofá, Guerrero en uno de los silloncitos.

—Entonces, ¿hablamos de mi hija sí o no?

—Sí, don Mariano, eso es lo más importante. Si le he pedido esta conversación ha sido, sobre todo, como usted bien supone, para pedirle la mano de su hija Blanca. Déjeme que le explique, por favor —se apresuró a añadir al ver que el padre de su novia empezaba a negar con la cabeza—. Puedo entender que usted, como padre, se hubiera hecho alguna idea concreta del futuro marido de su hija, quizás un industrial como usted mismo, o un médico o un abogado de renombre. Quizá lo que yo le ofrezco no le parezca de momento gran cosa, pero quiero que piense precisamente en lo que hemos empezado a hablar hace un momento. La situación está muy revuelta y las cosas empiezan a adquirir una dimensión francamente peligrosa para las gentes de bien como son usted y su familia. No puedo facilitarle detalles, pero, después de darle muchas vueltas, he llegado a la conclusión de que es mi deber como amigo, y mucho más si pienso en llegar a ser parte de la familia, es mi deber, digo, insinuarle que está a punto de suceder algo que va a cambiar la historia de nuestra patria.

Santacruz lo miraba fijo, sin intentar ya contradecir al militar, sintiendo un principio de angustia en la garganta, como si alguien hubiera empezado a estrangularlo muy despacio.

—No hay parto sin sangre, suele decirse. No voy a mentirle, don Mariano, habrá sangre. Mucha. Pero es necesario cambiar el rumbo de este país; no podemos permitir que los bolcheviques se hagan con las riendas de España, y para evitarlo estamos dispuestos a lo que sea.

—¿Estamos? ¿A quiénes se refiere? —preguntó Santacruz con la boca seca.

—Los hombres de bien que amamos nuestra patria y estamos dispuestos a lo que sea por salvarla. No puedo decirle más, lo lamento. Pero estoy seguro de que usted piensa como nosotros.

—¿Y no le parece que en estas circunstancias, suponiendo que tenga usted razón, una boda es lo que menos debería preocuparnos?

108

El capitán negó con la cabeza.

—Precisamente en estas circunstancias su hija y todos ustedes estarán mucho más seguros y tranquilos emparentando con un hombre como yo. De momento no soy más que capitán, pero tiene usted que considerar que tengo poco más de treinta años. Precisamente con lo que nos depara el futuro no tardaré mucho en ganar los siguientes galones. Venga lo que venga, le aseguro que me ocuparé de que no les pase nada ni a Blanca ni a su madre y su hermana, aunque, si le soy sincero, creo que lo mejor que podrían hacer sería marcharse por un tiempo al extranjero, o al menos a la casa de campo que tienen cerca de Denia. Quedarse en Valencia no es buena idea, créame.

Santacruz le daba vueltas al poco líquido que quedaba en su vaso. De repente se había puesto pálido.

—¿Tan mal están las cosas?

Guerrero asintió en silencio.

—¿Cuánto tiempo queda?

—Nadie lo sabe con seguridad, pero no más de unos meses.

—¿Entonces?

—Deberíamos hacer la pedida pronto, lo antes posible, para que nadie piense que nos precipitamos demasiado. La boda, como muy tarde en junio.

—Una pedida en marzo para una boda en junio sigue siendo muy precipitado. Habrá rumores.

—El año que viene por estas fechas todo el mundo tendrá otras cosas en que pensar. Se lo juro.

Santacruz apoyó un codo en la mesa y la cabeza en la mano abierta. Guerrero guardó silencio para dejarlo reflexionar sobre lo que acababa de decirle. Se le pasó por la mente hablarle también de que Vicente Sanchís quería casarse con Pilar, pero luego decidió que no tenía por qué sacarle a nadie las castañas del fuego. Si Sanchís quería pedir a Pilar, era asunto suyo hacerlo y convencer a Santacruz como estaba haciendo él.

—¿Lo ha hablado usted ya con Blanca? —preguntó el hombre al cabo de un minuto.

—Por encima. No me parecía correcto ofrecerle a ella matrimonio sin haberlo hablado con usted primero, pero estoy seguro de que aceptará, sobre todo si sabe que su padre está de acuerdo. No hace mucho que nos conocemos, ya lo sabe usted, apenas seis meses, pero Blanca y yo nos queremos de verdad y antes de que la situación se ponga peor nos gustaría ser marido y mujer. Eso facilitaría mucho ciertas cosas.

—Está bien, entonces.

Una sonrisa empezó a insinuarse en el rostro de Guerrero.

—Nunca pensé casar a mi hija con un militar, a pesar de la cantidad de botas del Ejército que llevo fabricadas.

—No se arrepentirá, don Mariano. Conmigo su hija estará segura. Quiero a Blanca por encima de todo y la trataré como a una princesa, tiene usted mi palabra. Jamás le faltará de nada. Le juro que la haré feliz.

—¡Venga esa mano, muchacho! Vamos a tomarnos otro vermut para celebrarlo y luego te vienes a casa a comer.

—No hemos avisado a doña Carmen.

—La familia no necesita avisar, Guerrero. ¡Menuda sorpresa se van a llevar las mujeres!

—Llámeme Goyo, don Mariano.

6

Madrid. Época actual

El salón de pruebas de Paloma Contreras era todo lo que las clientas de la más alta sociedad que lo visitaban podían esperar: clásico sin cursilería, colores suaves, marfiles, tostados combinados con blancos y detalles metálicos en oro y plata; los mejores tejidos en tapicerías, cojines, cortinas; flores naturales por todas partes poniendo las necesarias manchas de color y frescura, un recuerdo de la naturaleza sabiamente domesticada en medio de la civilización; empleadas de media sonrisa cortés vestidas con traje sastre negro y perlas o bisutería delicada. Ese tipo de ambiente que recordaba a las señoras que allí entraban que no tenían que preocuparse de nada, que todo estaba en buenas manos, que el dinero sí podía comprar la felicidad, al menos en aquella casa.

—Acomódense —invitó la empleada que las había acompañado desde la puerta—. Paloma estará enseguida con ustedes.

—Ya verás, abuela —Almudena se cubrió la mano con la boca—, digo Helena, ya verás qué preciosidad de vestido. ¿Tú qué te vas a poner?

—Aún no lo sé, pero puedes estar segura de que no será nada con lentejuelas ni demasiado formal. Nada de incomodidades. Siempre he pensado que la ropa tiene que adaptarse a una, no una a la ropa.

—Sabia conclusión —dijo una voz femenina desde detrás.

Se giraron buscando su origen y vieron avanzar hacia ellas a una mujer alta y aún esbelta de pelo rubio miel con canas plateadas, recogido en un moño banana voluntariamente flojo para darle un toque de *chic* apenas desaliñado; vestida con unos pantalones anchos blancos a lo Marlene Dietrich y un sencillo top negro de mangas transparentes. Helena le calculó aproximadamente su edad, pero lo que en ella misma era vibración, nervio, energía desatada, en Paloma era serenidad, contención, una suave potencia. Por un momento, como tantas veces cuando veía a una mujer que le gustaba, pensó en Alicia, en que su hermana se habría convertido en ese tipo de persona de haber llegado a esa edad.

Detrás de Paloma, tres muchachas se acercaban cargadas con todo lo necesario para la prueba.

—Almudena, preciosa, ve con Betty a cambiarte y no tardes. Llevamos un día de locura. ¡Helena! ¡Cuánto me alegro de conocerte por fin! Almudena me ha hablado muchísimo de ti. Estaba loca con la idea de que vinieras a su boda.

Hasta la voz de Paloma le recordaba a Alicia: esa voz cantarina, de agudos plateados que siempre sonaba sincera. Se dieron dos besos y Paloma batió palmas para disponer a sus chicas en sus lugares.

Almudena, con la ayuda de una de las empleadas, se subió al pequeño estrado circular disfrutando del vestido, que estaba ya casi listo.

—¿Te gusta, ab… Helena?

—Llámame abuela si te hace tanta ilusión, muchacha. Tampoco es tan horrible y además es cierto, lo soy. Y sí, hija, me gusta. Es un poquito excesivo, pero es precioso.

—¿Te parece? —preguntó Almudena con un mohín mientras se observaba en los grandes espejos.

—Mujer, telas y telas y cola… y además seguro que te pones velo… No me hagas caso, es que no soy de muchos aderezos.

—Le va muy bien a su estilo y a su personalidad —comentó Paloma—, y a esa preciosidad de figura que tiene.

—¿Es diseño tuyo?

—Sí. El último antes de jubilarme.

—¿Ya te jubilas?

—Tengo setenta y tres años. Llevo toda la vida en esto y estoy ya un poco cansada. Quiero cambiar de aires, de vida, de todo. Tengo una casita en la Costa Azul, cerca de Saint Paul de Vence, y hace siglos que me hago ilusiones de vivir allí todo el año. Creo que ya ha llegado el momento. Después de la boda de Almudena le paso todo esto a mi sobrino y me retiro a pintar —terminó con una sonrisa casi avergonzada.

—¿Tú también pintas?

—No como tú —manoteó quitándole importancia—. Pequeñas acuarelas, paisajes de Provenza… cosas así. Entre diseñar modelos y pintar acuarelas no hay mucha diferencia.

—Pues a mí no se me ha ocurrido en la vida diseñar vestidos, ya ves. Y eso que mi hermana era diseñadora, como mi cuñado.

—¡No me digas!

—Mi cuñado es Jean Paul Laroche.

—¡Me encanta! Es uno de mis modistos favoritos. ¿Y tu hermana diseña para la casa?

—Alicia murió hace muchos años, a los veintiocho, justo cuando la empresa empezaba a despegar.

—¡Qué pena, tan joven!

En ese mismo instante, Paloma echó una mirada rápida a la empleada que, dando vueltas a los pies de Almudena, le estaba arreglando el dobladillo, cabeceó aprobadoramente y volvió a la conversación.

—No te lo vas a creer, pero yo todavía conservo un vestido del 67 que debió de ser diseño de tu hermana o de Jean Paul, de una colección que fue casi un escándalo en la época. «Imagine», se llamaba, ¿te acuerdas?

Helena se quedó mirando fijamente a Paloma. En el primer momento solo le había venido a la cabeza la canción de John Lennon, ¿de qué año podría ser? Pero un segundo después los recuerdos de entonces la asaltaron, derramándose sobre ella: una cascada repentina de imágenes y palabras que la dejó débil y casi mareada. Como en una película que pasara solo para ella, vio de golpe a Alicia toda excitada en la Gare d'Austerlitz, adonde había ido a recogerla, diciéndole: «¡Va a ser la sensación del *tout Paris*! ¡No te puedes imaginar lo que Jean Paul y yo hemos creado, Helena! ¡Los colores de Marruecos en la pasarela! ¡No te lo vas a creer!». Y luego, aún cargadas con las maletas, y con las narices enrojecidas de frío, la llegada al atelier donde Jean Paul las esperaba impaciente entre telas que parecían haber sido robadas de un harén oriental: riquísimos verdes, desde los más tiernos, como hojas de almendro recién nacidas, a los más profundos, con un algo de olas del océano en su misteriosa luz; azules de patio árabe que hacían pensar en azulejos junto a una fuente en un jardín de mirtos y jazmines; rojos encendidos, surcados por estrías de oro anaranjado; amarillos gloriosos, imperiales… y agremanes, botones, hebillas, plumas exóticas, cajas y cajas llenas de lentejuelas de todos los colores y tamaños…

«Vamos a abrir Europa a la magia de África —decía Yannick mientras le enseñaba los diseños que habían creado juntos: pantalones bombachos de inspiración oriental, caftanes, túnicas, turbantes—. Las frías mujeres parisinas van a descubrir la sensualidad. ¿Quién no querría envolverse en estos rasos, en estas sedas? "Imagine", así se llamará la colección. "Imagine", en francés.»

A pesar de la nitidez de sus recuerdos, no debían de haber pasado más que unos segundos porque Paloma estaba diciendo.

—Figúrate, Imagine lo inventaron ellos. La canción de Lennon no salió hasta cuatro años más tarde, en el 71. La próxima vez, cuando vengáis a recoger el vestido de Almudena, traigo el que tengo en casa para que lo veas. A lo mejor lo reconoces. Es una preciosidad y ahora es una obra de arte que cualquier día donaré a un museo. Igual que el traje de chaqueta y pantalón de Saint Laurent, del mismo año. Ya entonces me gastaba lo que ganaba o en invertir en mi negocio o en comprarme modelos exclusivos. A todo esto, precioso el conjunto que llevas. ¿De quién es?

Helena sonrió complacida.

—De May Sanders, una joven diseñadora australiana que está empezando.

—Tiene talento.

—Ya me verás más cosas suyas. Le estoy haciendo de escaparate.

—¡No, Eva, por Dios! —interrumpiendo la conversación con Helena, Paloma se acercó a Almudena en dos zancadas—. Si sigues apretándole así la espalda no va a poder respirar la criatura.

—Es que con el palabra de honor, si no apretamos un poco, lo mismo se le cae en la iglesia.

—Quita, quita, déjame a mí.

Helena miró a su nieta, divertida. En su época ningún cura hubiera permitido que una mujer medio desnuda por arriba entrara en su iglesia, y mucho menos a casarse, pero los tiempos habían cambiado y ahora nadie se extrañaba de nada. Los hombres llevaban zapatillas de deporte con traje y corbata; las mujeres iban a todas partes en pantalón corto, los hombres se casaban con hombres y las mujeres con mujeres, las dos con traje de novia.

Lo único que no había cambiado era que las mujeres seguían ganando menos por el mismo trabajo, que tenían que luchar como leonas para conseguir puestos de responsabilidad, que siempre eran miradas con prevención o con condescendencia, o con puro y simple miedo cuando eran tan duras como la mayor parte de los hombres y no temían enfrentarse a lo que fuera. En eso todo seguía igual.

Al salir de Paloma Contreras, Almudena se le colgó del brazo con toda naturalidad y ni siquiera pareció darse cuenta del envaramiento del cuerpo de su abuela, que no estaba en absoluto acostumbrada al contacto físico más acá de lo estrictamente sexual.

—Tengo un recado para ti, abuela. La tía Amparo quiere verte.

—¿Quién es la tía Amparo? —La pregunta era sincera. En ese instante, Helena no tenía la menor idea, aunque el nombre le sonaba.

Almudena se echó a reír.

—Pues supongo que tu prima, la hija de tu tía Pilar. Pilar, la hermana mayor de tu madre, no me digas que no te suena. Tampoco es tan difícil, no había más que esas dos hermanas: Blanca, tu madre, y Pilar, tu tía.

—Debe de hacer cuarenta años que no veo a la tía Pilar. Estará viejísima.

—Si viviera, tendría 105 años; lo sé seguro porque con esto de la boda, Chavi y yo empezamos a hacer un árbol genealógico de las dos familias.

—Y si está muerta, ¿cómo es que quiere verme?

—La que quiere verte es su hija, Amparo, que anda por los setenta y muchos, pero tiene una energía que ya la quisiera yo para mí.

—¿Te ha dicho para qué quiere verme, si yo ni siquiera me acuerdo de ella?

—Me comentó algo de que tiene un par de cosas para darte. Cosas que dejó su madre y que, según ella, eran de tus padres y demasiado delicadas como para que anden por ahí.

—¿Delicadas? ¿Qué narices significa eso?

116

Almudena se encogió de hombros.

—Ni idea. No me quiso decir más. Lo mismo son porcelanas o figuritas de cristal —añadió con una sonrisa maliciosa—. ¿Quieres que te acompañe? Estoy libre hasta las nueve.

No podía negar que le había picado la curiosidad, pero no tenía ninguna gana de ir a casa de la prima Amparo y tener una conversación con alguien que era una perfecta desconocida aunque fuera de la familia. La compañía de Almudena podría hacer la cosa más llevadera.

—¡Vale, vamos! Te agradezco que vengas conmigo y, además, teniendo una cita a las nueve, no podremos alargarnos mucho.

—La cita la tengo yo, abuela.

—Oficialmente, yo también —terminó con un guiño.

Pararon un taxi y Almudena dio una dirección del barrio de Salamanca.

—Por aquí vivían mis padres en los últimos tiempos, creo. Estuve dos o tres veces —comentó Helena al pasar por la Castellana—. Un piso enorme y señorial para los dos solos. No me extraña que acabaran tan mal.

—¿Tú siempre hablas de tus padres como si no fueran nada tuyo?

Helena separó la vista del exterior y miró a su nieta, sorprendida.

—¿Te parece?

—Claro que me parece. Eres de un despegado…

—Me acostumbré a prescindir de todo y de todos para seguir mi camino. Pasé años sin hablar con mi padre, que nunca vio con buenos ojos mi abandono, como él lo llamaba, mi falta de responsabilidad. Con mi madre mantuve el contacto de aquella manera, con cartas ocasionales y alguna visita esporádica. Luego, cuando él ya estaba muy mayor, hicimos las paces en un viaje que hice a Madrid. Se suicidó poco después. Yo vine por Navidad y él se pegó un tiro a principios de

117

marzo. Mi madre se trasladó a una residencia y, cuando yo volví el siguiente otoño, ya no me reconocía. Salí disparada, claro. Mientras tanto, han pasado un montón de años y los recuerdos que conservo son los buenos, los de cuando eran jóvenes y pasábamos los veranos en Marruecos, o los de un poco después, cuando íbamos a Santa Pola. Nunca pienso en el piso de su vejez en Madrid que, ahora que me lo recuerdas, es mío y debe de estar como ellos lo dejaron en el 83. ¿Sabes si tu padre va alguna vez por allí?

Almudena, que la había estado escuchando con mucho interés porque era el parlamento más largo que le había oído a su abuela en toda su vida, negó con la cabeza.

—¿No va o no lo sabes?

—No tengo ni idea. Ni siquiera sabía que existiera ese piso. Y me parece raro, porque de haberlo sabido, te habría pedido que nos lo alquilaras barato para vivir los primeros tiempos. Si de todas formas no lo usas para nada…

—Tendré que hablar con tu padre.

El taxista se detuvo frente al portón de un edificio del siglo XIX que parecía haber sido renovado recientemente. Las pesadas puertas de roble brillaban bien aceitadas y el amplio vestíbulo era de mármol blanco y hierro forjado en la barandilla y la caja del hermoso ascensor antiguo. Como la tía Amparo vivía en el primero, decidieron subir a pie.

Una muchacha de uniforme, obviamente latinoamericana por la mezcla india de sus rasgos, les abrió y, después de recorrer un largo pasillo en penumbra lleno de puertas cerradas, las hizo pasar al «gabinete», una estancia luminosa, con dos balcones a la calle, que albergaba un tresillo antiguo tapizado de un amarillo claro y un elegante secreter de madera rubia. Las paredes, enteladas en seda, fingían un jardín japonés. A Helena le pareció curioso el exótico gusto de su prima; había esperado muebles castellanos, oscuros y de madera torneada. Pero lo prefería así.

Momentos después se abrió la puerta y entró la dueña de la casa: una señora mayor de pelo gris acero cortado muy corto, con un vestido de lino crudo que disimulaba bien las redondeces de su cuerpo.

—¡Cuánto tiempo sin verte, Helena! ¡Qué alegría! Tienes los mismos ojos…

—Los mismos, desde que nací.

Almudena soltó una breve carcajada; Amparo se quedó mirándola indecisa, sin saber bien cómo reaccionar hasta que Helena añadió:

—Es una forma preciosa de decir que estoy hecha un vejestorio y que si no fuera por los ojos no me habrías reconocido.

Amparo se sonrojó.

—No quería decir eso.

—Si no pasa nada, mujer… Da igual, de verdad. Es que soy un poco bruta, desde pequeña. Lo mismo te acuerdas.

—Yo te recuerdo como una niña traviesa, muy graciosa. De cuando fuimos una vez a visitaros a Rabat.

Helena se volvió hacia su nieta.

—Es que como nos llevamos bastantes años, nunca jugamos juntas. Amparo ya era mayor. Imagínate, cuando yo tenía diez, creo que ella ya tenía dieciocho o así.

—Yo estaba más con tu hermana, que debía de tener quince o dieciséis.

Helena estaba empezando a impacientarse.

—Dime, Amparo, me ha dicho Almudena que querías verme. Siento ir con prisas, pero es que tenemos una cita a las nueve.

—Sí, sí, no os preocupéis, yo quiero ir a misa de ocho, así que no os entretendré mucho y, además, lo tengo todo preparado, por si acaso.

—¿Por si acaso qué?

Amparo soltó una risita rara.

—A mi edad no se sabe cuándo puede pasar cualquier cosa.

Y hace mucho que le prometí a tu madre que te haría llegar lo que me dejó aquí para ti.

Las precedió por el pasillo y abrió una puerta a su izquierda: al parecer una habitación de invitados con ventana al patio de luces. Sobre la colcha clara había dos cajas de mediano tamaño.

—¿Qué es todo esto, Amparo?

—La tía Blanca, tu madre, me hizo prometer que no fisgaría nada y no lo he hecho. Solo sé que son papeles, documentos, libros, fotos. Y que pesan un quintal. Pero, por lo que me dijo, solo debían caer en tus manos. «Si no, mejor quemarlos», puntualizó. No tenía muchas esperanzas de que fueras a leerlos, pero también me dijo que había que darte una oportunidad, aunque a ti no te importara un pepino el pasado.

Helena sintió como si su madre, desde la tumba, acabara de darle una bofetada, y por un momento se apoderó de ella el impulso de quemar todo aquello allí mismo. Su madre nunca había entendido nada. Jamás la había comprendido. ¡Mira que decirle a Amparo que ella no tenía interés por el pasado! ¡Ojalá no lo tuviera, ojalá no lo hubiera tenido nunca! No se habría pasado casi cincuenta años dándole vueltas a lo que sucedió aquel verano y a otras cosas igual de horribles… Pero ¿qué iba a saber su madre, si apenas se habían visto media docena de veces y procurando siempre no hablar de según qué temas?

—¿Piensas leerlo? —preguntó Amparo mirándola inquisitivamente.

Helena se encogió de hombros.

—Antes o después, cuando tenga un rato.

—Hazlo pronto, Helena. La tía Blanca me dijo muchas veces que le gustaría mucho que supieras ciertas cosas que nunca te contó… que le haría falta saber que lo sabes. Decía de vez en cuando que quería que la comprendieras, que los comprendieras a los dos, a ella y a tu padre.

—Te juro que no sé qué habría que comprender. ¿No sería que ya había empezado a…? —Se tocó la sien con el índice en una insinuación muy clara de una posible locura.

Amparo sacudió la cabeza.

—No, prima. Lo que la volvió loca fue el suicidio de tu padre, que Dios lo haya perdonado, y luego la residencia de ancianos. Yo iba todas las semanas, pero no era bastante para luchar contra el olvido.

—¡Por el amor de Dios, Amparo, hablas como si yo tuviera la culpa de que ella tuviera alzhéimer!

—No, mujer, claro que no. —Echó una mirada a su reloj de pulsera de plata—. Siento daros prisas, pero tengo que marcharme ya mismo.

—Pediré un taxi —dijo Almudena, tratando de romper la tensión que se había instalado entre las dos mujeres mayores.

—Si venís otro día, podemos tomarnos un chocolate con picatostes y charlar con tranquilidad —añadió mientras sus parientes cogían las cajas y recorrían el pasillo en dirección a la salida—. O, si tienes alguna pregunta, yo sé muy poquito, pero hay algunas cosas que sí que recuerdo por mí misma o porque me las contaron mis padres.

Helena, luchando con el peso de una de las dos cajas, se sentía como si se hubiera metido en una obra de teatro desconocida sin que nadie le hubiese dado el texto que tenía que memorizar e interpretar. No tenía ni idea de lo que estaba hablando la prima Amparo ni tenía ningún interés en saberlo en ese preciso instante.

—Hay más cosas de las del piso de tus padres a las que a lo mejor quieres echar un vistazo. Habla con tu hijo. Las tiene él.

Estaban ya en la puerta y Helena se giró hacia Amparo, sorprendida.

—¿Álvaro? ¿Qué es lo que tiene Álvaro?

La mujer estaba perpleja por la ignorancia de su prima, la artista.

—Pues todas las cosas de valor de casa de tus padres, claro. Y lo que tu madre quería por encima de todo que heredaras tú.

—Pero… a ver si nos aclaramos… todo eso estará en el piso, ¿no?

—¿Qué piso?

—El de mis padres, evidentemente.

Amparo y Almudena intercambiaron una mirada rápida. Por fin habló Amparo:

—Ese piso ya no existe, Helena. Lo vendió tu hijo hace muchos años, ¿no lo sabías?

Helena abrió la boca y la volvió a cerrar al darse cuenta de que no tenía ni idea de lo que pensaba decir. Hacía años, muchos años que no había pensado en el puñetero piso de sus padres, de la vejez de sus padres, como siempre lo había llamado para sí misma. Ese piso que ella apenas si había llegado a conocer y en el que nunca había vivido, un lugar que en sus recuerdos estaba lleno de muebles oscuros y trastos viejos sin ningún interés.

Siempre había supuesto que seguiría allí, criando polvo, esperando que se decidiera a sacarle algún partido, cosa que había ido posponiendo año tras año porque nunca tenía tiempo y, de haberlo tenido, habría preferido hacer cualquier otra cosa antes que encerrarse allí a deshacer la última casa donde habían vivido sus padres. Con su hermana, habría podido planteárselo. Ella sola, no. Su hermana llevaba muerta cuarenta y seis años. Ergo, no había nada que hacer.

El cerebro hace cosas curiosas: todo aquello debía de haberlo pensado en un par de segundos porque su prima había seguido hablando y lo que acababa de decir, ya con el bolso en la mano y cerrando la puerta, la había dejado de piedra.

—A veces entiendo lo que decía tu madre de que no parecías hija suya. De que eras su castigo. No le das valor a nada. No te importa nadie más que tú misma.

—¿Tú qué sabes de mí, Amparo? —contestó, francamente molesta—. No hemos tenido ningún trato en la vida.

—Yo no sé nada, tienes razón. Ni son palabras mías. Eso era lo que decía la pobre tía Blanca.

Habían llegado a la calle y Amparo, con un breve movimiento de cabeza, cruzó el portal y desapareció a buen paso camino de la iglesia.

Por uno de esos impulsos tan propios de ella, Helena le pidió a Almudena que la acompañara al piso de Torre Madrid a recoger sus cosas y luego a un hotel de la Gran Vía. No tenía ganas de seguir ocupando aquel apartamento que la conectaba a tiempos pasados, a asuntos familiares. No debía haber insistido en quedarse allí. Antes o después iba a tener que pelearse con Álvaro y no le apetecía tener nada que agradecerle, de modo que prefería ser libre por completo, irse a un hotel y pagarse su estancia, sin favores, sin deberle nada a nadie, ni siquiera a su hijo.

Era perfectamente consciente de que su nieta la miraba como si fuera un perro a cuadros pero le estaba agradecida por no haber hecho ningún tipo de comentario.

—Habrás oído decir que los artistas somos gente rara —comentó ella cuando su maleta y las dos cajas recién recogidas de casa de Amparo quedaron instaladas en la habitación del hotel.

—Sí, abuela, no te preocupes. Y además, por si no lo supiera, tengo a Marc, el hijo de Sara, que también va de artista y ha empezado por lo más fácil, por lo de ser raro, tener arrebatos de genio y escaquearse de todo lo que hay que hacer.

—Eres un poco deslenguada, niña.

—Serán los genes. Tengo que irme. —Le dio dos besos rápidos, casi picotazos en las mejillas y, ya en la puerta, añadió—: No quiero que te ofendas, abuela, pero si Marc, y tú, y mi padre, y Sara vais por el mundo haciendo y diciendo lo que mejor os parece sin contar con nadie, ni pensar en el daño que podéis hacer a los demás, no veo yo por qué tengo que hacer de niña

123

buena, ayudar a todo el mundo y además callarme lo que pienso. ¿Que quieres venirte a un hotel sin darle explicaciones a nadie? Pues bueno, ¿qué más me da a mí? ¿Que has tratado a la pobre Amparo como a un trapo de fregar? De acuerdo, no es asunto mío. Casi. Porque es prácticamente mi tía abuela y le tengo cariño. Pero no me digas que no tengo derecho a hablar, porque eso sí que no. Bueno, ya me he desahogado. Me marcho, que no llego. ¿Avisarás tú a papá de dónde estás? ¿O es secreto?

—Yo lo aviso, descuida. Tengo que hablar con él de todas formas. Ah, y gracias por la ayuda.

—De nada. Para eso estamos los seres vulgares. —Terminó con una sonrisa que Helena no llegó a saber cómo clasificar, si como pura ironía o como pura sinceridad.

Cuando se quedó sola pensó por un instante en ponerse a reflexionar sobre lo que le acababa de decir su nieta, pero eso la llevaría a darle vueltas también a lo que le había dicho Amparo, o más bien a lo que Amparo decía que había dicho su madre, y como no tenía muchas ganas de pasar revista a lo mismo de siempre, decidió dejarlo para mejor ocasión. Llevaba toda la vida entrenándose para que le importara un pimiento la opinión de los demás, incluida su difunta madre. Si eso fuera una disciplina olímpica, ya se habría clasificado.

Eran ya casi las nueve de la noche, de modo que cogió el teléfono y pidió una botella de chardonnay muy frío y un sándwich club. Había tenido demasiados encuentros sociales en un solo día; no le apetecía ver a nadie, ni siquiera a un camarero en el restaurante del hotel. Cenaría sola, vería alguna película o se descargaría una buena novela de ciencia ficción.

Apartó con el pie la caja que más cerca estaba de la puerta del baño, se dio una ducha caliente, se puso el albornoz, se envolvió el pelo con una de las toallas grandes, dejó pasar al camarero que le traía la cena y cerró con pestillo en cuanto se marchó dejándolo todo arreglado. ¡Qué alivio! ¡Por fin sola! Sola, sin que nadie pudiera interferir en su vida. Lamentó no haber traído a Sammy, su secretario, amigo, chico para todo, que trabajaba para ella desde hacía quince años. Pero hacía mucho que le debía vacaciones y había decidido darle tres semanas libres pensando que en España podría prescindir de sus servicios. Grave error. Sammy era una de las poquísimas personas de las que se fiaba realmente y de las incluso más poquísimas que la equilibraban con una simple sonrisa o un alzamiento de cejas, aparte de que su marca de fábrica era la maravillosa frase: «Yo me ocupo». Y era verdad, cuando Sammy se ocupaba de algo ya no había que preocuparse de ello. Si él estuviera allí, ahora podría pedirle que se llevara las dos cajas a su habitación y que en algún momento, cuando hubiese terminado con ellas, le hiciera un resumen de lo esencial y le presentara las dos o tres cosas que debería leer o ver personalmente. Pero no estaba, de modo que el asunto tendría que esperar hasta que llegara Carlos. Al fin y al cabo Carlos era editor; estaba acostumbrado a leer manuscritos y a cribar lo insufrible. Él se ocuparía.

125

Ya a punto de apagar la luz, se dio cuenta de que no había mirado el móvil en todo el día, así que se levantó de nuevo, buscó por su bolso y se encontró con que en algún momento le había quitado la voz y tenía siete llamadas de Marc, lo que la hizo sonreír —¡qué muchacho más nervioso y más tenaz!—, un mensaje de Carlos —«Dentro de 36 horas estaré contigo»— y uno de Yannick —*«You've got mail»*—.

Volvió a quitarle el volumen al móvil, se tomó un somnífero suave y regresó a la cama. Todo podía esperar doce horas. Absolutamente todo.

La caja

Foto 4
<small>Documentos 1 y 2</small>

*E*n un sobre de papel traslúcido de tamaño DIN-A4 hay otros dos sobres y una foto. El primer sobre es satinado, color marfil. Dentro, un tarjetón del mismo papel con unos anillos dorados abajo a la derecha en el que, al abrirlo, se lee:

Los señores de Santacruz
don Mariano Santacruz y su esposa doña Carmen Civera
tienen el gusto de invitar a usted al enlace matrimonial de sus hijas
Pilar y Blanca
con los señores **Vicente Sanchís Ballester,**
teniente del Ejército de Tierra,
y **Gregorio Guerrero Vázquez,**
capitán del Ejército de Tierra, respectivamente.
La boda tendrá lugar, D.M., en la Catedral
de la Asunción de Nuestra Señora de Valencia,
a las nueve de la mañana del 14 de junio.
El lunch se celebrará en el Real Club Náutico de Valencia
a partir de la una de la tarde.
Rogamos confirmación de asistencia.

En Valencia, a 3 de mayo de 1936

En otro sobre más pequeño una tarjeta doblada dice **Lunch** y, al abrirla, se lee:

Real Club Náutico de Valencia
Enlace
Vicente-Pilar
Gregorio-Blanca

Aperitivos variados
Langostinos de Vinaroz
Consomé al Jerez
Lenguado Meunière con patatas al vapor
Pollo a la parisina con verduras selectas
Profiteroles de chocolate y nata con nueces
Champán y tarta nupcial

Al final hay una foto grande en blanco y negro, apaisada, metida en un marco de cartón blanco con doble borde plateado y tapa con dos palomas en relieve dispuestas pico con pico, como si se besaran.

Dos parejas jóvenes sonríen a la cámara. Las chicas van vestidas de novia, de blanco, con diadema y velo. Pilar lleva un vestido de raso de manga larga estrecha y muy cerrado en el cuello que se levanta por detrás hasta cubrir la nuca, mientras por delante apenas se abre lo suficiente para lucir una pequeña cruz de oro y perlas. El traje se ajusta al cuerpo creando una forma de ánfora, y algo en los frunces que salen de las caderas hacia la espalda hace pensar que lleva cola. El pelo está recogido en un moño alto, decorado con una diadema de flores de cera, y el velo es abundante y sembrado de florecillas bordadas.

El vestido de Blanca es más escotado, y de manga corta, pero lleva guantes largos que apenas si dejan ver unos centímetros de brazo. El corpiño, ajustado y de seda, marca una cintura estrecha, enfatizada por la amplitud de la falda de varias capas de tul.

Lleva el pelo en un recogido flojo de inspiración romántica, con una diadema de flores de seda y encaje con diamantitos. El velo es de blonda y cae como una cascada sobre sus hombros y su espalda. También ella lleva una cruz de oro y perlas igual que la de su hermana, que en ella destaca más sobre la piel desnuda.

Los ramos de novia son también iguales, enormes, con unas larguísimas varas de nardos y un centro redondo de rosas y otras flores que no se aprecian bien en la foto y podrían ser fresias. Todo en los vestidos y los accesorios hace pensar en una boda en la que no se han escatimado gastos, una boda de postín.

Las dos novias, en el centro de la foto, cogidas del brazo, sonríen como iluminadas por dentro, igual que los hombres que las flanquean, a los que se les ve orgullosos, henchidos de felicidad, con cara de triunfadores.

Ambos llevan bigote recortado, a la moda, el pelo muy corto, el mismo uniforme, pero donde Vicente tiene algo de *dandy*, un algo blando que no se sabe si viene de sus manos regordetas o de sus mejillas que en un futuro no muy lejano empezarán a descolgarse, Gregorio mira a la cámara como un cazador que acaba de abatir un león, o como un escalador en la cima de una montaña que siempre se había juzgado imposible. Es un hombre guapo, carismático, duro, todo aristas donde Vicente tiene redondeces.

Detrás de ellos se adivina un arco de sables hecho por los compañeros de armas para la salida de la iglesia. En el pelo de los hombres brillan unos granos de arroz.

Los cuatro parecen imposiblemente jóvenes, congelados para siempre en aquel momento de plenitud a un mes justo del comienzo de una guerra.

La inscripción al dorso de la foto reza simplemente: *Nuestra boda, 14 de junio de 1936.*

7

Madrid. Época actual

Marc estaba de camino a Gimlet, su bar favorito, un local diminuto en Chueca donde por un capricho de la dueña no se servían más que gin-tonics desde hacía doce años y ahora, de repente, se había puesto de moda al establecerse el concepto de «gintoniquería» que Bea había inventado tanto tiempo atrás sin llamarlo de ninguna manera.

No paraba de darle vueltas al sospechoso silencio de Helena y cada vez que pensaba en ello se le ocurría otra respuesta para explicarlo. «Está ofendida por mi comportamiento de anoche». O bien: «Se avergüenza de su comportamiento de anoche». O: «Quiere ponerme a prueba y ver cuánto aguanto antes de ir a buscarla». O: «Solo estaba jugando conmigo». O: «Quiere que le suplique». O: «Me desprecia por lo fácil que le resultó comprarme». Todo ello revuelto con las explicaciones más obvias que ya había agotado a lo largo del día: «Tiene el teléfono desconectado» (pero no, porque suena hasta que salta el buzón de voz); «Se ha dejado el móvil en casa al salir» (pero a lo largo del día habría ido a buscarlo, ¿no? Nadie puede pasar un día completo sin ir a recoger su móvil); «Se ha quedado sin batería» (lo mismo. ¿Todo un día?). «No quiere hablar conmigo» era la respuesta más evidente y, si hasta ese momento no la había considerado en serio, estaba empezando a pensar que era lo más

129

probable y que, en ese caso, no había nada que hacer. Pero le quemaba por dentro el haber estado tan cerca de conseguir lo que buscaba y no haberlo logrado.

Estaba dispuesto a todo para conseguirlo, a cualquier cosa. Eso siempre lo había sabido y la noche anterior se le había presentado la primera oportunidad real de demostrarlo. No le daba ninguna vergüenza. Era una simple compraventa. Cantidades de mujeres habían pasado por lo mismo y la sociedad siempre lo había aceptado. Un genio, incluso ya anciano, se encapricha de una chica joven y guapa, ella se deja hacer y él la ayuda a llegar al lugar en el que ella siempre quiso estar. Muchas actrices habían pasado por ello, cantantes, bailarinas, presentadoras de televisión… Y muchas artistas que, arrimándose a la sombra de un gran hombre, pudieron empezar a mostrar lo que sabían hacer.

También era práctica habitual entre homosexuales: un mentor de edad y un muchacho que empieza en la rama que sea.

130   ¿Por qué, sin embargo, cuando se trataba de un chico y una mujer mayor la situación dejaba ese regusto tan nauseabundo? ¿Se sentiría igual si Helena tuviera treinta años? Igual sería una compraventa. ¿Qué le había dicho ella?: «¿Cuánto vale tu cuerpo?». ¿Era esa la formulación? Daba lo mismo. Algo similar. Y ella había estado dispuesta a cerrar el trato. Igual que él.

«Tú me dejas usar tu cuerpo y yo te ayudo en tu carrera.» Al menos eso era lo que él había entendido.

Sus cuadros eran buenos; él sabía que eran buenos, en cualquier caso lo bastante buenos como para organizar una exposición en una de las grandes galerías y darse a conocer por fin, empezar a ganar dinero con su arte, no solo sonrisas, palabras vacías y palmadas en el hombro. Muchos que valían menos que él lo habían logrado.

Helena misma se había hecho millonaria pintando. ¿Habría empezado también así, acostándose con alguien que podía lanzarla al mundo del arte con mayúsculas, del *big money*, y ahora había decidido cerrar el círculo, hacer pasar a otro por lo que ella había pasado? Pero ella había tenido mucha suerte. Era necesario tener mucha suerte para llegar donde estaba, porque… ¿era realmente tan grande como todos decían? ¿Mucho mejor que él?

La verdad era que nunca se lo había planteado. ¿Qué era lo que la hacía tan extraordinaria?

Le vino a la mente uno de sus primeros cuadros: *La luz de Marruecos*, una imagen hiperrealista de tres por cinco, en la que se veía una plaza parecida a la de Marrakech atestada de gente bajo un sol de justicia: vendedores, saltimbanquis, encantadores de serpientes, turistas, cuentacuentos… la fauna habitual de un día de mercado, una explosión de color en detalle fotográfico, una luz que vibraba, que casi se podía tocar, y en el centro, sin que pudiera verse quién la proyectaba, una sombra humana alargándose hacia el contemplador como si quisiera devorarlo, una sombra casi azul de tan oscura, inquietante, ominosa, marcando un contraste avasallador con la vida que llenaba la plaza. Y nadie dentro del cuadro reparaba en ella, como si la sombra solo fuera real para las personas que miraban la imagen desde fuera. En medio de aquel paisaje de sol y movimiento, aquella sombra daba escalofríos sin que nadie pudiera explicarse bien por qué.

Era un cuadro absolutamente genial. De los que no se olvidan jamás después de haberlos visto.

Sí. Era grande. Helena Guerrero era realmente grande; y él había estado a punto de conseguir que lo ayudara y había fracasado. Tenía ganas de darse cabezazos contra la pared, por imbécil, por haber ido tan deprisa, por haber tirado la sutileza por la borda ya desde el primer momento. Pero ella tampoco había sido sutil. ¿Qué había de sutil en «cuánto cuesta tu cuerpo»? No podía quejarse de que él la hubiera malentendido.

Pero ¿por qué se había marchado de pronto dejándolo todo a medias? ¿Se había arrepentido? ¿Le había dado vergüenza?

131

¿O él lo había hecho tan mal que se había sentido ofendida?

Tenía que dejar de pensar en ello. No iba a llegar a ninguna parte y estaba empezando a encontrarse enfermo de tanto darle vueltas. Ya se presentaría otra ocasión. O habría otros padrinos, madrinas… lo que fuera.

Eran las doce de la noche y el barrio estaba a rebosar de noctámbulos a pesar de que era lunes. Se oían risas por todas partes, el aire estaba saturado de olores, parecía casi verano. El Gimlet estaba fresco y aún medio vacío. La mayor parte de su clientela habitual o bien se había marchado ya a cenar, tras el gin-tonic de aperitivo, o no había llegado aún para tomar el gin-tonic de después de la cena.

Su taburete favorito, en el rincón del final de la barra, estaba libre, y Bea lo saludó con un cabeceo desde una de las mesas del fondo y le hizo una seña a Juanma, el barman, que un par de minutos después le puso un Hendricks con Fever Tree sobre el posavasos intensamente verde de la casa.

De pronto se alegraba de estar solo, aunque de hecho había ido al Gimlet con la esperanza de encontrarse allí con algún amigo que le hablara de cualquier otro tema que no tuviera nada que ver ni con Helena ni con exposiciones ni cuadros ni galeristas.

Paseó la vista por el local, que no había cambiado de aspecto desde que él lo había descubierto a los dieciocho años, agradecido por que quedara un establecimiento que no se remodelara cada diez o doce meses. Era confortador poder ir a un sitio donde todo estaba como debía, donde los muebles seguían siendo de madera rojiza, la tapicería del mismo verde oscuro de siempre y las paredes llenas de estampas y grabados de la India en el siglo XIX, con sus señoras victorianas y sus caballeros de uniforme consumiendo litros de ginebra con agua tónica, oficialmente para evitar la malaria.

Se quedó mirando los grabados apreciándolos por primera vez.

Tenía razón Helena. Él no era capaz de dibujar así, como los artistas anónimos que habían dibujado el Taj Mahal y los paisajes tropicales de las paredes del Gimlet con ese amor, esa paciencia, ese detalle. O como ella, que, cuando quería, pintaba como si estuviera fotografiando la realidad.

Aunque quizá sí fuera capaz, si se ponía a ello. ¿Valdría la pena el esfuerzo? ¿Ganarían realmente sus obras si el dibujo fuera mejor?

—¿Todo a tu gusto, guapo? —Bea parecía haberse materializado de golpe frente a él, al otro lado de la barra—. Estás muy serio hoy.

Marc esbozó una media sonrisa. Bea podría ser su madre, pero era una mujer que siempre le mejoraba el humor. Grande, con caderas contundentes, pechos generosos y una melena rizada violentamente roja que esa noche llevaba recogida con varios pinchos de madera tropical, lo que la hacía parecer un cóctel exótico. Tenía los ojos verdes, como los gatos, y vestía de negro. Podía haber sido la imagen de una bruja de Halloween.

—Oye, Bea, cuando llamas a una mujer siete veces y no lo coge nunca ni te devuelve la llamada, ¿eso significa algo?

—Que no quiere hablar contigo. —Vio su expresión y continuó—. O que está superocupada y no encuentra un momento tranquilo para hablar como quisiera, sin que la escuchen.

—Pero ya son las doce y media.

—La una menos cuarto. Ese reloj de ahí va mal. ¿Has tenido un rollo con ella o aún no?

—No sé bien. Creo que aún no.

—¡Mira que eres raro, artista!

—¿Cambia eso las cosas?

—Hombre, si ya te has enrollado con ella y no contesta, o es que no le ha gustado nada y no le apetece repetir, o que está casada, por ejemplo, y acaba de darse cuenta de que se le va a complicar la vida. Seguramente está pensando si le vale la pena.

—¿Y si no?

—Puede significar que no tiene prisa. Que sí le interesas, pero con calma. ¿Quieres otro?

Marc negó con la cabeza.

—Es una mujer mayor.

—Buena elección. Son las mejores. Dale tiempo. Estará teniendo remordimientos por haberse enrollado con un chico más joven, pero los superará. Pasa mucho.

Se apartó de Marc para servir a una pareja que acababa de acomodarse en la barra. Volvió a preguntarle con los ojos si quería otro gin-tonic, él volvió a negar con la cabeza y ella le dijo aún desde lejos:

—Invita la casa, pero lárgate a dormir. Te llamará mañana.

134

Nada más abrir los ojos, Helena descolgó el teléfono, pidió un desayuno americano completo para media hora más tarde, se puso el bañador y subió a la piscina del hotel, que a esa hora aún estaba desierta. Nadó casi con furia durante veinticinco minutos, se envolvió en el albornoz y bajó a su cuarto con la sensación de que el día podría empezar en cuanto se duchara, se pusiera la crema corporal y le trajeran el primer maravilloso café. Cuando un día empezaba así, nada podía estropearlo.

Se equivocaba.

En cuanto se acomodó frente a la bandeja del desayuno y tuvo la estúpida ocurrencia de conectar el ordenador todo se fue al garete. Había olvidado por completo que Yannick la había avisado de que tenía un correo suyo. El asunto decía «La luz de Marruecos», el título de su primer cuadro de resonancia internacional. Hizo una mueca de desagrado mientras lo abría y dudó por un segundo si empezar con el café o con el zumo. Se decidió por el zumo, que estaba un poco agrio a pesar de ser natural, o quizá por ello. Lo natural, incluida la vida, siempre es menos dulce que lo artificial.

El texto empezaba directamente, sin ningún tipo de saludo o fórmula de cortesía:

¿Qué surge en tu mente cuando piensas en la luz de Marruecos, Helena? ¿Tu cuadro? Hermoso, vibrante, terrible. Luz despiadada y sombra ominosa. ¿De quién es esa sombra que nos persigue, cuñada? Creo que ya ni siquiera quiero saberlo, de modo que he pensado que quizá sea buena cosa limitarme a llevarte a aquellos tiempos, hacerte recordar sucesos que tú habrás olvidado o recordarás de otra manera y así, entre los dos, acabaremos construyendo una historia que quizá nos sirva a ambos, nos tranquilice, nos adormezca.

Cuando yo digo «la luz de Marruecos» no pienso en tu obra, sin embargo. Pienso en la luz real de ese bendito país invadiéndolo todo, revelándolo todo, y a la vez dibujando las sombras, tanto más intensas y terribles cuanto más fuerte la luz, esa luz que al mediodía todo lo calcina y por la tarde se vuelve de ámbar para conservar los recuerdos, pequeños mosquitos atrapados para siempre en una resina de color de miel.

Déjame llevarte a aquella tarde lejana en la que, cansado de esquivarte por la casa, habiendo llegado a un punto de desesperación, o tal vez solo enervamiento insoportable, decidí enfrentarme a lo que no podía ya negarme a mí mismo. ¿Sabes de qué te hablo? Lo sabes, ¿verdad?

Desde aquel extraño momento en que, por primera vez desde que nos conocíamos, te vi como mujer, no como la hermana pequeña de Alicia, ya no pude dejar de pensar en ti. ¿Recuerdas aquel atardecer amarillo y escarlata? Tú dormitabas en una tumbona junto a la piscina. Yo había estado nadando un rato, por refrescarme más que nada, sin ninguna ambición deportiva. Al salir a secarme tú levantaste la cabeza y nos miramos. No fue nada más que eso, una mirada larga, soñolienta la tuya, sorprendida la mía. Lo recuerdo como si hubiese sido ayer: tus ojos grandes, adormilados, sabios de un modo

135

que no parecía posible en una muchacha tan joven, tus pechos menudos, firmes, apenas cubiertos por un bikini rojo, tus piernas largas, morenas, ofrecidas sobre la tumbona, convergiendo en el mínimo triángulo rojo del pubis, la melena ensortijada derramándose sobre tus hombros. Eras preciosa, Helena, preciosa con una belleza totalmente distinta a la de Alicia, esa belleza elegante y rubia, patricia, casi ingrávida, de protagonista de película de Hitchcock. Tú, al contrario, eras toda cuerpo, sexo, sensualidad; y yo lo descubrí de golpe en aquel instante. Y eso me perdió.

Todo empezó ahí, en aquel atardecer, en aquella piscina. Todo se torció en aquel momento y el presente que estamos viviendo ahora es consecuencia de aquel instante. Resulta estúpido que un solo instante en la vida sea capaz de cambiarlo todo, pero llevo décadas pensándolo y sé que es así. Piénsalo tú también. Piensa qué sucedió después y adónde nos llevó aquella mirada mientras el sol se iba acercando al horizonte dejando un cielo incendiado tras las negras sombras de las palmeras y la voz del muecín, que llenaba el aire de la noche incipiente.

¿Sabrías aún decir cuál fue el paso siguiente en la tragedia que nos hizo perder lo que más amábamos?

Yo, para mí, sí lo sé. Fue otra tarde, días después, a la hora de la siesta. Debían de haber pasado más de dos semanas desde el episodio de la piscina. Yo había intentado evitarte en lo posible, no encontrarme contigo más que en las comidas, cuando nos reuníamos todos, o en ocasiones en que no estuviéramos solos ni en la casa ni en el jardín. Tú lo sabías. Yo sabía que lo sabías. Lo notaba en tu forma de apartar la vista cuando nuestros ojos se cruzaban, en el contacto eléctrico de nuestras manos cuando coincidían al pasarnos el salero o la ensalada. Tú acababas de llegar de California, recién descubiertos el sexo y la libertad, aunque tus padres se empeñaran en no querer saberlo. Eras curiosa como un gatito joven, intrépida, juguetona, tremendamente peligrosa; yo lo sabía y sin embargo no pude, no quise resistirme.

La casa estaba en calma, esa calma densa de las cuatro de una tarde de septiembre que parecía agosto. Todos nos habíamos retirado a nuestros cuartos, a descansar bajo el ventilador del techo intentando que la inmovilidad minimizara el calor infernal que no bajaría hasta la noche. Alicia se había quedado dormida de inmediato después de darse una ducha y ocupaba casi toda la cama, con los brazos y las piernas en aspa. Yo no conseguía dormir. Cerraba los ojos unos momentos, me adormecía, empezaban a aparecer imágenes soñadas, y volvía a abrirlos asustado por cualquier sonido, el fragor de las cigarras, una tórtola arrullando en el alféizar, algo que había visto en sueños y no conseguía recordar.

Me levanté pensando bajar a la cocina a buscar un vaso de limonada. No me puse más que unos vaqueros viejos cortados por medio muslo y salí descalzo, sintiendo en las plantas de los pies el frescor de las losas de barro, guiñando los ojos frente a la cristalera de colores por la que entraba a raudales el sol de la tarde.

Al pasar frente a tu cuarto —la puerta estaba entornada— oí tu voz.

—¿Jean Paul?

137

Me detuve en el pasillo, mirando por encima de mi hombro como para asegurarme de que no había nadie más allí. Sabía que no debía entrar, pero lo hice. La cama, llena de cojines blancos y de color turquesa salpicados de brillos y de cristalitos, estaba revuelta pero vacía; desde el baño repetiste la llamada, así que entré. Llevabas uno de esos camisoncitos cortos con braguitas a juego que se habían puesto de moda entonces y llamaban «susanitas» o «picardías», el pelo recogido en una cola alta, los pies descalzos. Estabas dentro de la ducha, luchando con el grifo; volviste la cabeza hacia mí con una sonrisa.

—Sé que suena idiota, pero no consigo abrirlo.

Me acerqué sintiendo el calor que emanaba de tu cuerpo, forzándome a poner las manos en aquel grifo rebelde y no en tu cintura. Apreté con todas mis fuerzas, el grifo cedió y de golpe cayó sobre nosotros una cascada de agua fría que casi nos cortó la respiración. Te pegaste a mí, primero asustada, luego sonriente.

—¡Qué delicia! —dijiste. Y hasta ahora no he sabido si lo decías por el agua o por la sensación de estar abrazada a mí bajo la cascada.

Sin pensarlo, busqué tu boca y la encontré, caliente, ávida, golosa.

Nos besamos durante un tiempo que nunca supe medir. Yo ya sabía que estaba perdido, que acababa de encontrar lo que desearía para siempre.

No me malentiendas, yo amaba a Alicia, nuestra vida de pareja era estimulante, divertida, compleja. Éramos un equipo extraordinario, nos gustaba estar juntos, trabajar juntos, divertirnos juntos. Lo pasábamos bien en la cama. Alicia era una buena amante, cariñosa, imaginativa, delicada. Pero tú eras otra cosa. O quizá no ya tú, sino nosotros, ¿recuerdas? No es posible que lo hayas olvidado. Cuando tú y yo estábamos juntos el mundo temblaba. Todo adquiría otra textura, otra dimensión: los colores se volvían más brillantes, las calles más anchas, el cielo más alto y más azul. ¿Cómo iba yo a prescindir de una experiencia así, después de haberla conocido?

Quizá mi pecado fuera simplemente callar, no contarle a Alicia lo que me estaba, lo que nos estaba sucediendo. Al fin y al cabo vivíamos en plena época del amor libre; el matrimonio, en nuestros círculos, empezaba a ser considerado un aburguesamiento despreciable, como la fidelidad, como la monogamia. Quizá si se lo hubiera contado, Alicia, tan moderna, lo habría encontrado natural. No lo sé. La verdad es que no lo sé ni llegaré a saberlo nunca. El caso es que no lo hice y los dos años siguientes se convirtieron en un martirio, y una delicia, de mentiras, disimulos, engaños, viajes relámpago entre París, Madrid, Milán, Zúrich, Casablanca… cualquier lugar donde estuvieras tú. Eso le añadía incluso algo especial a nuestro amor.

Sí, Helena, para entonces, aunque nunca te haya gustado reconocerlo, aquello era amor. Lo que había empezado simplemente como un fogonazo de sexo y calor de verano, se había desarrollado hasta ser una auténtica *folie à deux* que nos arrastraba pasando por encima de todo y de todos, y dos veranos después, sin que nadie lo hubiera advertido en la familia, era un amor que yo creía indestructible. ¿Cómo era para ti? ¿Lo recuerdas aún? ¿Serás capaz de decírmelo ahora, como acabo de hacer yo, antes de que sea tarde?

En aquel fatídico verano de 1969 yo ya no sabía qué hacer con todo aquello. Tú habías acabado empresariales y solo te faltaba el curso de moda en la escuela de Milán que ibas a empezar en septiembre; era un hecho que te incorporarías a Alice&Laroche en cuanto terminaras. Cada vez íbamos a estar más juntos los tres. Los tres, y nuestro secreto.

Tengo que dejarlo ahora, Helena querida. No puedo más. Estoy agotado y necesito reposo. Cuando aparece un médico a hacerme una visita, disimulo y hago como que estoy resolviendo un solitario para que no se dé cuenta de que estoy escribiendo mis recuerdos. Eso es trabajo y lo tengo prohibido, así que hago lo contrario que la gente normal y finjo que no hago más que distraerme y pasar el rato con algún juego.

Piensa en lo que has leído. Contéstame si puedes. Te beso en el recuerdo.

139

Helena apartó la vista de la pantalla y con manos que temblaban ligeramente se sirvió un café. Llevaba décadas convenciéndose de que aquellos dos años de locura con Yannick no habían sido más que una especie de intoxicación hormonal por parte de ella, que él nunca se lo había tomado en serio, que si durante aquel tiempo lejano había hecho lo posible y lo imposible por verla era solo porque amaba la aventura sobre todas las cosas, porque se sentía James Bond ocultando secretos, conduciendo mil kilómetros por impulso para pasar un par de horas en su cama y volver a la vida normal sin que nadie imaginara lo que acababa de hacer. No estaba preparada para saber que él la había querido de verdad y no pensaba decirle que ella lo había querido más que a nadie en el mundo, que incluso llegó a plantearse la posibilidad de romper con Alicia para quedarse toda la vida con él.

Y sin embargo, cuando a su muerte quedó el camino libre de repente, todo dejó de ser posible.

Se preguntó de nuevo, como lo había hecho mil veces, qué vida habría sido la suya si Alicia no hubiese muerto, si Yannick y ella se hubiesen decidido a poner en claro su situación, si su hermana y su cuñado se hubiesen divorciado y a partir de entonces ya no hubieran sido Alicia y Jean Paul sino Jean Paul y Helena. ¿Qué habrían dicho sus padres? ¿Cómo habría tomado Alicia su traición? Así, al menos, no llegó a enterarse y se fue del mundo pensando que todo estaba bien a su alrededor.

Pero entonces… ¿por qué en la constelación había salido que Alicia quería marcharse? ¿Adónde? ¿Por qué?

Durante la constelación había pensado que se trataba de una despedida, de que su hermana estaba intentando tranquilizarla diciéndole que estaba bien así, que ella tenía que marcharse, que dejara de sufrir por ello. Pero ahora que lo pensaba con mayor distancia y tranquilidad, no era posible que se tratara de una despedida de este mundo. Alicia no podía saber que la iban a asesinar. De modo que aquello que había vivido en la constelación, ese abrazo de despedida, esa necesidad de irse lejos de la familia no podía referirse a su muerte, sino a otra cosa. ¿A qué otra cosa? ¿Era remotamente posible que Alicia supiera que Jean Paul y ella tenían una aventura y hubiera decidido cortar y marcharse?

Quizá Yannick supiera algo, pero ella tendría que contestarle para que él se animara a seguir abriéndole su alma y ofreciéndole alguna respuesta.

El problema era que no quería escribirle, que detestaba hacerlo, que no tenía paciencia ni la había tenido nunca para poner sus palabras por escrito una tras otra; aparte de que, una vez escritas se quedaban así, congeladas en ese orden y con esa lógica, atrapadas en la sintaxis, fosilizadas para siempre. Y todo lo que no había sido escrito no contaba, no existía, desaparecía para siempre. Por eso prefería hablar, precisamente por lo que decían en su infancia, eso de que «las palabras, el viento se las lleva, mientras que lo escrito, escrito queda». Ella prefería que el viento se llevara las palabras, las buenas y las malas, y que algunas quedaran solo en la memoria, o en los anchos campos del olvido, como joyas abandonadas por su dueño.

Tendría que volver a visitar a Yannick. De viva voz podría decirle cosas que jamás pondría por escrito. Así, una vez muertos los dos, nadie podría leer sus palabras, palabras a las que nadie más que ellos tenía derecho.

La idea la llevó a mirar fijamente las dos cajas cerradas que presumiblemente estaban llenas de palabras que no habrían sido escritas pensando en ella y ahora se le revelarían, se le abrirían impúdicamente de piernas, como una prostituta en un puerto oriental. Si hubiera estado en su propia casa, las habría sacado a la barbacoa y les habría pegado fuego sin más, pero no estaba en su casa y tampoco quería pedirle a Álvaro que le dejara quemarlas en su jardín.

Álvaro. El piso de sus padres. ¡Aghhh! Detestaba las cadenas asociativas, sobre todo cuando la llevaban a donde no quería ir.

Le dio un bocado salvaje a la tostada porque le apetecía hundir los dientes en algo. Tendría que llamarlo y hablar con él, no porque el piso le preocupara particularmente sino porque detestaba que la tomaran por imbécil y, si de verdad había vendido ese piso sin pedirle permiso y sin darle el dinero de la venta, eso era, con toda claridad, tomarla por imbécil.

Le habría gustado posponer la llamada indefinidamente, pero se conocía lo bastante como para saber que tenía que hacerlo ya, antes de que se le pasara la furia que acababa de surgir en su interior como una llamarada de gasolina, así que cogió el móvil. Pero antes de poder seleccionar el número de Álvaro, sonó en su mano. Pulsó la tecla antes de mirar de quién era la llamada.

—¡Mamá! ¡Qué rapidez la tuya!

141

—Es que estaba a punto de llamarte.

—Me acaba de llamar la tía Amparo —dijo él con voz de pocos amigos.

—¡Ah!

—Parece que estás perdiendo la memoria. Según ella, te has hecho la sorprendida con lo del piso de los abuelos. Y, conociéndote, no me extrañaría que estuvieras pensando que te he estafado.

Helena guardó silencio.

—O sea, que sí. ¿Piensas contestarme?

—¿Entonces no me has estafado?

Helena oyó un bufido al otro lado.

—Lo mismo es que te estás volviendo senil, Helena, o son los primeros signos del alzhéimer.

Helena. La había llamado Helena, no mamá, y empezaba a ser brutal con ella. Sonrió. Su hijo estaba volviendo a la normalidad.

—Estoy dispuesta a que me refresques la memoria.

—¡Qué generosidad la tuya! Bien, escucha, lo mismo te suena de algo: el abuelo Goyo se suicidó en marzo del 81. En septiembre ya estaban todos los papeles arreglados y tú me diste poderes para firmar en tu nombre lo que tuviera que resolverse en España. ¿Me sigues?

—Ajá.

—El piso de la Castellana siguió allí muriéndose de asco durante un par de años. Yo estaba muy ocupado haciéndome rico con el boom de la construcción; tú pasabas olímpicamente de todo, para variar. En fin, el meollo de la cuestión es que, en 1995, en plena alza de precios, te llamé para decirte que teníamos un posible comprador que estaba dispuesto a darnos una fortuna por el pisito. Hoy en día, como están las cosas, encontrar gente que venda en la Castellana no es tan raro, pero en aquella época si alguien se encaprichaba de un piso en la mejor calle de Madrid, tenía que pagar lo que valiera. Y 350 metros cuadrados a dos calles con terrazas y vistas no son ninguna tontería.

—Yo lo recuerdo como un piso horrible y oscuro, lleno de muebles de patas torneadas de madera negra.

—Nunca has tenido olfato para los pisos, ni gracia para decorarlos.

Helena volvió a sonreír. Álvaro debía de estar francamente cabreado con ella. Le estaba salvando la mañana.

—El caso es que se lo vendí a un ruso «milagrosamente» enriquecido, ja, ja, que estaba dispuesto a pagar casi cuatro millones de euros, supongo que porque no eran suyos y por eso pude apretarle las tuercas como me dio la gana. Dos cenas en el Jockey Club y un poco de labia y aún le saqué una comisión para mí que luego, como soy imbécil y buen hijo, aunque tú pienses lo contrario, repartí contigo. ¿O ya no te acuerdas de donde salió el dinero con el que te compraste la finca o el rancho o como lo llames donde vives desde hace veinte años?

—Yo gano mucho dinero —dijo ella, picada.

—Sí, ya. Pero eso, en concreto, salió de ahí.

La verdad era que lo que decía Álvaro le sonaba bastante, cada vez más… pero hacía tanto tiempo… había sido antes de Carlos, antes de lo que ahora consideraba su vida cotidiana, antes de establecerse en Adelaida. Empezaba a recordar que, justo cuando le habían ofrecido la casa en la que ahora vivía —la única de las casas que había tenido a lo largo de su vida a la que podía llamar hogar—, se había encontrado con que disponía del dinero necesario para hacerla suya directamente, sin créditos, sin cálculos… como si fuera el último regalo que iban a hacerle sus padres. Seguramente por eso lo había olvidado.

—Tienes razón, Álvaro —dijo tras una pausa, y notó cómo su hijo soltaba poco a poco el aire retenido—. Tengo poca costumbre de tratar con personas decentes. A lo largo de mi vida, casi todo el mundo ha intentado timarme.

—Yo no. —A Álvaro aún no se le había pasado el disgusto.

143

—Ya lo sé, hijo. Perdona. ¿Repartí contigo entonces?

—Sí, mamá, descuida. Fuiste muy generosa. Almudena era muy pequeña y nos hiciste un buen regalo; lo pusimos a su nombre, para cuando fuera mayor.

—Me alegro. —Hubo una larga pausa—. ¿Sabes, Álvaro? Hay montones de cosas que se me escapan porque de entrada no me interesan demasiado, porque tengo otras cosas en qué pensar...

—Claro, el arte y tal, ¿no?

—Pues mira, sí, el arte y tal. —De algún modo que nunca había podido comprender, le sentaba como una patada en las narices esa condescendencia de la gente normal por los artistas. Por eso se alegraba de ganar dinero con su arte: porque era la única forma de que esta jodida sociedad te tomara en serio. Si ganabas mucho dinero con lo que hacías, entonces todo el mundo pensaba que la cosa valía la pena. Así pensaban casi todos. ¡Gilipollas! ¡Gilipollas perdidos!—. Por eso tengo un asistente personal que se ocupa de todas las vulgaridades de la vida cotidiana —dijo para ofender a Álvaro—, además tengo a Carlos, y te tengo a ti. Así yo puedo dedicarme a tareas más elevadas.

—Eres odiosa, Helena.

Ella se echó a reír.

—Es que no tienes ningún sentido del humor, precioso mío. ¿No te has dado cuenta de que era broma?

—Ja. Me parto de risa.

—Venga, hombre, no me lo tomes a mal. Dime, los trastos de tus abuelos que me dijo la prima Amparo que tú tienes guardados, ¿dónde están?

—En un guardamuebles que pago con los intereses del dinero que sobró del reparto de la venta y que voy poniendo a plazo fijo. Cuando quieras te doy la llave, y si decides deshacerte de ellos, podremos ahorrarnos el alquiler. Solo guardé las buenas piezas, las que me daba pena malvender, y muchas

144

cosas personales: álbumes, libros raros, cuadros, cosas así... A todo esto, me ha dicho Almudena que te has ido del piso de Torre Madrid.

—Sí. Prefiero vivir de hotel.

—Como quieras.

—Mañana llega Carlos, ¿os apetece una cena a ti y a Sara, aquí en el centro? Reserva donde te parezca y nos vemos en el hotel a eso de las ocho.

—No te prometo nada.

—Hijo de madre. Yo tampoco soy mucho de prometer.

Eso le hizo gracia. Lo oyó reír antes de colgar.

Cuando Helena y Carlos llegaron al restaurante y los acompañaron a la mesa, Álvaro, Sara y Marc los estaban esperando ya.

—Espero que no te importe que hayamos traído a Marc —le dijo Álvaro al oído mientras le daba los dos besos de cortesía—. Estaba empeñado en venir, pero si te molesta, le digo que se largue.

Marc la miraba con ojos expectantes, sentado en su silla con estudiada languidez, como si los ojos y el cuerpo no pertenecieran a la misma persona.

—No, deja —contestó ella en voz suficientemente alta como para que los demás la oyeran—. Siempre es agradable tener algo bonito que mirar.

—Eres tremenda, mamá.

Terminaron la ronda de saludos y se acomodaron en la mesa redonda con las luces de la ciudad a sus pies.

—¡Qué terraza más estupenda, Álvaro! —dijo Carlos—. Has elegido muy bien. Si la comida es la mitad de esplendorosa que el lugar, vamos a disfrutar mucho.

—No habíamos venido nunca —intervino Sara—. Hace apenas tres meses que abrieron. Pero todo el mundo habla muy bien de la cocina.

En el momento en que abrió la carta, Helena empezó a reírse.

—¡Pero mira que son snobs y antiguos! Todo lleno de artículos y posesivos: «*La* codorniz sobre nido de remolacha con *su* salsa de peras». Da la impresión de que se trata de una codorniz conocida, una en concreto que debería tener hasta nombre y apellidos… y que se ha traído su propia salsa, la que tiene costumbre de usar.

—No seas malvada, Helena. Con que esté buena…

—Es que detesto la hipocresía, la afectación de estos sitios… Y la manera que tiene el *maître* de hacernos la pelota…

—Son muchos años en Australia —explicó Carlos a los demás con una sonrisa—. Allí todo es algo más sencillo. Salvo los locales «europeos», donde hacen exactamente lo mismo que aquí.

—Me ha dicho la tía Amparo —comenzó Álvaro después de que hubieran pedido la cena— que te ha entregado por fin las dos cajas que dejó la abuela para ti. Se le ha quitado un gran peso de encima. ¿Las has mirado ya?

Helena negó con la cabeza mientras saboreaba el Negroni que había pedido como aperitivo.

—¿Y qué hiciste ayer en todo el día?

—Nada de particular. Caminar. Recuperar algo del Madrid de mis recuerdos. Pensar… No sé… Supongo que estaba esperando que mi alma me alcanzara.

Los tres madrileños se miraron sin comprender. Carlos explicó la críptica frase de Helena.

—Se refiere a algo que decían los indios de las praderas en Norteamérica. Cuando empezó el ferrocarril y algunos de ellos probaron el nuevo medio de transporte, al parecer decidieron no usarlo nunca más porque, según decían, en ese vehículo tan rápido tu cuerpo llega muy deprisa al otro lugar, pero el alma no viaja a la misma velocidad y no llega a la vez. El tren solo transporta el cuerpo, y este tiene que esperar unos días a que su alma lo alcance. Según Helena eso pasa también, con más frecuencia incluso, en el avión: se llega desde Australia en veinte horas, pero hace falta más tiempo para que el alma aterrice aquí.

—Es bonita la idea —dijo Sara—. Y además proporciona una excusa perfecta para no hacer nada durante un par de días.

—Chica lista —confirmó Helena con un guiño y otro sorbo a su Negroni.

—O sea —insistió Álvaro—, que no puedes decirnos qué era todo eso que la abuela había guardado para ti y tenía tanto empeño en que recibieras.

—Pues no; pero ahora que está Carlos, él se encargará de mirarlo.

—Mamá… —El tono era ya un claro reproche—. La abuela quería que tú lo leyeras y lo miraras. Tú. En persona.

—Ya. Tu abuela, como casi todos nosotros, pensaba que puede uno dejar misiones y encargos a los demás para después de la tumba, solo que no es así.

—Pues si no quieres cumplir su deseo… ¿no sería mejor que lo mirase yo, que soy de la familia? —insistió—. No es por hacerte un feo, Carlos, pero uno nunca sabe lo que los antepasados pueden haber…

—No. —Helena interrumpió a su hijo cortándolo en seco.

Hubo un corto pero tenso silencio que Helena misma rompió con una pregunta.

—¿Qué narices crees que dejó la abuela Blanca, Álvaro? ¿El número de cuenta del banco suizo donde depositaron todo el dinero que sacaron de España en la época de Franco?

Pasaron un par de segundos.

—No serían los primeros —contestó Sara como al desgaire.

—Sois insaciables, queridos míos, unos auténticos buitres. —Helena hizo una mueca de asco y se acabó el Negroni de un trago.

Álvaro pasó por alto el insulto y continuó insistiendo.

—Es que se pasaba la vida hablando de esas cajas, mamá, y de lo importante que era que no cayeran en manos de personas ajenas a la familia.

—Las miraré con cuidado, te lo prometo. Y si hay algo que debas saber, te lo diré, descuida. Si no, lo mismo me animo y te dejo también un par de cajas para que disfrutes y te acuerdes de mí cuando yo no esté. —Se echó a reír brevemente sin que nadie la secundara.

Marc no había dicho nada en todo el tiempo. Se limitaba a mirar a Helena tratando de que ella se diera por aludida, ya que no quería tener que decir delante de todos que llevaba casi tres días esperando en vano que se pusiera en contacto con él. Ella le resolvió la cuestión lanzándole una pregunta que todos entendieron, erróneamente, como una forma de zanjar el incómodo tema cambiando de asunto.

—¿Y tú, joven artista, qué has hecho últimamente?

148 Él se encogió de hombros.

—Nada de particular. Esperar a que una mujer en la que pienso mucho devolviera mis llamadas. Pero no ha habido suerte.

—Al menos habrás aprovechado para trabajar.

—Lo he intentado. Sin éxito. Creo que tendré que replanteármelo todo y volver a empezar.

—¿Todo? —intervino Carlos—. ¿No sería mejor que Helena le echara un vistazo a lo que haces y te diera un par de consejos útiles antes de que lo tires todo por la borda?

Marc sonrió mirando a Helena. Lo que había dicho Carlos dejaba claro que ella no le había contado la visita a su apartamento. Solo ellos dos lo sabían en la mesa.

—¿Qué dices, Helena? ¿Vendrías a mi atelier a ver qué te parecen mis cuadros? De día, de noche, cuando te venga bien.

—Podríamos llevaros a ti y a Carlos mañana tarde, si queréis. —Se notaba con claridad que Sara sabía lo importante que era para su hijo y quería ayudarlo.

—¿Qué pasa? —dijo Helena, agresiva—. ¿Que esto de pronto se ha convertido en una excursión familiar? ¿Pensáis traer también unas fiambreras con tortillas y pollo frito?

Todas las sonrisas quedaron congeladas a su alrededor.

—Se trata de algo profesional. Presumiblemente serio, ¿no? Este muchacho es un joven colega en busca de orientación por parte de una artista con experiencia. Si lo vais a rebajar a «mira lo que sabe hacer el niño», podéis olvidaros ya del asunto. Y desde luego, si no lo vale, no pienso dejarme chantajear por la familia para que mueva mis influencias y le consiga un trato con un galerista importante. Si no es lo bastante bueno, no es lo bastante bueno. ¡Que aprenda! Y punto. O que lo deje y se dedique a otra cosa.

En ese preciso instante dos camareros depositaron los platos delante de las señoras; unos segundos después también los caballeros habían sido servidos. No se oía más sonido que el de la cubertería contra la porcelana.

149

—Marc —dijo Helena—. Te espero mañana en mi hotel a las cinco. ¿Crees que con tres horas, entre ir y volver y mirar esos cuadros, tendremos bastante?

—Sí, seguro.

—Entonces —dijo volviéndose hacia Carlos—, la cena sobre las ocho y media o nueve, ¿te parece? Es un poco tarde para nuestras costumbres, pero estamos en España.

—Aquí es demasiado temprano —dijo Sara, tratando de disimular la rabia que la inundaba. Helena se había portado asquerosamente con ella, haciéndola quedar como una idiota, como una paleta de pueblo; pero estaba dispuesta a ver los cuadros de Marc, de modo que lo mejor era fingir que no había pasado nada. De eso se trataba siempre en la interacción social: de fingir, de hacer lo posible para que nadie se diera cuenta de tus sentimientos porque, en cuanto descubrieran tus puntos débiles, los usarían para hacerte daño.

Sonaba al peor de los clichés, pero detestaba a su suegra, y lo único que hacía la situación algo más llevadera era que ella vivía en Australia y pronto volvería allí.

Lisboa, 1940

Cuando el tren se detuvo por fin en la estación de Santa Apolonia, Blanca se puso de pie con un suspiro de alivio. No sabía lo que les esperaba pero al menos se iba a librar de la estrechez, la incomodidad y el mal olor que reinaba en todo el vagón a pesar de que iban en primera, y podría estirar las piernas y comer algo diferente a los bocadillos de atún que les habían preparado para el viaje.

Sacó la polvera y, al verse en el espejo, estuvo a punto de gritar del susto. Tenía toda la cara llena de manchitas negras de la carbonilla que había estado entrando durante horas por la ventana abierta. Trató de borrarlas con la punta del pañuelo mojada en saliva, pero no consiguió más que restregar el carbón por la piel y hacerse un par de tiznajos.

Al levantar la vista, vio a Goyo haciendo esfuerzos para no reírse abiertamente y, aunque al principio estuvo a punto de enfadarse, enseguida le dio risa a ella también porque la cara de él estaba igual de sucia.

—¿Tú crees que nos dejarán entrar en el hotel con estas pintas? —preguntó.

—Me figuro que sí. Y si no, siempre queda la entrada de servicio —dijo Goyo, guiñándole un ojo.

Dos hombres se hicieron cargo del equipaje y un momento después salían a la plaza donde las maletas desaparecieron en el vientre de un taxi negro, grande y panzudo. Se instalaron en el asiento trasero y el coche se puso en marcha por calles que discurrían con frecuencia paralelas a un gran cuerpo de agua intensamente azul.

—¿Es el Atlántico? —preguntó ella, emocionada.

—El estuario del Tajo. La desembocadura del río más largo

de España. No es el más ancho, pero aquí, como se abre hacia el mar, parece un mar en sí mismo. Me han dicho que desde nuestro hotel también se ve. Y si no, aún tendremos ocasión de dar una vuelta por el centro, asomarnos al Tajo y a lo mejor subir al elevador de Santa Tecla si da tiempo.

—¿Cuándo embarcamos?

—Mañana por la tarde.

Blanca se apretó contra su marido mientras con los ojos bebía todo el paisaje de su alrededor y su cabeza repetía: «Estamos en el extranjero. Todo esto que se ve ya no es España; es otro país donde se habla otro idioma, donde los extranjeros somos nosotros». Era la primera vez que estaba en un país diferente, la primera que había cruzado una frontera. De un momento a otro sintió que le iba a dar la risa tonta. «Ahora, aquí, soy una extranjera. Una extranjera misteriosa acompañada por un hombre guapo, extranjero y también misterioso.»

—¿Pasa algo? —preguntó él con una media sonrisa.

Ella sacudió la cabeza, mordiéndose las mejillas por dentro.

—Nada, nada —dijo cuando pudo hablar—. Que estoy encantada con todo esto.

Goyo le apretó la mano, satisfecho.

Llegaron al hotel más deprisa de lo que ella hubiera querido. Dos botones cogieron el equipaje y mientras lo subían a su habitación, Goyo los inscribió en el registro. Ella miraba discretamente por encima de su hombro, como sin darle importancia: «Gregorio Guerrero y señora», leyó.

«Señora.» Dejó que la palabra resbalara por su interior como un bombón de chocolate derritiéndose al calor de la boca. Ahora era una señora.

¡Si además de serlo hubiera conseguido ya estar embarazada! Pilar ya tenía una nena de tres años, mientras que ella aún no había tenido ni siquiera una falta. Claro que no habían tenido mucha ocasión de estar juntos. A lo mejor ahora, en el viaje o en las primeras semanas de Marruecos…

151

—Señora… señora…

El recepcionista le decía algo y ella había estado pensando en la mona de Pascua, pero es que todavía le sonaba tan raro eso de ser señora que no se había dado cuenta de que hablaba con ella.

—¿Sí?

—Haga el favor de seguir al botones. Él la acompañará a su cuarto.

—¿Y tú? —preguntó, alarmada, dirigiéndose a su marido—. ¿No subes?

—Tengo que ir a retirar nuestros billetes.

—Podríamos ir juntos.

—No, chatita. Sube a la habitación y descansa un rato. O lávate la cara —dijo, bajando la voz en tono conspiratorio— y luego escribe un par de postales. No tardaré, te lo prometo.

—¿Tú no vas a lavarte? —Sabía que se estaba comportando como una niña que no quiere que la dejen sola en la oscuridad de su habitación, pero no podía evitarlo. Era la primera vez que estaba sola, tan lejos de casa. En el extranjero.

—Sí, no sufras, no voy a salir así a la calle. Aquí abajo hay un baño. Pero es que corre prisa, de verdad. Prefiero tener ya todo lo necesario y así mañana tenemos algo más de tiempo para ver algo bonito. O incluso comprarte algún regalo… —terminó con un deje de misterio.

Ella asintió, se puso de puntillas y le dio un beso en la comisura de la boca.

—No tardes, anda.

—A sus órdenes, mi sargenta.

Siguiendo al botones, Blanca subió a su habitación sintiéndose como una protagonista de novela.

8

Madrid. Época actual

—Helena, querida —la voz de Jean Paul sonaba agitada y un poco ronca. Hablaba en francés—, tienes que venir a verme ahora mismo, cuanto antes.

—Yannick, me pillas en mal momento, de verdad. Estaba a punto de salir, tengo una cita, vienen a recogerme a las cinco.

—Anúlala, Helena. Tienes que venir, tengo algo que enseñarte.

—Supongo que el algo que me quieres enseñar seguirá allí mañana por la mañana, ¿no? O el lunes.

—El algo sí. Yo quizá no. ¿No oyes cómo me tiembla la voz?

—¡Qué exagerado has sido siempre, diablos!

—Es algo que tiene relación con Alicia.

Se hizo el silencio en los dos extremos de la línea. Helena se pasó la mano por la frente, que de un momento a otro se le había puesto húmeda.

—¿Ahora, de golpe, después de tanto tiempo, resulta que hay algo nuevo? —preguntó sin poder evitar la agresividad en su tono de voz.

—A mí también me extraña, pero lo ha encontrado Luc en La Mora. Acaba de dejármelo aquí antes de volver a París. Necesito que vengas a verlo porque no puedo estar seguro de que se trate de lo que yo creo. Tienes que verlo tú también. ¿No querías saber más de lo que pasó aquella noche?

Eso la decidió. Seguramente no sería nada, pero…

—Voy enseguida. Dame unos minutos para anular la cita y luego lo que tarde el taxi. Hasta ahora mismo.

—Gracias, Helena.

Colgó con una aprensión que pocas veces en la vida había sentido. No quería ir. Fuera lo que fuese lo que hubiera encontrado Luc en La Mora y por mucha relación con Alicia que pudiera tener, no quería ir a verlo. Le daba mala espina; estaba empezando a notar una especie de pinchazos fríos a lo largo de la columna vertebral que no presagiaban nada bueno.

Casi cincuenta años atrás la policía lo había peinado todo, había mirado con lupa la habitación de Alicia, habían leído todos los papeles de su escritorio, habían registrado todos los bolsillos de sus pantalones y vestidos buscando algún indicio. ¿Qué podía haber encontrado ahora Luc en la casa, después de tantísimo tiempo?

—Carlos, tengo que salir —dijo a toda prisa mientras guardaba cosas en el bolso y se ponía los zapatos—, haz el favor de llamar a Marc o bajar a encontrarte con él y decirle que no puedo ir a ver sus cuadros, que ya nos veremos otro día.

—El pobre se va a quedar fatal. Le hacía una ilusión enorme…

—Ya, pero no puede ser ahora.

—¿Adónde vas?

—A visitar a Jean Paul. Acaba de llamarme.

Carlos se puso de pie, con expresión pétrea.

—¿Tan mal está?

Ella tardó unos segundos en entenderlo y enseguida empezó a sacudir la cabeza.

—No, no es eso. No se está muriendo. Vamos, creo. Es que… dice que tiene algo que enseñarme. Algo que tiene relación con Alicia.

—¿Quieres que te acompañe?

Helena volvió a negar con la cabeza.

—No. Quiero ir sola. Luego te cuento. Aquí te he apuntado el teléfono de Marc. Llámalo, hazme el favor. O mejor baja a recepción a esperarlo y lo invitas a un café. Te doy un toque cuando salga de la clínica y nos vamos a cenar. Tú y yo solos, no quedes con nadie.

Sin esperar respuesta, se lanzó al pasillo, bajó por las escaleras y se subió en el primer taxi de la fila de coches que esperaba frente a la puerta del hotel. Apenas quince minutos más tarde estaba tocando con los nudillos a la habitación de su cuñado.

El sol inundaba el cuarto pero pasaba filtrado por un toldo verde y unas finas cortinas azules, lo que le quitaba gran parte de su intensidad y convertía aquella habitación en una especie de pecera de aguas tropicales donde Yannick, en su cama amarilla, parecía flotar como un pez exótico. Abrió los ojos al verla y esbozó una sonrisa que lo hizo parecer una calavera olvidada en el fondo del mar. Tenía las manos cruzadas a la altura del vientre, como protegiendo algo de sus miradas curiosas.

—Acerca el sillón, Helena, que te vea de frente.

Ella lo hizo, se sentó y se quedó mirándolo.

—Tú dirás, Yannick.

El hombre suspiró.

—¿Te acuerdas de que aquella tarde, el 20 de julio de 1969, tu hermana salió a la medina a buscar unas telas que teníamos encargadas?

—Por supuesto que me acuerdo.

—Llevaba puesta la pulsera de monedas que había sido de tu abuela.

—Sí. Nos hartamos de decírselo a la policía. Después del desayuno ella y yo nos probamos los vestidos que pensábamos ponernos por la noche para la fiesta y estuvimos experimentando con collares, pulseras, pendientes y toda la parafernalia.

155

Alicia iba a ponerse una de vuestras túnicas multicolores con un pañuelo de seda como cinta por la frente y la melena suelta. Me pidió la pulsera que yo había heredado de la yaya Carmen, se la dejé y se la puso. Le quedaba perfecta. Luego, cuando nos cambiamos de ropa, no se la quitó. Cuando encontraron su cadáver no la llevaba y por eso la policía supuso que había sido un asesinato motivado por el robo de la pulsera.

—¿Te acuerdas de que, cuando yo la vi con ella, le dije que era demasiado peligroso salir a la calle con una cosa así?

—Sí. Y ella te dijo que era tan aparatosa que nadie podría pensar que fuera auténtica. Parecía una baratija.

Jean Paul echó la cabeza atrás en las almohadas, cerró los ojos y volvió a suspirar.

—¿Crees que la reconocerías si la vieras?

—¿La pulsera de la abuela? Supongo que sí —contestó Helena después de una breve vacilación, encogiéndose de hombros.

Yannick abrió las manos.

—¿Es esta?

Helena tuvo que parpadear varias veces hasta poder aceptar que la pulsera que reposaba entre las manos de Yannick era real. La había imaginado, la había soñado tantas veces que ahora la sensación de irrealidad la ahogaba. Debía de estar teniendo una pesadilla, la típica pesadilla de una tarde de calor de la que por fin se sale, sudada y con dolor de cabeza, pero inmensamente aliviada, al mundo real. Aquello no podía estar sucediendo.

—¿De dónde la has sacado? —preguntó por fin—. No me digas que la ha encontrado la policía después de tantos años.

—¿Es esta? —insistió Jean Paul, tendiéndosela—. Mírala bien. Dime si de verdad es la pulsera de tu abuela.

Helena se levantó despacio, como hipnotizada por el brillo del oro en el cuenco de la mano de su cuñado, la cogió y, apoyándola en la mano izquierda, empezó a pasar una a una las monedas de oro que colgaban del grueso cordón. Reconoció enseguida una que a su abuela le gustaba mucho, regalo del abuelo Mariano, y que fue la última en formar parte de la pulsera. Era grande y representaba el rostro de un indio de perfil con toda su corona de plumas. La fecha era 1965, en conmemoración de los cien años del final de la guerra de secesión de Estados Unidos, 1861-1865. La abuela había muerto en 1967 y le había dejado a ella la pulsera en herencia. No la había visto desde julio de 1969, pero era la misma. No había duda alguna.

—Sí, Yannick. Esta es. Con toda seguridad. ¿Cómo es posible que haya aparecido ahora? ¿Dónde estaba?

—La fuentecilla de la alberca. ¿Recuerdas que tiene un caño en la pared por el que sale el agua y cae en la alberca pequeña, que luego se desborda en la otra? La que está rodeada por un seto de arrayanes.

Ella asintió sin palabras.

—Últimamente el agua no salía bien. Le dije a Luc que la próxima vez que estuviera en La Mora, que hiciese el favor de averiguar por qué no salía como debía ser. Llamó a un fontanero y a un albañil, picaron para sacar el caño, se dieron cuenta de que no habría hecho falta porque había un hueco por detrás, cubierto por la vegetación, limpiaron un poco y antes de poder ver por qué no funcionaba el agua, vieron brillar algo y resultó que era esto. A mi hijo, claro, no le decía nada; la cogió, vio que era valiosa, se la trajo y me la ha enseñado hace un rato, antes de irse. Por eso te he llamado.

—¿Y qué hacía la pulsera de la yaya escondida allí?

Yannick se encogió de hombros, sin dejar de mirarla.

—Evidentemente —dijo, despacio—, Alicia debió de pensarlo mejor, hacerme caso y dejarla en casa antes de salir. Lo que ya no me explico es cómo acabó allí. No creo que la dejara ella misma.

157

—Claro que no. ¡Qué tontería! ¿Cómo iba a meterla allí? ¿Para qué?

—Pero si no fue ella... ¿quién? Y, como bien preguntas, ¿para qué?

Helena sacudió la cabeza con una expresión de impotencia.

—Además... —siguió Yannick—, si no llevaba la pulsera puesta, la famosa teoría de que la mataron para robársela se viene abajo.

Hubo un largo silencio.

—Sí —dijo Helena por fin—, en ese caso, robo no hubo. Pero la violación sigue siendo igual de real. Pudo ser que lo que realmente quería el asaltante era violarla sin más. Algo salió mal y la estranguló.

—Nunca he entendido por qué tuvo que violarla... —dijo Jean Paul casi en un susurro.

—No tenía tanta lógica cuando pensábamos que la mataron para robarle la pulsera; pero si partimos de la base de que lo que buscaba era precisamente violarla... entonces lo que pasó... el matarla... fue una especie de... no sé... de accidente..., ¿no crees?

Jean Paul dejó caer la cabeza de nuevo en las grandes almohadas.

—No sé, Helena. Ya no sé nada. Ya casi había conseguido no seguir dándole vueltas a la historia, y ahora... la pulsera aparece y lo pone todo otra vez patas arriba. Por eso tenía que hablar contigo, porque solo estás tú. ¿Me entiendes, *ma belle*?

Ella asintió.

—Tú aún estás sana, aún piensas bien. Tal vez tú llegues a averiguar cosas que quedaron ocultas, en la sombra.

—No uses esa palabra, Yannick, por favor. —Helena se rodeó el cuerpo con los brazos como si tuviera frío.

Él pareció darse cuenta del desliz, asintió con la cabeza y cerró los ojos. Sin abrirlos, oyó cómo Helena dejaba la pulsera en la mesita, a su lado.

—Quédatela, *chérie*. Es tuya. Un regalo desde la profundidad de los tiempos. Tu hermana muerta te la devuelve.

Cuando se encontró con Carlos en la dirección que le había dado aún no había conseguido reaccionar. Había hecho el trayecto mirando por la ventanilla del taxi sin comprender lo que veían sus ojos, sin reconocer la ciudad que atravesaban, con el bolso abierto sobre su regazo, la mano metida dentro jugando con la pulsera, pasándola de una mano a otra, contando las monedas, recordando palabras, frases sueltas de su abuela: «Mis dos hijas se casaron con hombres bien situados, no necesitan estas joyitas que yo he ido guardando», «Mis cosas son para mis dos nietas, cuando sean mayores y puedan disfrutarlas», «Las perlas para Alicia, la pulsera para Helena; las perlas les quedan mejor a las rubias, el oro a las morenas». Su madre diciendo entre sollozos: «Menos mal que la abuela no ha vivido para ver esto». Y nunca supo si se refería a la muerte de Alicia o a la pérdida de su pulsera favorita.

¿Qué hacía esa pulsera escondida dentro de una fuente durante cincuenta años? ¿Quién la metió allí? ¿Por qué?

Carlos le abrió la portezuela del taxi justo cuando Helena cerraba el bolso después de haber pagado la carrera.

—¿Es aquí?

—Me lo han recomendado mucho en el hotel. Tenemos reserva.

El restaurante era oscuro, decorado en tonos antracita y burdeos, con toques dorados y rincones misteriosos iluminados por velas de color marfil. El mobiliario, antiguo; los manteles blancos, de hilo; la cubertería, de plata. El *maître* tenía aspecto de mayordomo inglés y cara de palo.

—Igual podíamos haber ido al Museo Paleontológico —comentó ella en cuanto se hubieron sentado—. Seguro que había más ambiente.

—Es que aún no son las ocho, querida. Creo que los he escandalizado con la reserva. —Y añadió bajando la voz—: Juraría que el cocinero aún no ha llegado.

Ella sonrió o al menos hizo lo que pudo para que lo pareciera. Carlos continuó hablando como solía hacer para darle ocasión de que se decidiera a hablar, o no, de lo que la preocupaba.

—He llamado a Marc y le he dicho que hoy no podías. Como me ha contestado que ya se lo esperaba y no quería que se saliera con la suya, he exagerado un poco y le he dicho que el amigo al que habías ido a visitar estaba en las últimas. ¿He hecho mal? —terminó con su mejor cara de niño travieso.

—No. Has hecho muy bien. Ni siquiera me extrañaría que fuera cierto.

—¿Tan mal lo has visto?

—Está en los huesos y no creo que le quede mucha vida, la verdad.

—¿Para qué te ha llamado?

En ese momento cara de palo les puso un enorme menú entre las manos, pidieron dos manzanillas con algo de picar para quitárselo de encima y volvieron a quedarse solos. En algún lugar empezó a sonar una música suave y solo en ese instante se dieron cuenta del silencio del local. Ellos dos eran los únicos clientes.

Helena metió la mano en el bolso, colocó la pulsera delante de Carlos y le contó lo que había sucedido en la clínica.

—¿Y tú estás segura de que esta es la de tu abuela, la que llevaba Alicia el día en que la asesinaron, no una parecida sino la misma?

Ella asintió sin hablar, cogió de nuevo la pulsera, separó una medallita pequeña que colgaba del mismo cierre y se la enseñó.

—¿Ves? «H.» La yaya la mandó grabar para mí. Detrás está mi fecha de nacimiento.

Brindaron automáticamente con la manzanilla sin fijarse en lo que hacían, cada uno perdido en sus pensamientos. Luego Carlos metió la mano en el bolsillo interior de la americana y sacó un sobre alargado. De su interior extrajo un buen puñado de hojas de papel fino cubiertas por una escritura elegante y picuda. Se puso las gafas y buscó un pasaje.

—¿Qué es eso? —preguntó Helena, tensa.

—Me dijiste que empezara a mirar lo que había en la caja que tu madre guardó para ti. Esto estaba encima de todo. Va dirigida a Helena y, la verdad, creo que a partir de ahora solo tú deberías ocuparte de ello. Yo he leído la carta porque tú me has pedido que lo haga y ahora te leeré solo el final, porque tiene relación con lo que estamos hablando. Luego creo que lo mejor será que la leas completa. ¡Ah! Y decide pronto lo que vas a querer cenar para que nos dejen tranquilos.

Escucha:

161

Hoy me siento tan bien, tan lúcida y tan joven que podría, sin más, hacerte una lista de los peores errores de mi vida, los que peores consecuencias han traído para mí y para todos nosotros; enumerar una tras otra las mentiras o medias verdades en las que nuestra familia basó su existencia durante décadas. Pero no voy a hacerlo. Y te voy a ser sincera: no voy a hacerlo porque no quiero servirte en bandeja lo que tanto me ha costado, porque quiero que te ganes las respuestas, si es que estás dispuesta a trabajar por ellas, si el asunto te importa lo suficiente como para buscar la verdad en estos papeles y en las pistas que te ofrezco para que recorras el laberinto.

Debo decirte que yo tampoco he conseguido llegar al final de muchas de las cuestiones que quedaron abiertas y que te deseo mejor suerte.

A pesar de que hace años que apenas nos vemos y muchos más años que no hablamos de lo que destruyó a nuestra familia, sigues siendo la hija que más se parece a mí. Eso me permite suponer que, aunque por fuera todos te consideran dura y fría, una luchadora nata que vive el presente y se ríe del pasado, que se enorgullece de haber forjado su vida a fuerza de golpes y riesgos, por dentro sigues siendo parecida a mí, una perfeccionista con un ansia desmedida de comprender. ¿Crees que no he entendido lo que significan las sombras en tu pintura? Representan las preguntas sin respuesta que no te afectan más que a ti. Por eso nadie de los que participan de la escena es consciente de la existencia de la sombra. Esa sombra te busca a ti, hija mía, solo a ti.

Y ¿qué es lo que la proyecta? Tantas cosas podrían ser… ¿Quién mató a Alicia? ¿Por qué? ¿Por qué salió Alicia aquella tarde de casa? ¿Adónde iba? ¿A encontrarse con quién? ¿No te lo has preguntado nunca? Y Goyito… ¿por qué murió? ¿Como castigo a qué pecado, a qué crimen? Y tu padre… ¿sabes siquiera quién fue tu padre y por qué se suicidó?

Voy a dejarlo ya, estoy cansada. Perdóname, Helena, me he dejado llevar y te he hecho de golpe demasiadas preguntas, muchas más de las que seguramente te habrás planteado tú.

Te deseo suerte, hija mía, y para que no lo olvides te repito que eres en estos momentos lo que más quiero en el mundo, aunque estés lejos, aunque me hayas olvidado. Por encima de todo soy tu verdadera madre y te quiero.

Un abrazo con todo mi amor,

BLANCA

—¡Joder! —dijo Helena, terminándose la copa de un trago—. Parece que le dio por ponerse amorosa al final.

—A mí me parece una carta muy valiente y muy sincera. Ya me dirás cuando lo leas todo.

—¿Qué pretendes, darme mala conciencia?

—No. Solo quería que te fijaras en las preguntas que hace tu madre. ¿No son las mismas que llevas toda la vida haciéndote?

Helena negó casi con furia.

—No. Yo nunca me he preguntado eso de por qué salió aquella tarde de casa y con quién iba a encontrarse. ¡Menuda estupidez! No iba a encontrarse con nadie. Todos sabemos que fue a recoger las telas.

—Pues parece que Blanca pensaba otra cosa. Y es posible que en esas cajas haya respuestas.

—¿Qué crees tú que insinúa con eso de que iba a encontrarse con alguien?

Carlos se encogió de hombros.

—¿Y con lo de por qué murió Goyito? ¿Cómo que por qué? La pobre criatura murió de meningitis, no lo envenenaron ni lo mató nadie por una razón. Sucedió, simplemente. A mi madre se le iba la cabeza, Carlos.

—Ya lo sé. Lo dice ella misma en su carta. Pero yo la creo cuando dice que está lúcida en el momento de escribir lo que acabo de leerte.

Helena resopló, incómoda. Les trajeron el ajoblanco y se lo terminaron sin decir palabra. Carlos había vuelto a guardar la carta; ella no se la pidió. La pulsera seguía entre ellos, un suave fulgor sobre el mantel. Helena se la puso en la mano izquierda y él se la abrochó.

—¿Significa eso que aceptas el reto?

El camarero depositó frente a ellos la ensalada tibia de bogavante y volvió a dejarlos solos.

—Es posible —contestó ella sin comprometerse, empujando las hojas con el tenedor de un lado a otro del plato.

—Déjame ayudarte, Helena.

—¿Cómo? —Levantó la vista hacia él como un disparo, sin pestañear.

—Cuéntame cómo fue, contesta a mis preguntas, déjame entrar en el laberinto como dice tu madre. Llévame al pasado. Quizás unos ojos nuevos puedan ver cosas que tú nunca has visto.

—De acuerdo. Vamos a probar. ¿Qué quieres saber?

—Dime quién estaba aquel mes de julio en tu casa, preséntamelos, cuéntame cosas sobre todos ellos.

—Hace cincuenta años, Carlos.

—Tú empieza y verás como todo acude a tu mente.

—Luego, en el hotel. Si no te importa.

Él la miró tratando de decidir si lo decía en serio o era una de sus muchas salidas fáciles.

—Te lo prometo. Yo también quiero llegar al fondo de la cosa. De verdad. Ahora vamos a disfrutar del rape —terminó con una sonrisa.

La caja

Foto 5

*E*s una foto de mediano tamaño a color, ese color chillón y un poco falso de los años sesenta o setenta. En un jardín con palmeras, un gran grupo de jóvenes sonríe a la cámara: unos hacen el gesto *hippy* con las dos manos, otros ponen poses de revista, otros abren los brazos como si quisieran abarcar el mundo, muchos de ellos tienen un cigarrillo encendido en los labios o entre los dedos, otros levantan vasos altos, de *long drink*, en un brindis con el fotógrafo o con el espectador. Van vestidos con túnicas, pantalones anchos, minivestidos, bikinis apenas cubiertos por trajecitos de ganchillo blanco, blusas transparentes, chalecos sin nada debajo… una bandada de pájaros multicolores con sus estampados psicodélicos y sus peinados de cabellos teñidos, lacios o afro, adornados con cintas, lazos, flores… A primera vista parecen un puñado de *hippies* o *drifters* de los que recorrían el mundo en los sesenta, pero mirando con más cuidado se ve que casi todos ellos llevan ropa cara y bisutería de calidad. Son *hippies* de lujo, *hippies* para una noche de verano, como la pareja que ocupa el centro del grupo: ella de unos cincuenta años, él quizás algo más. Ambos de blanco, ella con un vestido ibicenco y él con pantalones de lino y guayabera. Mirando con atención se ve que son los mismos de la foto de boda, muchos años después.

Helena también está en la foto, al lado de su madre, guapísima con su enorme melena rizada, sus ojos oscuros fuertemente maquillados y un conjunto de pantalones de campana estampados y *mini-pull* fucsia, uno de esos diminutos jerséis que subían hasta el cuello pero dejaban el estómago al aire. Lleva en la mano una copa de champán y sonríe, feliz, a la cámara.

Detrás de ella, un Jean Paul increíblemente joven, con abundante pelo rubio oscuro, apoya la mano en el hombro de ella mientras mira a su derecha, a algo que queda fuera de cámara y que no vemos. Su rostro expresa un principio de preocupación o de nerviosismo, al contrario que todos los demás que, obviamente, no piensan más que en el momento presente y en la fiesta que seguramente acaba de empezar, porque están recién arreglados y el cielo detrás de ellos tiene aún los colores del ocaso.

Al fondo, un poco desenfocada, lo que le da aspecto de fantasma, se ve una figura masculina que se acerca al grupo; probablemente otro invitado que está a punto de reunirse con los que se están haciendo la foto.

En el reverso de la fotografía dice simplemente: *20 de julio, 1969. La Mora.*

9

Madrid. Época actual

Un par de horas más tarde, ya en la cama y con la luz apagada, Helena, con un suspiro, cogió la mano a Carlos, carraspeó y empezó a hablar como si se lo contara a sí misma.

—La casa estaba llena a rebosar. Eso es lo primero que me acude cuando pienso en el verano del 69. Gente a montones, por todas partes, entrando y saliendo. Muchas visitas. Bastantes marroquíes que venían a ver a mi padre no recuerdo por qué, aunque sí me acuerdo de que había casi un ambiente de fiesta, con muchas felicitaciones a los marroquíes. Pero no se quedaban mucho, les servían un té con pastas y en menos de una hora se habían ido.

»Mi madre pasaba un momento como buena anfitriona a ver si iba todo bien y se retiraba enseguida para que los hombres pudieran hablar a sus anchas. Ella había vivido muchos años en Marruecos, estaba acostumbrada a lo que se hacía y a lo que no se debía hacer. Mi hermana y yo lo sabíamos también pero nos negábamos a comportarnos como si fuéramos musulmanas. Al fin y al cabo éramos chicas modernas, habíamos estudiado en Suiza, Alicia era una mujer de negocios y yo casi también.

»A ver... estábamos papá y mamá, Alicia y yo, ¿quién más? Jean Paul, claro. Otros años se había quedado en París para la *fête nationale*, pero este vino mucho antes y la celebramos en casa con una cena en el jardín y unos pequeños fuegos artificiales. También estaba mi tía Pilar no sé por qué, ella sola, sin el tío Vicente ni la prima Amparo ni ningún otro de sus hijos.

»No sé. No me acuerdo de nadie más en concreto, pero tenía que haber más gente porque luego, el día de la fiesta, aquello estaba lleno de amigos, y la mayor parte no tenía casa en Marruecos, de modo que debían de estar en la nuestra, pero no recuerdo a nadie en particular. ¿No habrá alguna foto de entonces en la caja?

—Apenas he mirado, Helena, pero la caja es grande. Podría ser. Descríbeme la casa, quizás eso te traiga más recuerdos.

—La llamábamos La Mora. Era grande y al principio algo destartalada, aunque luego mi padre empezó a arreglarla poco a poco, pero era lo que diríamos una casa de planta caótica, como los palacios de Knossos en Creta, valga la comparación. Cuando hacía falta más sitio, se añadían un par de habitaciones o se ponía otro piso encima de algo, de un garaje, del establo… Creo que la casa en sí fue un regalo que le hizo el sultán a mi padre al poco de instalarse en Marruecos: una especie de palacio venido a menos en medio de un montón de terreno con palmeras, granados, olivos y algarrobos, cerca del mar pero sin vista. En La Mora el mar se sentía, se olía, pero no se llegaba a ver hasta que, paseando una media hora por el sendero viejo, se llegaba a la playa y al esplendor del Atlántico.

»Abajo teníamos la cocina, muy grande, un comedor enorme, una especie de sala de estar con chimenea, sofás marroquíes, pufs y mesitas bajas, llena de alfombras, un baño blanco y verde muy amplio para la familia, otro pequeño para invitados y uno fuera, pegado a la cocina, para el servicio. En el centro teníamos un patio con una fuentecilla, arcos pintados de blanco y azul, un zócalo de azulejos granadinos y muchísimos geranios y plantas de olor como las llamaba Micaela, la criada que mi madre se trajo de Valencia antes de que naciéramos nosotros y que era algo así como un ama de llaves. Arriba había varios dormitorios y al principio otro baño. Luego, poco a poco, fueron añadiendo más. Y cruzando una terraza se llegaba a otras tres o cuatro habitaciones muy sencillas donde poníamos a los invitados cuando ya no cabían en la casa principal. Pero la vida se hacía sobre todo fuera, en el jardín, en el patio, junto a la piscina, que primero fue una simple alberca y luego fue modernizándose hasta acabar convertida en una especie de fantasía a lo Beverly Hills pero en marroquí.

»El jardín era muy grande y estaba lleno de pequeños patios, caminitos, laberintos de arrayán, pabellones, fuentes, bancos de azulejos, pérgolas cubiertas de trepadoras… todo sombra contra el calor, salvo una zona a la entrada dominada por las palmeras y los cactus y otra en la parte alta donde mi padre había diseñado un jardín formal tipo Generalife y donde solía pasear por las noches entre cipreses y clavellinas. Lo masculino y lo femenino, como decía a veces.

—¿A qué se dedicaba tu padre?

—Nunca lo supe con seguridad. Era comerciante. Compraba y vendía toda clase de cosas. Se relacionaba mucho con todas las delegaciones diplomáticas y a él acudía todo el que quisiera montar un negocio en Marruecos o tuviera que tratar de conseguir permisos del tipo que fuera. Viajaba mucho. Conocía a todo el mundo. Tenía muchos amigos en la policía y en el Ejército. Al final de su carrera, sobre los cincuenta y tantos, llegó a ser incluso gobernador de Ifni. Luego, después de lo de Alicia, se jubiló, volvió a España y lo dejó todo.

—¿Y no volvió a La Mora?

—No. La había puesto a nombre de Alicia por no sé qué historia de impuestos, aunque todos teníamos derecho a usarla. Luego ya no quiso volver.

—Entonces, ¿la heredó su marido, Jean Paul?

—Yo creía que sí, pero me acabo de enterar de que, al pare-

169

cer, Jean Paul solo tenía el usufructo siempre que no se volviera a casar, y la heredera soy yo.

—Pues tendremos que ir a echarle un vistazo.

—No sé. No creo.

Carlos no dijo nada. La conocía lo suficiente como para saber que, si seguía en silencio, hablaría ella.

—Lo he pensado, no te creas… Claro que me gustaría volver, ver cómo está todo… pero me da miedo.

—¿Miedo? ¿De qué?

—De los recuerdos. De que de pronto me acudan recuerdos de momentos que ya había olvidado y vuelvan a hacerme daño, como entonces. Me asusta pensar que es como un viaje en el tiempo… como volver a mi infancia, a mi juventud…

—Pero eso es precioso, ¿no? —interrumpió él.

—No. Porque ya no queda nadie. Si vuelvo… —Se le cortó la voz—. Si vuelvo, aquello estará lleno de fantasmas esperando verme aparecer para saltarme encima.

—Esta vez vas conmigo. No dejaré que ningún fantasma te haga daño —dijo Carlos abrazándola en la oscuridad.

Helena, en circunstancias normales, se habría reído y le habría tomado el pelo por su salida machista y paternalista. Esta vez, sin embargo, se apretó contra él, metió la cabeza en su hombro y se echó a llorar, muy bajito. Entonces es cuando Carlos se dio cuenta de que Helena hablaba en serio. Nunca la había visto así: estaba aterrorizada.

Marruecos, 1940

Blanca abrió los ojos en el camarote con un suspiro de felicidad, tendió la mano hacia la derecha y al notar que estaba sola, se estiró hasta ocupar toda la cama y volvió a suspirar mientras su rostro se abría en una sonrisa. Goyo ya se había levantado; se habría tomado un café y estaría dando una vuelta por cubierta, esperando a que ella se despertara para desayunar juntos.

Resultaba curioso llevar casi cuatro años de casada y estar ahora disfrutando de un viaje de novios, de una luna de miel como decían las películas americanas. ¡Y qué viaje, además! Todas sus amigas, cuando pensaban en un viaje de novios, soñaban con unos días en Madrid, para conocer la capital, o en Barcelona, o en Mallorca; y las más ricas, antes de la guerra, soñaban con una semana en París si el marido era de los que se atrevían a salir al extranjero. Ahora, con la guerra de Europa, París se había convertido en un destino imposible y la situación en España tampoco era como para pensar en viajes de placer. Pero ella había tenido la inmensa suerte de que el hombre con el que se había casado acababa de ser destinado a Marruecos y eso le iba a permitir conocer un país exótico, tener una casa estupenda con servicio y relacionarse con gente interesante y nueva. Por lo que había oído decir, Casablanca estaba llena de gente de paso, artistas de todas clases, millonarios que huían de los nazis, espías de todas las nacionalidades... para ella un mundo nuevo por descubrir.

Primero habían pensado embarcarse en Lisboa y llegar por mar a Casablanca. Luego les habían dicho que las cosas estaban demasiado mal, que el Atlántico estaba lleno de submarinos alemanes y de todo tipo de buques de guerra; que no era conveniente arriesgarse a que un torpedo disparado por error contra un barco civil acabara con todas sus ilusiones para el futuro. Se habían informado de las posibilidades de cruzar a Melilla desde Cartagena y luego seguir viaje por tierra, pero las comunicaciones eran demasiado malas y Goyo se había negado en redondo a arrastrar a su mujer a un viaje de semanas por caminos de cabras.

Al final, casi milagrosamente para ella, las cosas se habían arreglado del mejor modo posible, de un modo que era casi de película americana: irían de Madrid a Lisboa en el tren nocturno, pasarían allí dos o tres noches en un buen hotel y luego se embarcarían en un transatlántico que hacía el trayecto Lisboa-Río de Janeiro y los dejaría en Casablanca, la ciudad rosa. No se lo podía creer. Era un sueño hecho realidad.

Solo con pensarlo se sentía como las heroínas de las novelas que le gustaba leer: muchachas que por razones familiares tenían que viajar a países lejanos y descubrir el mundo que había más allá de las estrechas fronteras de su comarca. En esos viajes aprendían, maduraban y, después de muchas aventuras y dificultades, encontraban el amor junto al hombre de su vida.

En cuestión de viajes, Madrid y ahora Lisboa era lo más lejos que ella había llegado hasta el momento, pero por otro lado ya había conseguido encontrar el amor. Goyo era el hombre que Dios le había destinado, de eso estaba absolutamente segura a pesar del poco tiempo que habían pasado juntos, porque en los tres años que había durado la guerra apenas si se habían visto cuatro veces. Nada más casarse, después de unos días en la finca de Denia los dos juntos con los otros recién casados, Pilar y Vicente, Goyo había tenido que salir a toda prisa para Canarias porque se le necesitaba para una misión de urgencia. Poco después había empezado la contienda y no habían vuelto a verse hasta noviembre, en una acción secreta y muy arriesgada que llevó a Goyo tras las filas enemigas a las cercanías de Valencia. Luego estuvieron cerca de un año sin verse y hasta casi sin noticias. Pero no quería pensar en el pasado. Ahora el futuro se presentaba exótico y luminoso, y había que aprovecharlo, sacarle el jugo hasta la última gota.

Le daba un poco de pena pensar en Pilar, en Zaragoza, la ciudad de su patrona, la Virgen cuyo nombre llevaba, que era donde habían destinado a Vicente. En su última carta le decía que, aunque no quería quejarse, se sentía casi desterrada en aquella zona tan distinta de su Valencia del alma, que la gente era seca y desconfiada, y había mucha miseria. Y, como su pobre hermana, igual que ella misma, no estaba acostumbrada al trato con militares y sus esposas, se encontraba muy sola, ya que aún no había conseguido hacer ni una sola amiga.

Le pido a Dios todas las noches que nos dé un hijo. Eso es lo único que podría llenar mi vida que, de momento, está tan vacía. Vicente se pasa el día en el cuartel, yo en casa limpiando sobre limpio con la muchacha que él me ha buscado para que me ayude. Luego, cuando llega, está cansado y no tiene ganas ni de salir a ninguna parte ni de hablar siquiera. Ponemos la radio un rato y luego a dormir.

¡Menos mal que tengo a Amparito, tan buena y tan graciosa! Y sin embargo, Vicente no le hace demasiado caso, seguramente porque es una nena, cuando él se había hecho la ilusión de que fuera chico. Hay domingos en que sí que le gusta que la ponga guapa y que yo me arregle, y salimos los tres a misa y a dar un paseo. Me haría ilusión que pudiéramos tomar un aperitivo como hacíamos en Valencia antes de que pasara todo esto o que nos reuniéramos con otras familias a tomar café y que los niños jugaran juntos, pero no hay nada que hacer.

Si no fuera por el mercado y la iglesia, y los ratos que saco a pasear a la nena para que le dé un poco el sol, no vería más que las paredes de nuestro piso, que es amplio y luminoso, pero que antes o después aburre. No sabes lo que yo daría por poder estar ahora contigo otra vez en Valencia como cuando éramos solteras. Pero hay que conformarse, ya vendrán tiempos mejores.

Había recibido la carta en el último momento, cuando ya estaban saliendo de casa de sus padres para emprender viaje, y la llevaba siempre en el bolso para leerla, sobre todo cuando le venía un ataque de miedo, cuando en algunos raros momentos tenía la sensación de estar abandonando todo lo que conocía y le daba seguridad para marcharse a un lugar extraño con un hombre que, aunque fuera su marido, era casi un desconocido.

Los dos días pasados en Lisboa habían sido realmente un viaje de bodas, como lo estaban siendo estos días en el barco. Goyo había estado galante, apasionado, encantador, tanto como en los primeros días en la finca de Denia, pero más gracioso, más travieso, más él que nunca; como si el hecho de estar por fin los dos juntos y solos hubiera hecho florecer su carácter y estuviera sacando lo mejor de sí.

Se puso la mano en el vientre como tantas veces cuando estaba sola, como si con eso pudiera conjurar la presencia de una semilla que empezara a germinar en su interior, deseando con todas sus fuerzas que sucediera.

En ese momento sonaron unos golpes discretos y antes de que pudiera alcanzar la bata se abrió la puerta del camarote y el rostro sonriente de Goyo apareció por el hueco.

—Ya iba siendo hora, marmota mía. Nunca he conocido a nadie que duerma tanto como tú.

—Porque te has pasado la vida de cuartel en cuartel con toque de diana.

Le hacía un efecto curioso verlo vestido de civil. Estaba muy guapo, pero de alguna forma no parecía realmente él. Hasta el momento lo había visto desnudo, en bañador y en pijama; todas las demás veces, siempre uniformado, en traje de faena o de gala, pero siempre de uniforme. Por eso, desde que habían emprendido viaje, cada vez que lo veía de traje, o con pantalones grises y camisa blanca de manga corta como ahora, le parecía un actor de cine, guapo y atractivo como Jorge Negrete, pero falso, como si estuviera haciendo un papel. Lo que hasta cierto punto era verdad: Goyo seguía siendo militar, al final de la guerra lo habían ascendido a teniente coronel, pero la misión que lo llevaba a Marruecos era secreta o al menos reservada, semisecreta, y nadie debía saber que no era un funcionario civil como cualquier otro. Esa era una de las primeras cosas que le había dicho en cuanto terminó la guerra y empezó a esbozarle el futuro cercano de su vida matrimonial.

«Ni yo mismo sabré en ocasiones por qué estoy destinado en un sitio u otro. Hay ciertas cosas que podré decirte y otras que tendré que callar. Tendrás que tener paciencia conmigo, Blanquita, y no preguntar demasiado. Lo que pueda contarte te lo contaré. Puede darse el caso de que tenga que viajar y te deje sola unos días, pero no te preocupes, tendremos servicio y te prometo que siempre habrá un hombre en casa para tu protección o para cualquier cosa que necesites. Lo que sí te pido por favor es que no me hagas escenas de celos. Tú sabes que te quiero por encima de todo; no te voy a engañar con nadie, no me voy a buscar una querida ni voy a ser cliente de ningún burdel. Ni siquiera de soltero me han interesado esas cosas, ya lo sabes. Así que te pido que confíes en mí y, si tengo que entrar y salir a horas intempestivas, quiero que sepas que es mi trabajo y que te fíes de mi palabra. ¿De acuerdo?»

¿Y qué iba a decirle ella más que sí, que bueno, que no le hacía gracia tanto secreto, pero que no tenía más remedio que aceptarlo? Iba a tener que acostumbrarse a no saber qué hacía realmente su marido. Él le había dicho que se hiciera a la idea de que el suyo era una especie de puesto diplomático y que ya le diría en cuanto fuera posible qué podía contestar ella cuando alguna nueva amiga le preguntara a qué se dedicaba su esposo.

175

Terminó de vestirse con un sencillo vestido estampado de verano y sandalias, se cepilló la melena, se pintó los labios de rosa claro y unos minutos después se instalaron en el comedor.

—En cuanto acabemos, hay que recoger los trastos. Llegamos dentro de dos horas —dijo él mientras se untaba una tostada con margarina.

—¡Qué lástima! ¡Con lo que me gustaría seguir aquí unos días!

—Cuando el mar vuelva a ser seguro, nos iremos de crucero.

Ella palmoteó entusiasmada, cosa que a él siempre le arrancaba una sonrisa. En privado le encantaba tener una mujer apasionada y sensual, pero en público muchas veces disfrutaba de verla sonreír y entusiasmarse como una niña pequeña en una feria. Cuando, con el tiempo, consiguiera unir los dos aspectos en los dos ámbitos se convertiría en una mujer irresistible. Blanca Santacruz de Guerrero. Su mujer. La mujer de los ojos verdes con brillo de faca de la que se había enamorado perdidamente hacía casi cinco años ya.

Había tenido tanta suerte como ojo. Y ahora empezaba realmente su vida. Todo lo que había hecho hasta el momento había sido un preludio de lo que iba a comenzar. Habían vencido. Ahora podrían hacer de España lo que se merecía llegar a ser, lo que había estado a punto de perderse para siempre en el caos rojo. Él había contribuido con todas sus fuerzas a la victoria y Dios se la había concedido. Si por el momento no tenía más remedio que llevar a cabo una misión secreta que no era en absoluto lo que él había imaginado para el día en que la patria estuviese de nuevo en manos de los suyos, tendría que cumplir sus órdenes como lo había hecho siempre: sin preguntas, sin retrasos, sin escrúpulos. Luego ya vendrían otros destinos más acordes con su idea de futuro.

Franco le había dicho personalmente que lo necesitaba en Marruecos, pero no de uniforme y a la vista de todo el mundo, sino al revés, con una cobertura civil, comercial, para enterarse de primera mano de todo lo que no llegaba nunca a oídos militares, para mover ciertos hilos. Él era el hombre idóneo para la misión: curtido en Marruecos pero en otra zona, mucho más al norte, en los territorios españoles, con lo cual en Casablanca, que era territorio francés, no lo conocía nadie; recién casado con una muchacha joven y bonita de buena familia; un hombre de fidelidad probada, como había demostrado en su último destino en Canarias antes de la guerra. Un hombre, además, que hablaba árabe *darija* y francés con fluidez y que conocía bien tanto la mentalidad marroquí como la mentalidad militar; con la elegancia necesaria para mezclarse sin desentonar en ambientes comerciales y diplomáticos y a la vez con la dureza indispensable para realizar otro tipo de tareas, caso de hacerse necesarias. Simplemente perfecto.

El único problema era que aquello no era en absoluto lo que él se había esperado para el fin de la guerra. Él imaginaba un ascenso a coronel y un destino en la península donde pudiera contribuir al nuevo orden de la patria a cara descubierta. Más adelante, quizá, una vez sobradamente probada su valía, Madrid, algún destino ministerial, algún puesto político, algo que a él le permitiera colaborar en la creación de la nueva España, a Blanca entablar amistades de provecho y a sus futuros hijos les diera ocasión de ir a buenos colegios y relacionarse adecuadamente.

Pero no había que desesperarse. Esto era solo el principio. Y era una buena oportunidad para hacer relaciones, crear ciertas redes de dependencia, empezar a sentar las bases de una fortuna.

Miró a su mujer con orgullo. Blanca no solo era guapa; era inteligente, graciosa, bien educada, culta. Había estudiado magisterio e incluso había ejercido unos meses antes de que empezara la guerra. Sabía estar y recibir y, algo a lo que muchos no daban importancia y a él le parecía esencial, era una mujer moderna, no una mojigata como su hermana Pilar, de las que se asustaba por todo y todo se lo consultaba al cura. Blanca, no. Blanca y él, a poco que la suerte les viniera de cara, se iban a comer el mundo.

177

10

Madrid. Época actual

Las dos cajas esperaban tranquilamente sobre la mesa de café del saloncito. Parecían esperar realmente, pensó Helena, como si no tuvieran prisa pero estuvieran manifestando su presencia, como pasa a veces con un puñado de trastos varios que te has ido dejando en la entrada porque nunca tienes tiempo de recogerlos y un día, al pasar, de pronto los ves y sientes que tiene que ser ya, que no puedes dejarlos allí ni un minuto más.

Echó una mirada a su alrededor, tratando de decidir dónde extender lo que fueran sacando de las cajas, ya que no había más superficie que la mesita de café y los dos sillones que acompañaban el sofá. Ahora se arrepentía de no haberse quedado en el apartamento; allí habrían tenido un poco más de espacio y de intimidad. No quería tener que recoger las cosas todas las noches pero tampoco quería dejarlas a la vista para cuando llegara el servicio de limpieza, aparte de que la pobre muchacha no iba a poder limpiar nada si el cuarto estaba lleno de papeles antiguos.

—Estaba pensando… —empezó, al ver que Carlos acababa de salir del baño.

—Miedo te tengo cuando empiezas a pensar. A ver, ¿qué se te ha ocurrido ahora?

—Que podríamos alquilar un apartamento, algo pequeño,

igual de céntrico que esto, pero que nos permita dejarlo todo tirado cuando nos cansemos de mirar trastos viejos.

—Buena idea.

—¿En serio?

—Lo dices como si nunca estuviera de acuerdo con una idea tuya.

—No, no, qué va, me encanta que estés de acuerdo. Es solo que me ha sorprendido que me dieras la razón tan deprisa. ¿Te encargas tú?

—Ah, ya decía yo que tenía que haber gato encerrado… Venga, me encargo yo pero tú, mientras, te vas leyendo la carta de tu madre.

—¿Antes de desayunar?

—Antes de cualquier cosa que te permita retrasarlo mas. Yo pido el desayuno y busco el piso. Tú empiezas a hacer los deberes. Aquí tienes la carta.

Helena la cogió por una punta, como si tuviera miedo de contagiarse de algo. Carlos la dejó sola en el saloncito y se marchó a la otra habitación a hacer las llamadas.

Sentada en el sofá, frente al televisor apagado, se quedó mirando la letra de su madre: bonita y elegante, historiada, un poco excesiva. Debía de haber escrito su nombre siendo ya muy mayor; se notaba el temblor de la mano, la falta de firmeza en los grandes rasgos de la hache y de la línea que lo subrayaba.

Había un buen puñado de papeles dentro. La mayor parte, de esos finos que se usaban antes para las cartas que se enviaban por avión. La tinta cambiaba de unos a otros, e incluso la letra, siendo de la misma persona, reflejaba con toda claridad diferentes épocas, situaciones y estados de ánimo.

Hizo una inspiración. Palabras desde el pasado. Palabras desde el otro lado de la muerte.

Mi querida Helena,

mi preciosa hija, la única que me queda ahora después de una existencia tan larga y tan llena de sucesos que a veces ni siquiera puedo creer que todo lo que recuerdo me haya sucedido a mí, todo a mí, en una sola vida. Y sin embargo, a la vez, ¡qué deprisa se ha pasado todo!

No sé cuándo llegarás a leer esto pero me figuro que cuando lo hagas ya estarás en edad de comprenderme y quizá ya habrás empezado a notar en ti misma lo que te digo ahora: esa perplejidad de darte cuenta casi de golpe de que eso ha sido todo, de que apenas te queda futuro, sobre todo si lo comparas con la cantidad de pasado que hay detrás de ti; esa desagradable sorpresa de saberte vieja, por muy joven que te sientas por dentro. Y no creo que te sorprenda que lo llame sorpresa. Te habrás dado cuenta ya de que ese tipo de «revelaciones» —me refiero a lo de mirarte de refilón en un espejo y no reconocerte por unos segundos en esa anciana que te devuelve la mirada— viene como un relámpago, no poco a poco como uno supone de joven que le sucederá.

Da igual. Todos pasamos por las mismas cosas. A todos nos aguarda nuestra vejez y nuestra muerte, nuestra propia experiencia de primera mano de lo que hemos oído comentar cientos de veces a las generaciones anteriores creyendo en nuestra soberbia juvenil que nunca nos sucedería. A nosotros no. A nosotros nunca. Porque éramos más listos, más guapos, más modernos, más rápidos. A nosotros no.

No solo me he hecho vieja, hija mía; también estoy perdiendo la cabeza. Lo digo con toda naturalidad porque lo sé, porque lo noto, a pesar de que los que me rodean, la buena de mi sobrina Amparo, por ejemplo, tratan de quitarle importancia hablando de mis «despistes». Tú sabes que siempre me asustó la locura. Era un tema recurrente en las novelas que leíamos en mi juventud y en las biografías de esposas y amantes de grandes hombres: los manicomios, las «terapias» contra la histeria, los encierros y los suicidios, todo lo que me aterrorizaba y que, aunque me sigue dando miedo, he aprendido a relativizar. Hay momentos en los que lloro de miedo y de impotencia cuando noto que he vuelto a olvidar algo básico y cotidiano;

otros, sin embargo, noto una especie de suavidad algodonosa en la que, si no hay recuerdos, tampoco hay miedo ni inquietud ni culpa. Y eso es delicioso, Helena. No sentir la culpa, no recordar los pecados, los errores cometidos, las decisiones irrevocablemente tomadas en un tiempo al que ya no tenemos acceso.

Te escribo ahora en uno de esos momentos de extrema lucidez que cada vez son más raros. Las páginas que voy a meter en este sobre son una selección de muchas otras que he escrito en los últimos años, unas veces para contarme a mí misma ciertas cosas (he descubierto que contándome las cosas las recuerdo mejor y a veces incluso las entiendo) y otras veces para que tú llegues a saber lo que no sabías y que, de todas formas, quizá no te importe.

Hace tanto que no tengo una auténtica relación contigo que te has ido convirtiendo en eso que llaman ahora un amigo invisible, una interlocutora casi inexistente, inventada a mi medida, a la medida de mi necesidad de ver claro en ciertas circunstancias de mi vida y solo tangencialmente de explicarte a ti algunas cosas que nunca mostraste excesivo interés en saber. Pero quizás el tiempo te haya vuelto curiosa y, si no, siempre puedes quemar esta caja con su contenido y librarte del pasado del que has estado huyendo toda tu vida.

Porque eso es lo que has hecho, ¿verdad? Huir hacia delante, tratando —no sé si inútilmente— de no mirar atrás. Esa fue una de las cosas que comprendí escribiendo para mí misma a lo largo de los años, hace tiempo ya, cuando trataba de entender qué te habíamos hecho para que nos rechazaras a todos con esa intensidad, nosotros que siempre te quisimos tanto, que te dimos todo lo que teníamos, lo mejor del mundo.

Digo que lo comprendí y tal vez debería más bien decir que llegué a una respuesta que hasta ahora me sigue pareciendo satisfactoria. No sé si tú habrás llegado a la misma. Lo que yo creí entender entonces es que, por lo que fuera, tú te sentiste culpable de la muerte de tu hermana y te habría gustado que alguien te lo reprochara para poder defenderte y afirmar que no habías tenido nada

181

que ver en ello. Pero todos lo hicimos mal, supongo. Papá enloqueció y su rabia tardó muchos años en ir apagándose; ni siquiera sé si al final de su vida se había extinguido del todo o si su suicidio —Dios perdone su locura— se debió en parte a eso, a darse cuenta de que nunca podría hacer nada para librarse de esa furia que lo quemaba por dentro. Yo, ya lo sabes, me rompí en pedazos, como un jarrón de cristal fino que se estrella en el piso. Hice lo que pude por recomponerme a lo largo de los años, pero nunca fue lo mismo y además daba igual porque tú ya no estabas. No sirve de nada decirte ahora que unos meses después del funeral de Alicia, cuando nos presentaste a Íñigo y nos dijiste que ibas a ser madre, vi una chispa de luz en la negrura en que me había sumido la muerte de tu hermana. Pensé que quizá la boda, el nacimiento del pequeño, tu decisión de convertirte en esposa y madre de familia pudiera salvarnos a todos y compensarnos de las horribles pérdidas que habíamos sufrido, primero Goyito, luego Alicia.

No fue así. No solo los perdí a ellos, sino que también te perdí a ti, aunque siguieras viva, y hasta cierto punto también perdí lo que yo había creído por un momento mi tabla de salvación: a Álvaro, mi nieto, el primero y también el único. Sí, ya sé que mucho después, cuando Íñigo logró superar tu abandono, Álvaro pasaba unas semanas con nosotros en la playa, a veces incluso contigo y con nosotros, pero no es lo mismo tener un nieto siempre, en el día a día, que verlo medio mes en verano.

Y de Jean Paul… ¿qué te voy a decir de Jean Paul? Yo lo quería, todos lo queríamos. Tú también, ¿verdad? Sobre todo tú… Pensabas que yo no lo sabía, supongo. Intenté ocultárselo a tu padre pero no sé si lo conseguí. Tampoco quise saber si Alicia se había dado cuenta. Si aún conservas imágenes de aquella época quizá recuerdes que Alicia andaba distraída, como ausente… Nunca supe si se había enterado y le estaba dando vueltas a qué partido tomar, o si tenía preocupaciones propias que no quería compartir con nosotros. Lo único que tengo claro es que una vez comentó que después de seis años casados aún no habían conseguido tener hijos y yo, que tanto sufrí por lo mismo, me enteré en aquel momento de que para ella era un problema. Hasta entonces había pensado que era una decisión común, que hasta que no estuviera el negocio bien en marcha, los dos habían decidido esperar para tener descendencia.

También perdí a Jean Paul. Ya ni siquiera manda una tarjeta por Navidad. Hace años. A veces lo imagino paseando por La Mora, aquella casa a la que yo entregué mi alma y que me compensaba de vivir tan lejos, de no haber podido disfrutar de mi juventud en España, en Madrid, como planeábamos cuando nos casamos. Y me da rabia, te lo confieso. Me da rabia que todo haya salido así, que se haya perdido tanto, que alguien que no es de nuestra sangre esté disfrutando de aquello que tu padre creó casi de la nada y que le compensaba de tantas amarguras.

¿Ves en qué ocupo mis días, Helena? En darle vueltas y vueltas a lo que fue, a lo que no fue, a lo que pudo ser. Sé que es idiota y, sobre todo, estéril, que no conduce a nada, salvo a hacerme daño y a no dejarme dormir por las noches. Por eso escribo.

183

Helena hizo una inspiración profunda, dejó de leer y perdió la vista en la pared antes de continuar con la página final, la que ya le había leído Carlos en el restaurante.

No quería volver a aquellas preguntas que le habían estado dando vueltas por la cabeza toda la noche. Preguntas que solo en parte eran las mismas que ella se había hecho a lo largo de los años, ya que muchas eran nuevas, las que más inquietantes resultaban.

Volvió a pasar la vista por las líneas. ¿Cómo que «con quién iba a encontrarse Alicia aquella tarde»? ¿Cómo que «quién fue tu padre»? ¿Cómo que «por qué murió Goyito»?

Se apretó las sienes con las manos y se obligó a leer el final, aunque ya sabía lo que su madre le decía a través del tiempo, desde el otro lado de la vida: una mentira colosal. Una mentira destinada a tranquilizar su conciencia antes de morir, o quizá, siendo generosa, a tranquilizarla a ella con lo que Blanca llamaría «una mentira piadosa»: «Te repito que eres en estos momentos lo que más quiero en el mundo…».

Claro, «en estos momentos». Cuando ya habían muerto todos los demás, los que de verdad le importaban: Goyo, Goyito, Alicia…

Se dio cuenta de que le temblaban las manos de rabia y se las metió con fuerza bajo las axilas. ¿Cómo podía decirle su madre que la quería, que siempre la había querido, cuando dos veces en su vida, las dos veces cruciales de su existencia le había dejado claro que ella era la que menor valor tenía de sus tres hijos?

Desde lo más oscuro del pozo del tiempo le llegaban aún sus palabras, esas palabras que nunca había comentado con nadie, que no conseguía sacarse de la memoria pero que tampoco era capaz de repetir en voz alta, esas palabras que, casi cincuenta años después, aún quemaban como carbones encendidos.

Recordaba a su madre en La Mora, unas horas después de haber recibido la noticia, cuando por fin había calado y todos empezaban a darse cuenta de que era verdad, que Alicia estaba muerta, que nunca regresaría con aquellas telas que había ido a buscar para decorar el tablado que habían construido como escenario para los festejos de la noche.

Ella y Blanca, las dos abrazadas en el sofá de la sala, llorando a golpes, con los ojos hinchados y la cabeza como un tambor, mientras los hombres estaban en algún lugar, declarando ante la policía, organizando el traslado del cuerpo… lo que fuera. Las dos mujeres llorando solas, empezando a darse cuenta del vacío, de la pérdida, tratando de consolarse la una a la otra, de aceptar que a partir de ese momento ya nunca más serían tres, que no había más que ellas dos, que se habían quedado solas.

Entonces a Blanca le sobrevino otro ataque de llanto, desesperado, angustioso. Helena trató de abrazarla pero su madre la rechazó de golpe y empezó a golpear el sofá con los puños, gritando palabras incoherentes. Y de pronto, entre sollozos, su mirada fija, fría. Y sus palabras:

«¿Por qué Alicia, Dios mío, por qué Alicia? Deberías haber sido tú.»

Fue casi una repetición de cuando la muerte de Goyito, cuando Blanca aullaba por la casa como una posesa y, al ver a sus dos hijas escondidas debajo de la mesa del comedor sin saber qué hacer, les había gritado: «¿Qué hacéis ahí? ¡Fuera de mi vista! Dos niñas. ¡Solo niñas! Y mi hijo, mi único hijo, muerto».

Amina, la madre de Suad, había entrado a toda prisa, limpiándose las manos en el delantal, y se las había llevado abrazadas a la cocina murmurando que la señora estaba loca de dolor, que no pensaba lo que decía, que no había que hacerle caso, que claro que las quería más que a su vida, pero que estaba pasando por un trance horrible. Les había dado sus mejores pastas de pistacho y las había puesto a jugar con Suad, que era un par de años menor que ellas, mientras volvía al comedor a tratar de consolar a Blanca.

Las palabras que le dirigió cuando la muerte de Alicia tendrían que haber sido para ella una simple repetición de lo de Goyito, el reflejo incontrolable de su madre frente a la pérdida, frente al dolor extremo de perder un hijo, pero no lo fueron. Cuando Goyito, al menos eran dos. Dos niñas. Y cuando una se ha criado en un país musulmán entiende hasta cierto punto, o al menos no le suena tan raro, que un varón tenga más valor, que una madre prefiera perder a una de sus dos hijas que al único hijo. Pero cuando muere una hermana y solo queda otra, una mujer por otra, la menor en lugar de la mayor, es particularmente doloroso saber que tu madre habría preferido que la muerta fueras tú.

Y lo peor era que lo comprendía, que Blanca había tenido razón: Alicia era una pérdida más grande; era más guapa, más

185

fina, más inteligente, más creativa, más cariñosa. Alicia lo tenía todo y por eso todos la querían. Alicia no tenía ataques de furia como ella, ni era impaciente, ni inconstante. Cuando se enamoró de Jean Paul y se casó con él, dejó de interesarse por otros hombres. Era fiel, generosa, dulce, trabajadora, solidaria. Era evidente que su muerte iba a dejar un agujero que no se llenaría jamás, mientras que si hubiera muerto ella…

Sí, ella era, al menos entonces, más alegre, más graciosa, más inocente. Estaba llena de energía, de ideas, de proyectos; no descansaba nunca, siempre en marcha, siempre queriendo más; saltaba de chico en chico buscando algo que nunca llegaba pero sin deprimirse por no encontrarlo.

Si hubiera muerto ella la habrían llorado, claro, de eso estaba segura, pero podría jurar que su madre nunca le habría dicho a Alicia «deberías haber sido tú». Y eso, aunque hubieran pasado casi cincuenta años, seguía siendo un zarpazo en el alma.

186

Casablanca, 1940

Llevaban ocho meses en Marruecos y poco a poco Blanca se iba adaptando a la nueva realidad hasta el punto de que todo lo que antes le había parecido llamativo y exótico empezaba ahora a parecerle normal. O si no normal del todo, al menos habitual, conocido, esperable.

Se había acostumbrado ya a vivir en una casa grande con tres personas de servicio; a tener un jardín del que preocuparse; a las llamadas del muecín que al principio la inquietaban de día y la despertaban de noche y ahora ya casi necesitaba para medir el paso del tiempo; a que la miraran descaradamente los hombres cuando salía de casa, todos aquellos hombres que, sentados a la sombra a la vera del camino o en las terrazas de los cafés o en cualquier portal esperaban sin hacer nada durante horas no se sabía a qué.

Se había acostumbrado también a las veladas en el club

donde solían reunirse los extranjeros —los *expats*, una palabra nueva para ella— por las tardes para tomar un combinado, charlar, hacer negocios y extender rumores; y a los cafés y partidas de cartas con un grupo de señoras —esposas de diplomáticos y de hombres de negocios— que no le caían particularmente bien, pero con las que se podía hablar también de moda, de películas que no llegaban nunca a Marruecos, de artículos que alguna de ellas había leído en revistas que le enviaban desde su país y, desgraciadamente, de hijos, siempre de los hijos que todas tenían en abundancia.

Cada vez le costaba más fingir que no le importaba no tenerlos. Con mayor o menor elegancia, antes o después, todas acababan preguntándole si no pensaban tener descendencia, si tenían algún problema médico, si ya había sufrido algún aborto. Y ella estaba harta de tener que decir que claro que querían hijos, pero que hasta el momento parecía que no estaba de Dios, a pesar de que claro que habían consultado con varios médicos, al fin y al cabo eran ya cuatro años de casados y en los últimos meses no se podía decir que no lo hubiesen intentado con ahínco, comentario que siempre cosechaba sonrisas y cabeceos.

A todas les gustaba Goyo. No se cansaban de decir lo buen mozo que era, el aura de seguridad y poder que irradiaba, lo estupendo que debía de ser tener un hombre así en casa. Tampoco se cansaban de insinuar, siempre bajando la voz y fingiendo azoramiento, que a un hombre así había que tenerlo contento y procurar darle hijos cuanto antes porque convenía atarlo, antes de que apareciera otra más joven y más guapa, y se lo llevara consigo. No sería la primera vez, y Casablanca estaba llena de esposas descontentas, de mujeres solas de procedencia incierta a las que la guerra había arrojado a aquellas playas, de viudas europeas de paso hacia una nueva vida en Estados Unidos o en algún país latinoamericano. Había que andarse con ojo.

187

Las peores eran las alemanas, con su acento gutural y su arrogancia de esposas de superhombres, que se permitían aconsejar y tratar de dirigir la vida de las demás, que tenían dinero para gastar y miraban por encima del hombro a las que no tenían tanto como ellas. Por fortuna, Goyo le había dado mano libre para gastar lo que le pareciera y en Casablanca no había muchas posibilidades de derrochar.

Iba a una modista francesa que le habían recomendado y siempre tenía dos o tres prendas encargadas, más que nada porque eso le daba ocasión de tener citas propias que atender, no tener que pasarse la vida en casa mirando lo que hacía el personal. Goyo salía mucho y ella empezaba a sentir ese algo indefinible que se instala en una mujer cuando empieza a tener la sensación de que no sirve para nada, de que está de más y su vida está vacía.

Daba sus clases de francés con Monique, que se había convertido en lo más parecido a una amiga que tenía en Marruecos, salía a montar acompañada por Ahmed, que siempre cabalgaba unos metros por detrás de ella, y a veces cogía el coche y salía a dar vueltas por ahí, a ver el mar, que calmaba un poco la nostalgia de su Mediterráneo, a descubrir pueblecillos llenos de niños sucios y malvestidos con unas sonrisas esplendorosas que corrían detrás del vehículo gritando «*madame, madame*», a olvidarse de que su vientre seguía vacío.

Blanca terminó de perfilarse las cejas, estudió su maquillaje en el espejo, se roció de perfume mientras iba aún en ropa interior y se levantó del tocador con un suspiro. No tenía muchas ganas de ir a la fiesta, pero estaba guapa. Goyo estaría orgulloso de su mujer.

Esperaba que el vestido que había encargado no le pareciera demasiado atrevido, pero al fin y al cabo se trataba de una fiesta de *expats* y los pocos marroquíes que hubiese allí serían de los que estaban acostumbrados a tratar a mujeres europeas. Nadie se iba a desmayar al ver sus hombros. Por lo demás, el vestido era precioso, con los drapeados que tan de moda estaban y un tejido azul que reflejaba la luz como un estanque. Se pondría los pendientes de zafiros que le había comprado Goyo en Lisboa en su viaje de novios; más de eso habría sido ya vulgar, como si quisiera sacar a pasear todas sus joyas en la misma ocasión.

No se equivocó. Cuando Goyo le abrió la portezuela del coche, sus ojos brillaban de orgullo.

—Blanquita, vas a ser la mujer más espectacular de la fiesta, como siempre.

Ella le dio un beso ligero en la mejilla para no mancharlo con el carmín, pero aun así tuvo que sacar el pañuelo y borrar la huella antes de llegar a la casa donde se celebraba la fiesta.

—El anfitrión es monsieur Deleuze, un industrial muy importante que lleva unos meses en Marruecos con asuntos de infraestructuras que al país le convienen, pero mucho más a él, como te puedes imaginar. Creo que su mujer aún no ha venido, así que no te extrañes si no hay anfitriona. Y —se acercó al oído de ella para que el chófer no oyera su voz— cabe la posibilidad de que acuda también el sultán, su Alteza Real Mohammed ben Yusef. Si tengo ocasión te lo presentaré, así que estate pendiente de mí por si te hago alguna seña. Te excusas con quien estés en ese momento y te acercas enseguida, ¿de acuerdo?

—¿Conoces al sultán? —preguntó Blanca, asombrada.

—Me lo presentaron hace poco, brevemente, y por eso me interesa saludarlo hoy, para que no se olvide de mí. Y si le presento a mi bellísima esposa es casi seguro que me recordará.

Ella le dio un empujoncito cariñoso. Le encantaba que le dijera cosas bonitas, aunque a veces no supiera si las decía en serio o si solo era una forma muy elegante de llevarla por donde quería. Pero la idea de ir a ser presentada al sultán le hacía ilusión, no podía negarlo.

—¿Cómo tengo que llamarlo?

—Alteza Real.

—¡Qué nervios!

—A mí me pareció una persona muy agradable. No tienes que estar nerviosa.

—Es que, si para ti es importante…

—No sufras, Blanquita. Eres encantadora. Le gustarás.

Madrid. Época actual

A pesar de sus precauciones y de sus planes de trasladarse a un apartamento alquilado, al cabo de unas horas, la habitación de Carlos y Helena parecía haber sido arrasada por un tornado. A falta de mejor superficie, habían alisado la colcha sobre la cama y habían ido depositando allí las fotos y papeles que habían sacado «provisionalmente» de las cajas.

—Tendrás que hacerme un mínimo resumen de tu familia para saber quién es quién, cariño. Estas personas de 1922, por ejemplo —dijo Carlos, tendiéndole una foto en blanco y negro con bordes serrados.

—Lo pone detrás, hombre de dios. Mira: «Papá, mamá, Pilar y yo».

Él se quedó mirándola con una ceja enarcada en la expresión que ponía a propósito hasta que ella se daba cuenta por sí misma de que había dicho una tontería.

—Como la que ha guardado las fotos es mi madre, cuando dice «yo», tú tienes que leer «Blanca».

—La que, si viviera, sería mi suegra.

—Si nos hubiéramos casado tú y yo, sí. Pero no es el caso. Él sonrió.

—¿Y los demás?

—Aquí está con su hermana mayor, Pilar, y sus padres, Mariano y Carmen. Eran valencianos de toda la vida, vivían en un palacete precioso en la Alameda y debían de estar muy bien situados. Solo tuvieron estas dos hijas: mi madre y mi tía Pilar. La que me dio las cajas fue su hija, la prima Amparo. ¿Me sigues?

—Sí, descuida.

Helena había decidido ir sacando y organizando las cosas sin leerlas detalladamente para tratar de montar una cronología aproximada, de modo que ella iba colocando cosas sobre la cama y Carlos miraba si tenían fecha exacta y leía por encima lo que le llamaba la atención hasta el momento en que los dos pudieran empezar a trabajar juntos en la comprensión del rompecabezas.

—¿Quién es M?

—¿M? ¿Así, sin apellido ni nada más? Ni idea. ¿De dónde lo has sacado? Dame.

Carlos le pasó un fino papel azul de correo aéreo que, efectivamente, estaba firmado con una única letra, una M mayúscula. Estaba escrito en inglés y parecía ser la última hoja de una carta más larga. No había más que dos líneas, el final de una carta:

not to do it, I'll be there in case you need me. This time I won't take «no» for an answer. You know I love you and I know you love me too.

M

«no hacerlo, allí estaré en caso de que me necesites. Esta vez no aceptaré un "no" por respuesta. Sabes que te quiero y yo sé que tú me quieres también. M.»

Con una extraña trepidación, Helena tradujo la frase para sí misma en voz baja. ¿Quién era aquel M? ¿A quién iba destinada la carta? ¿Por qué Blanca había elegido conservar precisamente aquello? ¿Estaría en la caja el resto de la carta, las primeras páginas, o al menos la anterior?

Levantó la vista hacia Carlos, que la miraba como esperando una explicación.

—Sigo sin tener ni idea. Mira, léelo tú mismo.

—Ya lo he leído antes de dártelo. Un hombre decidido, por lo que parece —comentó.

—¿Tú ves algo que indique la época en que fue escrito eso?

Le dio la vuelta al papel, pero no había nada. Tampoco había posdata ni ninguna otra indicación.

—Como no encontremos el resto…

—Déjalo en un sitio aparte, no se nos vaya a perder. Además, como no tiene fecha no podemos ponerlo cronológicamente.

Carlos dejó el fragmento de carta en la mesita de noche y volvió a inclinarse sobre la cama a mirar lo que Helena había ido sacando.

—Yo juraría que esta foto que tenemos aquí es de la famosa fiesta de la que me hablabas ayer noche, ¿no? Mira, pone «20 de julio 1969. La Mora».

Ella cogió la foto con cuidado, como si temiera que le fuese a morder. Él se puso a su lado, mirando por encima de su hombro mientras Helena pasaba el dedo por los rostros congelados en el tiempo.

—¡Cuánto hace que no había visto esto! Papá y mamá. ¡Qué jóvenes! ¡Qué guapos! Yo, claro, mira qué melena más enorme llevaba, y Jean Paul detrás de mí. Esta chica… creo que se llamaba Francine y era una de las modelos de Alice&Laroche. Maniquí, como se decía entonces. Tenía unos ojos divinos. Estos eran Luigi y Valentina, unos italianos que tenían una fábrica de seda, o un almacén, no me acuerdo. Trabajaban con Alicia y Jean Paul. Estos dos… ¡dios mío, ya no me acordaba! Estos son… ¿cómo se llamaban? Ella era… Barbie…

—¿Barbie? —la interrumpió Carlos—. ¿Como la muñeca?

—Sí. Pero entonces en Europa no se vendían esas muñecas y el nombre no nos decía nada de particular. Se llamaba Barbara, claro, pero decía que el nombre completo le recordaba a su madre. Eran tres amigos americanos que conocí el verano que estuve en San Francisco. Vivían en la misma comuna. Ella era Barbie, y ellos… de los nombres de los chicos no me acuerdo.

—De todas formas aquí solo hay uno al lado de Barbie, este de aquí con el peinado afro.

—Es que era negro y admiraba a Jimi Hendrix.

—¿Y el otro?

—Estaría haciendo la foto, a lo mejor. Déjala ahí; la iré mirando y poco a poco seguro que me vienen los nombres de todos.

—¿Este es Jean Paul, dices?

—Sí.

—Era guapo.

—Sí, mucho. Y lo sabía —dijo Helena con una voz llena de reminiscencias que no le pasó desapercibida a Carlos, aunque no lo comentó.

—No reconozco a nadie —comentó, buscando entre las caras del grupo. En todos los años que llevaba con Helena solo había visto una foto de Alicia: la que ella siempre había tenido en su estudio, enmarcada; una instantánea en color en la que se veía a las dos hermanas con menos de veinte años, riéndose frente al mar. Una enorme buganvilla destacaba a la izquierda. Las dos llevaban el pelo suelto, pendientes largos, vaqueros y camisetas de algodón con mangas de hada y bordados de cristalitos—. ¿Dónde está tu hermana? —preguntó—. No la veo.

—Se había ido a buscar las malditas telas y aún no había vuelto. La casa se había ido llenando de gente y mis padres decidieron ir empezando. Aún no estábamos preocupados.

—Parece que Jean Paul sí. Fíjate, no mira a la cámara; tiene la vista desviada a la derecha, como esperando algo o controlando algo. ¿Qué había allí?

Helena volvió a mirar la foto, esforzándose por imaginarse

193

en el lugar donde la habían tomado y pensar luego qué había a un lado y a otro.

—El caminito que llevaba desde la cancela, la puerta de entrada al jardín, hasta la terraza de la casa.

—Por donde tenían que entrar los invitados que no estuvieran ya en La Mora, ¿no?

—Eso es. Si por fin vamos a Marruecos, lo verás tú mismo y podrás hacerte una idea.

—¿Y este tipo que se ve al fondo, desdibujado?

—Alguien que está llegando a la fiesta, supongo.

—Pues es el único que no va vestido de *hippy*.

—Mañana vamos a comprar una buena lupa. Me estoy mareando de forzar la vista.

—Buena idea.

—¡Mira qué gracioso! Aquí están las partidas de nacimiento de los tres: Alicia, Goyito y yo. Con fotocopia del registro del hospital.

—¡Qué raro que tu madre no fuera a dar a luz en su país!

—Nunca se me ocurrió. Aunque… ahora que lo pienso, los primeros dos nacieron durante la guerra europea. A lo mejor no se podía viajar con seguridad. Y mira: al parecer Alicia nació en una clínica de Tánger; y Goyito y yo en otra, en Casablanca.

—No quedaría contenta con el servicio.

—Mi madre hablaba poco de eso. Creo que no le parecía de buen gusto tocar un tema tan escatológico. Existen las típicas fotos con el padre de pie y la madre sentada con el bebé vestido de largo y la capotita llena de lazos, eso sí; y las fotos de bautizo también, pero embarazos y otras indignidades, nunca. Mi madre siempre fue muy señora.

—Ya las iremos encontrando por aquí. A todo esto, habrá que recoger y trasladarse.

—¡Aghh, qué pereza!

—Pues tú dirás. El piso ya está comprometido. Está aquí

cerca, en la calle de la Salud, junto a la Plaza del Carmen. A las cuatro vienen a traernos las llaves; y habrá que comer antes.

En silencio fueron metiendo en las cajas todo lo que habían sacado, procurando ponerlo en un orden que les permitiera volver a colocarlo del mismo modo. Cuando estuvo todo, recogieron la ropa, cerraron las maletas y, cada uno pensando en lo que más le había llamado la atención, salieron a la calle.

La caja

Fotos 6, 7, 8

*E*n un sobre de papel traslúcido hay tres fotos muy parecidas. En las tres se ve a Blanca. En la primera está sentada en un sillón y tiene en sus brazos un bebé de pocas semanas, a juzgar por su tamaño, envuelto en largos paños bordados llenos de encajes. Blanca abraza al bebé como si fuera un pájaro que pudiera echarse a volar de un momento a otro y mira arrobada la carita redonda de ojos cerrados y pelusa rubia. Es aún muy joven pero lleva el pelo en un recogido tipo banana para parecer mayor. También su vestido —lo poco que se ve de él— es discreto, oscuro, quizás azul marino porque el hilo de perlas destaca mucho sobre el fondo, y no puede ser negro ya que presentar al primer hijo es una ocasión de gozo. El fondo es neutro; podría haber sido tomada en cualquier parte.

En la segunda, Blanca está embarazada de muchos meses. Su enorme vientre queda apenas disimulado por un vestido amplio pero, al contrario de lo que se solía hacer en la época, parece que ha querido mostrarlo a la cámara, orgullosa del bebé que está a punto de llegar. Su expresión es curiosa; en ella se mezclan el orgullo y la felicidad que asociamos con la llegada de un bebé con otro tipo de emociones menos habituales: una especie de arrogancia que se muestra en las manos colocadas sobre la barriga hinchada y un algo oscuro en la mirada que podría ser miedo, o conciencia de culpa, como si hubiera hecho algo malo pero hubiera decidido aceptarlo y enfrentarse a las consecuencias, como si en vez de ser una mujer casada, ya madre de una niña, fuera una primeriza, sorprendida aún por la maternidad, o una muchacha soltera que de todas formas ha decidido tenerlo y quiere dejar claro que no se arrepiente.

En la tercera, Blanca vuelve a estar embarazada. Han debido de pasar unos cuantos años porque detrás de ella, al fondo, algo desenfocados, se ve a los dos niños anteriores sentados en la alfombra jugando con unos cromos o estampas. La mayor tiene el pelo ondulado, tan rubio que casi parece blanco, y tendrá unos cuatro o cinco años; el segundo es moreno, con pelo rizado y andará sobre los dos. Blanca lleva la melena más corta y con más volumen y parece serena, mejor establecida en su papel de madre. Se la ve contenta, sentada en una silla de hierro en la terraza mientras los niños juegan dentro. Ya tiene una niña y un niño. Quizá piensa que tiene que disfrutar de este embarazo porque puede ser el último.

Al dorso de las fotografías se lee, respectivamente: «*Alicia, Goyito, Helena*». Y las fechas.

197

11

Casablanca, 1940

La mirada de Goyo, entrenada en muchas situaciones similares, registró el rápido segundo de reconocimiento por parte del
sultán y su cuerpo se puso en marcha de inmediato. Apenas
llegado frente a él, se cuadró —algo menos que un militar, algo
más que un civil—, e inclinó la cabeza durante un par de segundos —pocos para resultar servil, muchos para que pudiera
considerarse solo un gesto de cortesía.

El sultán sonrió al estrecharle la mano.

—¡Ah! El gran comerciante, por lo que he oído, el amigo
Gregorio Guerrero que en unos meses ha conseguido conocer
no solo a los residentes españoles sino al *tout Maroc*.

—Su Alteza me hace un gran honor acordándose de mí.

—Mal gobernante sería si no recordara a los hombres que
aman mi país.

—Soy español en cuerpo y alma, pero mi corazón está dividido entre España y Marruecos —contestó Goyo con toda la
galantería de que era capaz, y sin faltar a la verdad.

—Yo también amo su país, señor Guerrero, a pesar de que
últimamente me está dando algunos disgustos.

—¿Disgustos, Alteza?

—Quizás exagero, pero las autoridades españolas tienen
retenido en Tánger a un hombre a quien aprecio como a un

hermano, y hasta ahora las diligencias que hemos llevado a cabo para que sea puesto en libertad no han dado ningún fruto.

—¿De quién se trata?

—Del hijo de un gran amigo de mi padre: Sidi Ahmed bin Hassan. Un gran recitador del Corán a quien echo mucho de menos.

—¿Puedo preguntar de qué se le acusa?

El sultán hizo un movimiento como de abanico con la mano derecha, quitándole importancia al asunto.

—De algo absurdo. Algo relacionado con unas tierras de cultivo que siempre han sido propiedad de su familia y ahora parece que el gobierno español de la ciudad de Tánger reclama para su uso desde que se han hecho cargo del control de la que hasta hace poco era ciudad internacional, «para garantizar la neutralidad». —Las comillas eran audibles—. Oficialmente, también en mi nombre. —Terminó con un claro deje irónico—. Le supongo enterado.

Goyo cabeceó afirmativamente. La ocupación de Tánger en junio por las tropas del coronel Yuste, nada más conocerse la derrota francesa frente a Alemania, no había dejado indiferente a nadie, sobre todo en la comunidad internacional.

—Parece que ha habido ciertos malentendidos —continuó el sultán— y Bin Hassan ha expresado su descontento de un modo que no ha gustado a las autoridades militares de su estimado país. Es un hombre… más bien enérgico, fogoso en sus convicciones y acostumbrado a decir lo que piensa.

—Lo siento mucho, Alteza. Si hay algo que yo pueda hacer…

—Hasta la fecha era el cónsul quien, al parecer, se encargaba del asunto, pero ya le digo, con poco éxito. Si pudiera usted hacer algo, cualquier cosa… se lo agradecería infinitamente, amigo mío.

—Haré cuanto esté en mi mano.

199

Υ

Desde el otro extremo del salón, con una copa de champán francés en la mano, Blanca seguía la conversación de su marido con un caballero calvo para ella desconocido pero que tenía un aura de poder que llamaba la atención incluso de lejos. ¿El sultán, quizá?

No se podía negar que Goyo tenía una elegancia natural fuera de lo corriente. Le bastó apenas un movimiento con los ojos y las cejas para indicarle que debía acercarse. Seguramente nadie más que ella lo notó, y si ella se había dado cuenta era solo porque desde el comienzo de la fiesta no había dejado de mirarlo, por si acaso se perdía sus señas. Con toda discreción, claro, no fuera a ser que las otras mujeres pensaran que no se fiaba de él y quería controlarlo.

Se disculpó con suavidad con el corrillo en el que se encontraba y se acercó a Goyo y al hombre de mirada intensa que le había llamado la atención. A su alrededor, otros hombres permanecían a un par de metros respetuosos, en silencio.

—Alteza, permitidme que os presente a mi esposa, Blanca Santacruz. Querida, su Alteza Real el sultán de Marruecos.

El hombre la miró fijo con unos ojos oscuros que parecían traspasarla, tomó la mano que ella había tendido y la besó.

Hablaron casi a la vez:

—Alteza Real… es un honor.

—Madame… el honor es mío. Un caballero ha de inclinarse siempre ante la belleza.

Blanca se sonrojó sin poder evitarlo. El sultán no dejaba de mirarla.

—¿Cómo se siente usted en nuestro bello país, madame?

—Muy bien, muy feliz, Alteza Real.

—Me alegra oírlo. ¿Y sus hijos?

—Aún no tenemos familia —se apresuró a contestar Goyo, sabiendo que para Blanca el de los hijos era un tema doloroso.

—Ah, deben ustedes tenerlos. ¡Una pareja tan joven, tan agraciados los dos! Una casa grande, un gran jardín, cuatro o cinco hijos e hijas… la felicidad en este mundo. Señora, ha sido un placer. Amigo Guerrero, espero que volvamos a vernos.

El sultán avanzó unos metros y volvió a detenerse a conversar con otras personas. Goyo tomó a Blanca del codo y la guio hasta las cristaleras que daban al jardín. Al pasar junto a un camarero dejó la copa de su mujer en la bandeja y cogió dos nuevas.

—¿Ha ido bien? —susurró ella.

Él asintió con la mirada.

—Si las cosas me vienen de cara, pronto le habré hecho un favor al sultán —contestó, sonriendo. Alzó su copa—. ¡Por nosotros, preciosa! ¡Por el futuro!

Madrid. Época actual

—Charlie…

Carlos levantó los ojos de la caja que acababa de abrir para empezar a extender su contenido en la mesa del salón. Por suerte se trataba de una de esas mesas extensibles y, apretando un poco las cosas, quizá cupiese todo.

—¿Sí, cielo? —Cuando Helena lo llamaba Charlie era como cuando Katharine Hepburn en *La Reina de África* decía «Mr. Allnut» con esa dulzura especial: quería algo que sabía que a él no le iba a gustar.

—¿Te importa que te deje un rato solo con todo esto? Me acabo de acordar de que necesito comprar un par de cosas de droguería, perfumería… unas cuantas pequeñeces que no me traje de casa y, como ahora no estamos en un hotel, me hace falta gel de baño, champú… cosas así. ¿Quieres tú algo?

Era evidente que Helena necesitaba salir, que las horas pasadas en el hotel, lo poco que habían encontrado hasta el momento, habían sido ya suficiente para ella. No tenía sentido decirle que si a ella no le interesaba, igual podían tirarlo todo a la papelera porque a él le daban igual la vida de sus padres y la muerte de su hermana. Helena era la impaciencia personificada; el único proceso que le resultaba atractivo era el de su pintura; por lo demás, quería respuestas, no preguntas, y el lento camino que se necesitaba para contestarlas la agotaba. No era una investigadora como él, que se había pasado gran parte de su vida en archivos y bibliotecas, hurgando en el pasado.

—Podríamos ir juntos y seguir más tarde, o mañana.

Ella ya estaba cogiendo el bolso y buscando las gafas de sol.

—No, no, voy más rápido si voy sola. Además, quiero echarle una mirada a los escaparates y poder probarme algo si me apetece sin que estés dando vueltas por la tienda como perro sin amo mientras me esperas. Vuelvo pronto y me cuentas lo que has descubierto, detective.

Con un rápido picotazo en la mejilla taconeó hasta la puerta. Sus ganas de marcharse eran tan evidentes que le arrancaron una sonrisa. Carlos estaba seguro de que en cuanto Helena se viera en la calle soltaría un suspiro de alivio.

202   Una vez cerrada la puerta, de repente recordó algo, se plantó en la entrada en dos saltos y abrió la puerta. Helena, que aún estaba esperando el ascensor, se quedó petrificada al verlo, temiendo que hubiera sucedido algo que la obligara a quedarse.

—Trae algo de beber, anda. Un par de botellas de vino o algo, ¿de acuerdo? Me acabo de dar cuenta de que aquí no hay servicio de habitaciones. ¡Y café!

—Hecho.

Cuando se cerraron tras ella las puertas del ascensor, Carlos volvió al piso silbando. Eso de «detective» le había gustado.

Sacó la botella de whisky que había comprado en el aeropuerto de Dubái, buscó hielo por la neverita, se sirvió una buena cantidad y echó una mirada a las cajas como el explorador que, desde una colina, contempla el territorio virgen en el que va a internarse. Luego, disciplinadamente, empezó a sacar cosas y a colocarlas en la mesa.

Υ

Como todo aquello no tenía para él ningún valor sentimental, ni potencial de asociaciones, ni nada que pudiera des-
pertarle recuerdos salvo si se encontraba con una foto antigua
de Helena, consiguió trabajar con rapidez sin detenerse a mirar
nada mientras lo iba sacando. Al cabo de tres cuartos de hora lo
tenía todo extendido a su alrededor en un orden aproximado:
de lo más antiguo a lo más reciente.

Decidió empezar por lo que tenía relación con el asesinato
de Alicia. Si obtenía alguna información nueva para cuando
volviera Helena, eso sería lo más importante. Después podría ir
mirando las cosas de los años cuarenta a sesenta y mucho más
tarde le echaría un ojo a lo poco que había de la época de la
Transición española, entre los setenta y ochenta. Su suegra —le
hacía una cierta gracia referirse a Blanca como «su suegra»—
parecía haber guardado papeles y fotos familiares de casi todo el
siglo XX que, una vez leídos y valorados, darían una imagen bastante coherente de la vida de los Guerrero-Santacruz hasta la
muerte de ella, en 1992. Era un desafío que le resultaba extrañamente atractivo. Y si consiguiera dar respuesta a alguna de
las preguntas que obsesionaban a Helena, tendría la sensación
de que había valido la pena, e incluso más que eso: que había
conseguido demostrarle cuánto le importaba su felicidad dedi-
cando su tiempo y su esfuerzo a resolver su problema.

Echó una ojeada amplia por la mesa y, de inmediato, su mirada se posó en una carpeta de plástico transparente llena de recortes de periódico. La cogió y se instaló con su whisky en el sillón al lado de la ventana por la que se veía la plaza del Carmen,
a esa hora una superficie desierta quemada por el sol, con unas
farolas y unos cuantos árboles desmedrados, quizá plátanos o
castaños de Indias —nunca había sido bueno reconociendo árboles— con todas las hojas mustias por la falta de agua.

Bajó un poco la persiana, sacó los recortes y empezó a leer.

En el diario *España* aparecía una foto de Alicia en la que se
la veía viva y feliz saludando al público al final de un desfile de

203

modas. El titular rezaba: «Misterioso asesinato de la famosa diseñadora Alicia Laroche, nacida Guerrero». El artículo era breve y se limitaba a indicar el lugar donde había sido hallado el cadáver —la desembocadura del Bouregreg, el río de Rabat, a la altura de la antigua fortaleza de los Oudayas—, y a ofrecer una pequeña semblanza de Alicia. Terminaba dando el pésame a su familia, el «conocido hombre de negocios don Gregorio Guerrero y su esposa doña Blanca Santacruz, tan presentes como benefactores en la comunidad rabatí», en una extraña mezcla de objetividad periodística y ecos de sociedad.

El suelto del *Diario de África* era aún más breve y no aportaba ninguna información adicional.

En otros boletines para españoles en Marruecos y hojas parroquiales se repetían los datos, se hacía referencia a la empresa de Alice&Laroche, se hablaba de la generosidad de la familia para todo tipo de obras sociales y del brillante futuro que siempre se había augurado a Alicia. Nadie podía explicarse lo que había sucedido. La policía seguía buscando pistas y solicitaba ayuda de la población para encontrar a alguien que hubiera podido ser testigo de lo sucedido. En otro artículo de *L'Opinion*, el periódico de Rabat en francés, aparecido tres días más tarde, se daba la hora aproximada de la muerte, que el forense había fijado entre las seis y las ocho de la tarde del 20 de julio.

Curiosamente, en ninguno se indicaba la causa de la muerte. Se hablaba de que la joven señora Laroche había sido «vilmente asesinada», se comentaba que el crimen podía deberse al robo de una pulsera de gran valor que la mujer llevaba puesta, pero no se decía de qué modo había encontrado la muerte, si había sido apuñalada, estrangulada o muerta a tiros. Tampoco había ninguna foto del levantamiento del cadáver; solo una del lugar donde había sido hallado.

En otro artículo posterior del mismo diario, después de informar de que no había nuevos desarrollos en el caso, se decía que el cuerpo presentaba contusiones y heridas post mórtem a

consecuencia de haber sido arrojado desde el parapeto de los Oudayas, presumiblemente para que la marea lo arrastrara hacia el
océano. En otro más se hablaba de que el cadáver había sido hallado por unos niños que jugaban entre las rocas y quizá por eso
no había dado tiempo a que la marea hiciera el efecto requerido.

Era llamativa la falta de información. O bien la policía no
había conseguido averiguar nada en absoluto o bien el padre de
Alicia había usado toda su influencia para que se dijera lo menos posible sobre el asesinato de su hija mayor.

No había entrevistas con nadie, ni con ningún miembro de
la familia, ni con el comisario encargado del caso, ni con los niños que habían descubierto el cadáver. Quizás en la época aún
se consideraba de mal gusto hurgar en una herida tal en el seno
de una familia acomodada. De hecho, Carlos mismo recordaba
que su madre, cuando los periódicos en Sídney empezaron a
dar detalles morbosos en casos criminales, siempre decía que
en España eso sería inadmisible fuera de publicaciones como *El
Caso*, un periódico sensacionalista para gente casi iletrada especializado en crímenes lo más truculentos posible.

Si hubiera sido ahora, toda la prensa se habría llenado de
fotos, detalles y entrevistas, de preguntas imbéciles como
«¿qué sintió usted cuando le comunicaron el asesinato de su
hija?», de programas de televisión en los que unos cuantos
descerebrados, vulgares e incultos, hablarían durante horas, a
gritos y quitándose mutuamente la palabra, sobre la muerta,
su familia y su trabajo, inventando sobre la marcha detalles picantes o macabros.

En algunas cosas el pasado sí era mejor, se dijo Carlos, cerrando la carpeta y los ojos.

Siempre se había supuesto que el ataque contra Alicia había
sido un robo que, por lo que fuera, se había torcido y acabado en
asesinato, pero ahora él y Helena, y Jean Paul, sabían que no
podía haber sido así porque la pulsera no había salido de la casa.

¿Y la violación? De eso, por fortuna, no se hablaba en la

205

prensa. Con dinero o con amenazas Goyo habría impedido que se ultrajara así a su hija después de muerta. Pero no dejaba de ser raro que la hubiesen violado, dada la hora de la muerte. No era como si la hubiesen atacado en la medina después de medianoche; a las seis de la tarde en julio la luz sigue siendo muy intensa y la fortaleza de los Oudayas, si él había entendido bien, era un lugar público donde el violador y asesino tendría que haberse topado con mucha gente. ¿Podía significar eso que Alicia conocía a su violador y por eso había entrado con él en algún lugar, alguna casa desde la que luego pudieran haberla arrojado por la ventana? ¿Había casas en los Oudayas o era solo un monumento histórico? Tenía que preguntárselo a Helena.

La policía tenía que haber seguido el mismo tipo de razonamiento y habrían peinado las casas de la zona; era lo más lógico.

Se levantó, dejó el vaso vacío en el fregadero, colocó la carpeta en su lugar en la mesa y eligió otra que ya le había llamado la atención al sacarla de la caja porque era gruesa, de cuero negro y con cerradura metálica, de las que se abren con una pequeña llave como las de las maletas.

Alguien había forzado la cerradura con un alambre o algo similar; se veían las rayaduras de algún tipo de instrumento y resultaba evidente que quien la hubiera abierto no tenía la llave correspondiente.

Volvió al sillón y la abrió con curiosidad. Dentro, en los diferentes bolsillos de plástico transparente, había fotos, papeles, transcripciones de interrogatorios, un informe forense y documentos varios.

Carlos silbó entre dientes. Aquello tenía todo el aspecto de ser el acta policial del caso Alicia Laroche.

206

12

Madrid. Época actual

Aunque eran ya las nueve y veinte, Almudena seguía en la cama con un brazo sobre los ojos para mitigar el resplandor que se colaba por las lamas entreabiertas de la persiana. No había dormido mal, pero seguía cansada y no le apetecía levantarse y enfrentarse a un día más de preparativos de boda, a pesar de que sí le hacía ilusión casarse y celebrarlo con una fiesta por todo lo alto. Al menos era sábado y podía hacer el vago todo lo que quisiera. Estaba segura de que nadie la iba a molestar. Su padre estaría en el club de golf, Sara en el gimnasio y a Marc hacía días que no se le había visto el pelo, desde el fin de semana anterior cuando había llevado a Helena a Madrid.

Helena. Su abuela. Su abuela ausente, pensó, recalcando la ausencia. Constantemente presente, sin embargo, en palabras sueltas de su padre, que a sus cuarenta y cinco años no había logrado nunca superar la herida del abandono.

¡Qué rara era Helena! Como si estuviera en guerra perpetua contra el mundo, siempre sospechando de todo y de todos, siempre en guardia, defendiendo lo suyo como una loba, su prestigio, su posición, su arte. Como si el hecho de ser una artista la pusiera por encima de los demás, como si eso le diera derecho a lanzar zarpazos a diestra y siniestra mientras, con un gruñido, defendía su presa recién cazada de todo el que se le acercara demasiado. ¿Significaba eso que se sentía culpable de algo y lo exteriorizaba atacando a los demás antes de que la atacaran a ella? ¿O simplemente que había nacido así y no había nada que explicar? Era lo más probable.

Almudena solía ser partidaria de las explicaciones más sencillas. Ockham habría estado orgulloso de ella.

Llevaba unas semanas planteándose si sería tarde para tratar de conocer a su abuela, pero ¿por qué iba a serlo? Lógicamente, la Helena que podía empezar a conocer ahora no sería la misma que abandonó a su hijo pequeño para marcharse a recorrer Asia y convertirse en una pintora de fama mundial, ni la muchacha que estuvo a punto de dedicarse a la moda como socia de Alice&Laroche, pero podía ser incluso más interesante la Helena actual, una mujer mayor con una vida intensa llena de secretos que Almudena quizá podría ir desvelando en una relación entre adultas. Tenía la sensación de que su abuela apreciaba que ella no se hubiera decidido por ningún camino artístico, que fuera una mujer joven con los pies en el suelo y un trabajo que, visto desde fuera, no parecía creativo: profesora de historia en un colegio privado.

Estaba casi segura de que Helena se había quedado sorprendida al darse cuenta de que su nieta, a quien siempre había tenido por una niña pija, hubiera resultado ser una mujer responsable que vivía de su trabajo y se iba a casar con un chico que, aunque había nacido en una familia de dinero, igual que ella, se había independizado pronto y tenía su propio estudio de arquitectura.

Retiró el brazo de encima de los ojos y la luz la golpeó como un mazazo. Iba a hacer mucho calor. Aún no eran las diez y las cigarras ya cantaban enloquecidas.

Saltó de la cama, se quitó el camisón, se puso un bikini y, echándose el albornoz por los hombros, salió al jardín, a nadar un rato antes de empezar el día.

Había tenido mucha suerte en la vida. Sus padres, aunque

estaban divorciados, siempre habían mantenido una relación amistosa y, como se habían separado cuando ella ya tenía once años, le habían dado a elegir con quién prefería quedarse. Eligió a su madre, entre otras cosas porque vivía en el centro de Madrid —aunque sus padres nunca supieron que esa fue una de las razones más poderosas—, y solo al cumplir los dieciocho, ya en la universidad, decidió instalarse oficialmente en el chalet de su padre en San Sebastián de los Reyes, aunque durante la semana vivía en un piso de estudiantes en Chueca con otras dos compañeras de carrera.

Parecía que los divorcios eran lo normal en la generación que le había tocado, pero en su familia la cosa ya tenía tradición: sus abuelos, Íñigo y Helena, se habían separado pronto; sus padres también. ¿Estaría ella divorciada dentro de diez años? Estadísticamente, la mitad de los matrimonios se separaban; no solo un tercio, como cuando ella nació. Sería casi lo esperable y, sin embargo, algo en ella se rebelaba frente a la idea. Si creyera que su relación no era para durar, no se arriesgaría a tanto gasto y tanto lío. Por eso, cuando Chavi empezó a hablar de matrimonio le dio largas durante un tiempo, porque quería estar segura en su interior de que valía la pena, de que lo suyo iba en serio. Y ahora lo estaba.

Esbozó una sonrisa ladeada. ¿Lo estaba? ¿Qué falta hacía, hoy en día, firmar papeles para que todo el mundo supiera que quería comprometerse seriamente con un hombre? Aún le hacía reír la respuesta de Tania, su mejor amiga desde el colegio, cuando le dijo que se casaba. La había mirado casi perpleja y le había preguntado: «¿Para qué? ¡Pero si ahora ya solo se casan los gays!».

Al menos —y sabía que sonaba anticuadísimo y por eso no lo hubiera reconocido jamás en público— no se había quedado embarazada antes del matrimonio como todo el mundo en su familia. Tal vez fuera una tontería, pero eso le permitía pensar que si se casaba era porque le daba la gana, no por consideraciones de ningún otro tipo.

Había pensado nadar de verdad, como solía hacer por las mañanas cuando tenía el tiempo necesario, pero estaba demasiado vaga y se limitó a flotar y dar perezosas volteretas en el agua, aprovechando la bendita soledad de la casa y el maravilloso silencio, que le permitía pensar sin interrupciones.

Ella había venido al mundo por accidente, igual que su padre antes que ella. Ninguno de los dos habían sido hijos planeados, deseados, conseguidos a base de amor, paciencia y esfuerzo. En los dos casos se había tratado de un despiste, una falta de previsión o pura y simple desidia. Claro que también era posible disfrazar esa desidia convirtiéndola en una pasión arrolladora, que no había permitido a los arrebatados amantes ni los segundos necesarios para usar un preservativo, pero todos sabían muy bien que eso no era más que un pretexto, que básicamente había sido una falta de responsabilidad, aunque luego habían tratado de compensarla ofreciendo una familia al niño que venía sin haber sido llamado.

A ella, personalmente, le daba igual. Siempre se había sentido querida y apreciada. Además, no conocía a casi nadie que hubiera nacido de una decisión responsable de dos personas adultas. Aun así, siempre había sentido que su padre se avergonzaba de sus propios padres, de aquella rápida boda de Helena e Íñigo y que, cuando él a los veintidós años dejó embarazada a su novia, Susana, y tuvieron que casarse a toda velocidad, fue casi una venganza por su parte.

Por eso, cuando Chavi y ella le comunicaron que habían decidido casarse, su primera reacción fue: «Estás embarazada», no como pregunta sino como constatación. Ambos negaron con la cabeza y Álvaro tardó unos segundos en digerir visiblemente la noticia hasta que se lanzó a abrazarlos y darles la enhorabuena. Solo mucho más tarde se le ocurrió preguntarles si estaban seguros y recordarles que aún eran muy jóvenes y no había ninguna prisa.

Ahora Álvaro también se había contagiado de su entusiasmo y la boda le hacía casi tanta ilusión como a ellos dos. De algún modo su padre había tenido toda la vida la sensación de que nunca le habían dado ocasión de tener una familia. De pequeño, después del abandono de Helena, había vivido con su padre y un par de madrastras diferentes hasta que Íñigo se estabilizó por fin con Mayte, pero nunca tuvo hermanos. La relación con sus abuelos paternos no era demasiado intensa y a los abuelos maternos —Blanca y Goyo— empezó a conocerlos a los diez u once años; pasaba con ellos un par de semanas en verano y, en cuanto empezaba a sentirse a gusto, se acababan las vacaciones en la playa y tenía que regresar a Madrid con su padre, de forma que nunca llegó a sentirlos como parte de su vida. Con su primera mujer, Susana, ya no tuvo más hijos y el matrimonio nunca llegó a funcionar realmente, hasta que acabaron por separarse. Y con Sara, con la que llevaba doce años, tampoco había tenido hijos, y por eso le gustaba pensar que Marc era casi hijo suyo, igual que casi hermano de Almudena. Por eso ella, más que nada para hacer feliz a su padre, procuraba dar siempre la sensación de que eran efectivamente una familia y que ella y Marc tenían algo en común, cuando no era así en absoluto. A ella Marc le parecía un niño malcriado,ególatra, hipocondríaco y vanidoso que —eso había que concederlo— pintaba bastante bien; pero el pintar bien no le daba derecho, en su opinión, a comportarse como si todo el mundo fuera una alfombra tendida a sus pies. Por eso a lo largo de los años habían tenido sus más y sus menos, aunque siempre habían procurado dejar fuera a sus respectivos padres.

211

Ahora Helena estaba a punto de convertirse en la manzana de la discordia entre ellos, porque ambos habían decidido profundizar su relación con ella, y Marc —Almudena se habría jugado el cuello— estaba tendiendo sus redes para que la abuela le diera el espaldarazo artístico que necesitaba. Si Marc ahora pensaba que su hermanastra estaba distrayendo la atención de Helena, tendrían problemas.

La ventaja era que muy pronto solo tendrían que verse en las solemnidades familiares, dos o tres veces al año, y eso sería mucho más llevadero.

Ya estaba pensando en salir del agua cuando Gladys, la muchacha colombiana que acababa de contratar Sara para sustituir a Nivia, que había vuelto a su país, apareció con un móvil en la mano que sonaba y sonaba. Le costó un instante reconocer que se trataba del suyo, pero la chica le acercó una toalla para que se secara las manos y se lo dejó en el borde de la piscina.

—Almudena, soy Paloma. ¿Llamo en mal momento?

—No, no. Dime.

—Se me ha ocurrido una tontería para tu vestido que creo que va a quedar preciosa. ¿Te importa recogerlo pasado mañana en vez de pasarte esta tarde?

—No, mujer, tenemos tiempo, lo que quieras.

—Perfecto. Ah, dile a Helena que venga también. Quiero enseñarle lo que le prometí el otro día y además, mirando unas telas que acabamos de recibir, he pensado en algo que podría quedar divino para ella si no tiene otra cosa prevista. ¿Sabes si ya tiene vestido para el gran día?

—Creo que se ha traído algo por si una emergencia, pero me dijo que no es seguro y que no quiere nada demasiado ostentoso.

—Por supuesto que no. Helena tiene carácter y buen gusto. Dile que venga, anda.

—Se lo diré, descuida. Y tú, Paloma ¿sabes ya lo que te vas a poner?

La modista rio suavemente.

—Sí, pero es secreto. Quiero sorprenderte.

—Vale. Entonces, ¿cuándo me paso?

—Pasado mañana por la tarde cuando quieras.

—Allí estaré. Un beso, guapa.

Almudena dejó el móvil en el borde de la piscina y volvió a sumergirse, feliz. La llamada de Paloma le daba una estupenda ocasión de llamar a Helena. Le propondría comer juntas el lunes y luego pasarse por la tienda.

Cuando Helena abrió los ojos, Carlos ya se había levantado. Echó una mirada al reloj, vio que ya eran casi las diez y desistió de seguir haciendo el vago. Con un poco de suerte, habría café recién hecho.

Así era. Carlos estaba en el sillón junto a la ventana rodeado de papeles, con una cafetera que aún humeaba y un paquete de galletas integrales.

—¡Qué dormilona eres! —la saludó.

—La única de mi familia que salió así. Mi padre se levantaba al amanecer, mi madre poco después, para salir a montar. Alicia también era más alondra que búho. Yo siempre he sido nocturna. Pero deberías alegrarte. Desde que estoy en España duermo de un tirón, sin mis famosos insomnios.

—Anda, acércate a darme un beso. Yo casi no me puedo mover, como ves.

Helena fue a buscar una taza, se acercó y lo besó rápidamente; luego se instaló en el otro sillón, enfrente de él.

—¿Has dormido bien? —preguntó Carlos, quitándose las gafas.

—Más o menos. He tenido unos sueños raros de una pulsera en el mar, en la orilla de una playa muy blanca, toda desierta. Las olas la acercaban y la alejaban; yo trataba de cogerla pero se me escapaba siempre. Habrá sido el calor —añadió, abanicándose con uno de los papeles que cubrían la mesa.

—¿No había sombras?

—No. En mis sueños no hay cosas de esas. Eso solo pasa en mis cuadros. Mis pesadillas son frecuentes, ya lo sabes tú, pero de lo más común. ¿Están buenas las galletas?

—Prueba. —Le tendió el paquete—. Oye, Helena, ¿tú sabes cómo murió tu hermana?

213

Volvió a poner en el plato la galleta que acababa de morder y tragó el bocado con dificultad.

—La asesinaron, ya lo sabes.

—Sí, pero ¿cómo?

—¿Cómo? ¿Cómo que cómo?

—¿De un tiro? ¿Estrangulada? ¿De un golpe? ¿No te lo has preguntado nunca?

Ella movió la cabeza de lado a lado.

—Creo que no. De eso no hablábamos. Supongo que la policía nos lo dijo, pero no lo recuerdo. Solo sé que no había sangre, que cuando nos entregaron a Alicia para el funeral estaba… —tragó saliva— bien. Mi madre y yo la vimos apenas un segundo. Papá nos sacó de allí enseguida. Luego cerraron el ataúd y eso fue todo.

—Voy a hacerte otra pregunta: ¿a ti te parece normal que esté aquí, entre las cosas de las cajas, el acta policial de tu hermana?

—¿Hablas del original o de una copia?

—No tengo experiencia, pero diría que son todo originales.

Helena se pasó la mano por el pecho para sacudirse las migas que le habían caído sobre el camisón.

—Sí, me parece algo que mi padre haría. Cuando vio que la investigación no iba a ninguna parte, lo más probable es que robara el acta, o que le pagara a alguien para hacerlo. Tenía mucha mano en la policía, muchos amigos; le debían favores… cosas así. No querría que quedara constancia de lo que la policía llegó a averiguar sobre ella, sobre nosotros, si de todas formas no había servido para coger al asesino.

—¿Quieres saber lo que dice el informe sobre la causa de la muerte de Alicia?

—¡No! —Apretó las manos contra la taza. De repente ya no tenía calor y le resultaba reconfortante el que irradiaba el café—. Digo… bueno, sí, quizá sea… ¿necesario? ¿conveniente? Aunque, la verdad… ¿qué más da, después de tantos años?

—Es que es algo curioso, ¿sabes?

Se miraron unos segundos en silencio hasta que ella, solo con los ojos, le indicó que podía seguir.

—Tu hermana murió de una sobredosis de heroína.

—¿Quéee? Tiene que ser un error del forense. Alicia ni siquiera fumaba cuando todos fumábamos como chimeneas; apenas tomaba alcohol, no la vi borracha en la vida. Si hasta solía pasar cuando los amigos compartíamos un canuto en el jardín… rara vez daba una calada. Decía que enseguida le entraba sueño y dolor de cabeza.

—Bueno, es que, según el forense, la heroína no debió de inyectársela ella misma. El pinchazo está en la base del cuello, debajo de la oreja derecha; la droga entró directamente en la carótida, al parecer, y la dosis fue mortal.

Helena se quedó muda. Dejó la taza en el plato y desvió la vista hacia el exterior, hacia los árboles de la plaza.

—Esto deja claro —continuó Carlos— que la mataron a propósito; que no fue un robo que se complicara, ni una violación que se le fue de las manos al criminal y que podría haberle tocado a cualquier otra mujer. Fue un asesinato premeditado. Quien lo hizo quería matar a Alicia concretamente. Y la siguió cuando salió de casa. O sabía dónde encontrarla.

—Pe… pe… pero —empezó a tartamudear Helena—, pero ¿quién iba a querer matar a mi hermana?

—Eso es lo que tenemos que averiguar si aún es posible. ¿Quieres ver las fotos?

—¿Qué fotos?

—Las que tomó la policía cuando fueron a levantar el cadáver y las que le hicieron luego en la morgue.

—No, Charlie, no quiero verlas. No se me dan bien las pesadillas.

—Me parece que está sonando tu móvil en la habitación.

Helena sacudió la cabeza como cuando salía del agua, se levantó despacio y fue a ver quién era.

215

—He quedado con Almudena el lunes para comer; luego vamos a recoger su vestido y parece que Paloma tiene algo que proponerme para el gran día —dijo al volver, con una expresión aún desencajada—. ¿Te apuntas?

—¿A ir a una modista?

—A comer con la niña. Y sí, la verdad es que me gustaría que conocieras a Paloma; me cayó muy bien. Además, así puedes ver si te gusta alguna de las telas que me va a enseñar pensando en hacerme un vestido para la boda.

—Claro, como siempre me haces caso en materia de ropa…

Helena no sonrió. Seguía pálida y se notaba que su cerebro seguía dándole vueltas y vueltas a lo que acababa de contarle él.

—Contigo al fin del mundo, Rosie. —Era su chiste más antiguo, basado en *La Reina de África*, pero Helena siguió seria—. Anda, ven aquí.

Carlos se levantó del sillón y la abrazó fuerte.

216

—Ya nada puede hacerte daño, Helena. Todo lo que podría haberte hecho sufrir ya sucedió. Ahora todo lo que consigamos averiguar solo puede ser para mejor, para arrojar luz sobre el asunto. Tú y yo, juntos, vamos a hacer desaparecer esas sombras. Míralo como un desafío intelectual, como un rompecabezas, como algo que no tiene nada que ver contigo, con nosotros, como un cuadro que quieres pintar y antes tienes que saber qué hay en él y cómo vas a disponer los elementos para que luego se vea una imagen global coherente y poderosa.

—Me da miedo, Charlie. No quiero empezar a levantar piedras. Debajo de las piedras siempre hay arañas, gusanos y cosas podridas. A veces escorpiones… De los que matan.

—Anda, déjate de comparaciones asquerosas, ven conmigo y vamos a probar esa ducha supersónica de la que tan bien nos habló el de la agencia. Luego salimos a comer algo bueno. Y después hablamos más. Y buscamos pistas, y montamos el collage, ¿te parece? Si consigues desligarte un poco, puede ser como resolver un acertijo.

Por una vez, Helena se limitó a inclinar la cabeza en un asentimiento y, con una ligera sonrisa, lo cogió de la mano y echó a andar hacia el baño.

—¿No piensas darme las gracias o algo? —preguntó él, burlón.

—No, Mr. Allnut. Voy a hacer algo mejor —contestó con una sonrisa pícara.

—¿Sabes? He estado dándole vueltas a eso que dice tu madre en su carta, eso de «¿adónde iba Alicia ese día, a encontrarse con quién?».

Era domingo por la mañana y, por acuerdo tácito, no habían hablado más del caso. Ahora habían decidido acercarse a la cuesta de Moyano a dar una vuelta por los puestos de libros de segunda mano, pensando en dar luego un paseo por el Retiro antes de elegir algún lugar agradable para comer.

—¿Y adónde te ha llevado eso?

—Imagínate por un momento que Alicia estuviera liada con alguien.

—¡Venga ya!

—Imagínatelo, no pierdes nada. Alicia ha tenido un amante durante un tiempo. Se ha dado cuenta de que está poniendo en peligro su matrimonio, su negocio y quién sabe si hasta su familia; entonces corta con el tipo y él reacciona en plan machista salvaje de «si no eres mía, no eres de nadie», la cita en algún lugar de los Oudayas, no sé… con la excusa de devolverle algo muy personal… algo así, y entonces la mata. Eso explicaría que ella haya entrado en una casa donde estaría fuera de la vista de la gente, y que haya existido violación, ¿no crees?

—No, no creo.

—¿Por qué?

—Porque tú no conociste a Alicia y yo sí. Además… ¿qué es eso de que entró en una casa?

217

Carlos le explicó lo que se le había ocurrido el día anterior. Helena empezó a morderse el labio, como siempre que pensaba intensamente.

—Sería posible, claro. Sería posible si era un conocido y la engañó para que entrara en una casa.

Caminaron unos cientos de metros pensando, sin hablar, hasta que Helena preguntó:

—Lo de la violación…

—¿Sí?

—Si, como ayer me dijiste, le inyectaron una dosis mortal de heroína, entonces ¿la violó después de muerta?

Carlos se quedó mirándola, perplejo. Ella continuó:

—¿Encontraron piel debajo de las uñas, algo que indicara que se había defendido?

—No recuerdo que hubiera nada de ese estilo en el informe. Pero claro, está todo escrito en un francés entre raro y oficial; nada fácil para mí. Puede habérseme pasado por alto, pero no me suena. Parece que no se defendió.

—Entonces tenía que estar muerta. Alicia habría luchado como un tigre. Lo habíamos comentado muchas veces: las dos estábamos de acuerdo en que había que luchar hasta el final. Y dar gritos, muchos, hasta que el tipo se diera cuenta de que le convenía buscarse una víctima más fácil.

Hubo otro silencio. Cruzaron el paseo del Prado a la altura del museo y siguieron caminando bajo los árboles, sorteando bandadas de turistas. Había algo extraño en pasear una mañana de domingo entre niños con globos y helados y padres en pantalón corto mientras hablaban de violaciones, de asesinatos y, probablemente, de necrofilia, pensó Carlos.

—¿Investigarían el ambiente de la droga, de los yonquis? —comenzó Helena—. No todo el mundo tiene a mano una dosis de heroína y su correspondiente jeringuilla. Solo cierta gente tiene acceso a ese tipo de cosas.

—Me leeré el acta línea por línea. Hasta ahora solo he estudiado parte, he mirado las fotos por encima y he traducido los artículos de periódico que estaban en francés.

—Eso podría haberlo hecho yo; a ti te cuesta más.

—¿Y si se había liado con un yonqui o con un camello? —insistió Carlos.

—¡Y dale! ¡Pero qué manía te ha dado!

—Es que estoy tratando de unir la forma de matar a Alicia con el final de carta que encontramos ayer. Con M, ¿te acuerdas? —Ella asintió con un gruñido—. Y las dos cosas con la pregunta de tu madre, lo de adónde iba.

—¿Qué te hace pensar que lo que queda de esa carta iba dirigido a Alicia?

Carlos abrió la boca, se dio cuenta de que no sabía qué iba a decir y volvió a cerrarla.

—Nada. Tienes razón. Podría haber ido dirigida a cualquiera. Aunque, ¿cuántas mujeres había en la casa? Tú, tu hermana y tu madre. Tú no podías ser la destinataria porque te acordarías. Si no era Alicia, lo mismo la que tenía un amante era Blanca.

—O mi padre. O Jean Paul.

—¿Qué?

—Que M también puede ser una mujer, ¿no?

Rabat, 1941

Cuando el coche se detuvo por fin junto a la acera, Blanca lanzó un suspiro de alivio. No sabía lo que le esperaba porque Goyo se había negado a decírselo, pero al menos se iba a librar de la estrechez, la incomodidad y el ligero mareo del largo viaje por aquellas carreteras que apenas merecían el nombre.

Sacó la polvera, se dio un par de toques y se repasó los labios. Tenía la piel como la de los chiquillos que jugaban en los descampados: medio tiznada, cubierta por una arenilla amarillenta que había ido entrando todo el tiempo por las ventanillas

219

abiertas. No podía hacer nada por su pobre falda, llena de arrugas, pero al menos la cara tenía que estar presentable. Se puso el sombrero y tendió la mano a su marido, que le estaba abriendo la portezuela para ayudarla a apearse.

Dos hombres se hicieron cargo del equipaje y un momento después estaban cruzando una amplia terraza, sombreada por unos árboles de denso follaje junto a una gran plaza llena de sol, donde empezaba un bulevar flanqueado de grandes palmeras. Como en Casablanca, había muchos hombres sentados en los portales o en las pocas sombras que permitía el mediodía sin hacer nada que ella pudiera discernir, simplemente mirando a los que pasaban. También los cafés estaban abarrotados de hombres. Mujeres había pocas y daba la sensación de que todas tenían prisa en llegar a donde fueran.

El ambiente era más tranquilo y más marroquí que el de Casablanca, con muchos menos extranjeros.

—¿No hemos llegado aún? —preguntó Blanca, extrañada de que su marido la agarrase del brazo y la dirigiera hacia la acera de sombra.

—El hotel está a cinco minutos y, yo al menos, necesito moverme más que nada.

Efectivamente, tras un corto paseo, vieron el hotel: un edificio blanco de seis plantas, recién construido por lo que parecía, con una terraza a la sombra donde muchos hombres vestidos a la europea tomaban café.

—Hotel Balima —leyó ella—. Resulta imponente.

—Es el mejor de Rabat, el más moderno. Te gustará.

Pasaron por entre las mesas seguidos por las miradas de todos los hombres de negocios que, al parecer, disfrutaban de la pausa de media mañana. Para Blanca no era nada nuevo que los hombres la mirasen apreciativamente, pero allí tenía la sensación de que las miradas eran todavía más agresivas y por primera vez en su vida sintió que no la miraban por lo que más destacaba según ella —las arrugas de su falda o la arenilla de su cara, que decían bien a las claras que llevaba horas sentada en un coche dando saltos y evitando baches por una carretera solo medio asfaltada—, sino por lo estrecho de su cintura o el movimiento de su cuerpo al pisar con los zapatos de medio tacón que se había puesto para viajar.

—¿Esto va a ser siempre así? —preguntó a media voz a su marido.

Él sonrió.

—¿Que te miren? Habría que ser idiota para no mirarte, chatita. Eso sí, que a nadie se le ocurra nada más que mirar porque lo mato. Y me figuro que ya se han dado cuenta.

Sabía que era hablar por hablar pero le halagaban esas cosas del comportamiento de Goyo. Con él se sentía segura, protegida, más mujer de lo que había sido en toda su vida.

¡Si pudiera quedarse pronto embarazada!

Ya habían visitado a los dos mejores especialistas de Casablanca, uno francés y uno alemán, y ambos habían insistido en que estaba perfectamente sana, que quizá se tratara de que su cuerpo aún se estaba acostumbrando al cambio de aguas, de alimentación… los nervios que siempre conllevaba cambiar de país, de clima, de continente… No había más que tener paciencia. Era muy joven, todo llegaría por sus pasos.

Él nunca le había reprochado nada, y se pasaba la vida dándole ánimos y explicaciones de por qué era normal que aún no hubiera funcionado. Sin embargo, ella no podía dejar de pensar en Pilar y Vicente. Amparito ya tenía casi cuatro años. Habían tenido suerte. Pilar debía de haberse quedado embarazada ya en los pocos días que tuvieron en Denia al principio de la guerra.

Y ahora estaba esperando el segundo. Se lo había dicho en su última carta y, aunque sabía que su reacción era despreciable y poco cristiana, había sentido una rabia y una envidia descomunales. En lugar de alegrarse por su hermana no hacía más que pensar que no era justo. Pilar ya tenía una hija; podrían haber esperado un poco más para que la diferencia entre las dos hermanas no se notara tanto. Estaba segura de que Vicente no se cansaba de decirle a Pilar que, claro, Blanca siempre tan moderna, tan poco maternal, con tantas ganas de viajar y ver mundo… pues ahora podría ver todo el mundo que quisiera y conformarse con eso, porque era evidente que nunca sería madre. Si en casi cinco años no había sucedido…

Casi podía oírlo decir esas palabras mientras sentaba a Amparito sobre sus piernas y miraba con orgullo el vientre de Pilar.

Si ella tuviera al menos una hija, ya no tendría que sufrir de esa manera.

Aunque… una niña no era precisamente lo que un hombre, y además un militar, deseaba como primogénito. Ella esperaba, igual que su hermana, poder darle a su marido un hijo que continuara su apellido, que pudiera jugar con su padre a soldaditos y aprender a tirar, a montar, a todas las cosas con las que los hombres disfrutan.

A ella también le gustaba montar, y desde que vivían en Casablanca tenía a Hassan, como le había prometido Goyo, un hombre de confianza que la acompañaba cuando salía a cabalgar. Aunque si se quedaba embarazada pronto, tendría que dejar los paseos que tan bien le sentaban.

Si ahora Pilar tenía un chico, ya lo tendría absolutamente todo; mientras que ella seguía en Marruecos viviendo una vida que a otras podría parecerles de cine y para ella estaba vacía. Aunque cuando pensaba en lo que su madre y su hermana contaban en sus cartas… —el hambre, la falta de las cosas más básicas, el dolor por tanta gente que había muerto en los combates—, se sentía culpable por estar viviendo una vida de lujo y, a pesar de ello, no ser feliz. Y a la vez le daba rabia no serlo por una razón tan absurda como la de no haber sido todavía capaz de concebir. Ella era una mujer moderna, del siglo XX, tenía otras cosas con las que llenar su vida si quería.

Últimamente había pensado pasarse por alguna de las escuelas para europeos y preguntar si tendrían unas cuantas horas de clase que darle. Podría enseñar a leer a los más pequeños, como había hecho en Valencia antes de la guerra; aunque ni siquiera sabía si a Goyo le parecería bien que su mujer trabajara. Tendría que hablarlo con él, sacar el tema con tacto un día que estuviera de muy buen humor.

Su cabeza estaba llena de planes, de ideas de futuro, de imponderables que escapaban a su control. Estaba harta de tener planes. Quería realidades, cosas que hacer, un trabajo auténtico que la cansara, que la hiciera sentirse útil.

—Bueno, preciosa —dijo Goyo volviéndose hacia ella en cuanto los porteros dejaron las maletas en la habitación—. Voy a refrescarme un poco, me cambio de ropa y salgo a hacer unas diligencias. Nos vemos a la noche, para la cena.

Blanca sintió como si una mano le apretara la garganta. En Casablanca era normal que se pasara el tiempo fuera, pero se había hecho la ilusión de que en este viaje podrían estar juntos.

—¿Te vas? ¿Y yo? ¿Qué hago?

—Lo que quieras, cielo. Puedes deshacer las maletas y colgar lo que pueda haberse arrugado más; puedes darte un baño y tumbarte un rato, o bajar al bar y tomar un refresco, o salir a dar una vuelta sin alejarte mucho del centro, si lo prefieres. Eso sí, si sales, no te metas sola en la medina. Aún no tienes costumbre de según qué cosas y prefiero que aprendas conmigo, poco a poco.

—Pero ¿adónde vas? ¿Cuándo vuelves?

Él la miró con cara de estar teniendo una paciencia infinita.

—Ya te lo he dicho. A hacer unas diligencias. A eso de las ocho o nueve ya me tienes aquí. ¿No quieres escribir a tus padres diciendo que hemos llegado bien y a tu hermana para darle la enhorabuena? Y tendrás que lavarte esa cara... —terminó con expresión socarrona.

Ella le tiró un cojín, que él atrapó al vuelo antes de meterse en el baño.

223

Blanca le habló desde la habitación.

—¿Piensas decirme a qué hemos venido a Rabat?

—Claro. Más tarde, cuando vuelva. Es una sorpresa, ya te lo he dicho.

Se quitó los tacones y las medias —qué delicia, qué frescas estaban las losetas del suelo—, se desabrochó la chaqueta y se pasó las dos manos por la corta melena sin preocuparse por deshacerse el peinado. Iba a tener tiempo de arreglarse hasta que volviera Goyo.

Madrid. Época actual

Habían quedado en un pequeño restaurante italiano cerca de Fuencarral y, cuando llegaron, Almudena ya había ocupado una mesa al fondo, casi un reservado, porque era la única que cabía entre unas separaciones de madera cubiertas de carteles de teatro de todos los rincones de Italia.

Al verlos llegar, por un momento, Almudena pensó que era un fastidio que, por una cosa u otra, no hubiera forma humana de charlar tranquila y sola con Helena, pero se consoló enseguida pensando que a veces resulta más fácil hablar de temas familiares cuando hay una persona de fuera a la que hay que explicarle con todas las palabras cosas que los demás creen saber. En su experiencia, así se habían deshecho muchos malentendidos.

Se levantó a darles un beso y Helena le presentó a Carlos, a quien solo conocía por lo que había oído decir de él: que era una persona encantadora, un poco ratón de biblioteca, tranquilo, muy buena influencia para Helena. Lo que nadie le había dicho era que Carlos, además, era un hombre muy atractivo, con unos ojos que chispeaban de inteligencia y una sonrisa que llenaba de arrugas toda su cara. Debía de tener sesenta y tantos años, quizás setenta, pero era de esos hombres que mejoran con la edad. ¡Menuda suerte la de su abuela!

—Bueno, contadme —empezó Almudena, mordisqueando un *grissino,* cuando hubieron pedido la pasta y el vino—, ¿qué habéis hecho el fin de semana?

Intercambiaron una mirada divertida.

—No te lo vas a creer —dijo Carlos.

—Venga, a ver si es verdad.

—Estamos haciendo de detectives.

—¿Quéee? —Miró a su abuela pidiendo una confirmación y ella asintió con la boca llena de *grissino.*

—¿Conoces las películas esas de *cold case*? —siguió él.

—Claro.

—Pues una cosa así. Estamos tratando de encontrar la respuesta a ciertas preguntas sobre algo que ocurrió hace medio siglo en Marruecos. Lo más probable es que no consigamos mucho, pero la verdad es que resulta muy estimulante. Yo me he pasado la noche pensando en ello.

—¿La muerte de la tía Alicia? —preguntó Almudena.

—Eso es. ¿Hay algo que tú puedas aportar?

—¿Yo? ¡Qué va! Papá lo menciona a veces, pero siempre dice que a él nunca le contaron nada. ¿En qué os basáis vosotros? ¿En las famosas cajas que trajimos de casa de la tía Amparo?

—Exactamente.

—¡Vaya, abuela, no me lo puedo creer! ¡Las estás leyendo!

—Es que lo que hay dentro es mucho más interesante de lo que yo pensaba: fotos, cartas, papeles de todas clases… Voy a acabar comprendiendo a esta extraña familia que me ha tocado —terminó, de buen humor.

—Me alegro de que haya empezado a interesarte. Mi padre siempre ha dicho que cuando te fuiste quemaste las naves y decidiste que lo que dejabas atrás ya no era asunto tuyo.

Helena torció el gesto.

—Tu padre tampoco tiene ni idea, ni se ha preocupado jamás por comprender nada. Con hacer de víctima, de niño abandonado por su madre, le basta.

—Sí. De hecho es lo que suelo decirle yo. Mi padre, por desgracia, ha salido bastante llorón, abuela. Comprendo que haya sufrido, pero es de los que se recrea en ello y eso es una estupidez.

Helena miró a su nieta, sorprendida, y volvió a sonreír.

—Parece que has heredado algo de mí, niña.

—Me alegraría, la verdad. ¡Venga! ¿Podéis contarme algo de lo que habéis descubierto ya o es secreto?

Hablando por turnos, como en la radio, fueron explicándole lo que, de momento, habían entendido, así como algunas de sus suposiciones.

Una camarera jovencita dejó delante de ellos tres platos humeantes y una botella de chianti. Los tres se lanzaron sobre su pasta como fieras hambrientas.

—¡Suena interesantísimo! Si en algún momento necesitáis otros ojos o unos buenos oídos para contrastar teorías, contad conmigo y con Chavi. Estoy segura de que le encantará participar.

—Gracias, querida —dijo Carlos.

—Tú, ahora, concéntrate en lo tuyo y no compliques una boda con un asesinato. A todo esto, ¿qué quería Paloma añadirle a tu vestido?

—Ni idea. Dice que es sorpresa.

—¿La conoces desde hace mucho tiempo?

—Desde siempre. Creo que mi madre ya le encargó mi ropita de acristianar. Y por supuesto me hizo el vestido de la puesta de largo.

—¿Aún se hacen esas cosas? ¿En pleno siglo XXI?

Almudena se echó a reír.

—En ciertos ambientes aún se hacen, sí. Incluso fuimos a Viena, al baile de la Ópera, cuando cumplí dieciocho años. Un aburrimiento carísimo. Es que para mi madre eso de la puesta de largo era importante. Pero, lo que son las cosas, entre un montón de pijos insufribles que conocía de toda la vida, precisamente ese día conocí a Chavi, que acababa de llegar de Londres, donde estaba estudiando arquitectura. Él tampoco quería ir al baile y sus padres casi lo obligaron. La verdad es que una nunca sabe lo que le espera y dónde va a encontrar lo que le está destinado.

—Eres muy sabia para tu edad, Almudenita —dijo Carlos con una sonrisa.

—¿Vosotros dónde os conocisteis?

—De un modo mucho más prosaico. En una cena de amigos comunes, sin más. Hace dieciocho años ya. Todos los que llevo pidiéndole a tu abuela que se case conmigo, sin ningún éxito.

—Dejémoslo —dijo Helena, con su típico estilo cortante—. Me aburre el tema. Anda, Carlos, ve a pagar, que llegamos tarde.

Él se levantó obedientemente.

—Si no tenemos cita fija... —dijo Almudena bajando la voz.

Helena le guiñó un ojo, levantó la copa hacia su nieta, le ofreció una sonrisa lobuna y se la acabó de un trago.

Unos minutos más tarde, entraban en la elegante frescura de Paloma Contreras.

Rabat, 1941

En cuanto terminaron de desayunar, Goyo pidió a Blanca que se pusiera unos zapatos que le permitieran andar con cierta comodidad y, sin decirle nada más, se subieron a un coche con chófer.

—¿Adónde vamos?

—La curiosidad mató al gato, chatita. Ya lo verás.

El coche recorrió hasta el final la larga avenida de las palmeras, giró a la izquierda al toparse con la medina, luego de nuevo a la derecha a lo largo de la muralla con sus puertas y solo cuando llegaron al mar volvió a girar a la izquierda, enfilando la carretera que, con el Atlántico a su derecha, bajaba hacia el sur.

El mar brillaba con un resplandor que casi hacía daño a los ojos, las olas gigantes se rompían contra los farallones donde algunos hombres y muchachos intentaban pescar con caña, por la carretera adelantaban con frecuencia a hombres y mujeres que, con un burrillo, transportaban hortalizas o atados de leña. Aquí y allá subían al cielo delgadas columnas de humo. A la izquierda, las chozas de los más pobres iban desapareciendo hasta dejar libre un paisaje verde, salpicado por algunos árboles que podrían ser algarrobos y el suelo lleno de florecillas rosadas. A la derecha, después de la zona de acantilados, el terreno iba bajando y pronto las playas, blancas y solitarias, se adueñaron de la costa.

—¡Qué preciosidad! —dijo ella, feliz.

—¿Te gusta? Me alegro. Ya casi hemos llegado.

Al cabo de un par de kilómetros el chófer giró a la izquierda y el coche se internó por un camino sin asfaltar. Unos minutos después se detuvo frente a un muro de piedra sin mortero.

—Ven. Quiero enseñarte algo.

Blanca bajó del coche, se ajustó el sombrero y se subió las gafas de sol sobre la nariz. Goyo estaba sonriente, casi exultante. Le pasó el brazo por los hombros sin preocuparse de lo que pudiera pensar el chófer marroquí y caminaron unos pasos hasta una cancela de hierro forjado que Goyo abrió venciendo una pequeña resistencia.

Por un instante Blanca recordó el lejano momento en el que, al poco de conocerse, fue ella quien le abrió la reja para entrar en los jardines de Monforte. Ya cerca de cinco años. ¡Cuántas cosas habían pasado desde entonces!

De repente se encontraron en un recinto que en algún momento había sido un jardín. Aún se podían adivinar los setos que delimitaban los parterres y que habían crecido más allá de los límites previstos. Las palmas secas de varias palmeras crujían en la brisa y a sus pies el suelo estaba tapizado de flores silvestres amarillas y blancas. Entre las frondas, a izquierda y derecha, se distinguían destellos blancos, quizás estatuas, o fuentes, ahogadas por las plantas silvestres; un granado lleno de flores rojas, una higuera blanca retorcida con unas cuantas ramas secas, almendros de hojas tiernas y frutos diminutos…

Unos pájaros pequeños, desconocidos, saltaban de rama en rama a su paso, como un cortejo.

Al doblar un recodo vieron al fondo una gran casa blanca algo deteriorada, con puertas de madera labrada y rejas de hierro negro en las ventanas.

—¿Qué es esto, Goyo? Es una preciosidad. Como un cuento de hadas.

—Esta es, si tú quieres, nuestra casa a partir de ahora.

—¿Nuestra casa? —Se llevó las manos a la boca.

—Regalo del sultán. Ya te dije que quizá sería capaz de hacerle un favor, ¿no? Pues se lo he hecho y Su Alteza ha correspondido con esto. ¿La quieres?

—¡Goyo! —Se le echó al cuello y lo besó.

—¿Eso es que sí?

229

Blanca se soltó de su abrazo y avanzó por el sendero hasta llegar a la terraza de la casa. De un segundo a otro se había enamorado. Veía con toda claridad a sus futuros hijos jugando en aquel jardín, entrando y saliendo de aquella hermosa casa.

—Nos va a costar un capital ponerla como debe estar. Ya te habrás dado cuenta de que es casi una ruina. Pero tiene futuro, ¿verdad, Blanquita?

—¡Va a ser un sueño!

—Lo malo es que no es Casablanca, claro. Está bastante aislada, pero, por lo que he oído, en un futuro no muy lejano, Rabat será la nueva capital. El sultán ya vive aquí y hace poco hablaba de construirse un chalet de veraneo por aquí cerca. Podríamos llegar a ser vecinos.

Ella ya casi no lo escuchaba. Desde que había oído que aquello podría convertirse en su casa había empezado a imaginar lo que habría que cambiar, las reparaciones que serían necesarias, lo que tendrían que añadir. ¡Y eso solo por fuera! Ahora, si Goyo llevaba la llave, había que mirar cómo estaban las cosas por dentro; seguro que había montones de cosas que arreglar.

Goyo la miraba desde la fuentecilla cegada, avanzando y deteniéndose, haciendo planes, sonriendo para sí misma, tocando todo lo que se encontraba a su paso. El día antes, cuando él fue a ver la casa, estuvo casi seguro de que le iba a gustar, pero por unos momentos había temido que le dijera que no tenía intención de encerrarse en aquella soledad, tan lejos de toda su vida social, que no pensaba abandonar Casablanca. Pero no se había equivocado con su primer impulso: la conocía bien. Aquella casa, aquel jardín podían convertirse en su proyecto común, algo que le permitiera a Blanca dejar de obsesionarse con la puñetera cuestión de los hijos, que a él no le preocupaba en absoluto. Con su trabajo y con ella tenía más que suficiente. No veía ninguna necesidad de compartir a su preciosa mujer con unos cuantos bebés gritones que reclamarían todo su tiempo y su amor; pero sabía que para ella era importante, que no se sentiría mujer completa hasta que tuviera hijos. Era lo que le habían inculcado desde su nacimiento, y su madre no se privaba de recordárselo en cada carta que le escribía; igual que su hermana, que ya estaba embarazada del segundo.

En el último viaje a Madrid él se había informado un poco entre sus conocidos y le habían dado un par de direcciones, pero de momento, si lo de la casa avanzaba como debía, no habría que pensar en ello. Blanca tendría mucho que hacer y, al dejar de obsesionarse con los embarazos, lo más probable era que sucediese cuando menos se lo esperaran.

Ahora había que convertir aquello en el vergel que podía llegar a ser, en el que una vez había sido, a juzgar por los restos que lo rodeaban.

No le había costado mucho esfuerzo conseguir la liberación del amigo del sultán. Cuando Goyo llegó a Tánger a entrevistarse con el alcaide de la prisión en la que habían encerrado a Bin Hassan, se encontró, como esperaba, con que se trataba de un antiguo compañero de armas de cuando Alhucemas, el teniente Fraguas, ahora capitán. Alguien que le debía un par de favores y a quien estaba dispuesto a presionar sin mucha compasión. Si no hizo falta, fue por pura chamba y eso le permitió no tener que cobrarlos ni recordarle tiempos pasados.

Fue un encuentro de lo más distendido. Después de un rato de charla y unas cuantas cervezas, Fraguas acabó por confesarle que, de hecho, no veía la necesidad de retenerlo más; que al fin y al cabo la cuestión de los terrenos se había resuelto y era más que nada la cabezonería de Yagüe, que acababa de ser ascendido a general, la que lo mantenía allí.

Pero Yagüe había vuelto a Madrid y a Yuste, el nuevo gobernador de Tánger, se le podía quizá persuadir de que mostrara un poco de manga ancha frente al sultán de Marruecos en un asunto de poca monta como ese, a cambio de tenerlo de cara en el futuro. Al fin y al cabo, el sultán apreciaba a Bin Hassan como a un hermano y solo lo quería en libertad para que acudiera a palacio a recitarle el Corán. No había ningún peligro ni ninguna necesidad de un escarmiento.

Por la noche Fraguas lo invitó a cenar opíparamente, lo que cantaba desde lejos a que su posición le permitía obtener ciertos favores, y luego trató de llevarlo a un burdel «de los de postín», en sus propias palabras, «de los que ya quisieran en España».

Le sorprendió un poco que no aceptara.

—¿Qué pasa? ¿Que la valencianita te tiene controlado? ¿Que le has cogido miedo a tu mujer, Tigre? —Hacía tiempo que nadie lo llamaba por su apodo—. ¿O es que desde que vas vestido de señorito civil ya no puedes permitirte según qué cosas?

—Más bien eso último —contestó él entrecerrando el ojo mientras se encendía el puro—. Comprenderás que no pueda darte muchos detalles, Fraguas. Además, tú me conoces. Nunca he sido mucho de ir de putas.

—Ya, ya recuerdo —había contestado el otro sin precisar qué era lo que recordaba. Y había añadido—: Como Franco hace años, ¿no? Sin miedo, sin misas, sin mujeres.

Había soltado la carcajada, habían brindado con coñac auténtico del que habían confiscado recientemente al tomar Tánger a los franceses, y con unas cuantas palmadas en los hombros y un apretón de manos, se habían despedido.

Madrid. Época actual

El salón de muestras de Paloma Contreras parecía un bazar oriental, con la inmensa mesa cubierta por docenas de tejidos de todas clases en todos los matices del rojo, el rosa y el naranja.

—Tengo muchos otros colores, como puedes suponer, pero desde que te vi la primera vez te imagino con estos tonos. Si no te gusta, me lo dices y probamos otros.

Una de las ayudantes de Paloma sostenía la pieza de tela detrás de Helena para que ella pudiera echarse el tejido sobre el hombro y ver el efecto en el espejo.

—No está mal. ¿Qué dices tú, Carlos?

El hombre, sentado en un silloncito dorado, tipo Luis XIV, XV o el número que fuera, como sacado de un palacio francés, se sentía un tanto abrumado en aquella sala tan evidentemente femenina, tan llena de flores, telas y perfumes.

—El color es bonito y queda bien con tu pelo.

—¿No tendrías algo más burdeos, quizá, o borgoña? —preguntó Helena moviéndose frente al espejo para que el tejido captara la luz de diferentes formas.

—Es un placer ofrecer colores a una pintora que sabe qué es qué —dijo Paloma. Helena rio, complacida—. Mira, si cogemos este, por ejemplo, un color más rico, más vino —la asistente cambió la pieza— y te hago una cosa así —con unas rápidas líneas en el cuaderno dibujó un vestido de inspiración griega— de talle alto, unos pliegues, pocos, y los tirantes anchos, puede quedar divino. Luego un par de ajorcas doradas también, anchas, a juego con los pendientes. Parecerás una sacerdotisa.

—La sacerdotisa de un culto sangriento… —dijo Almudena con voz truculenta—. No me hagas caso, abuela, te va perfecto. De verdad. Es lo tuyo.

En ese momento el móvil de Carlos empezó a sonar desaforadamente. Todas las mujeres lo miraron, sorprendidas. La melodía era la de *Misión imposible*. Él sonrió como pillado en falta y empezó a gesticular para que alguien le indicara un lugar donde contestar la llamada.

—Ven, Carlos, pasa aquí, a mi despacho —dijo Paloma, precediéndolo y abriendo una puerta disimulada tras unos espejos—. Ponte cómodo. Aquí nadie te molestará.

En el momento en que se marchó, las chicas se permitieron unas risitas al ver que Almudena se estaba riendo abiertamente.

—¡Es increíble este hombre! ¡Me encanta! —comentó cuando pudo hablar.

—Dice mi nieta —cortó el tema Helena— que le coses desde que nació.

—Casi todas mis clientas son de toda la vida, sí. Por eso me encanta pensar en hacerte algo a ti. Eres *terra incognita*. Y no te creas… muchas vienen más que nada a verme, a charlar un rato, a cotillear con otras señoras… pero ya cada vez van quedando menos de esas. Eran otras épocas.

Paloma había cogido una hoja nueva y estaba dibujando con más detalle y en color lo que pretendía ofrecerle a Helena.

—Tuve una muchísimos años, hasta su muerte, que venía casi todos los meses simplemente para verme, porque me había tomado cariño. Había vivido en Marruecos, como yo de pequeña, y se había acostumbrado a las modistas, no le gustaba el *pret-à-porter*. Le hice un montón de vestidos, casi todos en la

233

gama del verde, que era su color favorito. Claro, que con los ojos que tenía…

—¿Bonitos? —preguntó Almudena.

—Los ojos verdes más impresionantes que he visto en la vida. Como los de la canción. «Ojos verdes, verdes, con brillo de faca…» —tarareó—. ¿Os acordáis? Pues así. Toda una señora, guapísima incluso de muy mayor. Doña Blanca Santacruz.

—¿Cómo dices? —Helena había estado un poco distraída pasando telas en la mesa mientras Paloma hablaba; tenía la habilidad de desconectar cuando lo que se decía no le interesaba, pero ahora el nombre la había sacudido.

—Doña Blanca Santacruz, ¿la conociste?

—Era mi madre.

—¡No me digas! Pues no te pareces en nada. Perdona.

—No, ya lo sé. Ni yo ni Alicia. Cada una éramos de un modelo. Nuestro hermano Goyito sí que tenía los ojos verdes.

—Ay, eso me recuerda que yo quería enseñarte el vestido que te dije el otro día, el de la colección Imagine. —Hizo una seña a una de las muchachas y unos momentos después Paloma sacaba de la funda un modelo que hizo que los ojos de Helena empezaran a pincharle por dentro, sin que nadie se diera cuenta, anunciando unas lágrimas que se forzó a contener—. ¡Mira qué preciosidad! Seda auténtica, no lo que después empezó a pasar por seda.

Era una túnica multicolor, larga, muy simple, con dos cordones negros y dorados en el escote. Igual que la que se iba a poner Alicia para la fiesta el día en que la mataron y que se quedó colgada en el armario cuando Helena se fue de La Mora para siempre.

La caja

Documento 2

Denia, 18 de diciembre de 1942

Querida hija:

Espero que al recibo de la presente te encuentres bien de salud y de ánimos. Nosotros, bien, gracias a Dios.

No sabes la alegría y el alivio que nos dio recibir tu carta y saber que estáis bien y que en esos horribles días del desembarco americano en Casablanca vosotros ni siquiera estabais allí. Seguíamos por la radio las noticias de los bombardeos y luego nos pasábamos las noches en vela pensando si estaríais bien, aunque suponíamos que, al tener Goyo estatus diplomático, seguramente os habrían evacuado, al menos a las mujeres. Pero, de todas formas, ha sido una maravilla recibir tu carta y saber que estáis bien, que Rabat está al margen de todos los horrores porque ni siquiera es un objetivo militar y que, estando en esa casa que nos cuentas, aunque aún esté en obras, ni siquiera estás mucho a la vista. Ya sufrimos bastante cuando nuestra guerra, hija, y nos vamos haciendo mayores. Todo nos da miedo. Cada vez más.

Eso es lo que más siento, que hasta que no termine todo este horror en el que se han metido la mayor parte de los países de Europa, no podemos ni pensar en ir a visitaros y, para cuando podamos, a lo mejor nuestra salud ya no nos lo permite. Pero entonces vendrás tú a vernos a nosotros, ¿verdad, Blanquita? Te echo mucho de menos, cariño. ¡Hace ya tanto que no nos vemos! Mándanos una foto tuya cuando puedas.

Y ahora que por fin estás encinta, ¡me gustaría tanto abrazarte y acompañarte en ese trance tan importante para una mujer! Me asusta un poco que vayas a dar a luz en África, la verdad; y tan sola, sin tu madre. Pero hay que poner al mal tiempo buena cara y pensar que no sucede nada sin la voluntad de Dios; con Él estás en buenas manos.

Además, supongo que, siendo Tánger, por lo que me dices, una ciudad internacional, habrá un buen hospital, seguramente con personal español, pero de todos modos me da un poco de miedo. ¿No podrías decirle a Goyo que te traiga a Valencia a pasar los últimos tres meses de embarazo y a que des a luz en la clínica de aquí, como ha hecho tu hermana las dos veces?

Y mira que está mal la cosa para llegar con los trenes, que siempre van abarrotados, y es muy difícil conseguir billete; pero gracias a los contactos de Vicente y a que nuestro Generalísimo se preocupa personalmente de que las cosas vayan mejorando, pudo venirse aquí con la nena y la cuidé yo hasta que Vicentito cumplió los cuatro meses y se volvieron a Zaragoza.

Rezo todas las noches para que tengas un buen parto y para que puedas venir a vernos lo antes posible. Con esta carta te envío un escapulario de la Virgen del Carmen y uno de san Ramón Nonato, que son infalibles en los embarazos y los partos. Prométeme que los llevarás siempre puestos, hija mía.

Te escribo ahora desde la finca porque hemos decidido venirnos aquí a pasar las Navidades. Al menos aquí tenemos la cambra llena de fruta seca, varias tinajas de aceite, harina, ajos, cebollas, arroz, gallinas y conejos. También tenemos la huerta, que por primavera nos dará muchas cosas buenas de comer; o eso esperamos. Y está el mar con sus pescadores, que siempre traen alguna cosa. En el campo la vida es un poco más fácil que en las capitales como Valencia, y tu padre y yo no necesitamos demasiado, cada vez menos. ¡Lo que hace la edad!

Recibimos noticias de Quim, el hijo de Ricard, el jardinero, ¿te acuerdas? Está en Rusia con la División Azul, y parece que la guerra allí es durísima, mucho peor de lo que fue aquí, pero el muchacho se dejó liar por los rojos siendo jovencito, hizo cosas que no debía y su padre le aconsejó que se alistara para, al volver, estar limpio de sospechas y poder conseguir un buen trabajo. Dice el pobre que el invierno ruso es espantoso y que nos echa mucho de menos a todos. Yo pongo una vela siempre que puedo para que Dios lo proteja allá tan lejos y le he mandado un paquete con calcetines y una bufanda y algunas cosillas de comer, pero no sé si le llegarán.

Y tú, Blanca, ¿vas a misa al menos todos los domingos? Sé que nunca fuiste mucho de misa, pero, estando tan lejos y entre infieles, eso te ayudará a conservar la paz de tu alma y a ser una buena madre y una buena esposa. No te digo que te busques un director espiritual, porque ya sé cómo piensas y lo poco aficionada que has sido siempre a que nadie te diga qué te conviene, pero si al menos vas a misa y tienes un poco de trato con el párroco y con otros buenos cristianos, eso será un apoyo para ti, lejos de casa.

Te mando mil abrazos y besos, hija mía. Dale también un abrazo a Goyo de nuestra parte y dile que te cuide mucho, que en estas circunstancias es cuando una mujer más necesita el cariño de su esposo.

Escríbenos mucho, Blanca, que podamos saber siempre cómo estás.

Con todo el amor de tus padres

CARMEN Y MARIANO

¿Sabéis ya cómo vais a ponerle al nene o a la nena?

13

Madrid. Época actual

Después de despedirse de Almudena y de quedar con ella y con Chavi para la cena del día siguiente, aún por la calle, Carlos preguntó a Helena si había alguna foto de Alicia de los dos o tres años anteriores al asesinato.

238

—Supongo que sí. He visto que mamá guardó un par de álbumes y me figuro que habrá también fotos sueltas o enmarcadas. Mi madre era la típica señora que lo llenaba todo de fotos de sus hijos. No creo que las haya tirado al final de su vida. ¿Por qué lo preguntas?

—Me acabo de dar cuenta de que la única foto de Alicia que he visto, además de las horribles de la policía, y de la que siempre has tenido en tu estudio en la que era mucho más joven, es la que venía en el periódico de Rabat, y ahí no se la ve muy bien.

—Ahora te la busco, en cuanto lleguemos al piso.

Helena tenía la sensación de que Carlos tramaba algo. Era bastante transparente y ahora se le notaba que estaba excitado, como un sabueso que ha venteado una buena pieza. Estuvo a punto de preguntarle pero decidió dejarlo jugar a su manera; ya se lo contaría cuando le pareciera bien.

—¿Sabes que Paloma conocía a mi madre? Nos lo ha dicho cuando te has ido a telefonear. A todo esto, ¿quién era? Nada de trabajo, espero.

—No, no. Era Marc.

—¡Qué insistente es ese chico!

—Artista —dijo con una sonrisa llena de intención.

—¿Qué quería?

—¿Tú qué crees?

—Tendré que ir y quitármelo de encima. ¿Has quedado con él?

—Le he prometido que hablaría contigo, a ver si podemos pasarnos mañana por la mañana.

—Veremos.

—¿Tan mal pintor es?

—No. Aunque todavía tiene mucho que aprender, pero no es malo.

Helena sonrió. Carlos era la persona más elegante del mundo. Y terriblemente perceptivo. Se había dado cuenta de que ella ya había visto las telas de Marc y le estaba dando ocasión de que hablara de ello si quería.

—¿Cómo sabes que ya he visto su trabajo?

—Porque hace casi veinte años que te conozco.

—¿No te lo ha dicho él?

—No. ¿Has sido mala con él?

—¿Mala?

—Es una criatura, Helena, tiene poco más de veinte años. ¿Lo has escandalizado o algo?

Ella se echó a reír.

—Podríamos llamarlo así. Ese chico está dispuesto a cualquier cosa, literalmente a cualquier cosa por llegar. No sé si me gusta la idea. La integridad es importante, sobre todo en las profesiones artísticas.

—Y en la política.

—Sí. Ahí incluso más.

—¿Vamos mañana a su estudio?

—Sí, vayamos. —De repente Helena soltó una carcajada—. Tengo curiosidad por ver si intenta chantajearme, insinuarme que, si no colaboro, te cuenta lo que estuvimos a punto de hacer aquella noche en su atelier.

—Eso me daría una espléndida ocasión de escandalizarlo yo también diciendo que no es asunto mío, que mi pareja es adulta y toma sus propias decisiones —dijo Carlos.

Ella se colgó de su brazo y lo apretó contra sí. Algunas veces se daba cuenta de golpe de por qué llevaban dieciocho años juntos. Y le gustaba.

Rabat, 1943

—¿Has conseguido verlo? —preguntó Blanca desde detrás de su marido, mientras lo ayudaba a quitarse la chaqueta del ligero traje gris que se había puesto para el viaje, sabiendo que, aunque en Madrid aún no era primavera, en Casablanca ya haría calor a su llegada—. ¿Has hablado con él?

Hubo un par de segundos de silencio, que ella aprovechó para ir al armario y sacar una percha donde colgar la americana.

—¿Con Paco? —preguntó, con un tono perfectamente calculado para quitarle importancia al asunto, que sin embargo no la engañó—. Sí. Me recibió enseguida. Incluso dimos una vuelta por el parque del palacio, solos los dos.

Se quitó la corbata mirando hacia el jardín a través de las puertaventanas; luego, uno tras otro, los gemelos de oro que dejó precisamente alineados en el tocador, aunque habría deseado lanzarlos contra los cristales.

—¿Y qué te ha dicho? —urgió Blanca mientras cepillaba los hombros de la americana, tratando de que no se notara demasiado la inquietud que sentía.

—¿Qué me ha dicho? —Su voz guardaba una furia apenas contenida—. Que me está muy agradecido, que aún no es el momento, que estoy bien donde estoy, que me necesita aquí. Las sandeces de siempre.

240

Ella colgó la chaqueta en el armario, se acercó a él y le puso la mano en el hombro. Otras veces su contacto lo calmaba, la abrazaba apasionadamente, la tiraba sobre la cama y una hora después su rabia se había evaporado, pero esta vez se separó de ella sin violencia y se giró de nuevo hacia los hibiscos que florecían en el jardín, abriendo y cerrando las manos como si quisiera estrangular a alguien.

—Sácame la ropa de montar. Voy a cabalgar un rato, hasta la hora de la cena. Con tu permiso —añadió un segundo más tarde. Cogió un cigarrillo de la pitillera de plata que Blanca había sacado de la americana al vaciar los bolsillos, lo encendió con un mechero a juego e inhaló profundamente antes de empezar a abrirse los botones de la camisa blanca. Sobre su pecho velludo brillaba una pequeña cruz de oro.

—Pero ha ido bien, ¿no? —insistió ella.

Él la miró, entre divertido y fastidiado.

—Sí, Blanquita, sí. Me ha venido a decir que, salvo sacarme de aquí y cumplir las promesas que me hizo, lo que yo quiera. ¿Te apetece un señor piso en el mismo centro de Madrid, en el primer rascacielos que se va a construir en España?

Ella se tapó la boca con las dos manos mientras una sonrisa se derramaba por su rostro.

—No te hagas muchas ilusiones de volver a vivir en Madrid de momento, pero si quieres el piso, no es problema.

—Pues claro que quiero; habría que estar tonta.

—Hecho. —Sonrió por primera vez—. La verdad es que ya he dicho que sí.

Se quitó la camisa, impoluta, y la tiró al suelo; luego dejó los pantalones del traje sobre la cama con colcha de encaje con transparente de color verde manzana y empezó a ponerse la ropa que su mujer acababa de dejarle preparada.

Había firmado el contrato inmediatamente porque, por humillante que hubiera sido la puñetera conversación con su antiguo hermano de armas, lo que estaba claro era que no podía

241

permitirse hacer el imbécil rechazando ese tipo de regalos. Era una especie de premio de consolación, eso era evidente, una forma de quitárselo de encima de momento mientras pensaba qué hacer con él, un pasarle la mano por el lomo antes de que empezara a bufar. Pero era mejor que nada.

Por fortuna no lo había hecho esperar apenas. Quince minutos en una antesala. Dos cigarros. Luego se habían abierto las puertas y el mismo Paco había salido de detrás de su escritorio con la mano tendida para saludarlo. Estaba un poco más gordo, pero a pesar de que no era alto —nunca lo había sido—, seguía teniendo un aura de fuerza, de poder, que intimidaba un poco, incluso cuando se le conocía tanto como era su caso.

No había podido evitar cuadrarse ante él.

—Mi general.

—Guerrero, por tu madre, apea los títulos. Si ni siquiera vas de uniforme…

—A tus órdenes.

—Te sienta bien Marruecos, por lo que veo. ¿Qué tal está aquello?

—Bien, como siempre. Tranquilo.

Le obsequió con su media sonrisa, tan poco frecuente.

—Anda, vamos a dar un paseo, Tigre. Esto está lleno de pasilleros y necesito un poco de aire.

Salieron al jardín, a un día fresco de viento racheado que sacudía las ramas de los árboles, aún desnudas. La conversación no fue demasiado prometedora. Paciencia, como siempre. Le había pedido paciencia, tiempo para que ciertas personas se sintieran seguras en sus respectivos puestos antes de que él pudiera regresar a Madrid. Lo necesitaba en África, las buenas relaciones con Marruecos eran fundamentales, podía hacerse de oro si aprovechaba el momento, la guerra en Europa prometía ser larga y había muchos mercados posibles, tanto de un lado como de otro; un momento privilegiado para un hombre ambicioso y bien situado…

Goyo le recordó, con elegancia, las promesas políticas que Paco le había hecho unos años atrás, cuando todo era futuro, cuando estaban a punto de jugárselo todo a una sola carta, pero su camarada de entonces se había convertido mientras tanto en uno de esos políticos que tanto decía odiar y se limitó a darle largas.

Después del paseo lo dejó con unos «hombres de negocios» —al menos así le fueron presentados—, y pronto tuvo claro que, si su antiguo amigo y mentor le había dejado una puerta abierta, esa era la que llevaba al dinero. No había sido lo que él buscaba, pero tampoco iba a decir que no.

Sin embargo se sentía utilizado, humillado, herido en su honor de militar.

—Después de lo que he hecho por él... —masculló.

—¿Me lo contarás algún día, Goyo?

Se sobresaltó porque no era consciente de haber hablado en voz alta y de inmediato suprimió el recuerdo que había empezado a formarse en su mente.

—No hay nada que contar. No hice más que cumplir con mi deber de soldado, de patriota y de hombre de bien. No hay nada más que decir, Blanquita. No me atosigues, por favor.

Blanca apretó los labios, le dio la espalda y sacó las botas, relucientes, del armario de los zapatos.

—Echas de menos el Ejército, ¿verdad?

—¿El Ejército? —repitió con todo el desprecio que consiguió meter en dos palabras—. ¿Tú sabes en qué se ha convertido el Ejército? En un hatajo de maricones emperejilados que no piensan más que en lamerle el culo al Generalísimo y en hacer su agosto a lo seguro, sin pegar un tiro, sin arriesgar la piel para nada. Alemania empeñada en la cruzada más grande de la historia y nosotros aquí tocándonos los huevos, matando desgraciados para tocar a más pastel. ¿Te acuerdas de aquella teoría mía de los tigres y los buitres, Blanca? Pues ahora cada vez hay más buitres.

243

Se acordaba muy bien, claro que se acordaba. Había sido una de esas cosas que hacen la ronda de los cuarteles en una semana y que nadie olvida ya. Poco antes del Alzamiento, Goyo había dictado una conferencia para los oficiales que servían en África y había dicho poco más o menos: «Caballeros, ustedes tienen el gran honor de servir al Ejército de España como oficiales. Déjenme decirles que, entre oficiales, solo hay dos clases de hombres: los tigres y los buitres. Los tigres son los que cazan, los que se arriesgan, los que dan todo lo que tienen y vencen y triunfan; los buitres son los que esperan a que cacen los tigres y luego se conforman con la carroña que queda, luchan por ella y se la reparten. Júrenme por su honor que estoy aquí hablando para una camada de tigres. Júrenme que nadie podrá decirme nunca que mis hombres se han convertido en buitres».

Desde entonces se le conocía por el Tigre.

—Anda, déjame que te ayude yo con las botas.

—¿Sabes que me ha llamado por mi apodo?

—¿El Generalísimo? —Goyo asintió con la cabeza—. Eso es bueno.

Él volvió a asentir.

—Anda, vete a cabalgar. La cena a las diez, si te parece. ¿Te apetece algo concreto?

—Dile a Micaela que me haga unas croquetas de jamón. Y un arroz con leche.

—Te lo haré yo, como a ti te gusta.

—Eres un tesoro, Blanca.

Ella sonrió, coqueta.

—¿Me has traído algo de Madrid?

Goyo se puso en pie, abrió el cajón de la cómoda y sacó su fusta favorita.

—Esta noche.

Ella palmoteó como una niña, como sabía que le gustaba a él.

Al pasar por su lado, le dio un ligero azote en las nalgas y recorrió el largo pasillo hasta la puerta trasera llamando a voces a Hassan para que le ensillara a *Loco*.

Madrid. Época actual

Dentro de una de las grandes cajas de cartón había otra caja, casi un joyero por su aspecto, de madera oscura con adornos de marquetería en nácar, maderas claras y rojizas y algo que podría ser marfil; en su interior, varios pares de pendientes metidos en bolsitas de terciopelo, un medallón y una cajita de plata ya muy oscurecida con un rizo de pelo moreno.

La encontró Carlos y se la pasó a Helena para que disfrutara de su contenido mientras él se concentraba en mirar con una lupa las fotos del informe policial.

Trabajaban cada uno en su mitad de la mesa, en silencio. Helena sacó de una de las bolsas un par de pendientes con unas piedras azules colgando en un engarce de platino de estilo *art déco*. «Zafiros. Curioso. Yo siempre pensé que mamá sería más de esmeraldas, por lo de destacar sus ojos y todo eso. No me acuerdo de habérselos visto puestos nunca —pensó—. Y ahora son míos.»

Cogió el medallón y lo apretó fuerte en la mano. Ese sí lo recordaba, aunque hacía años que no pensaba en él. Era la única joya de su madre que de verdad le gustaba en su juventud: un óvalo liso de un oro muy pálido pendiente de una cadena muy larga también de oro. Las dos hojas podían abrirse y dentro se podía poner una fotografía o un mechón de pelo. Este llevaba las dos cosas: una foto de Alicia a los veinticuatro o veinticinco años y un mechoncito de pelo rubio ceniza que solo podía ser suyo. Lo normal habría sido poner las fotos de sus dos hijas, una en cada parte del medallón, pero no, claro. Alicia era la muerta y los muertos ya no pueden decepcionar a nadie. Los muertos se quedan para siempre congelados en sus virtudes, en los recuerdos más luminosos, mientras que los vivos cambian, evolucionan, toman decisiones, se separan, se alejan, te abandonan.

Sacudió la cabeza tratando de quitarse de encima los pensamientos negativos que se le estaban acumulando desde que había llegado a España. Había hecho muy bien en marcharse entonces y ahora, pronto, se acabaría todo aquello y volvería a su casa, a su ambiente, a su ciudad al otro extremo del mundo.

—Mira, Carlos, así era mi hermana el año antes de su muerte.

Él puso boca abajo las fotos que estaba mirando y colocó la lupa sobre la que Helena le mostraba.

—Preciosa, ¿verdad?

—Mucho —concedió él—, pero en esta foto tiene ese tipo de belleza fría que siempre me ha dado un poco de grima. Me gusta más la que tienes en tu estudio, en que las dos estáis muertas de risa. Aquí parece una mujer peligrosa. De las de *vade retro*.

Helena lo miró, suspicaz, tratando de decidir si lo decía en serio o le estaba diciendo lo que sabía que ella quería escuchar. Una maravillosa calidez se extendió en su interior. Hablaba en serio; ni siquiera la había mirado al decirlo. Estaba concentrado en la foto del medallón. Por un momento había temido que Carlos se enamorase de un instante a otro de su hermana, como en los cuentos de hadas, o que la comparase con ella y se notase en su mirada que lamentaba no haber tenido ocasión de intentarlo con Alicia en lugar de tener que conformarse con Helena.

—Es como esas elegantísimas mujeres de las películas de Hitchcock —continuó explicándole—, esas que siempre acaban por traicionar al protagonista y están llenas de traumas y complejos. Todas anorgásmicas, frígidas... cosas así. —Se interrumpió de golpe y alzó la vista—. Perdona, no me refería a tu hermana, sino a...

—No te preocupes —dijo sonriendo, agradecida—. Alicia no tenía ese problema, que yo sepa.

—Comprendo que el otro día dijeras eso de que no te parecía posible que tuviera un amante.

—¿Por qué?

—Porque no parece el tipo de mujer apasionada o enamoradiza. A todo esto, creo que ya puedo decírtelo; ahora estoy casi seguro.

—¿De qué?

El estómago le dio un vuelco y por un segundo pensó: «No quiero saberlo. Que no me lo diga».

—Te va a parecer raro, pero antes, cuando estábamos en lo de Paloma y me ha abierto la puerta de su despacho para telefonear, he visto una foto en la que me ha parecido que está Alicia, pero quería asegurarme porque me ha extrañado mucho. Por eso te he pedido ver una foto de ella de cuando ya era un poco mayor. Y la verdad es que estoy bastante seguro de que era tu hermana. Luego has dicho que Paloma conocía a tu madre, así que es posible que se la hubiese regalado Blanca; así ya no sería tan raro.

—¿Una foto de Alicia? ¿Dónde? ¿De qué época? ¿Con quién?

—Para, para… una pregunta después de otra. A ver. La foto es antigua, quiero decir, en blanco y negro, y a juzgar por las caras y por la ropa, debe de ser de mediados de los sesenta. Se ve a un grupito de chicas y chicos sonrientes, una pandilla, o unas cuantas parejas de novios. Dos de las chicas son rubias. No he reconocido a nadie, salvo a Alicia, y ni siquiera he estado seguro hasta que he visto ahora esta foto que me has enseñado. Detrás de ella, con las manos sobre sus hombros, había un chico.

—¿Quién era él?

—Ni idea. Un chico alto, moreno, de gafas. Desde luego Jean Paul no era.

247

—Tengo que ir a ver esa foto.

—Cuando vayas a la prueba del vestido. Así, mientras, vas mirando en las cajas y lo mismo te llevas alguna sorpresa. Pero si la foto se la regaló Blanca a Paloma, por ejemplo, entonces no puede haber nada que ocultar.

—Mi madre solo se pasaba por allí de vez en cuando a charlar un rato. No le iba a regalar una foto de su hija con unos amigos. Y Paloma no tendría en su despacho la foto de la hija desconocida de una clienta. A lo mejor ellas se conocían de jóvenes; debían de tener la misma edad. ¿Estaba Paloma en la foto?

—Uf, no sé. Podría ser la otra chica rubia.

Los dos callaron. Helena se colgó el medallón y se puso de pie.

—Voy a hacer un té. ¿Quieres?

Mientras preparaba el té, Helena le daba vueltas a la idea de que su hermana pudiera haber tenido un amante sin que nadie tuviera ni idea. ¿Era posible? Claro que sí. Ella también había estado liada con Jean Paul durante dos años sin que nadie se enterase. Aunque, si no recordaba mal, su madre le hacía una insinuación al respecto en la carta que le había dejado en la caja. ¿Qué le había dicho?

Dejó el agua a hervir y empezó a buscar la famosa carta. Pasó las páginas de acá para allá hasta encontrar lo que buscaba:

Y de Jean Paul… ¿qué te voy a decir de Jean Paul? Yo lo quería, todos lo queríamos. Tú también, ¿verdad? Sobre todo tú… Pensabas que yo no lo sabía, supongo. Intenté ocultárselo a tu padre pero no sé si lo conseguí. Tampoco quise saber si Alicia se había dado cuenta. Si aún conservas imágenes de aquella época quizá recuerdes que Alicia andaba distraída, como ausente… Nunca supe si se había enterado y le estaba dando vueltas a qué partido tomar, o si tenía preocupaciones propias que no quería compartir con nosotros.

De modo que Blanca sabía que ella y Jean Paul… ¿Era posible que también su hermana lo supiera? Cincuenta años después aún notaba cómo la vergüenza hacía que le subieran los colores. Curiosamente, ahora le daba mucha más vergüenza que entonces. Y si Blanca tenía razón y a Alicia le pasaba algo, ¿sería por eso, porque se había enterado y no sabía cómo reaccionar, o por otras cosas suyas que no quería compartir con nadie? En la constelación, Alicia había dicho que quería marcharse.

—Oye, ¿tu padre no fue comerciante, hombre de negocios o así y al final de su vida también político? —le llegó la voz de Carlos desde la salita.

—Sí. Y algo que tenía relación con el consulado antes de que nosotros naciéramos.

—Pues aquí dice que era militar.

—Te confundes. Militar era mi tío Vicente. Llegó a coronel.

Mientras hablaba, Helena estaba echando el agua sobre las hojas de té y había empezado a contar el tiempo.

—Tu tío Vicente y tu padre, los dos. Aquí los tienes, de uniforme.

—Sería durante la guerra.

—No. Poco antes. En su boda.

—¿Qué? ¿Hay una foto de boda? Nunca he visto una foto de boda de mis padres. Alicia y yo preguntábamos de vez en cuando y siempre nos contestaban entre risas que era una cursilería y que estaban todas bajo llave.

Carlos le tendió la foto de Blanca y Pilar vestidas de novia, junto a sus flamantes esposos.

—Y por si no te fías, aquí tienes la invitación. Lo pone bien claro: teniente Vicente Sanchís, capitán Gregorio Guerrero, ambos del Ejército de Tierra.

249

La caja

Documento 3

*E*s un cuaderno de unas cien páginas rayadas y tapas duras con un estampado de flores en colores psicodélicos, puros años sesenta.

En la primera página se lee «Alicia Guerrero» escrito en pluma con tinta azul royal en una letra amplia, redondeada, que necesita mucho espacio para desarrollarse y habla de una persona sociable, espontánea, intuitiva, con gran sentido estético.

Debe de tratarse de una especie de diario, aunque con frecuencia las entradas no tienen fecha y muchas páginas están dedicadas a bocetos y figurines. Hacia la mitad alguien ha arrancado algunas hojas. A partir de ese punto, las restantes están en blanco.

Hoy cumplo veinticinco años. ¡Qué locura! Ya un cuarto de siglo. Y llevo ya casi cuatro de casada. ¡Qué deprisa lo he hecho todo! Ahora que estamos en una época en la que por fin hay tiempo, no como a principios de siglo, cuando una chica tenía que darse prisa en encontrar marido porque a mi edad ya eras una solterona y no había nada que hacer; ahora, justamente, en lugar de disfrutar de la libertad y las posibilidades, voy y me caso antes de cumplir los veintidós. Pero es que JP era —bueno, y es— algo especial, muy diferente a todos. No había mucho que pensar. Y lo teníamos todo: nos queríamos, deseábamos llevar la misma vida y papá nos daba el dinero necesario para poner el negocio con el que soñábamos. ¿Qué más se podía pedir?

Sin embargo hoy, que es mi cumpleaños, no puedo evitar pensar que debería haberme dejado más tiempo; que elegí sin comparar; que, menos un par de chicos sin importancia con los que salí unas cuantas veces, no he tenido ocasión de vivir mi vida, de tener experiencias, de hacer locuras.

Helena sí que lo ha hecho bien. El año pasado, mientras JP y yo nos dejábamos la piel en Imagine, ella se pasó un año aprendiendo a pintar en Nueva York y California. Ha vivido un año realmente libre, ha conocido a montones de personas, ha probado algunas drogas —más me vale esconder bien este cuaderno si no quiero que mamá se suba por las paredes—, se ha acostado con más hombres de los que yo tendré en la vida. Incluso ha vivido un tiempo en una comuna, con *hippies* de melenas largas y flores en el pelo, en pleno San Francisco. Ha llegado incluso a hacer el amor con una mujer —me quedé de piedra cuando me lo contó, sin darle ninguna importancia además— y no me extrañaría que hubiera probado cosas aún más raras.

251

¿Tan extraño me parece a mí que me haya gustado ese chico al que conocí la semana pasada en el aeropuerto viniendo de París? No fueron más que cinco horas por el retraso del vuelo de Madrid a Casablanca, pero siento como si lo conociera desde siempre. Y, la verdad, aquí que escribo solo para mí, lo echo de menos. No es nada pecaminoso ni inmoral. Solo que por primera vez desde que estoy con JP me he sentido atraída por un hombre que no es él y eso ya es digno de figurar en mi diario, donde nunca hay nada que valga la pena, solo cosas de trabajo o ilusiones que me hago relacionadas con las vacaciones o con la posibilidad de tener hijos.

No entiendo por qué diablos no me quedo embarazada. No hacemos nada para evitarlo desde el principio, pero los niños no vienen. Tengo varias amigas que se han tenido que casar deprisa y corriendo y yo, que estoy legalmente casada y deseando tener hijos, nada.

A ver si este año lo conseguimos. Creo de verdad que eso nos ayudaría a estabilizarnos. JP no viajaría tanto si tuviéramos un bebé, siempre en el coche de acá para allá, haciendo kilómetros y kilómetros para solucionar cosas que podrían hacerse por teléfono.

La semana pasada me llamó desde Milán porque de repente se le había ocurrido ir a ver si la remesa de seda que tenían que enviarnos Luigi y Valentina había salido con los colores puros, no medio borrachos como la última vez, que hubo que devolverlos. Otra vez fue Zúrich, ya no recuerdo por qué. Puro culo de mal asiento.

El único sitio donde parece estar tranquilo es en La Mora; por eso me gusta estar allí sobre todo, porque veo lo bien que le sienta a JP y lo feliz que es. Creo que los que más disfrutan de La Mora en absoluto son él y papá, por eso se llevan tan bien. Les gusta hacer cosas con la tierra y las plantas, diseñar rincones misteriosos, poner fuentes por todas partes. Los dos dicen que los musulmanes tienen razón al decir que la belleza de un jardín es reflejo de la belleza divina. ¡Y eso que JP es ateo! Aunque, por supuesto, ni papá ni mamá lo saben.

A Helena y a mí nos gusta más la piscina, el no hacer nada, estar con mamá… pero aparte de eso es bastante aburrido y al cabo de unas semanas ya tenemos suficiente las dos y necesitamos salir de allí.

Cuando me imagino mi vida en el futuro, la verdad es que no coincido con JP, que quiere vivir en La Mora y viajar con frecuencia a París, en lugar de hacerlo al revés, como ahora. Yo soy más parisina que él, muy urbana, mucho más sociable. Me lo imagino de viejo, encerrado en La Mora, como un lord inglés enamorado de su castillo y de su parque, y yo mandándole postales desde cualquier ciudad del mundo a la que he ido unos días con Helena.

XXX

Tengo la dirección del chico del aeropuerto. ¿Me atreveré a escribirle?

14

Madrid. Época actual

—¡Helena!

La voz de Carlos le llegó al cuarto de baño en cuanto salió de la cabina de ducha y, antes de que pudiera ponerse el albornoz y salir a ver qué quería, él ya había abierto la puerta y le mostraba un pequeño álbum de fotos.

253

—Tienes que salir a ver esto. Es muy curioso, de verdad.

Se instalaron en el sofá con el álbum en el regazo de Carlos.

—¿Reconoces esta letra? —preguntó, enseñándole una lista de nombres y anotaciones en tinta negra escrita en una caligrafía pulcra y disciplinada.

—Sí, claro. De mi padre.

—Lo que yo pensaba.

—¿De qué se trata?

—A ver… tengo que empezar desde un poco antes. En el rato que tú has hecho la siesta yo he estado trabajando —Helena le sacó la lengua— y me he enterado, por el informe policial, de que el tipo que fue detenido por el asesinato de Alicia se suicidó en la cárcel; de hecho creo que ya en el calabozo. Al parecer consiguió robar un arma y se pegó un tiro.

—Sí, eso lo sabía. Nos lo contó papá para que nos sintiéramos algo mejor.

—¡Vaya, qué cosas! Eso de sentirse mejor, digo. Parece ser que lo acusaron porque intentó vender una cadenita de oro con un pequeño brillante que Alicia siempre llevaba puesta.

—Sí. Se la regalaron mis padres cuando cumplió los veintiuno, igual que a mí después.

—El acusado juró y perjuró que la robó del cadáver porque «a la señora ya no le iba a hacer falta y él tenía familia», pero que él no había tenido nada que ver con el crimen.

—Sin embargo, se suicidó, con lo que para todos nosotros en ese momento quedó claro que era una confesión.

—¿En ese momento?

Ella se encogió de hombros, se levantó del sofá y empezó a frotarse el pelo con la toalla mientras miraba hacia fuera, hacia las farolas de la plaza que acababan de encenderse.

—Cuando pasa una cosa así… es muy duro, ¿sabes? Una quiere saber, quiere venganza, que se acabe, comprender qué ha pasado, cerrar y seguir adelante. Por eso a todos nos alivió pensar que ya estaba todo claro. Había sido mala suerte, una horrible mala suerte, nada más. Solo que luego… con el tiempo, poco a poco todos empezamos a pensar que había sido demasiado fácil, que nunca había habido pruebas contra ese desgraciado, que de verdad era un raterillo de poca monta bien conocido por la policía… y empezamos a dudar.

»Pero yo para entonces tenía mis propios problemas. Estaba en España, me acababa de quedar embarazada, todo el mundo estaba supercontento de que por fin hubiera una buena noticia, algo positivo, y todos querían que nos casáramos. Jean Paul seguía deshecho, creo que aún estaba en una clínica en la Suiza francesa. Mi madre parecía un fantasma y solo con lo de mi boda se animó un poco. Fue mi padre quien empezó a obsesionarse con descubrir la verdad, pero conmigo de eso no hablaba por esas manías que tenían los hombres de la generación anterior de que a una mujer embarazada hay que tratarla con guantes de seda. Ya no supe más.

—Pues mira, parece que tu padre se lo tomó en serio de verdad. Fíjate en esto.

Carlos empezó a pasar páginas del álbum. Todas estaban llenas de fotos de la fiesta de aquella noche y en todas había marcas, anotaciones, flechas y círculos. Entre la última página y la tapa, había también varias cuartillas llenas de notas, preguntas y tachaduras.

—Debió de llegar a la conclusión de que el asesino estaba en la fiesta y, por lo que se ve, empezó a identificar y a seguir a todo el mundo. Mira la lista.

Helena echó una mirada y, conforme sus ojos pasaban por los nombres, iba reconociendo a la mayor parte de ellos, gente a la que ya había olvidado.

—Sí, los recuerdo. Sasha, este rubio nórdico de aquí, era el fotógrafo, por eso solo sale en esta foto. Lo tenían contratado Alicia y Jean Paul para su atelier. Y mira, aquí estaba el que faltaba en la otra foto, el tercero de los americanos que vinieron a visitarme en Marruecos.

—¿Los de la comuna?

Ella sonrió.

—No se te ha olvidado, por lo que veo. Yo, mientras tanto, he conseguido acordarme de sus nombres: Barbie, Jimi (bueno se llamaba de otro modo pero quería que lo llamáramos Jimi, por Hendrix) y John, el jefe.

—¿Cómo que el jefe?

—Era una broma. Los otros lo llamaban a veces *the Boss* porque era el único que se preocupaba de comprar los billetes de avión o de tren y de llegar a tiempo al aeropuerto; el que escribía las cartas, por ejemplo para venir a visitarme a Marruecos; el que, a pesar de lo que consumía, como todos, aún tenía más o menos la cabeza en su sitio.

—Pues parece que era, de entre todos los invitados, del que menos se fiaba tu padre. Fíjate que siempre hay marcado un círculo rojo a su alrededor. ¿Tú puedes leer su letra?

255

—Si la viera, sí, pero es tan pequeña… Dame la lupa y enciende la lámpara, que nos estamos quedando a oscuras.

Pusieron el álbum sobre la mesa y Carlos ajustó el flexo de manera que le diera bien la luz. Helena puso la lupa sobre una copia de la foto de grupo en la que se veía la figura desenfocada. Rodeando su cabeza había un círculo rojo y una flecha que llevaba a una anotación en el margen.

«¿De dónde viene? ¿Por qué va vestido así? No es su estilo.»

—Curioso. A tu padre se le ocurrió lo mismo que a mí, ¿te acuerdas?

Tres o cuatro fotos más adelante, en otra foto de grupo, otro círculo y otra anotación.

«Se ha cambiado de ropa y va otra vez de *hippy*. ¿Por qué?»

En otra foto, solos él y Jean Paul, cogidos por los hombros y con una botella de cerveza cada uno.

256 «¿Qué lo hace tan feliz? Está radiante. JP está muy preocupado. Debía de ser ya cerca de medianoche.»

Pasaron páginas y páginas. La fiesta se iba volviendo cada vez más loca. Gente bailando, gente tirándose vestida a la piscina, gente tumbada por todas partes haciendo el saludo *hippy*, gente fumando canutos como cucuruchos. La madre de Alicia, pálida, preocupada, pero aún no desesperada; curiosamente, si uno se fijaba en su expresión en la foto, parecía haber un fondo de sonrisa en su preocupación, como si se alegrara de algo pero necesitara asegurarse. Helena brindando con Jimi, entre angustiada y nerviosa, fingiendo que no pasaba nada.

En una foto la gente bailaba en la terraza, y detrás de ellos, mirando bien con la lupa, a través de las cristaleras se veía a Goyo telefoneando.

—Aquí estaría ya tu padre llamando a la policía.

Helena pasó páginas sin fijarse hasta llegar a la lista de nombres. Pasó el dedo por encima hasta encontrar el que le interesaba. Su padre lo había subrayado dos veces.

—John Fleming. Eso es. Ahora me acuerdo. Así se llamaba el tercer americano.

Tánger, 1943

Blanca no había estado más nerviosa en su vida, a pesar de que Goyo no se apartaba un momento de su lado, pero ella nunca antes había estado en un hospital y le impresionaba todo: los largos pasillos con su limpieza agresiva, el olor a desinfectante, a lejía y medicinas, las monjas vestidas de blanco o negro que pasaban casi flotando, apresuradas, como espíritus desencarnados, las camas de tubos de metal color crema y colchas blancas, los enfermos en bata…

—¿Y si nos topamos con algún conocido? —preguntó Blanca bajando la voz.

—A nadie puede extrañarle que una señora embarazada de muchos meses haya venido a un hospital a dar a luz. ¿No crees?

Ella empezó a morderse los labios en silencio. Llegaron a otro pabellón, con grandes ventanas por las que entraba la luz a raudales y hermosas vistas a un jardín lleno de palmeras.

Una enfermera de mediana edad, gruesa y con aire de autoridad, les tomó los datos y los fue apuntando en un formulario mientras Blanca quería fundirse con las paredes o que se la tragara la tierra lo antes posible.

Llevaba meses haciéndose el ánimo de lo que iba a pasar, pero ahora que había llegado el momento, la vergüenza no la dejaba respirar ni alzar la vista. Nunca hubiera creído que ella sería capaz de una cosa así. Sin embargo, cuando Goyo se lo propuso, estuvo muy pronto de acuerdo. Le repugnaba un poco la situación, pero no veía más remedio. Y en cuanto pasara por ello, luego todo sería mucho mejor hasta que lentamente lo fueran olvidando.

—¿Niño? —preguntó la enfermera.

Los dos asintieron.

—Si Dios quiere —añadió él, sabiendo que era la mejor contestación posible en un hospital regentado por religiosas.

—Vamos a ver.

La enfermera se puso de pie y les entregó unos papeles.

—Habitación 325. Puede ir usted instalándose. Desnúdese, póngase el camisón más amplio que tenga y espere hasta que llegue el médico.

—¿Cuánto… —empezó ella; se le cortó la voz, carraspeó y repitió—: cuánto se suele tardar?

La mujer se encogió de hombros.

—En estas cosas, hija mía, nunca se sabe. Pueden ser horas, días… incluso una semana. Los partos empiezan cuando quieren, pero si se retrasan mucho, se pueden inyectar fármacos para agilizar el proceso. Hay que tener paciencia. Dentro de nada, si Dios quiere, podrán irse a casa los tres.

Había tenido miedo de que la hubieran puesto en una habitación doble pero Goyo se había encargado de todo y estaba sola como habían pedido. «El dinero no dará la felicidad —le había dicho él con un guiño—, pero compra cosas que se le parecen mucho.»

Se instaló como le habían dicho y se metió en la cama. Ahora no podía hacer más que esperar. Ya pronto acabaría todo.

Goyo se aseguró de que Blanca estuviera cómoda y tuviera todo lo que pudiera necesitar antes de marcharse un rato; tenía cosas que hacer aprovechando que estaban en Tánger y se iría pasando regularmente por el hospital.

Le dio un beso a su mujer antes de despedirse; Blanca tenía la frente perlada de un sudor frío y temblaba, aunque hacía calor.

—Vamos, pequeña, ánimo, no temas —dijo, apretándole fuerte la mano—. Todo saldrá bien. Te lo aseguro. ¿Tú no querías tener un hijo? —Acabó con una sonrisa traviesa.

Blanca cerró los ojos, inspiró hondo y se acomodó entre las almohadas.

—Sí. Tienes razón. Anda, vete y vuelve pronto.

Una monja abrió dos dedos la puerta y le hizo una seña a Goyo, que salió enseguida al pasillo. Un par de minutos después había vuelto.

—No. Aún no. Niña. Descansa, Blanquita. Ahora mismo vuelvo.

Cuando volvió al pasillo, la hermana Virginia lo estaba esperando junto a la ventana del fondo. Recortada contra la violenta luz del exterior, era apenas una sombra, la silueta de cartulina de un pajarraco negro.

—Lo siento mucho, don Gregorio, pero en todo lo que llevamos de semana no han nacido más que niñas. Solo queda ya un parto que está en marcha en estos momentos. Si lo quieren, sea lo que sea, es suyo. Si no… ya sabe. Siempre podemos hacer como que ha salido mal, que han perdido ustedes la criatura que esperaban y vuelven a intentarlo el año que viene.

—Si lo retrasamos más, mi mujer se vuelve loca.

—¿Tanto le importa a usted que sea varón?

—¿A mí? No, hermana, a mí me da igual. Pero ella está empeñada en que los hombres necesitamos un heredero, por tonterías que dice mi cuñado, que es un ignorante.

—Pues entonces, la que acaba de venir al mundo es una monada y, si no, esperamos a ver qué pasa con este parto y elige usted.

—¿Y la otra criatura?

—Ya hay otra pareja esperando, pero le daríamos a elegir a ustedes primero.

—Gracias, hermana. Sabré recompensarles las molestias.

La monja bajó los ojos, metió las manos en las mangas contrarias y se alejó despacio por el pasillo.

Goyo se quedó mirándola hasta que desapareció detrás de las cristaleras. Si todo iba bien, la próxima vez que la viera llevaría en brazos a su hijo o su hija. Para Blanca sería una decepción que fuera niña, pero estaba convencido de que en cuanto le viera la cara, no habría más que hablar. De todas formas, ni siquiera habían pensado en nombres femeninos. Un varón sería también Gregorio, como él, por expreso deseo de su mujer. Una niña podría llamarse Blanca, o Carmen, como su abuela valenciana, o Rosa, como su otra abuela, la que ya había pasado a mejor vida, pero la verdad era que él preferiría un nombre distinto, más moderno, menos rancio.

Decidió entrar de nuevo a ver a Blanca para que fuera haciéndose a la idea de que a lo mejor volvían a Rabat con una niña.

—¿Se sabe ya algo? —lo recibió ella, nerviosa.

Goyo le contó lo que le había dicho la hermana Virginia.

—¿Qué te parece a ti? —le preguntó su mujer con los ojos muy abiertos.

—Que no es plan de que vuelvas a pasar por esto y que tengamos que esperar otro año. Además, imagínate, todo el mundo dándote el pésame y tú teniendo que hacer como que fue un parto horrible y que hemos perdido a la criatura. No, ni hablar.

—Entonces... ¿una niña? ¿No te importa?

—¿Por qué iba a importarme, tontina? Tu padre tuvo dos, y bien orgulloso que está de vosotras, con toda la razón del mundo.

Blanca se puso las manos sobre el falso vientre.

—Si hubiera podido ser verdad...

—A lo mejor también sería una niña. Así que no le des más vueltas.

—Es seguro que la madre no la quiere, ¿verdad? No irá a arrepentirse ahora...

—No. Es seguro. La criatura es hija de madre soltera. A nosotros nos va a arreglar la vida y a ella se la destrozaría. Es una muchacha joven, sin haberes, sin marido que la mantenga. ¡Menuda suerte ha tenido de encontrarnos a nosotros, que le vamos a dar a esa criatura lo mejor del mundo!

—Pero ella, la madre, nunca sabrá quiénes somos, ¿verdad?

—Te lo juro. Nadie sabrá nunca nada.

—¿Y el nene o la nena?

—Tampoco, chatita. Nunca se lo diremos. A todos los efectos nosotros seremos sus verdaderos padres para siempre.

Volvió a abrirse la puerta unos centímetros.

—Don Gregorio, venga conmigo, dese prisa. Y usted, doña Blanca, prepárese, van a venir a buscarla con una camilla para llevarla al paritorio.

Se dieron un beso rápido y se separaron.

Madrid. Época actual

Cuando volvieron de cenar, ya muy tarde porque habían salido tardísimo con lo del álbum de fotos de la fiesta, Helena cometió el error de abrir su correo electrónico para ver si había surgido algo relacionado con la entrevista que tenía concertada dos días después con el director del museo.

No había nada de eso, pero, a cambio, acababa de llegar un correo de Jean Paul. En el asunto: «No tardes, Helena».

Suspiró y estuvo tentada de cerrarlo de nuevo, pero Carlos estaba tumbado en el sofá mirando algo en su tablet y decidió echarle una mirada rápida antes de irse a la cama. Al día siguiente ya estaba todo planeado: por la mañana Marc y sus puñeteros cuadros, por la tarde Almudena y Chavi para cenar. Era mejor leerlo ahora, por si se trataba de verdad de algo urgente.

Helena querida, quizá ni siquiera te hayas preguntado por qué no te he vuelto a escribir desde el jueves, desde el momento en que puse en tus manos la pulsera que fue tuya y estuvo casi cincuenta años desaparecida. Sé que en el mundo real, el que existe más allá de estos muros y este jardín de plástico que me rodea, la vida pasa de otro modo y el limbo temporal en el que yo me encuentro es apenas comprensible para las personas que aún estáis sanas. Mi existencia pasa entre goteros, análisis, cambios de turno de las enfermeras, pastillas de todos los colores, tazas de infusiones, la elección del menú de la semana.

Por fortuna sigo pudiendo usar mi ordenador y eso me permite seguir vicariamente, a golpe de calendario, los días que han pasado desde la última vez que nos vimos. Cuatro. Cuatro largos días en los que he estado pendiente de la bandeja de entrada del correo electrónico, del móvil —que había metido en un cajón y he vuelto a sacar desde que tú viniste a verme—, de cada golpe de nudillos que suena en mi puerta y que nunca es tuyo.

Sé que sueno patético, que pensarás que estoy poniéndome en ridículo para llamar tu atención, hacer que te sientas culpable por abandonarme de este modo y que vuelvas a visitarme; y no te voy a negar que hasta cierto punto es así, Helena. Mi cerebro, o lo poco que me queda de lo que fue un cerebro inteligente y rápido, no deja de dar vueltas y más vueltas a lo que los dos sabemos: al pasado, a las sombras, al dolor, a qué podríamos haber hecho para evitar todo aquello; y aunque sé que es ocioso, que lo pasado pasó y no tiene arreglo, no dejo de pensarlo, de hacerme preguntas, de imaginar que te las estoy haciendo a ti y que tú me contestas.

¿Nunca te extrañó que no volviera a llamarte después del funeral de Alicia? A mí —ya que he decidido decir la verdad, voy a tratar de hacerlo en serio— sí me extrañó que tú no lo hicieras. Porque yo tenía mis motivos, que antes o después te explicaré. Pero tú, amor mío, ¿qué motivo tenías para rechazarme? ¿Por qué no me buscaste cuando los dos estábamos tan heridos? Podríamos habernos consolado el uno al otro, darnos la fuerza y el valor que nos faltaba, buscar un nuevo sentido a la vida —tan jóvenes como éramos— y seguir adelante, juntos quizás o incluso separados, pero en contacto, cuñados, amigos.

Cuando fueron pasando los meses y no volviste a llamarme, me perdí en una niebla de dolor, de remordimientos, en un bosque al ocaso hundido en medio de una ciénaga de la que no me veía capaz de salir. Y en algún momento alguien, ya no sé quién, me dijo que te habías casado, que habías tenido un hijo; y me perdí de nuevo hasta que, de algún modo, conseguí salir y retomar mi vida. Solo que para entonces ya no era mi vida; era otra cosa. Una vida sin Alicia, sin ti, sin Goyo y sin Blanca, sin mi equipo de Alice&Laroche que, mientras tanto, habían tenido que buscarse otros empleos, hasta que poco a poco fui recuperándolos, no a todos, pero sí a la mayor parte.

Lo único que me quedaba de mi vida auténtica era La Mora. Increíble, ¿verdad?

Lo hablé con tu padre. No me parecía justo quedármela yo cuando los demás no estabais. Él, de momento, no quería volver; no se sentía con fuerzas. Había empezado a construir el chalé de Santa Pola y, a partir de ahí, le entró el gusanillo de la construcción en la costa del Mediterráneo; eso lo mantenía en marcha y no le dejaba pensar tanto en lo que no quería pensar. Me prometió que volvería a La Mora cuando se sintiera capaz, solo o con Blanca. Me prometió que hablaría contigo para que volvieras también, de vacaciones, unos cuantos días, con tu nueva familia si querías. No sé si llegó a hacerlo. No sé si fuiste tú quien se negó.

Cuatro años después de la muerte de Alicia regresé a Rabat. Mientras tanto la familia de Suad había estado ocupándose de La Mora. Su marido era policía, ¿te acuerdas?, pero sus hermanos trabajaban el campo y yo les enviaba dinero para que se encargaran del jardín mientras ella y su madre cuidaban la casa. Todo estaba igual cuando volví, salvo que era febrero. Muchos árboles estaban pelados, la piscina vacía, las hojas secas amontonadas en los rincones menos accesibles a la escoba de las dos mujeres. Exactamente como yo me sentía.

Me quedé seis semanas y fue lo más difícil que he hecho en la vida. Todos los días salía a la terraza y, poco a poco, metro a metro, iba reconquistando el jardín, superponiendo recuerdos más antiguos o mucho más recientes —del día antes, de tres días antes— sobre los lugares más peligrosos, los que guardaban los recuerdos más intensos y bellos de nuestra historia común. Durante esas seis semanas fue como estar en el infierno, Helena, como quemarse día tras día en una fiebre de deseo, de nostalgia, de imposibilidades, cada día un poco más, hasta que la piel del alma se va encalleciendo y las quemaduras son tantas que todo tu espíritu, lo que hace que tú seas tú, se convierte en un costurón ya insensible.

Y las noches… Esas noches imposiblemente largas en las que recorría la casa como un alma en pena —tú sabes muy bien cuánto odio los clichés, pero era exactamente como me sentía, como un ser desencarnado, como un condenado a la vida eterna— sin poder encontrar la paz en ninguna parte, ni frente a las llamas de la chimenea, ni en el sillón orejero de la biblioteca que siempre fue mi preferido, ni en la cama que compartí con Alicia, ni en tu cuarto de baño, donde nos abrazamos por primera vez.

A base de noches y noches fui endureciéndome hasta que, en algún momento, creo que años después, volví a sentirme en casa, pero no en aquella casa que fue de todos, aquella casa habitada por una familia, sino en una nueva hecha a medida de mi soledad, el cascarón de un cangrejo ermitaño que me protegía de las influencias del exterior y se me iba pegando a la piel hasta que no hubo diferencia entre yo y La Mora. Por eso no traté de buscarte ya, ni de devolvértela. No habría sobrevivido sin esa casa, sin ese jardín que guardaban lo mejor y lo peor de mi existencia.

Ahora que esta se acaba ha llegado el momento. Muy pronto será tuya y tendrás que ganártela como hice yo. Ven a verme y te daré las llaves.

Lo que más me gustaría, ya que todo lo demás es imposible, sería que fueras a verla ya mismo, mientras yo aún respire, y que volvieras aquí para hablar de ella, para despedirme. Los dos nos iremos pronto, Helena, tú a las antípodas, yo al otro mundo, ese que no existe y en el que no creo. Pero tampoco he estado nunca en Australia y, al parecer, está ahí. Ya veremos. Siempre me han gustado las sorpresas.

Por favor, Helena, ven a recoger las llaves de La Mora. Quiero ser yo quien te las dé. No tardes.

Cerró los ojos y volvió a suspirar. La abrumaba esa cantidad de sentimientos, esa impudicia repentina al desnudarlos de ese modo para ella. Cuarenta y tantos años atrás Yannick no era tan verbal; casi toda su relación estaba hecha de encuentros sexuales al rojo blanco seguidos de conversaciones susurradas en las profundidades de una cama y que nunca trataban de sus sentimientos, sino de cualquier otra cosa: cine, política, novelas, actualidad, recuerdos infantiles… Rara vez se habían dicho palabras de amor y a los dos les gustaba así. Sin compromisos. Sin ataduras. Sin promesas de futuro.

Ahora era como si todo lo que alguna vez sintió por ella y todo el amor retenido que había ido rezumando a través de los años se hubiera recogido en un embalse y estuviera desbordándose fuera de control. O como si la cercanía del final le hubiera hecho recordar y exagerar lo que una vez sintió por ella para dar a su vida un cariz más heroico, más novelesco.

Ella también lo había querido. Mucho. Hubo momentos en los que habría estado dispuesta a cualquier cosa por estar con él, incluso a renunciar a su familia, que en esa época era todo su mundo; pero eso acabó años atrás. Durante mucho, mucho tiempo, dolió como una herida abierta, pero llegó un momento en que todo quedó tras un velo que permitía adivinar los contornos de lo que fue, pero ya no distinguirlo con claridad. Hasta que un día dejó por fin de verlo.

Recordaba con total precisión ese momento: fue en Indonesia, unos meses después de haberse establecido en Bali. Unos amigos que estaban de viaje por Asia la convencieron de acompañarlos a Java a ver los grandes templos: Prambanan y Borobodur. A ella, por entonces, los templos de la religión que fuera

265

le resultaban indiferentes, pero le encantaba viajar, estar en movimiento, reunirse con desconocidos, fumar todo lo que le ofrecían, compartir extrañas frutas y platos picantes, tumbarse a dormir en cualquier parte, en una estera, bajo un techado que la protegiera de la lluvia tropical, pintar de vez en cuando cosillas que vender a los turistas para sobrevivir sin tener que recurrir a su padre, olvidar que alguna vez había sido una niña rica protegida y mimada.

Cuando se fueron los amigos después de ver lo que habían venido a ver, decidió quedarse unos días más, y en Yogiakarta se unió a unos americanos que querían visitar Candi Ijo, el templo verde, al atardecer.

Tardaron horas en subir por un camino que serpenteaba siempre hacia arriba entre bosques tropicales, pasando casitas de techo de palma, jardines minúsculos donde picoteaban las gallinas, orquídeas silvestres de todos los colores, altísimas palmeras desde donde algunos monos contemplaban el ascenso de los humanos.

Cuando por fin llegaron, el sol estaba ya bajando hacia el ocaso, iluminando los templos ruinosos con una luz anaranjada, cálida, que bañaba las piedras con un barniz dorado y endulzaba los ojos y las caderas de las estatuas de las danzarinas y las misteriosas sonrisas de los príncipes de loto esculpidos en las fachadas.

Al cabo de un rato de entrar y salir de la oscuridad de los templos, se sentaron en el muro de roca, con las piernas colgando y un cigarro entre los dedos, a ver ponerse el sol que descendía como un mango maduro hacia la línea refulgente del océano en la lejanía, todo el inmenso valle verde entre sus ojos y el mar.

Olía a humo y a tortas que se tostaban sobre el fuego, a tabaco, a pachuli y a hierba seca. Las rocas estaban calientes de sol. La vida era leve, como un pañuelo de seda naranja.

Unas nubes caprichosas, incendiadas de carmesí y escarlata,

se deshacían despacio cambiando de forma como sus pensamientos. Una tenía la forma del mapa de Francia, donde Yannick estaría rodeado de suntuosos tejidos preparando otra colección mientras ella intentaba deshacerse, como las nubes,
para cambiar de forma de una vez y dejar de ser la misma.

En ese momento, en uno de esos prodigiosos vislumbres
que también se llaman epifanías, supo que, igual que el sol estaba terminando su carrera, también su amor pasado tenía que
acabar definitivamente para que la noche lo limpiara y todo en
ella pudiera renacer al día siguiente.

Esperó con el alma en vilo a que el último borde dorado se
hundiera en el mar, inhaló la última bocanada de humo y, con
suavidad y firmeza, corrió un último velo sobre el fantasma de
Jean Paul. Para siempre.

267

15

Madrid. Época actual

Al entrar en el atelier de Marc, Helena se detuvo un momento en la puerta y echó una mirada circular. No recordaba nada. Lo mismo podría haberse tratado de otro lugar. La oscuridad, el cansancio y el alcohol se habían conjurado para deformar o bien la realidad de las cosas o bien sus recuerdos de ellas. Seguramente sus recuerdos, decidió. Las cosas no suelen cambiar tan deprisa.

—¡Cuánto me alegro de que por fin estéis aquí! —los saludó Marc, entre contento y nervioso—. ¿Os apetece tomar algo? ¿Una cerveza? ¿Una copa de vino? ¿Algo más fuerte? ¿Whisky para ti, Helena?

—Yo solo tomo whisky después de medianoche, y no vamos a quedarnos tanto rato. Cerveza va bien.

—Que sean dos —añadió Carlos—. A ver, ¿qué tienes por ahí?

—Allí, al fondo, tenéis los acabados. Echadles una mirada mientras traigo de beber.

Era una habitación grande y estaba rodeada de ventanas en dos de las paredes que hacían ángulo, una especie de *loft* pequeño y sin desechos industriales, con una cama tapada con una colcha de color azul marino que había sido empujada hasta la pared pero que, normalmente, a juzgar por las marcas del suelo, debía de estar casi en el centro de la estancia.

Había media docena de cuadros apoyados en la pared, dos en caballetes y otros tres colgados. Las mujeres fantasmales parecían más sólidas a la luz del día, mientras que sus miradas estaban aún menos presentes.

Helena paseó lentamente de uno a otro, acercándose y alejándose, dando tragos a la cerveza que Marc le había puesto en la mano en silencio.

—¿Tienes uno de esta serie más o menos en proceso aún?

—Sí. ¿Quieres verlo?

—Ajá.

Marc miró, indeciso, a Carlos, que le sonrió como dándole ánimos, y se marchó en dirección a la cocina. Volvió enseguida con un cuadro grande entre los brazos y lo colocó en uno de los caballetes ocupados, delante de la tela que habían estado mirando.

Helena lo estudió con interés.

—Mmm… en este hay algo más. Una profundidad que no tienen los otros. Falta mirada, claro, y definición, ese es tu punto flojo. Pero… tiene más fuerza. —Tendió la mano hacia la paleta que reposaba sobre una mesita auxiliar llena de manchas de pintura, frascos de trementina sin limpiar y diversos pinceles—. ¿Puedo?

—Claro, claro, sírvete.

Con el botellín de cerveza en la izquierda y el pincel en la derecha, trabajó durante un par de minutos en el único ojo que la posición de la mujer fantasma permitía ver. Luego empezó a retocar la zona de los labios, añadiendo un par de sombras, unos toques luminosos, apenas nada.

La figura iba vestida únicamente con una camiseta interior blanca y unas bragas de algodón, como si se acabara de despertar de un sueño inquieto porque había oído un ruido que no podía identificar.

Cuando Helena se apartó del cuadro, la expresión de la muchacha había cambiado o, más bien, su rostro había adquirido

269

una expresión. Ahora era una mezcla de miedo, sorpresa y algo que empezaba, pero solo empezaba, a parecer delicia, como si ese misterioso ruido procediera de algo que nunca habría esperado pero que llevase mucho tiempo deseando, y a la vez había algo perverso, maligno, en la sonrisa que apenas se insinuaba en sus labios.

—Quizá no era esa la expresión que tú buscabas; quizá tú la imaginabas de otro modo, pero ahora tiene una expresión. Ahora es alguien, ¿no crees? O puedes borrar la expresión por completo y dejarla en un monstruo, una aparecida, un espíritu vacío... pero que sea porque tú quieres, no porque no eres capaz de hacer lo que querías hacer. ¿Me explico?

Marc miraba el cuadro atentamente, tratando de comprender qué era lo que había hecho Helena.

—Ese es el problema, cachorro de artista, que es necesario aprender mucho, y aprender de los que saben más que tú —continuó—. No creer que ya has llegado, que ya lo sabes todo. Nunca. Si Velázquez siguiera vivo, yo iría a aprender de él, a pintar fondos si hiciera falta, o telas de esas aburridísimas llenas de florecillas doradas. ¿Has visto los dibujos del Parmigianino? Estúdialos y aprende. Hay maestros muertos y algunos, pocos, maestros vivos, lo que es una gran suerte.

Marc carraspeó, incómodo.

—Pero ya te digo —siguió Helena—, este es mejor. Hay algo en este que permite creer que te importa más que los otros, que tiene un espesor que no está en los demás. ¿Pintabas a una mujer que te importa o lo que te importa es la situación, el cuchillo que lleva en la mano?

—¿Cómo sabes que lleva un cuchillo? —contestó Marc, casi asustado.

—Eso, ¿cómo lo sabes? —repitió Carlos—. La mano está vacía, al menos la que se ve.

Helena no le hizo caso y siguió hablando con Marc.

—Pero la idea es que lleve un cuchillo, ¿no?

El muchacho asintió con la cabeza.

—¡Bien! Sigue por ese camino. Cuando tengas unos cuantos, dímelo y vuelvo a ver qué has hecho.

Dejó el botellín de cerveza en la mesa y con una seña a Carlos, se encaminó a la puerta. El hombre le estrechó la mano a Marc, se encogió de hombros con un gesto de disculpa hacia ella y la siguió.

—¡Helena! —llamó Marc antes de que ella desapareciera por las escaleras—. ¿Estarías dispuesta a darme un par de clases?

Sonrió de espaldas a los hombres. Esperó a que se borrara su sonrisa y se giró hacia ellos.

—¿Y eso?

—Quiero hacerlo bien. Todo lo bien que pueda. Es la única manera de quitarme de encima las pesadillas.

—Por ahí se empieza, sí. De acuerdo. Mañana y pasado no puedo, luego veremos. Tú sigue. Fíjate en lo que he hecho, pinta lo que tú tienes dentro, lo que no puedes evitar pintar. No pienses en lo que el público querrá o no querrá comprar. Lo único que cuenta es tu equilibrio mental, joven colega. Sigue pintando y veremos.

Cuando se cerró la puerta tras Carlos y Helena, Marc se dejó caer sobre la cama. No era en absoluto lo que había esperado de esa visita, pero acababa de darse cuenta de que estaba contento. Y de que estaba deseando ponerse a pintar.

271

La caja

Documento 4

*E*n el mismo cuaderno de las flores psicodélicas, un poco más adelante, después de varias páginas de bocetos de moda en color, números de teléfono escritos a toda velocidad y con mala letra y diferentes anotaciones que no significan nada en el presente, hay otra entrada sin fecha.

Me ha contestado. Aún no me lo puedo creer. Viaja mucho por trabajo entre París, Madrid, Nueva York y Quebec. Quizá nos veamos pronto, la próxima vez que venga a Europa, y nos tomemos otra copa en otro aeropuerto. Me haría muchísima ilusión y, a la vez, estoy empezando a sentirme culpable por ello; y eso que aún no he hecho nada de lo que tenga que arrepentirme, pero es que encuentro tan raro eso de ser una señora casada, no poder disponer de mi tiempo y elegir mis amistades sin hablarlo antes con JP. Él también va de acá para allá sin preguntarme si puede, y al fin y al cabo vivimos en mitad del siglo XX; las mujeres llevan casi cien años luchando para alcanzar los derechos que ahora tenemos. No hace ni dos semanas, medio centenar de mujeres quemaron públicamente sus sujetadores en Estados Unidos para mostrar que el cuerpo de una mujer solo es de ella y solo ella puede decidir cómo usarlo. Yo, al fin y al cabo, lo único que quiero es tomarme una copa o salir a cenar con alguien que me gusta.

Claro que ese es el problema, que no se trata de que me caiga bien sin más y podamos salir los tres a cenar y a conocernos, sino que **me gusta,** que por primera vez desde que me enamoré de JP hay un hombre que me gusta y no es él. Que me gusta **porque** no es él. Ya está. Ya lo he escrito. Espero que nunca nadie llegue a leer esto.

Siempre me llama la atención cuando se publica el diario de un artista importante, o una colección de cartas entre dos escritores, o entre un filósofo y su amante… cosas así; siempre hay algún lugar en que el autor dice que quemará todo aquello antes de su muerte, pero nunca lo hace, y unos años o décadas más tarde cualquiera puede leer aquellas frases que solo estaban dirigidas a sí mismo en un futuro o a la persona que más le importaba en el mundo.

Me pregunto cómo se sentirían si, al escribirlas, supieran que miles de desconocidos acabarían leyéndolas, o —mucho peor— que las leería su propia familia cuando ellos ya no estuvieran para aclarar ciertas dudas, para relativizar ciertos conceptos.

Porque esa es la gracia de un diario, que uno escribe lo que se le ocurre en ese momento y no se plantea si está bien escrito, si es coherente con lo que ha dicho antes, si podría herir los sentimientos de alguien querido que lo leyera mucho tiempo después.

Yo quemaré esto cuando sea vieja, después de haber vuelto a leerlo. Seguramente partida de risa de todas las angustias que estarán ya tan lejanas, de todas las decisiones que tanto me costó tomar y que para entonces no tendrán la menor importancia.

Lo difícil, claro, es saber cuándo es una lo bastante vieja como para empezar a quemar cosas comprometedoras que no quiere que caigan en manos ajenas. ¿Cincuenta y pico, que es la edad que tiene mamá ahora? ¿Sesenta? ¿Setenta?

La verdad es que mucho más no me puedo imaginar. No consigo imaginarme a mí misma a los ochenta años, con bastón y pelo blanco, como las abuelitas de los cuentos.

Ya se me eriza el vello cuando me imagino a los cuarenta, luchando contra las arrugas y la celulitis, tratando de que mis clientas no se asusten ante mi decadencia y se busquen otra diseñadora.

273

¡Pero basta de horrores!

Yo había empezado para dejar constancia de algo que, aunque me asusta, me ilusiona.

Es un poco como cuando conocí a JP y me pasaba los días esperando que me llamara, que coincidiéramos a la hora de comer en cualquiera de los *petits bistrots* que había por la zona.

Esa sensación no tiene paralelo y, lógicamente, es lo primero que se pierde cuando se convierte en cotidiana, cuando una se despierta ya al lado de ese hombre maravilloso y hasta ese momento lejano, cuando la comida juntos es algo que suele suceder casi todos los días.

Por eso me parece natural que esa magia se haya perdido ya, pero la echo de menos. ¡Es tan bonito estar enamorada, y esperar, y dudar, y recibir pequeñas recompensas —un roce de manos, una mano en la cintura al cruzar una puerta, una mirada profunda, una sonrisa cómplice— y desear que vayan haciéndose más frecuentes, más intensas!

JP sigue siendo un marido estupendo, de eso la verdad es que no puedo quejarme, aunque últimamente está siempre en las nubes, pensando en otras cosas, de acá para allá, quedándose más tiempo en el atelier cuando yo me canso y vuelvo a casa, o salgo a tomar algo con las chicas, pero no es como cuando nos casamos. No siento esa necesidad constante de verlo, de que me toque, de saber que me quiere; no me dan escalofríos cuando pienso «ese hombre maravilloso es mi marido». Lo sigo queriendo, claro, lo pasamos muy bien en la cama, cuando sucede —lo que ya tampoco es como era— y trabajamos estupendamente juntos, somos un gran equipo, pero estoy deseando que llegue el momento de que Helena se una a nosotros y seamos tres los jefes, no solo dos y además pareja.

Helena y JP se llevan bien, bromean mucho, se equilibran entre sí, a pesar de que los dos tienen su polvorilla, y a veces chocan y hay fuegos artificiales; y además a mí Helena me da tranquilidad, aunque supongo que se reiría mucho si lo supiera. Ella juega mucho al juego ese de «hermana mayor-hermana pequeña», que

para mí no tiene ninguna importancia y que la mayoría de las veces resulta que es al contrario, que ella es mucho más sensata que
yo y tiene mejor cabeza para los números y las decisiones empresariales. Helena sabe decir que no sin que se le mueva una pestaña, sin sufrir por ello angustias sin cuento, como yo; algo que es
muy importante en un negocio.

Ahora por Navidad volveremos a La Mora. Allí tengo más libertad de movimientos, los horarios son más flexibles, los invitados hacen que la gente esté siempre distraída, que siempre haya
algo que hacer. Quizá podría aprovechar alguno de esos días que
papá y JP dedican al jardín y marcharme a Casablanca. Quizá podríamos vernos allí.

16

Madrid. Época actual

Cuando Carlos y Helena llegaron al Ginger, el restaurante donde habían quedado en la plaza del Ángel, Almudena y Chavi ya estaban sentados a una mesa junto a la ventana.

276

Ya en el chalé de Álvaro, el día mismo de su llegada a España, le había caído bien el futuro marido de su nieta, pero no había tenido mucha ocasión de hablar con él. Ahora, mirándolo de cerca, viendo su sonrisa y la forma que tenía de tratar a Almudena, se dio cuenta de que por fortuna no era el típico hijo de familia rica, sino que parecía un hombre joven con los pies en el suelo y muchas ganas de trabajar para crearse una vida propia.

—Estoy deseando que me contéis todo lo que habéis averiguado hasta ahora —comenzó Chavi—. Lo que me ha explicado Almudena me ha dado muchas ganas de saber más. Vamos a elegir rápido y ya podemos entrar en materia.

—¡Qué prisas, muchacho! —dijo Helena con una sonrisa.

—Es que estoy harto de hablar de la boda. Parece que no hay más tema: que si el vestido, que si la cena, que si las narices… A mí que me habría gustado casarme en plan sencillo y sin más invitados que la familia y cuatro gatos, y ahora me encuentro metido en algo que parece asunto de Estado. Pero es que esta niña —gesticuló hacia su novia—, a pesar de lo que parece, sigue teniendo el corazón de princesita que tenía a los siete años.

—Es que pienso casarme una sola vez en la vida y tengo que aprovechar. ¿Me entendéis, no?

Helena estuvo a punto de decirle que no, que no la entendía, que no se explicaba que una mujer pudiera limitarse de ese modo, decidiendo a los veintidós o veintitrés años que con una vez bastaba, que ese hombre concreto era el único que tendría para el resto de su vida, y ninguno más. Pensó decirlo, pero decidió que le interesaba más hablar de su investigación que enzarzarse en un debate sobre la fidelidad y la pareja única y esas zarandajas.

Eligieron rápido lo que pensaban cenar —cosa difícil porque casi todo les apetecía— y enseguida Carlos empezó a hacerles un resumen, puntuado por intervenciones de Helena y preguntas de los dos jóvenes.

—Así que —concluyó ella— ahora tenemos un montón de vías abiertas, de cosas que no son como pensábamos, más preguntas de las que había antes y muchas menos respuestas.

—Siempre he oído decir que en toda familia hay secretos, cosas de las que no se habla por miedo o por vergüenza o por delicadeza o qué sé yo, pero pensaba que era hablar por hablar, para darse una cierta importancia; y ahora resulta que es verdad, al menos en vuestra familia —dijo Chavi—. Que también va a ser la mía.

—A mí lo que más raro me resulta, abuela —intervino Almudena—, es eso de que tu padre fuera militar antes de la guerra y luego nunca hablara de ello en casa.

—Jamás. No se comentó nunca, ni siquiera cuando se hablaba de mi tío Vicente en general o cuando lo habían ascendido o algo así. Jamás lo mencionaron, ni él ni mi madre. Ayer me quedé muy impresionada al verlo vestido de capitán. La verdad es que estaba guapísimo. ¿Por qué lo dejaría?

—Quizá lo que vivió en la guerra le quitó las ganas de seguir en el Ejército. ¿Sabes dónde estuvo destinado?

—Un inciso, por si acaso: él era franquista convencido, supongo que lo sabéis. Sé que primero estuvo por su zona, el sur de Alicante, Orihuela, donde al parecer los rojos, poco antes de la guerra, habían confiscado las propiedades de sus padres, huertas y casas de labor… cosas así. Solo de modo muy críptico se refería alguna que otra vez a que lo había dejado ya todo arreglado, y la herencia había pasado a su hermana Paz, con la que no tenía prácticamente ningún contacto. No sé si eso de haberlo dejado «arreglado» significaría lo que yo me temo, ahora que he leído algunas cosas sobre la represión franquista, pero la verdad es que me cuesta imaginarme a papá matando gente. También estuvo en Madrid, en la lucha por la Ciudad Universitaria, creo; lo que también debió de ser algo espantoso. Pero ya os digo, mi padre no hablaba de estas cosas.

—¿Quieres que trate de enterarme?

—¿Cómo?

—Hay archivos del Ejército, mujer. Y yo soy historiadora, tengo costumbre de hurgar en archivos y bibliotecas.

—Podría estar bien.

—Después de la guerra fue delegado de comercio en el consulado de Casablanca… —empezó Chavi.

—O algo similar —lo interrumpió Helena.

—Y posteriormente comerciante en general y al final de su estancia en Marruecos, gobernador de Sidi Ifni —contribuyó Almudena, repasando los datos.

—Eso suena como que le dieron un premio al final de su carrera por los servicios prestados —dijo Chavi.

—¿Sí? ¿Tú crees? ¿Qué servicios?

Chavi se encogió de hombros.

—¿Espionaje?

—¡Vamos, hombre! Mi padre, espía… ¡Venga ya!

—Nos contaste que a principios del verano del 69 tu padre

estaba muy contento y recibía a muchos marroquíes en la finca, ¿no? —preguntó Almudena.

—Sí.

—¿Sabes qué pasó en junio del 69?

—Ni idea.

—España devolvió Ifni a Marruecos. La «retrocesión», la llamaron, no devolución ni restitución, sino retrocesión, como si fuera un acto de generosidad por parte del gobierno español. Si tu padre, que había sido gobernador, estaba contento con la idea de que Ifni volviera a Marruecos, eso podría significar que él personalmente trabajó a favor del sultán, luego rey Mohammed V.

—El que le regaló La Mora por servicios que no conocemos —dijo Carlos.

—Sí, pero mucho antes, en el año 43 —precisó Helena.

—Lo mismo era un espía doble, que trabajaba tanto para España como para Marruecos.

—No exageremos, señores. Aparte de que eso, de momento, no nos ayuda a comprender nada del asunto del asesinato de mi hermana, que es lo que más me importa. Al menos a mí.

—Eso sí que lo veo realmente imposible —dijo Chavi, alzando la vista para darle las gracias al camarero que acababa de traerle la ensalada.

—No hay nada imposible —dijo Carlos, con un guiño—, como mucho improbable.

—A ver, ¿qué tenemos?

—Ahora sabemos que no la mataron para robarle ni la pulsera, porque ha aparecido en la casa, ni la cadenita, ya que yo me inclino a creer la declaración del pobre quinqui que se la quedó al encontrar el cadáver en el río pero no mató a Alicia —explicó Carlos—. Aunque, claro, está lo de su suicidio en el calabozo, que podría interpretarse como confesión. Sabemos también que Alicia murió de una sobredosis de heroína administrada en un lugar de su cuerpo que hace poco creíble que lo hiciera ella misma, aparte de que no tenía por costumbre consumir ningún tipo de droga. Si estaba viva o muerta cuando la violaron es algo que no podemos saber, a menos que alguien que sepa más que yo lea el informe del forense y lo diga allí. No sabemos realmente qué hacía Alicia en los Oudayas porque, si iba a recoger esas famosas telas, eso era en la medina, no en la fortaleza.

—En una tiendecilla de la Rue des Consuls, en la medina —precisó Helena—, que de hecho no está muy lejos de los Oudayas. Cinco minutos a pie.

—Blanca, en su carta, insinúa que Alicia iba a encontrarse con alguien, pero no sabemos quién ni para qué, ni por qué tenía que hacerlo en ese momento y en secreto. Tenemos también las dos frases del final de la carta en la que un tal M…

—O una tal M —precisó Helena.

—O una tal M —concedió Carlos— dice que la quiere y que no piensa admitir un «no» por respuesta.

280 —¿Sabemos si esa carta iba dirigida a Alicia? —preguntó Almudena.

Los dos negaron con la cabeza.

—Podía ir dirigida a cualquiera de los tres: Goyo, Blanca o Alicia.

—Y tenemos, no hay que quitarle importancia, lo que dijo la mujer que representaba a Alicia en la constelación —acabó Carlos.

Helena bufó sin preocuparse de hacerlo discretamente. Había tenido la esperanza de que no saliera el tema en la conversación. A pesar de lo que la había impresionado aquello, seguía pensando que no podía una ir contándolo por ahí, que la mayor parte de la gente la tomaría por loca, o por crédula, lo que era peor, o por tonta sin más, lo que era muchísimo peor, de modo que clavó el tenedor casi con violencia en los riñones al Jerez que había pedido y cerró la boca ostensiblemente.

—¿Has hecho una constelación, abuela? ¿Qué pasó en la constelación? —preguntaron casi a la vez los jóvenes.

—¿Sabéis lo que es una constelación? —Helena estaba perpleja.

—Claro —contestó Almudena—. Está muy de moda desde hace un par de años. No tienes más que meterlo en un buscador de internet y te salen más de medio millón de páginas solo en español. Varios conocidos nuestros lo han hecho y, si yo no me he animado aún, es porque no se me ocurre qué podría plantear. Sé que suena idiota, pero no tengo traumas que curar. O al menos no soy consciente de tenerlos, lo que viene a ser lo mismo.

—Venga, Helena, cuéntanos lo que salió.

Con cierta desesperación, lanzó una mirada hacia Carlos, que de inmediato recogió el guante y empezó a contar lo que ella no quería poner en palabras.

—Interesante —dijo Chavi cuando Carlos terminó de hablar, echándose hacia atrás en la silla después de haberse comido las últimas hojas de lechuga—. Así que Alicia quería irse, alejarse de vosotros. ¿Por qué?

Helena se encogió de hombros. No pensaba decirles que, en el caso de que Alicia se hubiera enterado de su relación con Jean Paul, a lo mejor había decidido dejar de ser un obstáculo entre ellos y quitarse de en medio. Era muy generosa, y quería mucho a su hermana pequeña. Podría ser. Con la serenidad que dan el tiempo y la distancia, pensaba ahora que habría sido una posible reacción por parte de Alicia que entonces no se le ocurrió.

Contestar ahora a esa pregunta explicándoles sus suposiciones significaría contarles que ella estuvo enamorada de su cuñado, y él de ella, y que estuvieron engañando a Alicia y a sus padres durante dos años. Y eso era algo que no pensaba hacer. Ni siquiera Carlos lo sabía, y no era plan de que se enterase ahora, en un restaurante, delante de su nieta y el novio.

—¿No se habría enamorado de otro hombre?

—¡Y dale! A todos se os ocurre esa solución.

—Es que es lo más probable. Y tiene sentido. El amante quiere acudir a la superfiesta y que Alicia deje de ocultar su rela-

281

ción y ponga las cosas en claro de una vez. Ella lo tranquiliza diciendo que se encontrarán un rato en los Oudayas, que ella saldrá de casa con la excusa de las telas y que quizá, al día siguiente o un par de días después lo aclararán todo. Luego, cuando ella quiere irse, él se enfurece y la mata —imaginó Almudena.

—¿Inyectándole heroína? —La expresión de Chavi dejaba bien claro que le parecía una estupidez—. Con un escenario como el que tú has pintado podría creerme que la estrangule, que la mate a golpes, que le clave un cuchillo... cualquier barbaridad de las que entran en la categoría de «crimen pasional», pero que le clave una jeringuilla en la carótida y que, mientras la droga va haciendo efecto, la viole y luego la tire por una ventana o por el pretil de la fortaleza... eso es otro tipo de crimen que no tiene nada que ver con el amor ni con la pasión.

Los tres se quedaron pensativos mientras el camarero retiraba los primeros platos y volvía a servirles más vino.

282

—¿Estáis hablando de una serie de televisión? —preguntó el camarero con una sonrisa esplendorosa mientras rellenaba las copas—. ¿Sois guionistas?

—Guárdanos el secreto —contestó Chavi con un guiño.

—Es que... —el muchacho echó una mirada por encima del hombro para asegurarse de que el jefe de sala no estaba cerca— yo soy actor. Si aún estáis buscando gente... Lo poco que he oído suena genial.

—Aún no hay nada decidido, ¿sabes? —explicó Chavi bajando la voz—. Falta financiación, como siempre. Pero lo tendremos en cuenta.

—¡Pero qué cara más dura tienes! —dijo Almudena con una media sonrisa cuando el camarero se hubo retirado.

—También podría haberle dicho que es un caso real y que somos policías, pero ¿para qué quitarle la ilusión al chaval? Todos tenemos que vivir...

—Abuela —Almudena le puso la mano en el brazo; Helena levantó la vista que había dejado perdida tras la ventana—, ¿tú qué sensación tuviste cuando la Alicia de la constelación dijo que quería marcharse? ¿Y qué has sentido todos estos años?

Helena sacudió la cabeza, impaciente. Nunca le había gustado que le preguntaran por sus sentimientos, y menos en público.

—Nada. No sé. ¡Suena tan imbécil…! Sentí que era verdad, que llevaba un tiempo queriendo irse y no sabía cómo decírnoslo para no hacernos daño. Y todos estos años… esto suena incluso peor… lo que he estado sintiendo es que Alicia sigue presente, que quiere que entienda lo que pasó, que quiere que resuelva el acertijo, que no me dejará en paz hasta que suceda… que siempre está ahí. Tonterías. Sé que todo eso que digo es imposible y además suena absurdo. Pero… en fin… tú querías saber lo que siento, ¿no?

Los tres asintieron despacio, dejándole tiempo para añadir algo o para recuperarse del momento de desahogo.

—Hay cosas que uno siente que parecen increíbles pero que son verdad —comenzó Chavi despacio—. Yo tenía un amigo que estaba convencido de tener un hermano mayor que lo cuidaba y lo protegía, algo así como un ángel de la guarda o un amigo invisible tipo guardaespaldas. Ya de adulto se enteró de que, efectivamente, sus padres habían tenido otro hijo antes que él, un niño que había muerto cuando la madre estaba embarazada de mi amigo. Decidieron no decirle nada a su segundo hijo mientras fuera pequeño, pero él de algún modo lo sabía y siempre sintió su presencia a su lado. ¡Qué cosas!, ¿no?

—A mí también me contó alguien —intervino Almudena— que se pasó toda la vida sintiendo la falta de una hermana, pero no porque le hubiese gustado tenerla, sino porque, según ella, sentía que había otra mitad suya viviendo su vida lejos de ella. No estaba muerta, no era una amiga invisible, era como si ella fuera solo la mitad de dos y a veces la sentía alegrarse o sufrir y casi siempre coincidía con su propia situación en el momento; por eso nadie se lo quería creer. Después de muchísimos años de insistir, al final su madre acabó por ceder

283

y resultó que el parto había sido doble, mellizos, niño y niña, y el niño había muerto al nacer.

—Da escalofríos —murmuró Carlos.

—A mí me parece todo un cuento, qué queréis. —Helena se acabó de un trago su copa de vino.

—Pues lo gracioso es que ella me contaba que había seguido sintiendo la presencia de una hermana viva, no un hermano muerto, hasta que un día sintió un dolor tremendo y a partir de ese momento, supo que se había quedado sola en el mundo, que su hermana ya no estaba.

—Yo creo que la que te contó eso debía de estar un poco... —Helena hizo un gesto evidente tocándose la sien derecha.

—En este momento no recuerdo quién me lo contó, pero no me pareció que estuviera loca, la verdad. Me impresionó mucho la historia y empecé a buscar por internet. Resulta que es bastante frecuente en gemelos que crecen separados: sienten como un eco de la vida del otro, y cuando por fin se conocen y comparan sus trayectorias es bastante frecuente que hayan elegido carreras similares, que se hayan casado el mismo año, que hayan elegido parejas parecidas... cosas así.

—¿Cómo hemos llegado a hablar de todo esto? —Helena recibió su segundo plato de manos del camarero-actor.

—Por la cuestión de sentir la presencia de alguien muy querido, aunque ya no esté vivo o aunque nunca lo hayamos tenido cerca —resumió Chavi—. ¿No es algo así lo que tú sientes con tu hermana?

—No. No creo que su fantasma ande cerca de mí, ni que clame venganza, ni que me proteja, ni nada por el estilo. Seguramente soy solo yo la que se empeña en querer saber. Creo que a mi padre también le pasó pero no debió de resolver el asunto, porque me lo habría dicho la última vez que nos vimos. Según mi madre, se obsesionó con ello durante una larga temporada y luego llegó un momento en que se le pasó. Yo siempre he esperado que a mí también se me pasara. Hasta ahora sin éxito.

Comieron unos minutos en silencio, dándole vueltas a todo lo que habían hablado.

—Abuela —dijo por fin Almudena—, ¿no tienes la sensación de que nunca has sabido nada de tu familia, de que es como si hubieras vivido al margen de lo que le pasaba a la gente más cercana a ti?

Helena se quedó mirándola.

—Quizá tengas razón, pero siempre he pensado que eso es lo que le pasa a todo el mundo.

—Sí, quizá. Aunque lo tuyo es llamativo.

Los ojos de Helena destellaron de pronto. Si Almudena hubiese conocido un poco más a su abuela se habría dado cuenta de que se estaba sintiendo atacada y que lo mejor en ese momento era hacer lo posible por quitarle hierro a la situación y cambiar de tema, pero Helena era todavía casi una desconocida para ella y todo lo que sabía era lo que había oído comentar a su padre o a Sara al cabo de los años.

—¿Tú sabes cómo se siente realmente tu padre, o a qué se dedica de verdad con todos esos negocios de construcción y compraventa inmobiliaria y con todos los amigos que tiene en el mundo de la política? —Su voz era agresiva—. ¿Tú sabes de dónde sale el dinero que os gastáis y si es todo limpio, si hace una declaración de impuestos honesta, si cualquier día no lo meten en la cárcel, ahora que están imputando a todo el mundo? ¿Tú sabes si tu madre no ha tenido amantes antes y después de su matrimonio o incluso durante? Hasta hace una semana no sabías nada de mí, que soy tu abuela, ni de tus bisabuelos. ¿Sabes lo que siente Marc, por ejemplo, con el que llevas años viviendo y que es casi tu hermano? ¿Sabes incluso qué hace Chavi cuando viaja, o cuando no lo ves? —Helena iba subiendo la voz y se iba calentando a medida que hablaba—. Nadie sabe nada de los demás, Almudena. Nada. Ni de lo que hacen ni mucho menos de lo que piensan, ni de lo que desean, ni de sus fantasías, ilusiones, fracasos... Cada ser humano es un

285

espíritu enorme encerrado en un cuerpo muy pequeño que envejece muy deprisa, en un círculo familiar ridículo, en un círculo de amistades diminuto… y nadie sabe nada de nadie. Nadie. Sabe. Nada. De nadie. ¿Me oyes? Ni quiere saber. Porque saber duele. Duele y hace que se te caigan al suelo los altos castillos que habías fabricado al querer a alguien. Cuanto más sabes de alguien, menos puedes idealizarlo. Por eso uno decide que es mejor no saber, y así nos va. Desconocidos todos. Encerrados en nosotros mismos. Eternos solitarios. Gritando desesperadamente cada uno con sus pobres medios para alcanzar a los demás, para que nos entiendan, para que nos quieran. Marc y yo pintando, Carlos publicando cosas raras que solo cuatro gatos igual de raros van a leer. Tú quizá construyendo edificios que te representan aunque nadie se dé cuenta. Tú presentando la historia desde tu punto de vista a unos niños que, a partir de ahí, verán el mundo como tú se lo has mostrado. Todos ignorantes de los demás. Sí, yo sé muy poco de mi familia, efectivamente.

Hizo una inspiración, profunda, se volvió a acabar la copa y sonrió.

Almudena se había quedado de piedra. Chavi la miraba con la boca abierta. Carlos daba vueltas entre las manos a su copa de tinto con su mejor cara de póker. Él sí había visto muchas veces a Helena en una de esas explosiones y sabía que lo mejor era callar.

—Perdonad. Me he pasado muchísimo, pero eso no quita para que sea verdad y no me arrepienta de lo dicho. ¿Alguien quiere postre?

Casablanca, 1947

Apoyada en las almohadas del sanatorio, Blanca daba de mamar a su niña recién nacida deseando que la mujer que ocupaba la otra cama y también estaba dando de mamar a su bebé se callara un rato y la dejara disfrutar de la sensación. Esta vez, el parto había sido mucho más llevadero que el de Goyito y, al menos por el momento, no le habían salido grietas en el pecho, de manera que se sentía feliz, segura y protegida, mientras Goyo estaba de camino con los dos niños mayores para que conocieran a su nueva hermana. Ahora eran ya una gran familia, como la de Pilar, y ella también había conseguido darle un hijo a su marido, un heredero, para que el nombre de los Guerrero siguiera adelante; un hijo de verdad, de sus entrañas.

Le gustaba estar allí, medio atontada, caliente y tranquila, con la manita de Helena agarrada a su meñique. Pero la mujer de al lado no dejaba de hablar y Blanca estaba empezando a querer tirarle la cuña a la cabeza para que se callara. Quizás había sido un error lo de la habitación doble, pero le gustaba la idea de que mucha gente la hubiese visto llegar al sanatorio con dolores de parto, que otra mujer fuera testigo de que aquel ser diminuto que acunaba contra su pecho era su verdadera hija, engendrada por Goyo, concebida y parida por ella, como Dios había previsto desde el principio de los tiempos.

No había podido olvidar lo de Alicia y estaba casi segura de que no lo olvidaría por mucho que viviera. Había sido un error, un terrible error. Peor que eso: había sido una falta de fe en Dios, una falta de confianza y un pecado de orgullo. ¡Había tenido tanta prisa! ¡Le había tenido tanta envidia a Pilar, con sus dos hijos, cuando ella seguía estéril! Aunque, por otra parte, Goyo no se cansaba de decirle que habían hecho una obra de caridad quedándose con aquella criatura que su madre hubiera abandonado de todos modos, y quién sabía con quién habría acabado y cómo habría sido su vida si no la hubieran recogido ellos dos. Eso la tranquilizaba en ocasiones, pero no podía dejar de pensar que si hubiese tenido la fuerza de esperar un poco más, habría tenido sus hijos sin tener que haber acudido a una mentira tan espantosa: nueve meses fingiendo un embarazo, el falso parto, la falsa lactancia de los primeros días, todos los embustes que había tenido que repetir cada vez que alguna conocida le preguntaba cómo habían ido las cosas.

—Así que —estaba diciendo la mujer de al lado, que acababa de elevar la voz al notar que Blanca no le prestaba atención—, como se lo digo, resulta que en ese hospital y en otros, y no solo en Madrid, roban los recién nacidos a sus madres para dárselos a señoras bien que se los pueden pagar y no quieren acudir a la Inclusa.

—¿Cómo? ¿Cómo dice? —No estaba segura de haberlo entendido bien, pero algo de lo que había dicho la mujer la había despabilado por completo.

—Que lo que clama al cielo es que muchos de esos hospitales son de monjas —dijo bajando la voz y lanzando una mirada rápida a la puerta—. ¡De monjas! ¡Figúrese! Claro, que dicen que las muchachas que han dado a luz son solteras y no pueden hacerse cargo de la criatura, o resulta que son hijas de familias… de los otros… ya me entiende…

Blanca negó con la cabeza, con los ojos muy abiertos.

—Familias rojas —dijo bajando la voz al límite de lo audible—, comunistas, socialistas, anarquistas ocultos a los que no se puede permitir que tengan todos los hijos que quieran mientras que hay tantas familias decentes que no pueden. ¡Una poca vergüenza! Pero es que es un gran negocio, claro. No quiero ni imaginarme lo que está dispuesta a pagar una familia rica por tener un bebé con todos los papeles en regla y sin tener que esperar durante años.

—Pe.. pero —tartamudeó Blanca, apretando a Helena sin darse cuenta, hasta que la pequeña se echó a llorar—, esas madres… protestarán, lo denunciarán, ¿no?

—Psé. Si son de los rojos, no tienen nada que hacer. Aquí en Marruecos no se nota tanto, pero en España, por lo que se oye, pasa de todo; y poco bueno. Y las solteras… como el niño es ilegítimo y saben lo que le espera en el colegio, en la parroquia, para su futuro… supongo que prefieren que se haga cargo una familia que le pueda dar una educación y todo lo que necesite. Y a las que protestan…

—¿Qué?

La mujer de al lado se inclinó hacia ella y, con un gesto, la invitó a hacer lo mismo, encantada de que por fin aquella presumida empezara a interesarse por lo que le estaba contando.

—A las que protestan —susurró— les dicen que el crío ha nacido muerto.

Blanca se llevó una mano a la boca.

—Les enseñan el registro de nacimientos y defunciones y en paz.

—¿Y no piden ver al bebé?

—Les dicen que la impresión es demasiado fuerte en su estado. Y si se empeñan… bueno, esto no sé si será verdad porque a mí me parece una locura, lo mismo se lo han inventado…

—¿Qué?

—Tienen un bebé muerto guardado en la nevera para enseñarlo si es necesario. Nadie debe de fijarse mucho en esas circunstancias, aparte de que al nacer todos los críos parecen iguales. No se distingue ningún parecido. Eso lo sé yo mejor que nadie. Este es el sexto.

En ese momento entró la enfermera a ver cómo iban y si querían que acostara a los bebés en sus cunas, pero Blanca se aferró a Helena mientras su cabeza empezaba a dar vueltas y vueltas y vueltas.

Madrid. Época actual

Marc terminó de recoger todos los cuadros que había tenido expuestos en su atelier, los puso cara a la pared para no verlos más y que no le sugiriesen ideas pasadas, plantó el caballete en medio de la sala de manera que la luz entrara del modo más igualado posible para no tener sombras indeseadas sobre el lienzo, se aseguró de tener a mano todo lo que iba a necesitar

289

y, con una inspiración profunda y un cosquilleo en las yemas de los dedos, como siempre que estaba a punto de lanzarse a algo que le hacía ilusión, cogió el lápiz y empezó a bosquejar lo que se le había ocurrido después de leer la entrevista de Helena que había encontrado la noche antes, por casualidad, en una búsqueda de internet.

Era la primera vez que se le ocurría leer hasta el final lo que un artista tenía que decir sobre un aspecto de su arte o sobre su manera de trabajar. Siempre había pensado que lo mejor era hacer las cosas a su modo, sin saber nada de nadie para no recibir influencias indeseadas y que todo lo que imaginara su mente fuera solo producto propio, pero después de leer aquello se había dado cuenta de lo que había estado haciendo mal y se le había ocurrido algo nuevo, algo distinto que tal vez fuera lo que andaba buscando, o tal vez no. Pero valía la pena probar.

290

Jana Mistral y Helena Guerrero están mano a mano sobre el escenario de Artepalabra, el nuevo festival de Nueva York en el que dos docenas de los mayores escritores y artistas plásticos de nuestro tiempo exponen sus obras, conversan entre sí y con el público, ofrecen lecturas de sus textos y debaten sobre cuestiones de la creación artística a lo largo de cinco jornadas.

En un escenario negro, dentro de una carpa semiabierta en mitad del parque, se encuentran dos mujeres frente a frente sentadas a una pequeña mesa delante de un centenar de personas.

Después de la presentación, Jana abre el debate con una primera pregunta:

—En una de las muchas entrevistas que has concedido en los últimos años dijiste algo que me llamó la atención y que me gustaría que nos aclarases.

—Si soy capaz... y si sigo pensando lo mismo que dije entonces...

—¿Tanto cambian tus opiniones en unos años?

—A veces. Sí, por supuesto. Nunca he creído estar en posesión de la verdad, y mucho menos tener su monopolio. Como artista, uno se desarrolla, crece, contrasta sus ideas con otras personas, se equivoca, destruye, vuelve a empezar. Como decía Chaplin, o quizá fuera Groucho Marx, no lo recuerdo con precisión, «no pienso renunciar a la maravillosa libertad de equivocarme». Y en mi país se dice que «rectificar es de sabios».

—¿En Australia?

—No. En España.

—¿Sigues considerándote una artista española?

—Sigo considerándome una artista sin más. Los artistas no tenemos patria. Como mucho, una artista cosmopolita, pero mi país de origen es España.

—A pesar de que naciste en Marruecos.

—Mis padres estaban allí y la clínica también.

Risas del público.

—Volviendo a lo de antes: en esa entrevista a la que me refería, y que era una especie de debate con una escritora (Anne Marie O'Brian, si no recuerdo mal), decías que los autores tienen ciertas ventajas a la hora de velar lo que quieren velar, mientras que los pintores no pueden hacerlo. ¿Recuerdas haber dicho eso?

—Sí, perfectamente. Y sigo pensándolo. Un escritor puede ser extremadamente claro y preciso, si quiere, pero también puede ser extremadamente vago. Un pintor, por el contrario, tiene que comprometerse. Siempre. No puede mentir ni disimular. Escribiendo se puede esquivar el compromiso; hay muchos grados de vaguedad que no llaman demasiado la atención y que pueden usarse para crear diferentes efectos, pero cuando uno pinta tiene que decidirse.

—No te sigo.

—A ver… un ejemplo. —Helena dirige la mirada hacia el techo de la carpa por unos segundos y enseguida retoma la palabra—. En una novela puedes decir: «La casa estaba al final de una calle arbolada. Toqué a la puerta. Me abrieron una mujer muy guapa y un perro muy feo».

—No es que sea una gran frase, pero sí, claro que se puede escribir eso.

—Pues ahora trata de dibujarlo, anda.

La entrevistadora sonríe y contesta de inmediato.

—No lo conseguiría jamás. Soy un auténtico desastre dibujando.

—No se trata de eso, Jana, sino de que es sencillamente imposible. «La casa», dice la frase. ¿Qué casa? ¿Cómo es? ¿Como las de los cuentos de hadas, chiquitina y con chimenea humeante? ¿O un chalet de nuevos ricos, con jardín de diseño y superpiscina? ¿O una casa gótica erizada de chimeneas, con ventanas ojivales y fachada oscura? Y así con todo… Un pintor no puede pintar «árbol». Tiene que decidir si es un castaño, un ciprés o una palmera. Y una vez pintado, ya no es un árbol. Es un castaño, un ciprés o una palmera, no hay vuelta de hoja; tiene que elegir.

—Bueno, bueno… Cualquier escritor que se precie tiene que elegir también lo que quiere que vea su lector y usar los sustantivos precisos: «cabaña», «adosado», «castillo»… Usar «árbol» en lugar de «abedul», por ejemplo, es síntoma de pobreza léxica e incluso de falta de respeto para con el lector.

—Sí, de acuerdo, no es alta literatura, es muy mal estilo. Pero se puede. Y de eso se trata, Jana, de que se puede. De que escribiendo se pueden usar estrategias de evitación como «mujer guapa» o «perro» y a nadie le llama la atención, a menos que se dedique a reflexionar sobre el texto. Pero cuando lees «perro» entiendes lo que quiere decir en un primer nivel, aunque luego te preguntes si el perro era un gran danés, un bóxer o un chihuahua. Los pintores no podemos pintar un «perro» general. Tenemos que saber cuál, de qué raza, de qué tamaño, de qué color para poder pintarlo. Y el espectador ve ese y no otro. No puede colaborar.

—Sí, es cierto. A cambio, un pintor coloca una imagen en la mente del contemplador y a partir del momento en que lo ha visto, ya no puede «desverlo». Cuando piensas en Lady Godiva,

¿qué ves? Una mujer desnuda con un pelo larguísimo montada en un caballo blanco. Siempre. Desde que John Colliers, el prerrafaelita, la pintó así.

—No estoy tratando de enfatizar las ventajas de un arte sobre otro. Ya sé que en muchos casos la pintura puede hacer maravillas y además yo hace mucho que me decidí y es mi medio de expresión con todas sus ventajas y sus inconvenientes. Solo quería decirte que a veces la sensación de impotencia, de que hay ciertas cosas que no podré hacer jamás, me ahoga. Y no las podré hacer no porque yo no sea lo bastante buena, sino porque no se puede. Los pintores tampoco podemos usar metáforas. Ni en la pintura ni en la fotografía. No se trata de la cuestión real/no real. Claro que los pintores podemos inventar y pintar cosas irreales, fantásticas, totalmente imposibles en nuestro mundo, pero cuando pintamos un «monstruo» tenemos que concretizarlo, presentar un monstruo en particular, ese monstruo y no otro, y eso, al quitar vaguedad, también quita fuerza, misterio. Y desde luego anula la capacidad del espectador para colaborar en la creación de la obra de arte, como sí resulta posible en la literatura.

—Ahora que hablas de monstruos y de misterio, ¿tiene eso algo que ver con las sombras que llenan tus cuadros?

—Tiene mucho que ver, aunque la verdad es que yo he tardado bastante en darme cuenta y ser capaz de ponerlo en palabras. Creo que es mi manera de referirme a algo tan general, tan vago como en el ejemplo anterior, «árbol», o «perro». O tan inefable como «miedo», como los distintos tipos de miedo y las distintas concreciones del miedo, sin tener que darle un aspecto concreto y fosilizarlo. Si yo pintara a un caballero victoriano con capa y colmillos, el público diría: «Ah, Helena Guerrero tiene miedo de los vampiros». O si pintara insectos, u hombres-lobo o quién sabe qué. Pero si pinto sombras, unas veces humanas, otras no, ¿quién sabe lo que me asusta, lo que me obsesiona? Ni yo misma lo sé.

—Según la psicología, ese tipo de miedos o de obsesiones viene

293

del pasado, de los traumas sufridos a lo largo de la niñez o de la primera juventud.

—Es muy posible. Y no te voy a negar que en mi vida sucedieron un par de cosas que me marcaron para siempre, que todavía estoy intentando comprender, aunque tengo la sospecha de que me moriré sin haber encontrado una explicación.

—¿Te asusta la muerte, Helena?

—No. Ya no. Me asustaba morir joven, dejando mi vida a medias, sin haber probado tantas cosas que quería probar, sin dejar una obra tras de mí. Ahora ya no me importa tanto. He hecho lo que quería hacer. Pero me gustaría morir habiendo comprendido esas cosas que te comentaba, habiendo encontrado respuestas a ciertas preguntas. Incluso a riesgo de no volver a pintar.

—Nosotros te deseamos que encuentres esas respuestas, Helena, pero si eso va a hacer que nos quedemos sin tus cuadros, creo que lo mejor será desearte que sigas buscando.

Helena sonríe e inclina la cabeza.

—Cruel, pero halagador. Muchas gracias, Jana. Gracias a todos ustedes por haber estado aquí.

—Gracias a ti. Helena Guerrero, una gran pintora de nuestro tiempo.

Artepalabra
Revista conmemorativa de la primera edición del festival.
Febrero 2014
Resumen de la entrevista pública de Jana Mistral a Helena Guerrero.

Mientras el lápiz se movía marcando líneas sobre el papel, Marc reflexionaba sobre lo que había hecho en sus cuadros anteriores. Sin darse bien cuenta ni saber que lo estaba haciendo, había tratado de pintar «mujeres fantasmales». Como Helena, él tampoco sabía por qué. Ignoraba de qué lugar de su mente o del subconsciente o de lo que fuera salía aquella necesidad de pintar figuras inconcretas que parecían hechas de humo y se sobreimponían a habitaciones vacías y como abandonadas.

Pero eso no era lo importante. El lugar de donde pudieran surgir o la razón de su existencia no tenía en esos momentos importancia ninguna. Lo que de verdad era fundamental, y eso acababa de aprenderlo, era que hasta ese mismo instante siempre había tratado de pintar «mujeres fantasmales», así, en general. Y eso era lo más parecido a haber tratado de pintar un «árbol» o un «perro».

Por eso no le decían nada al contemplador, por eso estaban vacías, porque no eran nada ni nadie, porque no había compromiso, ni decisión, ni desafío. Era como pintar una mesa con mantel sin saber qué mesa había debajo, o una figura humana vestida sin saber dónde estaban los huesos y los músculos y cómo estaban ligados unos con otros.

En su última tela, sin embargo, la que había quedado a medias, donde Helena había retocado la mirada trayendo del limbo a su mujer fantasma, había algo más porque cuando empezó a pintarla quería pintar su frustración y su deseo de matar a Helena, de clavarle un cuchillo en la cara para borrarle la expresión altanera con la que juzgaba sus patéticos intentos de crear un arte que trascendiera el momento. Al parecer había estado a punto de lograrlo: Helena había visto el cuchillo que no estaba.

Ahora estaba dispuesto a intentar algo más, a pintar desde el principio, desde la primera línea, a la mujer fantasma que poblaba sus sueños, esa mujer medio terror medio deseo, medio Eros medio Tánatos, que se le aparecía en fábricas abandonadas, en salas de cine en ruinas, en palacios de congresos reclamados por la destrucción final.

Él tampoco sabía por qué, pero si Helena había podido sobrevivir casi medio siglo pintando sombras que no comprendía, él podría aguantar unos años pintando unos fantasmas muy concretos. No pensaba dedicarse ni al hiperrealismo, ni al realismo sucio, ni al surrealismo de ninguna denominación. Iba a pintar lo que quería pintar, y por una vez no pensaba pararse a pensar si conseguiría venderlo, si podría exponer en una galería de renombre, si lo invitarían a ferias y festivales. Iba a pintar algo de lo que pudiera sentirse orgulloso, de lo que pudiera decir «esto es lo mejor que he sabido hacer para mostrar lo que quiero mostrar». Con eso tendría que ser bastante.

Madrid. Época actual

Después de haberlo pensado durante la noche mientras daba vueltas y vueltas en la cama deseando no haber venido a Madrid, y sobre todo no haberse dejado liar de nuevo con asuntos del pasado, había tomado la decisión de que iría a ver a Jean Paul acompañada por Carlos, pero no le contaría nada de lo que en aquel tiempo lejano había sentido por él. ¿Qué falta hacía resucitar todo aquello? ¿Qué necesidad tenía ella ahora de embarcarse en otro juego de preguntas y respuestas —si lo quisiste de verdad, si te planteaste cortar con tu familia por él, si pensaste en decírselo a tu hermana, si fue por eso por lo que abandonaste todo lo que apreciabas, si te costó mucho tiempo superarlo y olvidarlo—, en otro juego de la verdad como en la adolescencia, con castigos por la mentira, con prendas que pagar?

De eso hacía casi medio siglo. Jean Paul no diría nada, ¿qué iba a decir a estas alturas? Lo visitarían, recogerían las llaves y luego ya se vería.

¿De verdad quería ella ir a Rabat? ¿A qué? ¿Para contentar a Yannick, para cumplir, por así decirlo, su última voluntad? ¿O para ver de nuevo todo lo que quedó atrás y cerrar por completo? Al menos no tendría que ir sola. Si algo sabía seguro era que Carlos se empeñaría en acompañarla y ella haría como que cedía a su presión, en lugar de pedirle ayuda y darle las

296

gracias por ello. «Cada pareja tiene sus juegos, sus costumbres, y nosotros somos así —pensó—. Él lo sabe y yo lo sé. No hay más que decir.»

—¡Qué lujo de hospital! —comentó Carlos un segundo antes de que ella llamara a la puerta con los nudillos—. Parece un complejo hotelero de esos de *All inclusive*.

—Pero la gente se muere igual —dijo Helena, lapidaria, empujando la puerta.

Jean Paul estaba firmando unos papeles que su hijo le había extendido en la mesa articulada para que no tuviera que levantarse. Enarcó una ceja al ver entrar a Carlos y Helena, con la pluma planeando sobre el papel.

—¿No es habitual en Australia llamar avisando de la visita, *chère belle sœur*?

—Ha sido una decisión repentina. Si venimos en mal momento, volveremos otro día. —Él había hablado en francés, pero ella contestó en español para que Carlos se sintiera más incluido.

—No, no os vayáis. Ya casi habíamos terminado.

Se estrecharon las manos unos a otros; Carlos fue presentado simplemente como «Carlos», sin más explicación; Luc recogió sus papeles y se quedó cambiando su peso de un pie a otro sin terminar de decidir si hablar o no antes de marcharse; Jean Paul se recostó sobre las almohadas y cerró los ojos.

—Como no creía que corriera tanta prisa, todavía me quedan muchas cosas por recoger en La Mora —dijo Luc por fin—. O sea que, si piensas ir en los próximos días, te encontrarás aún con un montón de trastos que no te pertenecen y que sacaré de allí lo antes que pueda.

—Descuida, no pensaba apropiarme de nada.

—Comprende que en esa casa está toda mi vida. Nuestra vida —añadió, incluyendo a su padre con un gesto de la mano—. No puedo vaciarla tan deprisa ni guardar en una sola habitación todo lo mío.

—Me hago cargo. No pienso robarte nada.

—Luc no quería decir… —comenzó Jean Paul.

—Tu hijo ya es mayor; no hace falta que lo defiendas. Además, comprendo que esté molesto. No te preocupes, Luc, estaremos apenas un par de días y no tocaremos nada. Eso sí, es posible que me interese quedarme algunas de las cosas de entonces, si aún están por allí; y esas son mías, aunque tú lleves toda tu vida usándolas. —Sabía que era un poco ruin por su parte decirle eso, pero Helena nunca había podido renunciar a un contraataque cuando tenía ocasión.

A Luc se le tensaron los tendones del cuello pero no pronunció palabra. Se acercó a la cama, acarició el rostro de su padre y se marchó sin despedirse.

—Es muy difícil para él —dijo Jean Paul—. Luc ama La Mora casi tanto como yo. Pero lo que es justo es justo. Toma. —Metió la mano debajo de la almohada y sacó un puñado de llaves ensartadas en un anillo del que también colgaba un pequeño dromedario de tela con alforjas rojas y borlitas de colores—. Están todas. Ya irás descubriendo cuál es cuál. Será parte del encanto. ¿Vas a ir? —preguntó aferrando de golpe la mano de Helena y buscando sus ojos con desesperación, queriendo ver en ellos la confirmación a su pregunta.

—Sí —contestó en voz más baja de lo que habría querido—. Iré.

—Y volverás a verme aquí.

—Sí.

—Prométemelo.

—Te lo prometo, Yannick

—Bien. —Volvió a cerrar los ojos unos segundos—. Carlos, ¿te importa quedarte un momento más?

Helena miró a los dos hombres, sorprendida. Carlos le hizo una rápida seña con los ojos para que no protestara, de modo que ella se limitó a inclinarse sobre la cama, darle al enfermo un beso rápido en la mejilla y salir de la habitación.

—Perdona, Carlos, pero no se me ha ocurrido hacerlo de un modo más sutil y necesito que me hagas un favor. —Jean Paul palmeó la cama a su lado—. Ven, siéntate aquí un momento.

Cuando volvió a encontrarse con Helena en el pasillo, ella lo esperaba sentada en los sillones azules de enfrente de los ascensores mirando las llaves una por una y tratando de imaginar qué abrirían.

—¿Qué quería?

—Poca cosa. Un pequeño favor.

—No me lo vas a decir, ¿verdad?

—No. Es secreto. Y es una sorpresa para ti, así que no seas curiosa y espera el momento adecuado. ¿De verdad vamos a ir?

—Yo sí. Y tiene que ser rápido porque no nos vamos a perder la boda.

—Ah, ¿quieres que te acompañe?

—Ha sido un *lapsus linguae*.

—Más bien un *Freudian slip*.

Ella sonrió.

—¿Tienes algo mejor que hacer a partir del miércoles, Charlie?

—¿Quieres decir, aparte de investigar tus cajas para responder preguntas que afectan a tu familia? —Enfatizó dramáticamente los posesivos—. No, Rosie.

La sonrisa de Helena se hizo más amplia.

—Pues vamos a pasarnos por una agencia de viajes, a ver si hay suerte y hay vuelos directos a Rabat.

299

—$\mathcal{V}$oy a dar una vuelta por las tiendas.

—Pero no vuelvas en el último momento; ya sabes lo nervioso que me pone eso.

—Vale, vale. ¿Qué vas a hacer tú?

—Leer, claro.

—Claro.

—Me he traído todo lo que aún no habíamos tenido tiempo de mirar.

—¡Ah! Por eso el tamaño de la maleta de mano…

—Ajá.

Carlos se caló las gafas de leer y se quedó mirando a Helena por encima de la montura hasta que la perdió de vista en una de las tiendas libres de impuestos. Nunca había entendido ese afán, no solo de mujeres, de ir a mirar tiendas, sobre todo en los aeropuertos donde todo era tres veces más caro. Debía de ser una de esas enfermedades de la sociedad contemporánea, una especie de «compro, luego existo». Cualquier día los ciudadanos pasarían a llamarse «consumidores» sin más y los que no pudieran comprar perderían el derecho al voto; y ser lector se consideraría una enfermedad, curable pero vergonzosa.

Se encogió de hombros y sacó un puñado de cartas atadas por una goma ancha ya bastante envejecida, tanto que al tratar de quitarla se le quedaron en las manos varios pedazos de goma verde seca.

Todas estaban dirigidas a La Mora y la destinataria era Blanca; los remites eran variados: Pilar Santacruz, Carmen Civera, Alicia Santacruz, Alicia y Jean Paul Laroche, Helena Guerrero y Gregorio Guerrero. O sea, que Blanca había guardado cartas de su hermana, su madre, su hija mayor, su hija y su yerno, su hija pequeña, y su marido, y supuestamente las que allí se encontraban eran solo una pequeña selección de las que debía de haber recibido en su vida, de manera que, si había conservado esas pocas, era de suponer que tenían una cierta importancia para Blanca o bien había pensado que podrían tener una cierta importancia para su hija Helena, la heredera de las cajas.

Abrió la primera y le echó una ojeada.

> Madrid 1957. Queridos hermanos y sobrinas, espero que al recibo de la presente estéis bien de salud; nosotros todos bien, gracias a Dios...

«¡Qué redichos eran! —pensó Carlos—. 1957. Unos años después de la muerte de Goyito. Alicia tenía catorce, Helena diez.»

Pasó la vista con rapidez por el texto, pero daba la sensación de que todo lo que Pilar contaba eran nimiedades de la vida cotidiana, aparte de expresar su alegría por haberse podido trasladar por fin a Madrid, después de tantas ciudades de provincias, y preguntar por las niñas y por si a Helena le gustaba el internado de Suiza. Le hizo gracia imaginarse a su Helena, con su carácter de fuego y su brutal sentido de la independencia, como una niña de diez años tratando de adaptarse a la disciplina de un colegio suizo para señoritas.

Levantó la vista buscándola pero, como siempre, no tenía ninguna prisa en volver. Echó una mirada al móvil para cerciorarse de no haber perdido ninguna llamada y volvió a las cartas que, leídas por encima, no parecían contener nada revelador. La que tenía el nombre de Alicia en el remite le llamó la atención porque era bastante más gruesa que las otras. Quizá le había enviado a su madre algún boceto de su próxima colección. Levantó la pestaña del sobre y, en su interior, encontró otra carta dirigida esta vez a Alice Laroche con un remite que lo hizo enderezarse en el asiento:

M
197, Breckenridge Row. Halifax. Canada

M. El misterioso M.

Dentro solo había dos páginas de papel muy fino, igual de azul que el primer fragmento que encontraron, escritas en tinta negra. La letra podría ser también la misma, pero no llevaba encima la otra carta para compararlas. Era una caligrafía regular, serena, pequeña y clara, de renglones rectos o ligeramente inclinados hacia arriba, una de esas letras que todo profesor desea encontrar en los exámenes que le entregan para corregir. La carta, fechada en marzo de 1968, estaba en inglés y empezaba diciendo: «*Dearest Alice, my love*».

—Sí que tiene que estar interesante la carta para que no te hayas dado cuenta de que están embarcando nuestro vuelo. —Sonó, burlona, la voz de Helena detrás de él.

Con una maldición, Carlos empezó a guardar en la maleta todo lo que había sacado, salvo la carta, que se metió en el bolsillo de la americana para poder leerla en el avión con comodidad.

—¿De quién era?

—De Alicia. No, al revés. Para Alicia, quiero decir. De M.

Helena extendió la mano y empezó a hacer gestos posesivos.

—Dámela.

—Ni hablar. En cuanto nos sentemos, la leemos juntos.

—Te estás convirtiendo en el dragón de la cueva, Charlie, el guardián del tesoro.

—Con suerte, tú acabarás convertida en la dulce doncella que canta para mí.

—¡Ja! Ni lo sueñes…

Se acomodaron en la séptima fila, ella en la ventana, él al lado, y comenzaron a leer el texto que Helena iba traduciendo para sí misma al español conforme recorría las líneas:

Querídisima Alice, mi amor,

Ya hace más de un mes desde la última vez que nos vimos y casi no puedo soportar tu ausencia. Acabo de recibir la carta en la que me dices que no podrás estar en París coincidiendo conmigo en las fechas de abril que te envié y te juro que he estado a punto de ponerme a gritar porque la idea de verte ya pronto era lo único que me iba sosteniendo hasta ahora.

Así que no tendré más remedio que volar a Rabat y tú tendrás que arreglártelas para venir a verme. No se me ha olvidado tu comentario de que en un futuro podríamos reunirnos en el hotel del que me hablaste, el Firdaous, en la Plage des Nations, aunque esté un poco a trasmano. O quizá por eso tu sugerencia, ¿no?, para no correr el riesgo de encontrarnos con nadie que os conozca a ti y a tu marido, eligiendo un hotel muy al norte de Rabat en lugar de elegir algo al sur, más cerca de la casa de tus padres. (Como ves he estado haciendo mis deberes con un buen mapa de Marruecos, tratando de imaginarte allí, de imaginarnos juntos allí a los dos.)

No, Alice, no voy a empezar de nuevo. Sé que no tengo derecho a reprocharte nada y que hace muy poco que nos conocemos. Sé que eres una mujer casada y créeme cuando te digo que me parece que tus escrúpulos morales hablan en tu favor, pero sé también que tú nunca hubieras comenzado una relación como la nuestra si no fuera algo serio, si no estuvieras verdaderamente enamorada de mí como yo lo estoy de ti. Lo que pasa es que hemos tenido mala suerte y nos hemos conocido cuando tú ya habías dado tu palabra a otro hombre.

303

Por suerte hoy en día eso ya no es obstáculo y podemos plantearnos un futuro juntos cuando tú quieras, cuando te sientas capaz de ello. Yo esperaré lo que sea necesario, te lo prometo, amor mío, esperaré, aunque a veces la impaciencia me consume.

Por favor, escríbeme pronto. Dime que estás de acuerdo, que podremos vernos en abril en Rabat. No te pido más. No te pido que aclares las cosas con tu marido, ni que me presentes a tu familia, ni que decidas ya qué vas a hacer con tu futuro profesional si vienes a vivir a Canadá. También podemos instalarnos en otro país, donde tú quieras. Estando contigo estaré en casa, porque mi casa eres tú.

«*You're home to me*», decía el texto. Carlos, repentinamente emocionado, miró a Helena por el rabillo del ojo. Era exactamente lo que él sentía. Ella no se dio cuenta y siguió traduciendo en voz baja: «Con todo mi amor y mi deseo, siempre tuyo, M».

304 —Parece que el chico la quería de verdad —comentó Carlos al acabar de leer.

—Y tenía muchísima prisa —añadió Helena, casi de mal humor.

—¿Te pasa algo?

Ella soltó un bufido.

—Sé que suena idiota pero me molesta haberme equivocado tanto. Yo estaba segura de que la idea de que Alicia tuviera un amante era algo ridículo que solo se os podía ocurrir a los que no llegasteis a conocerla. Y sin embargo... ya ves. Mi hermana, como todas.

—¿Eso que se adivina detrás de tus palabras es un matiz de desprecio machista, señora Guerrero? ¿Ese... «como todas»?

—No. O sí. ¡Yo qué sé! Ella tenía a Jean Paul. Se querían. Trabajaban juntos. Los tres éramos... no sé... como hermanos.

Carlos contestó con tanta suavidad que estaba claro que no quería arriesgarse a enfadarla.

—Ser como hermanos no es precisamente lo ideal en un matrimonio, cielo.

—Ya. Tienes razón. ¿Qué sabe uno de lo que pasa en el interior de los demás? ¿Te acuerdas de Anne?

—¿Tu amiga la novelista?

—Sí. Ahora entiendo que diga que ella prefiere sus personajes a sus amigos: los conoce mejor, sabe cuando dicen la verdad y cuándo mienten, conoce sus secretos... Las personas son una fuente constante de decepciones.

La azafata de Air Maroc depositó la bandeja del almuerzo sobre las dos mesitas con una sonrisa que parecía sincera y ambos empezaron a comer en silencio; Carlos haciendo planes sobre cómo localizar a M ahora que tenían una dirección postal, aunque tuviera casi cincuenta años de antigüedad; Helena pensando que si su hermana se hubiera atrevido a confiar en ella y a contarle que se había enamorado de otro, se habrían ahorrado las dos muchas mentiras y muchos sufrimientos.

Si su madre tenía razón, el 20 de julio de 1969, con las telas como excusa, Alicia había salido a encontrarse con su amante y se había encontrado con la muerte. Si ellas dos lo hubieran hablado antes, no habría sido necesario que su hermana saliera de casa: Alicia les habría presentado a M y Helena habría podido decirles a todos que Jean Paul y ella se querían.

Un escenario de comedia de Lope de Vega, un final del Siglo de Oro: cada oveja con su pareja, matrimonio doble y celebración.

Pero cabía otra posibilidad como había dicho Almudena: que fuera M el asesino de Alicia. En cualquier caso, era necesario encontrarlo.

Sur de Marruecos, 1957

El jeep saltaba y cabeceaba por la pista de arena a toda la velocidad que permitían las desastrosas condiciones del suelo. Llevaban ya dos horas de progreso hacia el norte, buscando empalmar con la carretera de segundo orden que unas horas después los llevaría hasta la carretera nacional a la altura de Marrakech. El sol reverberaba sobre la arena y, a pesar de las gafas de sol y las gorras de visera, un incipiente dolor de cabeza empezaba a instalarse en un punto pulsante al fondo de los ojos de Goyo.

Los ocupantes del jeep —el conductor, Goyo y dos hombres más—, guardaban silencio, cada uno perdido en sus pensamientos.

La operación había salido bien, las armas habían sido entregadas y ahora los cuatro viajeros con sus rifles de caza eran ya indistinguibles de cualquier pequeño grupo de turistas que hubiera decidido pasar un par de días de acampada en el desierto.

Goyo se encendió un cigarrillo y tragó el humo hasta el fondo de los pulmones. Estaba empezando a cansarse de todo aquello y, mucho peor, había empezado a perder por completo la esperanza. Ahora sabía, o casi sabía, que nunca habría un cambio apreciable, que no volvería a servir en un ejército regular, que no podría volver a vestir un uniforme.

Sí, lo habían ascendido, ahora era coronel, pero nadie salvo sus inmediatos colaboradores podía saberlo, porque era coronel en el servicio de inteligencia militar y eso era algo que por su propia naturaleza debía quedar oculto a todos los ojos. Ni Blanca podía saberlo. Ni mucho menos el cabrón de su cuñado Vicente, que también acababa de ser ascendido por méritos que se le escapaban por completo, a menos que ahora el Ejército de Tierra premiara el diámetro del culo de sus oficiales. Vicente siempre había sido un gandul, pero desde que en España se vivía en paz, se había convertido en un auténtico cojonazos, dedicado a engordar, a leer la prensa afecta al régimen y a putear a sus hombres.

La verdad era que cuando pensaba en qué se había convertido el Ejército se alegraba de no formar parte de él. En

Marruecos al menos tenía misiones de importancia, sabía para qué servía la mayor parte de lo que le ordenaban, y podía usar todas las armas que necesitara. Mientras que si estuviera destinado en algún lugar de España ahora que no había guerra, ¿cuál sería su vida? Muchos de los hombres que conocía y que durante la contienda habían sido valientes soldados, ardiendo en el fuego de un ideal, se habían convertido primero en simples asesinos, en las famosas limpiezas de rojos pueblo por pueblo, y luego en borrachos, puteros, y jugadores para matar el tedio de una existencia sin objetivos. Una muchedumbre de buitres.

Pensaba ahora, como tantas veces, que le habría gustado participar en la guerra europea, aunque considerando el estrepitoso fracaso del Tercer Reich, había sido una suerte no haberlo hecho. Pero cuando uno es soldado de corazón, por convicción, ¿qué otra cosa puede desear, salvo entrar en combate?

Quedaban muchas guerras, siempre había alguna en alguna parte, pero él no era un mercenario, aunque a veces las misiones que tenía que cumplir se parecían peligrosamente a ello. Sabía muy bien que lo habían colocado en aquella frontera de modo que pudiera enriquecerse a su antojo mientras cumpliera con los objetivos que le habían fijado y, por tanto, lo único que podía hacer era aprovecharse en lo posible de su situación.

A veces le daba risa pensar que él, un simple coronel desconocido, tenía más dinero en Suiza que muchos de los grandes de España, que era propietario de dos pisos estupendos en los primeros rascacielos construidos en el país, que vivía como un pachá en una casa que era casi un palacio, que se podía permitir tener a sus hijas en el mismo colegio que las niñas de varias familias reales europeas, que se daba el gusto de regalarle dinero a su cuñada simplemente para humillar a Vicente, que su mujer vivía como una millonaria.

Y sin embargo todo su dinero, y sus contactos y sus armas

no habían servido para salvar a su único hijo. Goyito había muerto de meningitis sin que nadie hubiera podido hacer nada por él. Ya hacía seis años. Si viviera, tendría casi quince; podría haber sido ya cadete en una de las mejores academias militares. Un niño tan guapo, tan inteligente, un niño que ya desde pequeño jugaba con pistolas y quería aprender a luchar.

Blanca no había conseguido superarlo. Ni los psiquiatras, ni los viajes, ni los regalos habían conseguido sacarla de aquel pozo en el que había caído al enterrar a Goyito. Se había convertido en una mujer de luto, perennemente triste; una beata de iglesia y sacristía empeñada en pagar su culpa, a pesar de todos los esfuerzos que él hacía un día tras otro para convencerla de que la muerte del niño no era culpa de nadie, ni mucho menos un castigo divino.

Pero no había nada que hacer. Desde que aquella zorra en el sanatorio le había contado los chismes sobre los niños robados, Blanca había quedado convencida de que la adopción de Alicia había sido un crimen y un pecado, y que la muerte de Goyito era el castigo que se habían merecido por ello. «Dios no perdona, Goyo —repetía entre sollozos, cuando conseguía hacerla hablar de ello—. Tenemos que pagar lo que hicimos.» Y no servía de nada que él le asegurase que habían hecho bien, que habían salvado a una niña de una vida miserable con una madre soltera y roja, lo que no era del todo cierto, pero Blanca no tenía por qué saberlo.

La madre de Alicia no era soltera, sino viuda. Había estado casada con un socialista cuando la República, luego el matrimonio se había anulado porque solo había sido por lo civil; él estuvo varios años en la cárcel, y poco después de salir, ella se quedó embarazada y él murió de tuberculosis dejándola sola y sin medios. Ella sobrevivía cosiendo, pero en 1943 no había mucha gente pobre que pudiera permitirse ir a una modista, y menos en Tánger. No sabía si realmente la madre quería dar a su hija en adopción, si la habían forzado o si le habían mentido diciéndole que su hija había nacido muerta, pero eso no tenía mucha importancia. Blanca necesitaba un hijo y a la otra seguro que le vino muy bien librarse de una criatura; y aunque no hubiese sido así, aunque la modistilla hubiese querido conservar a su hija por encima de todo, primero era Blanca. La niña la había hecho tan feliz que lo demás daba igual. Luego había conseguido quedarse embarazada, había tenido un chico y su felicidad se había doblado; después había llegado Helena y, con ella, la perfección total. Blanca tenía tres hijos, igual que Pilar. Dos propios y una adoptada, aunque ese era su secreto mejor guardado, y él llevaba años convenciéndola de que no había diferencia alguna, de que sus tres hijos eran exactamente iguales y de que habían hecho bien con lo de Alicia.

Sin embargo, Blanca no conseguía verlo así, y eso los había distanciado hasta el punto de que ahora ya no le apetecía volver a casa como antes. Ahora que las niñas estaban estudiando en Suiza, volver a casa significaba encontrarse con una Blanca llorosa, vestida de negro, agarrada al rosario de marfil bendecido por el Papa que Gianna, la mujer del consejero italiano de comercio, le había traído de Roma. Lo único bueno de volver a casa eran los ladridos y los saltos de alegría de *Capitán* y el arroz con leche de Micaela, pero eso era poco para un hombre que regresaba casi siempre de jugarse la vida entre tipos despreciables sin un atisbo de honor.

Por eso no había podido resistirse a Moira, una preciosidad irlandesa que trabajaba en el consulado, una chica joven, alegre, moderna. Todo lo que Blanca había dejado de ser.

—Mi coronel…

Una mano se posó en su hombro derecho y, por el izquierdo, apareció una petaca plateada. Dio un buen trago de whisky, caliente pero reconfortante, y se encendió otro cigarro.

Salvo la cuestión del dinero, todo se había torcido en su vida. Ya ni se molestaba en seguir escribiendo y mucho menos visitando a Franco, su idolatrado director en la Academia

Militar de Zaragoza, su mentor de otros tiempos, que se había convertido en una figura lejana, en blanco y negro como aparecía en el nodo, cada día más gordo y menos aguerrido, un político de pacotilla rodeado de hijos de puta que le bailaban el agua y lo alejaban cada vez más de las virtudes castrenses que le había enseñado a él cuando no era más que cadete alférez en la Academia: el concepto del deber y la responsabilidad, el patriotismo, la disciplina, la caballerosidad, la abnegación, el valor, el sacrificio.

No quería confesárselo ni siquiera a sí mismo, pero ahora su patria le daba vergüenza. Todo lo que habían luchado, sufrido, sacrificado para convertir a España en un gran país, limpio y noble, libre de la contaminación roja, no había servido para nada. Sí, rojos no quedaban muchos ya. Los puños, las pistolas y los paseos hasta la tapia del cementerio habían cumplido su cometido, pero la patria no solo no se había regenerado sino que se estaba convirtiendo a toda velocidad en un estercolero donde imperaban el miedo y la codicia. Y ese país miserable se consideraba superior a Marruecos y quería imponerle su voluntad. ¡Era ridículo!

Sus conversaciones con el antiguo sultán, ahora rey, que al correr de los años, salvando las distancias de rango y nacionalidad, se había ido convirtiendo casi en un amigo, lo habían ido convenciendo de que la independencia de Marruecos era una meta por la que valía la pena luchar, y eso lo había llevado a colaborar con el Istiqlal tanto de modo abierto, con informes a su propio gobierno, como bajo manga en operaciones de las que el gobierno español no tenía conocimiento.

Curiosamente, el hombre a quien él tantos años atrás había sacado de la cárcel de Tánger, había resultado ser no solo un buen recitador del Corán y un protegido del rey, como le habían dicho entonces, sino también uno de los primeros y principales dirigentes del Istiqlal, el partido nacionalista de Marruecos.

Habían pasado muchas cosas desde que se instaló primero en Casablanca y luego en Rabat dispuesto a comerse el mundo. Había sido muy feliz durante muchos años. Había conseguido hacer de su casa un maravilloso hogar y de su jardín un reflejo de la gloria divina, como decían los musulmanes, aunque él, mientras tanto, hubiese dejado de creer en Dios.

No era posible creer que ese Dios al que invocaban antes de entrar en combate y por el que habían luchado hasta el último aliento, para que Su verdad resplandeciera y Su Iglesia pudiera extender Su palabra de salvación, estuviera viendo en qué había quedado todo y no se molestara en mover un dedo. Que no hubiese salvado a Goyito a pesar de sus rezos y los de su mujer era hasta cierto punto comprensible. Goyito, aunque para ellos fuera lo más importante del mundo, no era más que un solo niño y quizás Dios hubiera deseado llevárselo con él, como les decía don Tomás para consolarlos. Pero que no hiciera nada por todo un país, por España, que tanta sangre había dado alegremente por Su victoria, era para él la prueba de que no existía. Por eso le sublevaba hasta ese punto ver a su mujer, antes tan guapa, tan moderna, tan alegre, con el velo negro cubriéndole la cabeza, de rodillas frente al altar un día tras otro. Un altar vacío. Una gran mentira.

Confesiones, y golpes de pecho, y penitencias, y rosarios. Cada día más lejos de él y de su amor.

Además de que, perdida en su nube de tristeza, olvidaba que tenía dos hijas que la necesitaban y que sufrían al pensar que para su madre el único que contaba era el hijo perdido. Por eso él trataba de compensarles el abandono de Blanca a base de regalos, y vestidos, y viajes, lo mejor que el dinero podía comprar, aun sabiendo que no era bastante.

A contraluz sobre el cielo de poniente empezaron a aparecer las primeras chozas de las afueras de Marrakech entre palmeras recortadas como siluetas de cartulina negra en un Belén. Pronto podrían aparcar en la plaza de Jemaa el-Fnaa, estirar las

311

piernas dando un paseo hasta el riad, ducharse con agua fría y salir a cenar a alguno de los locales donde daban sabrosos pinchos de cordero. Al día siguiente saldrían para Rabat y luego ya vería si iba derecho a casa o se pasaba primero a ver a Moira.

Pensó en llamar a Blanca y decirle cuándo llegaba, pero las líneas telefónicas eran un desastre y se solía tardar bastante en conseguir comunicación, de modo que decidió que ya llamaría por la mañana antes de salir. Luego, según la voz con la que le contestara, iría a La Mora o no.

Rabat. Época actual

Cuando les entregaron las llaves del coche de alquiler y salieron por fin al exterior después de la espera primero del equipaje y luego de los trámites de entrada en el país, Helena se detuvo un instante mirando al cielo.

En ese momento le habría gustado ir sola, poder pasar unos cuantos minutos apreciando el color del cielo de Rabat, que era el cielo de su infancia y hacía casi cincuenta años que no había visto, pero le resultaba incómoda la idea de que Carlos le preguntara qué narices estaba mirando como una boba en aquel firmamento azul sin una nube, de modo que hizo una inspiración y empezó a buscar el número del aparcamiento donde debería estar el coche. Ya encontraría ocasión de disfrutar ese cielo a solas.

Le tendió las llaves a Carlos, que negó con la cabeza.

—Ni pensarlo. Me he informado un poco de cómo se conduce aquí y no pienso intentarlo. Llevo media vida conduciendo coches automáticos y además por la izquierda; este es un coche de transmisión manual, aquí conducen por la derecha y, por lo que he leído, van como locos. Si quieres conducir, es cosa tuya.

—¡Gallina! —Ajustó el asiento, probó las luces, se abrochó el cinturón y salió del aeropuerto confiando en recordar lo bastante de la ciudad como para llegar a la medina. Desde allí no debía de ser muy difícil encontrar La Mora.

—Me dijo Jean Paul que han avisado a Suad y a su hija para que esté la casa arreglada cuando lleguemos. ¿Estás segura de que quieres quedarte allí? ¿No sería mejor que cogiéramos un hotel en la ciudad?

—No sé, Carlos. Hay tiempo. Vamos primero y luego decidimos, ¿te parece?

La luz de la ciudad era espectacular, una luz atlántica, clara, como con textura propia, una luz que se estrellaba en las fachadas blancas y vertía oro líquido sobre las pencas de las palmeras suavemente agitadas por la brisa del mar.

Sin apenas una duda, pasaron por la muralla, dejando el alminar a su espalda, llegaron a la gran plaza de la estación de ferrocarril con su fuente, apagada en ese momento, y enfilaron la avenida Mohammed V, sombreada por una doble fila de palmeras.

—Parece bonita esta ciudad —comentó Carlos.

—Es preciosa, sí, ya la verás. No tiene la fama de Casablanca o Marrakech pero es mucho más coqueta, más elegante, más serena. ¡Mira! El hotel Balima.

—¿Debería sonarme?

—No creo. En ese hotel, recién inaugurado entonces, pasaron mis padres sus primeras noches en Rabat, allá por el cuarenta y tantos. Nos lo decían siempre que pasábamos por aquí. Ese muro de ahí enfrente es la entrada de la medina, bueno, una de ellas. Y por aquí, a la izquierda, estaba la librería donde mis padres compraban sus libros y sus periódicos. Ahora giramos aquí… a ver… luego a la derecha y, si no me equivoco… deberíamos… ¡qué barbaridad!, ¡qué locura de tráfico!

Dio un par de gritos en francés y siguió conduciendo como si nada, metiéndose a la fuerza entre dos coches para poder girar a la derecha a la altura del semáforo.

—Dentro de nada veremos el mar, bueno, el océano Atlántico. ¡Mira, mira, ahí está!

Carlos la miró, asombrado. Hacía mucho tiempo que no la

313

había visto tan explosiva, tan entusiasmada por algo. Se había acostumbrado a su postura artística de mujer *blasée*, el tipo de mujer que estaba de vuelta de todo y todo lo había visto en cien ocasiones. Casi no la conocía como la estaba viendo ahora y eso le hizo pensar cuánto le habría gustado ser su novio cincuenta años atrás, haber disfrutado de su juventud, de su inocencia, de su entusiasmo. En ese momento, Helena parecía haber vuelto a los treinta y cinco años; hasta su piel estaba más tersa.

—Ahora, fíjate en los carteles y si dice Temara en alguna parte es que vamos bien.

—Ahí está.

—¡Bien! Entonces ahora vienen los acantilados, luego las playas y después giramos a la izquierda por el camino secreto y hemos llegado.

—¿Secreto?

—Lo llamábamos así porque era un sendero estrecho sin asfaltar y no había ningún letrero que lo indicara. Cuando dábamos una fiesta, alguien tenía que salir a la carretera y plantar un cartel.

Carlos seguía mirándola, embobado. Ahora ella respiraba más rápido, se había subido a la frente las gafas de sol y los ojos le brillaban como guijas mojadas.

—El camino —susurró Helena—. Sigue aquí.

Él se mordió los labios ya a punto de decir que claro que seguía ahí. Jean Paul y su familia llevaban años viviendo en La Mora. No era precisamente un castillo encantado lo que iban a descubrir, pero decidió seguir en silencio, callado espectador del redescubrimiento de Helena.

Pararon junto a la verja y en lugar de abrir las puertas de hierro y seguir en coche hasta la casa, aparcó allí mismo, cerró el coche y se encaminó a la entrada sin coger más que su bolso, sin esperarlo a él, como si algo poderoso la llamara al interior. Él la siguió hasta una cancela pintada de azul turquesa, enmarcada en un arco de rosas trepadoras de un rojo brillante. Notó que a Helena le temblaba la mano al abrirla, pero no dijo nada. Podía imaginar la avalancha de recuerdos que debía de estar cayéndole encima.

Avanzaron en silencio por un caminito sombreado por unos árboles que daban unas bolas compuestas de pequeñas flores de color de rosa y colgaban como adornos navideños sobre sus cabezas. El piso era de ladrillos puestos de canto, haciendo dibujos geométricos. En alguna parte sonaba el agua, una fuentecilla quizás o un riachuelo.

En el paisaje plano y casi yermo que habían atravesado, aquel jardín era como un espejismo en el desierto, y su silencio tenía una cualidad casi tangible, punteada de un zumbido de insectos y repentinos aleteos de pájaros que desaparecían entre el follaje antes de que el ojo pudiera captar sus colores.

Un minuto después el camino dejó paso a un ensanche desde donde ya se veía la casa, blanca y azul, con tejas árabes de un rojo oscuro y contraventanas verdes; un inmenso jazminero y varias buganvillas rosa ocultaban parte de la fachada. Una amplia terraza con una mesa rodeada de sillas blancas de metal llenas de adornos florales precedía al edificio.

—Solo faltan los ladridos de *Capitán* —murmuró ella.

En ese mismo instante, como convocado por los recuerdos de Helena, un perro se puso a ladrar, se abrió una puerta lateral y una mujer de mediana edad salió a la terraza secándose las manos en el delantal.

—¿Suad? —comenzó Helena, aunque era evidente que no podía ser. Suad era solo un par de años más joven que ella.

—No, señorita Helena; su hija, Aixa. Mi madre está dentro, pero tiene mal las rodillas, por eso he salido yo —contestó la mujer en francés.

Entraron en la casa por la puerta principal a un vestíbulo de donde partía una escalera no muy ancha que recibía la luz de una alta cristalera de colores.

—Todo está igual que entonces —le dijo Helena a Carlos, sobrecogida—. Es como estar metida en uno de esos sueños que parecen verdad.

Él le apretó el brazo, siguiéndola.

El salón, cuyas puertaventanas daban a la terraza, también estaba casi como en las fotos del álbum de la fiesta: altas estanterías blancas llenas de libros, una chimenea, sofás tapizados en lino crudo llenos de cojines de estampados geométricos en colores rojizos, pufs de cuero claro sobre una mullida alfombra blanca. Incluso había un macizo teléfono negro imitando un modelo de los años cuarenta sobre una mesita junto a los ventanales, como el que Goyo había usado para llamar a la policía aquella noche de 1969.

Cruzaron el salón sin detenerse hasta la cocina, donde una mujer de su edad, pero que parecía mucho mayor por el trabajo y el descuido, los esperaba sentada a la gran mesa de mármol blanco.

—¡Suad! —casi gritó Helena abriendo los brazos.

—¡Mademoiselle Helène! ¡Gracias a Dios por este regalo! ¡Cuántos años sin verla! ¡Qué guapa y qué joven está, como si no hubiera pasado el tiempo! —La mujer se levantó con dificultad y se abrazaron largamente—. ¡No sabe usted cuántas veces le he preguntado a monsieur Jean Paul cuándo iba usted a volver por aquí! Al final ya no preguntaba casi, porque a monsieur Luc no le gustaba oírme, pero Dios me ha escuchado y me ha concedido este favor.

—He vuelto, Suad. Gracias por cuidarlo todo durante todos estos años.

—La Mora es también mi casa, mademoiselle, desde los catorce años que empecé a trabajar aquí para su mamá, madame Blanche. ¿Les apetece un té de menta?

—Sí, lo que vosotras queráis. Este es… Carlos.

Notó que las dos mujeres seguían esperando una explicación.

—Mi… —Estuvo a punto de decir «un amigo», pero supo que Carlos no se lo perdonaría nunca; luego pensó en «mi pareja», que a Carlos le habría parecido bien, pero que para ellas sonaría extraño. «Mi novio», a su edad, resultaba francamente ridículo. Al final, como quien se tira a una piscina de agua helada, terminó, sin mirarlo a él—: Mi marido.

Carlos se quedó de piedra, buscó sus ojos sin encontrarlos, sonrió y estrechó la mano de las dos mujeres, que se la aceptaron con timidez.

—Si no os importa, vamos a dar una vuelta rápida por la casa, bajamos enseguida y nos tomamos ese té. Tenemos muchas cosas que contarnos.

Subieron la escalera uno tras otro, ella delante. Cuando llegaron al primer piso, ella, sin volverse, dijo:

—Si dices algo te mato, Charlie.

Él le cogió la mano, en silencio, se la besó y avanzaron por el corredor.

—Mira —dijo Helena en voz baja—, este era mi cuarto. ¿Quieres verlo? —Apretó la manivela sin que la puerta se moviera un milímetro—. ¡Qué raro! Está cerrada con llave.

—Pero tienes todas las llaves, ¿no?

Sacó las llaves del bolso y empezó a probar hasta que una de ellas entró en la cerradura. Dos vueltas después, abría la puerta a una penumbra rayada por la luz que entraba a través de las lamas de las contraventanas. Sus ojos tardaron unos instantes en acostumbrarse a la relativa oscuridad, pero pronto empezaron a distinguir contornos: una cama grande, muy blanca, cubierta de cojines, algunos con lentejuelas o cristalitos que reflejaban la luz, un escritorio con papeles y un bote lleno de plumas y bolígrafos, pósteres en las paredes de espectáculos parisinos y neoyorquinos de los años sesenta, una alfombra de colores junto a la cama.

—Está todo como yo lo dejé. —La voz de Helena era un susurro asustado—. Igual que hace cuarenta y tantos años.

317

—Parece que tu cuñado ha decidido preservar el pasado para entregártelo sin fisuras.

Helena se dejó caer sobre la cama.

—Entra en el baño y dime qué hay. Por favor.

Carlos abrió otra puerta de madera calada.

—Hay cosas de maquillaje en la repisa en una cajita transparente, un cepillo de dientes con capucha, otro de pelo, una toalla blanca, un albornoz blanco y una bata de seda rosa con estampado de flores. La pastilla de jabón es nueva pero está sin usar.

—Hemos vuelto al castillo de la Bella Durmiente, Charlie —dijo ella—. La verdad, no sé si me gusta la idea. Da un poco de grima.

—Al menos estamos juntos. Anda, vamos a tomarnos ese té.

—¿Cómo está monsieur? —preguntó Suad mientras servía los vasos en la mesa de la terraza—. Monsieur Luc no cuenta mucho cuando viene.

—Mal, la verdad. Para serte sincera, no creo que viva mucho más.

Las dos mujeres se miraron entristecidas e inclinaron la cabeza.

—¡Pobre monsieur! —dijo Aixa, ofreciéndoles un plato lleno de pastas variadas.

—Y ahora ¿qué va a pasar con la casa, mademoiselle? —preguntó Suad—. ¿Quién la hereda, usted o el señor Luc?

—Yo, Suad.

—¡Alabado sea el nombre de Dios! —La sonrisa llenó de arrugas su rostro marchito que, de repente, parecía más joven—. ¿Podremos seguir aquí, cuidando de la casa y el jardín?

—Pues claro, mujer. Ya sabes que yo nunca he sido lo que se dice un ama de casa, y el jardín me gusta pero no tengo mano.

Madre e hija parecían inmensamente aliviadas con las noticias.

—Pero ¿piensan vivir aquí a partir de ahora o solo vendrán de vacaciones?

Helena miró a Carlos, perpleja. Ni se le había ocurrido pensar en ello y no sabía qué decir.

—Suad, Aixa, nosotros vivimos en Australia. ¿Sabéis dónde está eso? —Antes de ponerlas en la situación de tener que decir que no, continuó hablando—. Justo en la otra parte del mundo. Se tardan más de veinticuatro horas en avión desde aquí. Allí está mi… nuestra casa y nuestro trabajo.

—¿Aún trabaja usted, mademoiselle? ¿No está jubilada ya?

Casi le dio un ataque de risa imaginarse como jubilada.

—No. Soy pintora. Los pintores no se jubilan. Se mueren y en paz.

Carlos le dio una patada discreta por debajo de la mesa.

—Pero no pensarán vender esta casa, ¿verdad? —preguntó Aixa con ansiedad.

Helena estaba empezando a ponerse realmente nerviosa con tantas preguntas respecto a un futuro que no se había planteado. A ella lo que le importaba por el momento era el pasado. Contestó Carlos, conciliador.

—No, por supuesto que no. Nada de vender. Esta casa es el pasado de Helena; no puede caer en otras manos.

Las mujeres cabecearon, complacidas y aliviadas.

—De hecho —continuó él—, para eso hemos venido, para tratar de comprender algunas de las cosas que sucedieron en el pasado, hace muchísimo tiempo, en la época en que todos ustedes eran jóvenes, antes de la muerte de Alicia.

—Ahí se acabó todo —suspiró Suad.

—¿Qué recuerda usted de entonces? Cualquier cosa nos sirve, cosas que le llamaran la atención, alguna frase que se dijo y se le quedó grabada… De los días antes o después de la noticia.

La mujer pareció volverse hacia dentro, buscando en su memoria.

—Me acuerdo de que todos andaban como locos con lo de

la fiesta, que la casa estaba invadida de gente, los gritos y las risas desde la piscina de la mañana a la noche, la cocina siempre en marcha porque siempre había alguien que quería algo a la hora que fuera, hasta que la señora dijo que nosotras también teníamos derecho a descansar y el que quisiera algo fuera de las comidas normales tenía que arreglarse solo y limpiar lo que hubiera ensuciado. La señora estaba muy nerviosa todo el tiempo, y no le quitaba ojo a la señorita Alicia.

—¿Por qué? —preguntó Helena inclinándose hacia ella, llena de curiosidad.

—Yo creo que estaba preocupada por ella. Las oí hablar varias veces y parece que la señorita no le quería explicar a su madre qué le pasaba. ¿Usted no se acuerda de que su hermana estaba siempre nerviosa y casi no dormía?

Helena sacudió la cabeza en una negativa. En su recuerdo, ella, Jean Paul, los americanos, los italianos y algunos más del equipo de Alice&Laroche se pasaban las noches junto a la piscina, con un par de guitarras y unas botellas de vino, cantando y charlando hasta el amanecer. Alicia solía retirarse pronto y nunca se le había ocurrido pensar que su hermana no durmiera. ¿Por qué no se había reunido con ellos si no conseguía dormir?

Aunque ahora empezaba a verlo más claro. Si lo de M no había sido solo un *flirt* pasajero y Alicia estaba de verdad considerando separarse de Jean Paul, era lógico que tuviera mucho en qué pensar y no estuviese de humor para canciones y chistes por las noches. Seguramente estaba planteándose cómo decirle a su madre que estaba engañando a su marido con otro hombre y había decidido divorciarse de Jean Paul. Blanca hubiese sufrido terriblemente. Su concepto de la moral y de la reputación de sus hijas era mucho más estricto que el de su marido. Goyo, a veces simplemente por reacción al cerril de su cuñado Vicente, que era un machista y un antiguo, siempre había apoyado la valentía en ellas, la modernidad, el alejamiento de la Iglesia, y siempre había luchado por abrirle la mente a su mujer y que dejara de pensar como su hermana Pilar, como si vivieran en un poblacho de Castilla en la Edad Media, pero ella solo había conseguido desdoblar su personalidad.

Hacia fuera, Blanca era una mujer abierta, moderna, cosmopolita; una mujer que montaba, fumaba y conducía, que viajaba sola a visitar a sus padres o a sus hijas, que podía hablar de las últimas publicaciones de novela francesa o música italiana; hacia dentro, sin embargo, nunca había dejado de ser una mujer temerosa de Dios y de sus castigos, preocupada por la honra familiar, ansiosa de ocultar frente a su hermana y su cuñado el militar cualquier cosa que no fuera perfectamente de orden. Por eso apenas si habían ido a visitarlos, porque Blanca sufría demasiado disimulando mientras duraba la visita, aparte de que Vicente y Goyo se llevaban a matar, acababan hablando de política y gritándose toda clase de insultos.

Helena se dio cuenta de que llevaba unos minutos sin prestar atención a lo que contaba Suad. Ya le preguntaría luego a Carlos.

—Entonces... lo de esa visita para Alicia fue el día siguiente de su muerte, dice usted. ¿Está segura?

Helena no estaba segura de haber entendido lo que estaban diciendo pero no quería interrumpir, de modo que se limitó a escuchar lo que contaba Suad.

—Segurísima. Salí yo a abrir, le dije que la señora no estaba para recibir a nadie, como ella me había ordenado, y de repente salió del salón donde se había tumbado en el sofá, lo agarró del brazo y lo hizo pasar; cerró la puerta y al cabo de una media hora el hombre volvió a irse y ya no lo vi nunca más. Luego me pidió que no se lo contara al señor y yo no abrí la boca. Si lo cuento ahora es porque ya no tiene importancia.

—¿Quién era? —preguntó Helena saliendo de sus propios recuerdos con dificultad.

—No lo sé, señorita. Un hombre joven, un muchacho muy guapo, alto, rubio. Militar, o policía supongo, por el uniforme.

«Ya estamos otra vez —pensó Helena—. Muy guapo. ¿De

321

qué me sirve a mí saber que a Suad, entonces, le pareció muy guapo? ¿Cómo vamos a localizar a un hombre alto y rubio más de cuarenta años después? Un dibujo nos habría ayudado bastante más que las palabras.»

—¿Qué clase de uniforme, Suad, se acuerda usted? —insistió Carlos.

—Negro, chaqueta cruzada, tejido de calidad. Llevaba una gorra de plato blanca debajo del brazo.

—Es increíble que se acuerde usted con ese detalle.

—Es que mi marido era policía, monsieur. No pude evitar comparar ese uniforme que parecía sacado de una película con el que llevaba mi pobre Karim.

—¿Le contó usted lo de la visita a su marido?

Suad sacudió la cabeza.

—La señora me dijo que no lo hablara con nadie, y como no tenía importancia y el hombre también era policía o militar, pensé que sería por lo del asesinato de la pobre señorita Alicia y no dije nada.

—¿Podríamos hablar con su marido?

—Claro, cuando quieran. Él sí que está jubilado. —Sonrió—. Normalmente anda por aquí haciendo cosas por el jardín y la huerta. Aixa, ve a buscar a tu padre.

—No —dijo Helena poniéndose bruscamente de pie—. No corre prisa. Ya hablaremos luego. Carlos, vamos al coche a traer las maletas. No, Suad, no nos cuesta nada, no hace falta que venga nadie más.

—¿A qué hora la cena, madame? —preguntó Aixa, y en ese instante se dio cuenta Helena de que ahora era ella la señora de La Mora, de una casa que llevaba mucho tiempo sin ama.

—Sobre las ocho, si os parece bien.

—¿Pastela? —preguntó Suad con un brillo malicioso en los ojos.

—¿Cómo es posible que te acuerdes de que era mi plato favorito?

La mujer no contestó pero sus mejillas se arrebolaron de orgullo. Su hija puso las cosas del té en una bandeja de las que se llevan con una mano, le ofreció el brazo y se marcharon hacia la cocina hablando en dariya.

—¿Viven aquí? —preguntó Carlos.

—Supongo. La casa es grande y detrás de la piscina siempre hubo una casita independiente. Ya me enteraré. Me figuro que por eso les preocupaba tanto que pudiéramos vender La Mora.

—¿Por qué no has querido que siguiera preguntándole?

—Porque me estaba confundiendo mis propios recuerdos y he decidido pensar un poco yo sola, antes de oír su versión.

Carlos hizo un gesto con las manos para que continuase hablando.

—Cuando ha contado lo de esa visita misteriosa… —prosiguió Helena.

—Sí, ¿qué?

—Que, lógicamente, esa mañana yo también estaba aquí y en mi recuerdo yo estuve toda la mañana con mi madre, las dos en el salón, esperando noticias. No se me ocurre cuándo pudo ella recibir a nadie sin que yo me enterase. Y yo, desde luego, no recuerdo a ningún chico guapo, alto y rubio.

—Estoy seguro de que te acordarías —dijo él con intención. Ella le sacó la lengua.

—Yo, entonces, era más modosa.

—¡Venga ya! Tú no has sido modosa en la vida.

—Anda, ven que te enseñe esto un poco y luego vamos a buscar las maletas.

A la piscina se llegaba bajando unos pocos peldaños de piedra entre los que crecían las flores silvestres. A pesar de que aún no era verano, estaba abierta y limpia, pero ya no era azul california como ella la recordaba, con tumbonas blancas y mullidas, sombrillas y una barra de bar, sino que había sido remodelada con azulejos de un azul verdoso muy oscuro, de manera que daba la sensación de que no era una piscina, sino un estanque o un lago natural. Había rosas blancas trepadoras por todos los rincones y diferentes flores en macetones, todas en tonos rosados, violetas y azules. Hacia poniente, las palmeras seguían donde siempre, así como el viejísimo olivo, pero la barra para las bebidas había desaparecido y en su lugar habían instalado una especie de pabellón de caña casi balinés con unos asientos largos de madera cubiertos por colchonetas blancas y cojines azules.

—Es más bonito ahora —comentó Helena sentándose en el pabellón, de cara a la piscina—. Jean Paul siempre tuvo muy buen gusto y hay que reconocer que para ciertas cosas mi padre podía ser algo vulgar. Es lo que les suele pasar a los nuevos ricos.

—¿No era rico de familia?

—No. Sus padres tenían huertas en Orihuela, eran agricultores, o más bien terratenientes de pueblo, pero no ricos ni gente de mundo. Yo no los conocí. Murieron antes de la guerra o al principio de esta, no sé bien. Mi padre apenas hablaba de ellos.

—Va a tener razón tu nieta con eso de que no sabes casi nada de tu familia.

Ella se encogió de hombros.

—Mis padres eran muy autosuficientes. Se tenían el uno al otro y nos tenían a nosotros. Eso les bastaba. La verdad es que yo nunca me interesé mucho por asuntos de familia y creo que nunca llegamos a preguntarles cosas de antes. Daba la impresión de que su vida había empezado al venir a Marruecos.

—Pero tu padre estudió, ¿no?

—Sé que mi padre pasó parte de su infancia en Marruecos, porque su hermano pequeño enfermó de tuberculosis, creo, y a él lo mandaron con una tía suya que estaba casada con un oficial médico destinado en el hospital militar de Ceuta. Allí fue donde se enamoró de este país. Y donde se hizo amigo de Franco.

Carlos la miró sorprendido.

—Llevamos dieciocho años juntos y ahora me dices que tu padre fue amigo de Franco como si tal cosa.

—Es que no tuvo gran importancia. De pequeños, a veces papá nos lo contaba a los tres.

—Cuenta, cuenta.

Helena se echó atrás en los colchones y se puso cómoda mirando el esplendoroso cielo azul recortado entre los rosales, las palmeras y las grandes hojas de arbustos que no conocía.

—No sé si me acordaré bien, hace mucho tiempo y nosotros lo oíamos como si fuera un cuento de Andersen. Resulta que el Ejército español estaba luchando contra los marroquíes por el control del norte de África y estaban en un lugar llamado El Biutz. Era…, creo que 1916, porque mi padre contaba que él tenía once años. Franco, entonces capitán en el segundo tabor de regulares, tuvo que tomar el mando porque su comandante cayó herido en la batalla. Poco después lo hirieron también a él, una herida muy mala en el vientre de la que debería haber muerto allí mismo. Estuvo dos semanas en un campamento entre la vida y la muerte porque no podían trasladarlo los ocho kilómetros que había de Cudia Federico a Ceuta. Pero al final lo consiguieron y sobrevivió. En el hospital militar estuvo mucho tiempo recuperándose y mi padre, que era sobrino del médico que lo atendía, lo visitaba, le contaba cosas, le llevaba la prensa española y le pedía que le contara batallas y cosas del Ejército. Piensa que por esta época Franco aún era soltero, tenía veinticuatro años, y era, sobre todo a ojos de un chaval español, un auténtico héroe. Mi padre contaba que se hicieron muy amigos y que Franco le prometió ayudarlo si alguna vez se decidía por la carrera militar.

—Cosa que hizo, al parecer.

—Cosa que no me explico —insistió ella—. Jamás nos dijo que hubiera hecho una carrera militar, yo no había visto una foto suya de uniforme hasta que tú me enseñaste la de la boda.

325

—¿Sabes si en la guerra llegaron a encontrarse?

—No sé nada, Carlos. Sé que alguna vez, siendo yo ya adolescente, si salía el tema de Franco, mi padre no nos contaba la historia; solía torcer el gesto y cambiaba de tema.

—Lo traicionó —dijo Carlos, muy serio.

—¿Qué quieres decir?

—No sé qué quiero decir, pero si no recuerdo mal es lo que tú oíste en la constelación, ¿no?, que tu padre se sentía traicionado. Podría ser eso.

Los dos se quedaron mirándose, en silencio, hasta que Carlos continuó:

—Llamaremos a Almudena, a ver si ha conseguido averiguar algo sobre el pasado de don Gregorio Guerrero.

La caja

Foto 9

*E*n la caja, hacia el fondo y envuelta en unas hojas de un *ABC* de 1984 para protegerla, hay una foto en un marco de plata muy ennegrecido por el tiempo y la falta de limpieza. Blanca y Gregorio vestidos de verano frente a la Fontana di Trevi en Roma. La foto es en color, lo que permite verla a ella con una blusa roja y pantalones anchos blancos, la oscura melena corta ceñida por una cinta también roja de lunares blancos y unas gafas de sol cubriéndole los ojos. Él con camisa blanca abierta y una americana de lino colgando de un dedo sobre su hombro, también con gafas oscuras en el rostro bronceado, donde destaca su sonrisa luminosa y blanca de dientes iguales. La foto no lleva fecha pero, por la ropa que llevan y por pura lógica histórica, debe de tratarse de finales de los años cincuenta. En cualquier caso bastante después de la Guerra Civil, y después también de la Segunda Guerra Mundial, ya que antes de los cincuenta no estaba Roma para ser visitada como destino turístico.

Los dos tienen unos cuarenta y tantos años muy bien llevados y producen una sensación de estar bien juntos, de que ha sucedido algo en sus vidas que los ha rejuvenecido, quizá precisamente ese viaje al extranjero, en una época en que Federico Fellini había filmado o estaba a punto de filmar allí mismo *La dolce vita*.

Hay algo en la luz dorada reverberando en el blanco de la fuente y en las fachadas ocres de los edificios que mueve a la nostalgia de un mundo perdido, de un momento en el que todo el futuro se abría por delante en un abanico de optimismo, de inmensas posibilidades al alcance de quien tuviera el valor de arriesgarse para hacerlas suyas.

Da una cierta pena pensar que aquella pareja ya no es más que polvo y huesos en algún panteón olvidado. Pero aquel momento fue real; la esplendorosa luz de Roma los ungió para siempre y la fotografía los conserva como una gota de ámbar conserva una flor que se abrió hace treinta millones de años.

18

La Mora, Rabat. Época actual

Mientras Helena se iba a la cocina a charlar con Aixa y Suad, Carlos se instaló en la mesa redonda del salón porque resultaba más acogedora que la inmensa superficie de madera basta que prácticamente llenaba todo el comedor y podía acoger a veinte personas.

El wifi funcionaba, lo que le arrancó un suspiro de alivio, y antes de que volviera Helena e intentaran hablar con Almudena, decidió hacer otra búsqueda que se le acababa de ocurrir.

Abrió Google Maps, metió la dirección que había en la carta de M y esperó con paciencia hasta que se cargó el mapa de Halifax. No tenía grandes esperanzas en una dirección de casi cincuenta años de antigüedad, pero si había suerte y se trataba de una casa familiar como La Mora, había posibilidades. Si, por el contrario, era un piso de soltero, quizás incluso un simple piso alquilado, no solo no habría nada que hacer sino que ni siquiera podría preguntar a los actuales ocupantes.

En Halifax no existía esa dirección.

Se quedó mirando la pantalla, pensando qué hacer a continuación. ¿Le había dado M a Alicia una dirección falsa? ¿Por qué, si parecía desesperado por estar con ella?

Buscó en las ciudades más cercanas a Halifax por si se tratara de un suburbio, o un pueblo que en aquella época se subsumiera también en Halifax como distrito general.

Nada.

Se le ocurrió hacer una búsqueda con la dirección añadiendo 1968, lo que arrojó veintisiete resultados, incluidos algunos documentos en pdf que no le apetecía ponerse a mirar.

Estaba ya a punto de cerrar la búsqueda cuando por el rabillo del ojo vio algo que sonaba prometedor: «*Brekenridge Row, Halifax, to be renamed*».

Se trataba de un artículo de periódico de 1976 en el que se hablaba de la próxima construcción de un gran centro comercial en los terrenos de unos bungalós que acababan de ser demolidos. La calle cambiaría de nombre y pasaría a llamarse Northern Lights, como el mismo complejo de ocio.

Ahora sí que había llegado a un callejón sin salida, aunque al menos la existencia de una calle con el nombre que figuraba en el remite de la carta había quedado probada. M no había mentido al dar su dirección. Eso era lo positivo. Lo negativo era que no había forma de dar con él.

Sacó de nuevo la carta que habían leído en el avión. Lamentaba no haber traído la hoja de la otra carta, donde solo quedaba ese último párrafo firmado por M para comparar las letras.

El papel no era nada especial, el típico papel azul, fino e incómodo que se usaba antes para las cartas que se enviaban «por vía aérea»; solo que este era ligeramente rugoso, como si estuviera hecho de lunares prensados, parecido al de las cartas que su madre recibía en Australia cuando él era joven.

Sin saber bien por qué lo hacía, levantó la hoja hacia las ventanas, por las que en ese momento entraba la última luz anaranjada del atardecer, para mirarla al trasluz. Había algo en el papel, una especie de dibujo, ¿una marca de agua?

Sacó la lupa y se concentró bien. Era una especie de globo: un círculo dividido verticalmente por una línea y con rayas que lo cortaban también a lo ancho, con unas letras en la mitad. Le sonaba aquel logo pero no era capaz de descifrar las letras. La primera era una P mayúscula, la última una M. ¿Dónde había visto él algo así?

Aviones, tenía que ver con aviones. Quizá con compañías aéreas.

Escribió «*Airline logos*» en el buscador y clicó «Imágenes».

Al cabo de diez minutos tenía la impresión de haberlos visto todos, pero el que él buscaba no estaba. Quizá no fuera una línea aérea.

O quizá fuera una que ya no existía. La carta era de 1968.

Cambió la búsqueda y escribió «*Old airlines logos*».

Continental, Singapore Airlines, Transworld Airlines, TWA, BOAC... a la mitad de la página, lo encontró: Pan Am. Blanco y azul.

Escribió «Pan Am logo» y enseguida apareció: «Blue Globe Logo», también llamado «The blue meatball» (la albóndiga azul), «símbolo de la compañía más moderna y *chic* de los años sesenta». «*The Ritz-Carlton of airlines, located at John Kennedy International Airport, New York.*»

Sonrió. Algo había encontrado. Pero con eso seguían sin saber nada del elusivo M, salvo que escribía sus cartas en papel del que daban como cortesía en los aviones, lo que podía significar que volaba con mucha frecuencia.

Se pasó la mano por la frente, se subió las gafas de lectura y se masajeó la nariz. Hacía demasiado tiempo de todo aquello. ¿Qué pensaban descubrir a estas alturas? Suspiró y volvió a ponerse las gafas. De todas formas, pronto estaría la cena y algo tenía que hacer hasta entonces.

Decidió cambiar de tercio.

Si no encontraba a M. podía buscar el único otro nombre de aquella época que tenía: el del tercer americano, *the Boss*.

Escribió John Fleming en el buscador, perfectamente consciente de que debía de haber millón y medio de hombres llamados así. Lo que esperaba: nombres y nombres y nombres. Añadió una probable fecha de nacimiento, 1945. Las posibilidades no se redujeron demasiado. Añadió «+ fotografía», ya que le sonaba que Helena había dicho en algún momento que era fotógrafo. Añadió «imágenes». Apareció una página llena de fotos de todas clases. Debía de haber varios fotógrafos con ese nombre.

De pronto una le llamó la atención y la amplió: podría jurar que esa foto estaba tomada en el mismo jardín que él veía ahora por las cristaleras. Y que la casa del fondo era La Mora.

Entró en la página. No había mucha información, pero era todo nuevo para él.

El pie de la foto decía: *Jardín secreto*, de John Fleming, 1973.

Y debajo un párrafo:

332

John Fleming, nacido en Albuquerque, Nuevo México, en 1946, fue uno de los jóvenes fotógrafos americanos más emblemáticos de la década de 1960. Son famosas sus fotos del movimiento sociocultural conocido como *flower power*, de los primeros conciertos multitudinarios, como el de Woodstock (1969) y el de la isla de White (1970) y las de sus frecuentes viajes al norte de África, sobre todo a Marruecos y Túnez.

Murió en 1979 en un hotel de Rabat de una sobredosis de heroína.

Rabat, 1957

Blanca salió del baño envuelta en la toalla blanca con el pelo enrollado en un turbante y se quedó clavada en medio de la habitación mirando, perpleja, el vestido que reposaba sobre la cama recién hecha.

—¡Micaelaaa! —llamó, de mal humor.

La mujer asomó la cabeza por la puerta con una ligera sonrisa en los labios.

—¿Se puede saber qué narices es eso, qué hace ese vestido ahí? Por si no te has dado cuenta, estoy de luto por mi hijo.

—Aquí todos nos hemos dado cuenta hace tiempo, doña Blanca —dijo Micaela en voz suave, para que el enfado de la señora no fuera a más—, sobre todo don Goyo.

—¿Qué tiene que ver el señor en esto?

Micaela se acercó a ella, le tendió el albornoz, la ayudó a ponérselo y solo entonces contestó despacio lo que llevaba tanto tiempo ensayando.

—Doña Blanca, usted sabe cuánto la aprecio. Llevamos más de quince años compartiéndolo todo, lo bueno y lo malo. Siento muchísimo tener que dejarlos, pero mi padre me necesita…

—Ya lo sé —interrumpió Blanca de mal humor—. Está todo hablado; no es culpa tuya.

—No quería hablar de eso. ¿Me va a escuchar? Por favor, doña Blanca, por su bien, por el bien de su familia.

Blanca sintió un principio de angustia. ¿De qué quería hablarle Micaela dos días antes de marcharse, de dejarla definitivamente sola? Hizo un gesto hacia los dos sillones que ocupaban la zona del mirador y se sentaron.

—Doña Blanca, usted sabe que le estoy muy agradecida por todo lo que don Goyo y usted han hecho por mí y por los míos, y que la quiero como a una hermana mayor. Por eso tengo que hablar claro. ¿Puedo?

Ella asintió con la cabeza, apretándose las solapas del albornoz contra el cuello.

—Lleva usted seis años así. ¡Seis años, que se dice pronto! Todos llevamos seis años esperando que mejore, que vaya saliendo poco a poco de esa tristeza, que vuelva a ser usted misma. Y no hay nada que hacer, cada día está más callada, más muerta en vida. Ya ni siquiera las nenas le hacen ilusión, con lo preciosas que son. Ya no le hace usted caso a su marido, que es más bueno que el pan blanco.

—He perdido un hijo, Micaela, he perdido a mi único hijo.

—Ya lo sé, señora. Todos hemos sufrido mucho por eso. Usted más, mucho más, por supuesto, pero ya está bien. Tiene que salir de ahí. Si no hace un esfuerzo, lo perderá todo. A sus hijas, a su marido, su propia vida. Tiene que hacer de tripas corazón y salir adelante, antes de que sea tarde.

Micaela se mordió los labios y dejó que las implicaciones de lo que acababa de decir traspasaran la dura coraza que Blanca se había construido a su alrededor.

—¿Qué quieres decir? ¿Sabes algo que yo no sepa? —preguntó mirándola fijamente y apretándose los dedos unos contra otros.

—Sí. Y usted también lo sabría si se fijara en el mundo que la rodea.

—El señor siempre ha tenido horarios raros.

—Pero ahora, cuando vuelve, huele a perfume de mujer.

—No me he dado cuenta.

—Sí, ese es el problema.

Se interrumpió, debatiendo consigo misma si hablar más claro o no. Decidió que, considerando que dos días más tarde ya no estaría allí para sufrir las consecuencias, lo mejor que podía hacer era explicarse con toda claridad.

—Mire, doña Blanca, hace tiempo que oigo cosas, que me fijo en detalles, pero no sabía nada concreto. Sin embargo, hace muy poco, cuando al salir de la iglesia me mandó usted a Chez Paul a traer aquellos panecillos para el señor, lo vi cruzando la calle. Con una mujer.

—Eso no está prohibido.

—No se haga la tonta. Con una mujer más joven que usted, guapa, pelirroja, de ojos verdes. No como los suyos, pero también bonitos. Con un vestido de flores, riéndose con él. Él le abrió la puerta del coche, metió la cabeza dentro y la besó.

Hubo un largo silencio. Los labios de Blanca empezaron a temblar y los ojos se le llenaron de lágrimas que un segundo después se deslizaban por sus mejillas sin que ella hiciese nada por enjugarlas.

—No quiero defender a don Goyo, pero tiene que darse cuenta de que es natural, señora. Lleva usted seis años vestida de negro, sin hacerle ningún caso. Pasa más tiempo en la iglesia que en casa. Esto no puede seguir así.

—¿Y qué quieres que haga? —preguntó Blanca ya entre sollozos.

—¡Luchar por lo que es suyo! Ponerse ese precioso vestido verde que le he sacado del armario y que ni siquiera ha estrenado, volver a ponerse tacones, pintarse, perfumarse y esperarlo esta noche como si los últimos seis años no hubiesen sido más que una pesadilla.

Micaela se levantó, fue al tocador y volvió con un par de pañuelos masculinos.

—Suénese la nariz y pruébese el vestido por si le está grande, que aún me dé tiempo a arreglárselo.

—Pero si Goyo… si es verdad que huele a perfume al llegar a casa es que le da igual que yo me entere, que ya ha decidido dejarme. —Apenas se entendían sus palabras entre los sollozos.

—Señora, don Goyo es muy inteligente. Si quisiera engañarla, se lavaría bien antes de volver. Si se deja ese olor encima es justamente para que usted lo note y haga algo, ¿no lo ve?

—¡Esto es otro castigo de Dios!

Micaela se puso de pie echando fuego por los ojos. No era alta, pero furiosa como estaba de golpe, parecía una torre oscura con sus ojos negros y el pelo, negro y abundante, recogido en un moño en la coronilla, vestida de negro por deseo de la señora.

—¡Haga usted el favor de dejar a Dios tranquilo, que tiene mejores cosas que hacer que castigarla a usted con tonterías! A ver si se da cuenta de una vez de que no es usted el centro del universo, y que hay mucha gente que ha perdido hijos y ma-

335

dres y hermanos en la guerra y, mucho peor, en la posguerra que nosotras nos hemos ahorrado estando aquí. ¡Venga! ¡A probarse el vestido! Y voy a recoger todos esos trapos negros de su armario y los voy a dar todos. Como tenga que ir pronto a un funeral, va a tener que vestirse de colores porque no voy a dejar ni un pañuelo negro en esta casa.

A su pesar, Blanca esbozó una pequeña sonrisa. Se levantó, insegura, y se dirigió al tocador. Se quitó el albornoz y el turbante. No tenía pudor de estar desnuda delante de Micaela, que se había pasado meses poniéndole el vientre falso cuando esperaba a Alicia y lavándole las heridas de los dos partos.

Se miró al espejo, cada vez más cerca de la luna. Se pasó las yemas de los dedos por las patas de gallo, por las comisuras de la boca, por las cejas y las arrugas que se le habían ido formando en la frente, por la raya del pelo donde brillaban las canas, por las puntas abiertas de la melena que ahora siempre llevaba recogida en un moño.

Luego se pasó las manos por los pechos, que seguían pequeños y erguidos, el vientre, más flojo de lo que hubiera querido, los muslos que también se le habían aflojado desde que no salía a montar.

—Tengo cuarenta y cinco años, Micaela, y estoy horrible. No hay nada que hacer.

—¡Qué va! Al contrario. ¡Hay muchísimo que hacer! Usted misma lo ve.

Sus miradas se cruzaron en el espejo y se echaron a reír a la vez.

Desde el pasillo les llegó la voz de Suad.

—Madame, la peluquera está abajo. La espera en la cocina.

—¡Pero qué callado te lo tenías, Micaela! ¡Estáis compinchadas Suad y tú!

—Quiero que sea mi regalo de despedida. Que cuando mañana me lleven ustedes al aeropuerto la vea tan guapa como siempre, del brazo de su marido, y pueda irme tranquila. La pobre Suad también sufre mucho al verla así. Ande, póngase el albornoz, no se vaya a resfriar ahora.

Blanca se lanzó a abrazarla y cuando se separaron, Micaela tenía el hombro mojado y las dos sonreían entre lágrimas.

Rabat. Época actual

Salieron temprano de La Mora y recorrieron el camino inverso, hacia la ciudad. Helena al volante, Carlos a su lado y Karim, que no había consentido en sentarse delante, en el asiento de detrás.

La noche antes habían hablado unos minutos por Skype con Almudena pero aún no había reunido bastante información y no quiso decirles nada de momento. Había pedido ayuda a un compañero en paro y confiaba en que, entre los dos, pronto podrían tener algo que contarles. Paloma había llamado diciendo que el vestido de Helena ya estaba de prueba. Almudena le había contado que su abuela estaba de viaje relámpago en Marruecos y le había arreglado otra cita para cuando volvieran.

337

Helena había estado también bastante rato al teléfono con el director del museo, tratando de quitarle un poco el enfado por no haber podido encontrarse con ella como estaba previsto. Habían quedado para la semana entrante y, al final, Helena había colgado con una sonrisa misteriosa.

—¿Ha ido bien a pesar de todo? —preguntó Carlos, extrañado—. Has dejado plantado al pobre hombre en una cita concertada semanas atrás, y no es precisamente cualquiera; es el director de uno de los museos más importantes del mundo.

—Si se lo hubiese hecho Picasso o Rothko o Cy Twombly lo habría encajado de maravilla. Yo no soy menos artista que ellos. Ahora, de repente, tiene más interés que nunca. Y si no, el mundo está lleno de museos.

Cuando terminaron de ponerse al día de lo que Carlos había

encontrado en internet, se tomaron un coñac en la terraza y solo entonces se plantearon la cuestión de dónde pensaban dormir. Suad les había dicho que todas las camas estaban limpias y recién puestas y que monsieur Luc, en su último viaje, no había dicho nada de que no pudieran ocupar una habitación concreta.

De modo que subieron al primer piso y fueron mirando los dormitorios como si estuvieran visitando un hotel o un apartamento amueblado.

—Esta era la mía —dijo Helena—, ya la conoces; esta la de Alicia y Jean Paul, supongo que sigue siendo la de él; esta la de mis padres y, por los libros que hay en la mesita y las cosas del tocador me figuro que es la que usa Luc. Cuando éramos pequeñas, Alicia y yo dormíamos juntas y la que fue luego la mía era la de Goyito. Todas las otras eran de invitados. Así, que… tú eliges.

—Yo, si no te importa, preferiría dormir en la tuya —dijo Carlos.

—No es la mejor. La de mis padres da a la piscina.

—Me gustaría imaginar que los dos hemos vuelto a los años setenta y me acabo de colar en tu cuarto y en tu cama.

Helena sonrió, se acercó a Carlos y se besaron en el pasillo. Luego ella caminó de puntillas hasta su puerta fingiendo sigilo, la abrió y empezó a hacerle señas con un dedo mientras con el otro se cruzaba los labios en un gesto de silencio. Entraron en el cuarto muertos de risa.

Se habían despertado con la primera luz, con un revuelo de pajarillos en el jardín y las llamadas de las tórtolas, con la sensación de estar en un lugar de paz.

—Este sitio es bueno para el alma —dijo Carlos en voz baja, sin moverse, sintiéndose caliente y arropado entre las sábanas planchadas, olorosas a hierbas y a sol—. No sé cómo has podido estar tantos años lejos.

—No era mío.

—Ahora sí.

—Cuando muera Jean Paul.

—¿Estás llorando? —Carlos se giró hacia ella para abrazarla, pero Helena se zafó con rapidez y saltó de la cama frotándose los ojos.

—No. Voy a ducharme y nos vamos a Rabat.

Y ahora estaban en el coche intentando reproducir, con ayuda de la memoria de Karim, aquel último día de Alicia.

—Aquí, madame, aparque usted aquí. Es más o menos donde encontramos el coche de mademoiselle Alice.

—¿En esta dirección? ¿De cara a la ciudad?

—Sí. A medio camino entre la Rue des Consuls y los Oudayas. Supusimos que encontró aquí un buen hueco para aparcar y que pensaba acercarse a pie a la tienda, pero, por lo que fuera, debió de dirigirse primero hacia los Oudayas pensando recoger las telas al volver. Y ya no volvió. Las telas seguían en la tienda, y no había nada en el maletero del coche.

—Me gustaría ver dónde se encontró el cadáver —dijo Helena, forzándose a sonar normal.

—¿No lo viste entonces? —preguntó Carlos, extrañado. Ella negó con la cabeza.

—Mamá y yo estuvimos en casa todo el tiempo. Papá y Jean Paul vinieron a identificar el cadáver y a ver el lugar.

—Me acuerdo muy bien —dijo Karim—. Nunca he visto a un hombre más afectado. No se lo podía creer. Se echó a llorar como una criatura, se abrazó a su suegro, que se había quedado pálido y rígido, y estuvieron allí no sé cuánto tiempo sin que nadie dijera nada. Yo no sabía qué hacer. ¡Me daba tanta pena la señorita! ¿Cómo era posible que alguien hubiera querido hacerle daño? Y luego, cuando nos dijeron lo que había pasado... Monsieur Jean Paul se volvió loco con lo de la violación. Si hubiéramos tenido a un sospechoso, lo habría matado con sus propias manos. —Mientras hablaba, Karim los iba guiando por la acera empinada que discurría junto a la muralla de la fortaleza hasta el gran portón de entrada—. Igual que el señor. Pero él siempre fue más frío, más curtido. Al fin y al cabo, monsieur Jean Paul hacía vestidos de mujer…

Carlos le echó a Helena una mirada discreta acompañada de una media sonrisa que ella no captó. Había quedado claro que, para Karim, alguien que se gana la vida como modisto de señoras no podía ser un hombre de verdad.

Cruzaron la entrada umbría, torcieron a la derecha por el pequeño jardín árabe y desembocaron en un café al aire libre desde cuya terraza se tenía una preciosa vista de la desembocadura del Bouregreg y la ciudad de Salé en la orilla opuesta, junto al mar. Solo un par de mesas estaban ocupadas por turistas que tomaban té con pastas.

Karim los llevó a la derecha, por una callejuela angosta pintada de añil hasta un parapeto desde el que se podía mirar hacia abajo. Señaló con el dedo un punto entre las rocas.

—Allí, más o menos donde está ese hombre pescando, la encontramos. Puede que la echaran desde esa ventana de ahí, o desde aquella otra, y que la marea la arrastrara hasta esas rocas donde se enganchó. Si no, quizás el mar se habría llevado el cadáver y nunca la hubiéramos encontrado.

«¿Qué hacías aquí, Alicia? —se preguntó Helena, tratando de entender—. ¿Estaba aquí M y habías quedado con él? ¿Por qué no me dijiste nada, idiota? Yo te habría ayudado, te habría cubierto. ¿Fue él quien te mató?»

—Sí que encontramos restos de piel bajo las uñas de la señorita, pero entonces no se podían hacer los tests de ADN que se hacen ahora. No nos sirvieron de mucho, pero cuando cogimos al sospechoso que había tratado de vender la cadenita del brillante, tenía un arañazo en la cara. Su mujer declaró que se lo había hecho ella en una pelea, pero… claro, era su mujer, ¿qué iba a decir? —Karim estaba hablando con Carlos, viendo que Helena se había quedado pensando en otras cosas.

«Bien, Alicia, bien, te defendiste, no sirvió de nada pero te defendiste.»

—Luego se suicidó en la cárcel, ¿no?

Karim asintió con la cabeza sin añadir nada más. Carlos tuvo la sensación de que le habría gustado decirle algo pero no se atrevía, o quizá fuera la presencia de Helena la que lo coartaba. Ya le preguntaría más adelante, cuando estuvieran a solas. Quizá se tratara de una de esas cosas que Karim no encontraba adecuado contar delante de una mujer.

Volvieron solos a La Mora porque Karim tenía cosas que hacer en la ciudad. Habían pensado dar una vuelta por la medina y comer en algún lugar típico, pero el paseo por los Oudayas les había quitado las ganas de hacer de turistas y decidieron regresar y seguir investigando entre los papeles antiguos. Los dos notaban cómo los iba ganando la obsesión de comprender, aunque supieran que tenían muy pocas posibilidades. Helena empezaba a darse cuenta de por qué sus padres, cada uno a su modo, no habían podido sustraerse a esa necesidad de entender para poder cerrar el asunto por fin, y por qué durante años y años habían seguido dándole vueltas a lo mismo mientras ella estaba al otro lado del mundo buscándose a sí misma en las drogas, los viajes, el sexo y la pintura.

De algún modo, sin embargo, ellos lo habían conseguido. No sabía cómo y cuándo pero estaba claro que hubo un momento en que comprendieron o creyeron comprender, o fueron capaces de decir «ya basta» y reemprender su vida. Por lo que ella recordaba, hacia finales de los años setenta sus padres habían vuelto a ser personas equilibradas, alegres, encantados de tenerlos a ella y a Álvaro de vacaciones en Santa Pola. Hacían paellas en el jardín, iban a bucear a Tabarca, paseaban por los mercadillos nocturnos, llevaban a Álvaro a los tiovivos de caballitos y, al menos por fuera, habían vuelto a ser una fami-

341

lia normal. Ahora se daba cuenta de lo bonita que había sido esa etapa, cuando sus padres disfrutaban de tenerla un par de semanas y ella acababa por dejarse llevar por esa inercia veraniega de baños en el mar, comidas, siestas, paseos y juegos con su hijo, que día a día iba abriéndose a ella, riéndose, contándole cosas de su vida cotidiana durante el año. No se explicaba por qué lo había dejado perder, por qué había pensado que dos semanas al año eran suficientes.

Pero ahora ya no tenía arreglo. Sus padres llevaban mucho tiempo muertos, su hijo era un hombre de mediana edad con el que ya no la unía casi nada y estaba casado con una mujer que no le tenía a ella ningún cariño. Era tarde para todo. Salvo quizá para rescatar la relación con su nieta, Almudena, que tenía ahora la misma edad que ella cuando todo se perdió.

Eso aún podría intentarlo.

Por lo demás, si conseguía alguna respuesta al acertijo y era capaz de hacer las paces con aquella época, quizá consiguiera lo que casi le había prometido al director del museo: presentar como broche de la retrospectiva su obra más reciente, una obra que no tenía ni siquiera pensada y que debía ser una especie de inauguración de un nuevo periodo, la apertura de un camino nuevo. Todavía no le había dicho nada a Carlos y no pensaba hacerlo hasta que acabara todo aquello y pudiera de nuevo plantearse pintar.

Ya casi llegando a la zona de La Mora, Carlos le mostró un cartel gigantesco, una valla de publicidad que anunciaba la próxima construcción de un campo de golf de dieciocho hoyos.

—¡Increíble las cosas que construyen donde más falta hace el agua!

—Ahora que lo dices, tendremos que informarnos de cuánta agua necesita La Mora para mantenerse como está. No tengo ni idea de los precios ni los suministros de aquí. —Puso el intermitente y enfiló el camino mientras Carlos sonreía para sí mismo. Desde que estaban en Marruecos, Helena decía cosas que poco antes hubieran sido impensables. Ese «tendremos que informarnos», por ejemplo, en lugar de «tendré». Si la constelación no había servido de momento para disipar las sombras del pasado, al menos parecía estar resultando útil para que Helena se diera cuenta de que eran dos en el juego. Hacía mucho que no se había mostrado tan cariñosa, tan comunicativa, tan abierta con él. Solo por eso ya había valido la pena todo.

Se instalaron a la mesa del salón y mientras Helena iba a la cocina a traer algo de comer, él empezó a repasar los datos que había encontrado el día anterior sobre M. Nada grande. Todo cosillas sin mayor importancia que no servían para mucho.

Sacó de la mochila la carpeta gruesa donde había metido todos los papeles que aún no había tenido tiempo de repasar y empezó a intentar clasificarlos por años. Había recortes de periódicos, cuartillas mecanografiadas y una carta del coronel Vicente Sanchís a Gregorio Guerrero, pero todo parecía ser de finales del año 1980 y principios de 1981, de modo que decidió dejarlo para después.

Sacó luego un cuaderno con tapas de flores en colores psicodélicos, lo hojeó por encima —en la primera página ponía «Alicia Guerrero»; muchas otras habían sido arrancadas— y lo apartó para empezar a leerlo enseguida. Al hacer a un lado la carpeta que había decidido dejar para después, se dio cuenta de que se le había caído al suelo una tarjeta de visita. Se inclinó a recogerla y se quedó pasmado.

En el borde superior derecho estaba grabado el logo circular de la «albóndiga azul», el símbolo de Pan Am. La cogió con ansia, como si temiera que fuera a echarse a volar.

Michael O'Hennesey
197, Breckenridge Row
Halifax. Canada

Aquí estaba el misterioso M, Michael. Un canadiense de lengua inglesa que, al parecer trabajaba para Pan Am, la compañía más moderna del mundo en 1969.

Algo se encendió en su cerebro, le vino a la cabeza una foto que había visto el día anterior, volvió a escribir «Pan Am imágenes» en la ventana del buscador y unos momentos después tenía allí lo que recordaba: la foto de dos pilotos y varias azafatas, todos jóvenes, todos sonrientes, haciendo publicidad de la aerolínea con sus magníficos y atractivos uniformes: azules los de las mujeres, negros los de los hombres, con gorras de plato blancas.

Tenía razón Suad; al lado de aquellos uniformes, el que debía de llevar su marido, un simple número de la policía rabatí en 1969, no tenía punto de comparación.

El misterioso Michael O'Hennesey no era militar ni policía; era piloto de Pan Am.

344   Ahora sí que había posibilidades reales de encontrarlo.

La caja

Foto 10

*S*entados a una larga mesa, en la terraza del jardín, un mediodía de verano bajo un toldo de rayas blancas y azules, dos matrimonios de mediana edad y sus hijos adolescentes. Los dos hombres a las cabeceras de la mesa, las mujeres frente a frente en la mitad, a izquierda y derecha los hijos de una y otra pareja; por un lado dos chicas, una rubia y una morena, de unos diecisiete y trece años; por otro una muchacha ya adulta, de unos veinte o veintiuno, y dos chicos sobre los diecinueve y dieciséis evidentemente hermanos, con la misma cara redonda y el mismo tipo de peinado, un tupé muy levantado por delante y fijado con abundante laca y brillantina, lo que entonces se llamaba «Arriba España» y había sido inventado en Estados Unidos casi veinte años atrás con el nombre de *ducktails*. Las chicas mayores llevan melenitas con las puntas hacia arriba; la más joven tiene el pelo rizado y lo lleva natural, con una cinta elástica roja. Está a punto de ser una mujer, pero aún no lo es.

Las dos parejas no pueden ser más distintas entre sí: unos, esbeltos, de estilo moderno, él con pelo corto y bigote, rostro moreno y cuerpo fibroso; ella maquillada discretamente, con pantalones y el pelo recogido en un moño alto, a lo Audrey Hepburn, que enfatiza sus ojos rasgados y verdes. Los otros, más bien redondos, con un punto de vulgaridad, él con una buena barriga tensando la camisa de nailon y ella con faja para disimular los michelines bajo un vestido de verano ajustado al cuerpo color rosa palo. Las mujeres no parecen hermanas, pero lo son. Pilar no ha envejecido bien; tiene cincuenta y dos años y se le notan todos. Vicente tiene ahora cara de perro pachón pero sus ojos no miran con la dulzura de los perros, sino con desconfianza, bajando la cabeza hacia la cámara, de modo que la línea más pronunciada es la del ancho bigote franquista y las arrugas de la frente, que ya no se distingue de la calva. Las mujeres sonríen. Los hombres no. El espectador tiene la impresión de que todos están deseando levantarse de la mesa y desaparecer, pero hay una tarta en el centro y está claro que aún tendrán que aguantar un buen rato.

Detrás de la foto se lee: *La Mora, 1961. Visita de Pilar y Vicente con sus hijos: Amparito, Vicente y Alberto.*

19

La Mora, Rabat. Época actual

Cuando llegó Helena con una bandeja llena de cosas de picar, Carlos empezó a quitar papeles a toda prisa. Estaba deseando decirle lo que había descubierto, pero algo en su expresión le sugirió que esperara; daba la impresión de que también ella tenía algo que decirle.

—¿Pasa algo? —preguntó él mientras acomodaba los platos, los cubiertos y las cosillas de comer.

—Que no salgo de mi asombro con la cantidad de cosas que no he sabido nunca.

—¿Como qué?

—Lo que me acaba de contar Suad, por ejemplo. Que la mañana en que nos dieron la noticia de la muerte de Alicia, poco después de haber hablado con ese chico alto y guapo que no sabemos quién es, mi madre subió al cuarto de Alicia, sacó una maleta que había debajo de su cama y empezó a deshacerla y a guardar ropa suya en el armario.

Carlos la miró en silencio.

—Cierra la boca. Yo tampoco lo entiendo.

—Dices que estaba… ¿deshaciendo la maleta?

—Eso me ha dicho Suad. —Helena se sentó frente a Carlos, cogió una oliva negra y empezó a masticarla casi con rabia.

—Y tú, ¿dónde estabas?

—¡Yo qué sé! ¿Cómo quieres que me acuerde? Yo estaba convencida de que estuvimos juntas toda la mañana, llorando en el sofá del salón, hasta que…

—¿Hasta que qué? —Carlos tuvo la impresión de que había habido un destello de reconocimiento en los ojos de Helena.

—Nada. Hasta que llegó la policía, supongo, y subieron todos a investigar la habitación de mi hermana.

—Helena… —Carlos le cogió la mano con delicadeza y se la besó en la palma—. Ya está bien de ocultar cosas, ¿no crees? No le sirve de nada a nadie. Cuéntame qué has recordado.

Ella sacudió la cabeza en una negativa, se encogió de hombros y se quedó mirando por las ventanas aunque no hubiese nada de particular que ver. Carlos esperó con calma, masticando unas almendras fritas.

—No es que lo haya recordado ahora, Charlie. Es algo que me ha perseguido toda mi vida. Algo así no se olvida.

—A veces ayuda contar este tipo de cosas, ¿sabes? Ponerlas en palabras para librarse de ellas.

—No creo que sea tan fácil.

—Inténtalo, cariño. Te escucho.

Helena inspiró hondo, abrió la boca y volvió a cerrarla. Nunca le había contado eso a nadie y, aunque Carlos aseguraba que podía ayudar, ella nunca había creído que las palabras tuvieran el poder de conjurar los monstruos o aliviar el dolor.

Carlos seguía esperando pacientemente.

—Aquella horrible mañana, cuando llegó la policía y nos dijo que habían encontrado el cuerpo de Alicia, papá y Jean Paul se fueron con ellos a la ciudad y nosotras nos quedamos en casa. Mi madre… —empezó Helena, carraspeó, tragó saliva y siguió hablando—, mi madre había estado abrazada a mí, las dos llorando desesperadas, diciendo las cosas estúpidas que se dicen en esas circunstancias, que no era posible, que por qué ella, que quién había podido hacer una cosa así… De repente, mamá se suelta de mi abrazo como si acabara de darse cuenta de algo, me mira fijamente y me dice: «¿Por qué ha tenido que ser Alicia? ¿Por qué?». Ya había empezado a gritar y se le había puesto cara de loca: pálida, con ojeras, con el pelo sudado pegado a la frente. «Deberías haber sido tú.»

»Lo decía en serio, Charlie. Totalmente, mortalmente en serio. Terminó de decirlo y se puso a aullar de dolor y a dar puñetazos al sofá. Yo me levanté y me fui a mi cuarto. No bajé hasta que oí la puerta de la entrada. Desde entonces he estado dándole vueltas a aquello. Creo que llegó un momento en que pensé que la había perdonado, que en momentos así se dicen cosas raras quién sabe por qué. Pero no he podido olvidarlo jamás y muchas veces, cuando la tenía delante, relajada, sonriente, jugando con Álvaro de pequeño, me acudía otra vez la maldita frase y tenía que alejarme un rato para no empezar a gritarle, a reprocharle todo el daño que me había hecho. Yo creo que ella ni se acordaba.

—A veces en ciertos momentos se dicen cosas sin pensar —intentó ayudar Carlos.

—Sí, cosas que salen del corazón, esas verdades que nunca se formulan porque uno sabe que duelen demasiado, pero hay momentos en que falla el control y las palabras salen. Y lo malo es que, una vez las has pronunciado, no puedes recogerlas ya. Es como tirar un vaso de agua al suelo: no es posible recuperar el agua y que vuelva a estar en el vaso igual de transparente que antes de caer.

Hubo un silencio en el que Helena se quedó mirando el sofá en el que tanto tiempo atrás estuvo abrazada con su madre hasta que ella… O quizá mientras tanto Jean Paul y su hijo hubieran cambiado el sofá y ella nunca hubiese estado sentada allí con su madre llorando por Alicia. Empezaba a estar cada vez más segura de que los recuerdos no son de fiar y la historia que uno hilvana con su ayuda es siempre una invención.

—Entonces —comenzó Carlos, tratando de reconducir el tema para apartarla de aquellos pensamientos—, ¿tú podrías

349

haber estado en tu cuarto mientras tu madre hacía lo que dice Suad?

—Sí, supongo que sí. Me figuro que mi madre pudo usar ese tiempo para ir a la habitación de Alicia y deshacer esa maleta que dice Suad. Para qué quería hacerlo, ya… ni idea. Suponiendo que Suad no se equivoque de día, o que mamá estuviera haciendo una maleta, no deshaciéndola, pensando en marcharse de casa.

—Entonces no estaría en el cuarto de Alicia, sino en el suyo.

—Es verdad.

—Anda, vamos a comer algo. Este pollo al limón tiene una pinta estupenda.

—No tengo hambre.

—Da igual. Hay que alimentarse para poder pensar. Y además, tengo algo que contarte. Mira de cuántas cosas me he enterado mientras estabas en la cocina.

A medida que escuchaba, Helena fue redescubriendo su apetito y empezó a picar de aquí y de allá mientras Carlos le contaba lo que había averiguado tanto sobre el canadiense como sobre el americano.

—Así que mi hermana estaba enamorada de un piloto. El famoso atractivo de los hombres con uniforme. Pero ¿por qué no me lo dijo?

—¿Porque tenía miedo de que no la apoyaras, quizá? ¿O de que fueras a contárselo a su marido?

Helena sacudió la cabeza. No conseguía entenderlo, de modo que cambió de tema, dejando esa cuestión para otro momento.

—¿Qué te ha hecho buscar el nombre de John? —preguntó.

—Dos cosas: que era el único con nombre completo, lo que me permitía buscar algo mejor, y que tu padre sospechaba de él, a juzgar por todos los círculos rojos y las flechas que dibujó en el álbum.

—¿Y cómo te has enterado de que era fotógrafo?

—Me lo dijiste tú.

Helena negó con la cabeza.

—El que era fotógrafo era Sacha.

—¡Ah! Entonces ha sido pura serendipia. Pero si mal no recuerdo, en la foto en la que se lo ve llegando a la fiesta vestido con americana y pantalones de lino lleva una cámara colgada al cuello, ¿no?

—Ni idea. Pero ahora que lo has nombrado, sí que es verdad que se pasaba la vida con una cámara en la mano cuando no estaba durmiendo la mona o totalmente frito de algo que se había metido. Creo que quería que Alicia y Jean Paul lo contrataran para fotografiar una de sus colecciones; no hacía más que darle la vara a él y hacerle la pelota. A Alicia le caía fatal, ahora que lo pienso. Estaba deseando quitárselo de encima. Pero es que el tipo no hacía más que mirarla y decirle lo guapa que era, seguramente para congraciarse con Jean Paul.

—¿Qué hacía esa gente aquí? ¿Pegar la gorra?

—Algo así. Habían venido a ver Europa empezando por venir a verme a mí, más que nada porque yo, idiota de mí, les había dicho que aquí podían vivir gratis. Cosas que se dicen sin pensar y luego hay quien te toma la palabra. Mis padres acogían a cualquiera que trajéramos nosotros. Increíble lo abiertos que eran, pienso ahora, para haber nacido a principio de siglo; papá en 1905 y mamá en 1912. Los americanos llegaron aquí, les gustó, claro, y se instalaron. John se dedicó a ganarse a Jean Paul, y los otros dos se pasaban la vida en la cama, fumando y durmiendo. No recuerdo bien cómo fue, pero sabían que tenían que irse a finales de julio; por eso lo de la fiesta era a la vez casi una despedida. Yo, la verdad, ya estaba bastante harta de ellos y fue un alivio que se marcharan una semana antes de lo acordado, pero claro, con lo de Alicia no estábamos para visitas. No volví a saber nada de ellos.

—¿Y eran todos drogadictos?

Helena se echó a reír.

—No se me había ocurrido que se les podría llamar así, la verdad, pero supongo que sí. En esa época todos tomábamos algo.

—¿Tú también? ¿Ya entonces, en casa de tus padres?

—Poca cosa: algún canuto, alguna dexedrina para combatir el sueño o el cansancio… Más tarde, en Asia, probé muchas más cosas, hasta que me aburrí y descubrí mi droga favorita: la pintura, el trabajo.

—¿Y el tal John? En internet se dice que murió de una sobredosis de heroína.

—Se aficionaría después. Cuando estuvieron aquí seguro que no. Eso sí que mi padre no lo hubiera consentido. Fumar sí, en Marruecos se ha fumado kif toda la vida, no parecía nada del otro mundo. Creo que John también le daba al ácido de vez en cuando, pero heroína no; no recuerdo que llevara mangas largas ni que temblara al fotografiar. ¿Qué hacías tú en esa época, Charlie?

—Estudiar en Inglaterra, trabajar para mi doctorado, salir con chicas serias —bromeó él—. Correr maratones cuando aún no estaba de moda.

—¡Qué decente has sido toda la vida!

—Sí. ¡La de cosas que me he perdido! En fin… ¿seguimos trabajando?

Carlos recogió los trastos en la bandeja y la llevó a la cocina. Karim estaba en la zona de la piscina recortando un rosal, se lo veía trabajar a través de los cristales. Pensó acercarse, ahora que estaba solo, y preguntarle sobre el suicidio del sospechoso, pero decidió ir más despacio y tratar de ganarse poco a poco su confianza. Suponía que lo que fuera que hubiese sucedido en aquel calabozo no era algo que estaría dispuesto a contarle sin más a cualquiera.

Rabat, 1961

Los jóvenes se habían retirado después de comerse el trozo de tarta y los mayores estaban terminando el café en la terraza. Goyo acababa de darles a elegir entre coñac francés y whisky escocés, pero había entrado en la casa a traer las dos botellas en lugar de esperar a que eligieran.

—¡Qué internacional se nos ha vuelto tu marido, Blanquita! —comentó Vicente, con sorna, pasándose la mano por la panza llena—. Parece que los licores nacionales ya no son lo bastante buenos para vosotros, ¿eh?

—Es que, la verdad, Vicente, donde esté un Courvoisier, que se quite el Veterano. Y lo mismo vale para eso que tomáis en España por whisky y que llamáis Dyc.

—Pues yo, con una copita de mistela o de málaga dulce, tan contenta —dijo Pilar tratando de resultar conciliadora—. ¿Tenéis, por casualidad?

—Seguro que sí. Goyo tiene de todo.

—Sí, ya lo veo. —Vicente paseó la vista ostensiblemente por la casa, por el jardín—. Ha sido lo bastante listo para saltar del Ejército a la primera oportunidad, no como nosotros, de ascenso en ascenso y de destino en destino, recorriéndonos España. Y parece que no ha perdido el tiempo. No sé bien lo que hace, pero está claro que compensa.

—Esta casa nos la regaló el rey de Marruecos cuando aún era sultán —dijo Blanca, ya un poco tensa.

—¡Suerte que tuvisteis con el bueno de Mohammed, que era tan liberal! Seguro que con su hijo Hassan, el nuevo rey, ya no haréis tan buenas migas; aunque se lleva cada vez mejor con el Generalísimo. Te habrás enterado, ¿no? —dirigió la pregunta hacia Goyo que acababa de salir con unas cuantas botellas en una bandeja—. Cualquier día este rey disuelve el Parlamento, lo que yo te diga. Parece que incluso ha pedido asesoramiento a España para hacer desaparecer a unos cuantos elementos de la oposición que le molestan, ya sabes, las típicas moscas cojoneras que hay en todos los países, los del Istilal ese o como se llame, los putos nacionalistas que no dejan de dar por culo.

—No estoy al tanto, Vicente. Lo mío son los negocios.

—Ya. Ya le comentaba a Blanquita lo bien que vivís.

—Sí, no podemos quejarnos. ¿Whisky o coñac?

—Coñac, puro, como sale de la botella. Y echa sin miedo, hombre, que no quiero una muestra —añadió, al ver que Goyo llenaba poco más que el fondo de una gran copa de balón.

—¿Pilar?

—Algo dulce, si no te importa.

—Toma, te gustará. Es un *Lacryma Christi* napolitano original. Lágrimas de Cristo —terminó, guiñándole el ojo a su cuñada, cuyo amor por la Iglesia era conocido de todos.

—¿Blanca?

—*Whisky on the rocks*.

Goyo sirvió dos vasos y le pasó uno a su mujer mientras Vicente comentaba:

—La verdad es que dais asco. ¡Pues no os habéis vuelto finos ni nada! Y eso que vivís en un país mugriento lleno de mierda y de cabras donde ni siquiera son cristianos. —Se bebió el coñac de un trago y gesticuló pidiendo más, a pesar de que ya iba muy cargado con todo el vino que había tomado en la comida y los vermuts del aperitivo—. Y… no sé si será verdad —dijo bajando la voz con una mueca salaz—, pero dicen que aquí las mujeres se depilan el coño. ¿Tú sabes si lo hacen, capitán? —Se echó a reír descontroladamente mientras ellas se miraban y apartaban la vista—. Cuando eras capitán de regulares debiste de ver muchos, ¿eh?

—Vicente, haz el favor. Hay señoras presentes.

—¿Señoras? ¿Estas? ¿Nuestras mujeres? Estas están puestas a todo. Al menos la mía. Si la tuya se ha hecho demasiado fina para esto, que se vaya a la cocina, que es donde deberían estar las dos, fregando.

Pilar se levantó con las mejillas enrojecidas y los ojos llenos de lágrimas, apartó la silla y echó a correr hacia la casa. Blanca la siguió después de cambiar una mirada con su marido.

Goyo se echó hacia atrás en su silla, mirando al cielo y dando vueltas a los cubitos de whisky en su vaso.

—Bueno, campeón, pues ya has vuelto a conseguir darnos el día. ¿Y ahora?

Vicente se sirvió otro coñac, se palpó el bolsillo de la camisa y sacó dos habanos.

—Ahora nos fumamos estos dos puros y de hombre a hombre me cuentas qué coño haces para vivir tan bien. Y de paso podrías contarme por qué cojones después de ser el héroe de la Ciudad Universitaria dejaste el Ejército. Tú mandabas el segundo tabor de regulares, el Alhucemas, ¿no?

Goyo asintió en silencio.

—Os dieron la Laureada de San Fernando colectiva, y a ti te ascendieron a comandante.

—De eso hace mucho tiempo, Vicente. Vamos a dejarlo.

—¡Lo dejaré cuando me salga de los cojones! ¡Soy tu superior! —Se puso de pie, dando un empujón a la silla, que cayó al suelo. La lengua se le trababa y tenía la cara encendida y las venas marcadas, como a punto de un ataque.

—¡Deja de hacer el mico, Vicente! ¡Ya está bien! Estás en mi casa y yo ya no estoy en el Ejército ni estoy a tus órdenes, mamarracho. Déjame en paz y, como vuelvas a insultar a mi mujer o a la tuya mientras estés aquí, te rompo el alma, ¿estamos? Si todos se han vuelto como tú, me cago en el glorioso Ejército español.

Goyo se acabó el whisky de un trago que le supo amargo y, dejando a Vicente abriendo y cerrando la boca junto a la mesa llena de platos sucios de tarta, se alejó por el jardín a pasos regulares.

La Mora, Rabat. Época actual

Cuando Carlos volvió al salón con el café, Helena ya había conectado con Almudena y estaban hablando de Paloma y de vestidos, de modo que se sentó en uno de los sillones y se dedicó a oírlas hablar como música de fondo mientras su mente

355

giraba en torno a lo que habían averiguado hasta el momento.

—Venga —se oyó la voz de Chavi de repente—, ¿queréis saber lo que hemos sacado?

—Ah, ¿tú también has estado trabajando, pobre?

—Sí, al final Almudena y Felipe me han reclutado. Entre los tres hemos podido reunir muchos datos. ¿Listos?

Los dos jóvenes sonrieron, encantados, mientras extendían sobre la mesa unas cuartillas llenas de anotaciones.

—Escuchad: Gregorio Guerrero Vázquez, nacido en Orihuela en 1905. Ingresa en la academia general militar de Zaragoza en 1928 como oficial cadete a los veintitrés años después de haber hecho el servicio militar como voluntario en Melilla y haberse reenganchado en los regulares. En esa época, ¿sabéis quién es el director de la Academia? Pues nada menos que el mismísimo Francisco Franco, el futuro caudillo de España.

»Sale como teniente y es destinado de nuevo a Marruecos, donde sirve en diferentes cuerpos y lleva a cabo ciertas misiones que, por lo que nos ha parecido entender, debían de ser de inteligencia o similar. En esta época el jefe del Ejército de Marruecos es, casualmente, también Franco, aunque solo durante tres meses, en 1935.

—Ah —interrumpió Almudena—, poco antes, en el 34, encontramos a Gregorio luchando en Asturias, colaborando en la represión de la revolución minera, donde el Ejército demostró una violencia inusitada incluso para la época.

Continuó Chavi:

—En su estancia marroquí se destaca por su valor en combate, lo que le vale el ascenso a capitán antes de los treinta años, y por su labia dando cursillos a suboficiales y oficiales. Entonces es cuando se le empieza a llamar el Tigre. ¿A que eso no lo sabías, Helena?

—Lo sabía, pero no tenía ni idea de que tuviera que ver con el Ejército. En casa todos suponíamos que era un mote por su agresividad en los negocios.

—Pues espera, que hay más. Muy poco antes del levantamiento de los generales, tu padre es destinado de urgencia a Tenerife, donde Franco acaba de ser nombrado comandante general de Canarias, ¡qué casualidad! No se sabe para qué ni consta con qué puesto o empleo, y un par de semanas más tarde se produce el golpe. Franco se traslada a Marruecos y marcha a España desde allí con sus hombres, entre los que indudablemente se cuenta Goyo.

»Tiene que ser así porque en 1936 lo encontramos mandando un tabor de regulares...

—¿Un qué? —interrumpió Carlos.

—Un regimiento. Pero en los regulares se llaman «tabores» y en la Legión «banderas», como en los paracaidistas.

—Vaya, parece que os habéis documentado a fondo. Perdona, sigue.

—Pues eso, que con sus regulares del tabor Alhucemas, y ya comandante, lucha en una de las peores batallas de la Guerra Civil y una de las más largas y cruentas, la de la Ciudad Universitaria de Madrid, que no se rinde a los sublevados hasta 1939.

—No hemos encontrado nada que cubra el periodo entre el final de la guerra y 1943, como si se lo hubiese tragado la tierra, en lo que respecta al Ejército, digo. Tú a lo mejor sabes más, abuela.

—Sí —cabeceó Helena—. Sé que mis padres vinieron a vivir a Marruecos en 1940 y creo que él estaba destinado en un puesto diplomático o algo así, en el consulado de Casablanca, algo que tenía que ver con comercio, negocios, esas cosas.

—Luego ya... agarraos... vuelve a aparecer como oficial de inteligencia militar destinado en Marruecos con el rango de coronel. Eso fue a partir de 1943. De toda esta época en adelante, como os podéis figurar, no hay datos que puedan ser consultados libremente. Todo lo demás tendremos que suponerlo, pero lo que queda claro, querida Helena, es que tu papá era espía. Como James Bond —terminó Chavi con una risotada.

—¡Joder! —Fue todo lo que se le ocurrió a Helena—. ¿Estáis seguros? ¿No puede ser otro Gregorio Guerrero?

—¿Gregorio Guerrero Vázquez? ¿Nacido en Orihuela, en 1905? ¿El Tigre? Serían muchas casualidades, ¿no crees?

Helena siguió mordiéndose el labio inferior mientras Almudena y Chavi les explicaban cómo habían dado con toda la información y cuánto les había ayudado Felipe, que estaba haciendo una tesis sobre historia militar y conocía bien los archivos.

—Pagadle lo que os parezca bien. El chico está en paro, habéis dicho, ¿no?

—Es un amigo, lo hace por nosotros.

—No. El trabajo se paga. Especialmente el trabajo bien hecho. Y dadle las gracias de nuestra parte. Ya lo invitaremos a cenar cuando volvamos.

—Eso, ¿cuándo volvéis? Falta una semana para la boda, a ver si se os va a pasar con todo este lío.

—No seas tonta, Almudena, ¿cómo se nos va a pasar?

—¿Qué habéis averiguado vosotros?

—Os dejo con Carlos. Él os contará. Voy a preparar un té.

Salió del salón con la cabeza pesada, como si todos los datos que acababa de recibir tuvieran un peso y ocuparan un espacio preciso en su cerebro, como se siente el estómago después de un día de fiesta en el que has comido más de lo que deberías.

Ya había caído la noche y el jardín era una gran sombra amenazadora a través de los cristales. En su juventud siempre había alguien que encendía los faroles de velas que Alicia amaba y había colgado por todas partes para que brillaran entre las frondas con todos los colores del paraíso. Ahora no había más que oscuridad dentro y fuera. La cocina estaba también oscura y vacía. Encendió la luz y puso agua a hervir. Su vista paseaba lentamente por los armarios, que seguían siendo los mismos de entonces, de madera oscura, por la gran mesa de mármol blanco donde tantas verduras se habían cortado al correr de los años, donde tantas veces ella y Alicia se habían tomado un último vaso de leche con Cola-Cao antes de irse a la cama.

Hacía mucho tiempo que la presencia de su hermana no era tan intensa como en ese momento en ese lugar, como si Alicia estuviera allí mismo, detrás de la puerta, a punto de entrar para decirle algo, para leerle un pasaje de una revista que la había impresionado; como si hubiese estado todos aquellos años escondida en La Mora, esperando a que ella volviera para susurrarle todo lo que entonces no había llegado a saber. Casi podía oler su perfume favorito, de flores de muguet o lirios de los valles, esas florecillas diminutas blancas, frescas, que en su juventud en Francia y Suiza se regalaban a las chicas el primero de mayo para que las pusieran en sus solapas. Luego, cuando Alicia se fue haciendo más sofisticada se pasó a Shalimar, que a ella nunca llegó a gustarle.

Por un momento le pareció verla, sonriente, con su pijama de franela blanco de lunaritos rojos, con el codo en la mesa y la mano metida dentro de la melena rubia, despeinándose a propósito, dándose un masaje de cuero cabelludo «para estimular la creatividad», riéndose de sí misma y de sus aires públicos de *couturière parisienne*. Pero no estaba allí. Parpadeó. Nunca estaría.

Todo pasado. Todo perdido.

¡Y tantas cosas que pudo saber y nunca supo!

Apoyó la frente en un armario y se mordió los labios para no llorar.

20

La Mora, Rabat. Época actual

Después de desayunar, Carlos decidió dar una vuelta y explorar el jardín antes de volver a ponerse con los documentos, mientras ella se quedaba en casa mirando cajones, recuperando recuerdos, disfrutando de un rato de soledad en la casa de su infancia, aquella casa donde ella había sido Helenita durante muchos años y nadie sabía que acabaría siendo pintora y viviendo al otro lado del mundo.

Curiosamente, no le resultaba raro encontrar cosas que pertenecían a Jean Paul y a su familia; más extraño le parecía que fueran tan pocas, como si al correr del tiempo, apenas hubieran añadido adornos o muebles o incluso libros a lo que ya existía. Quizá fuera Yannick, tratando de preservar el pasado, de entregarle su herencia entera e intacta, por puro sentido de culpa, como había insinuado en la clínica. Se lo imaginaba diciéndole a su hijo: «Quita eso de ahí, Luc. Ahí nunca ha habido nada más que ese jarrón y así está bien. Lo trajo Blanca de Marrakech». No era de extrañar que Luc la odiara, posiblemente que odiara a toda la familia Guerrero Santacruz. Se preguntaba cómo lo habrían llevado sus padres cuando ya se habían instalado, casi exiliado, en España, si alguna vez habían vuelto de visita a su propia casa, cosas que nunca sabría porque ya no tenía a quién preguntarle, a menos que Yannick quisiera contárselo.

La respuesta le llegó en parte al entrar en la habitación de su hermana y su cuñado. En la pequeña estantería que albergaba los libros favoritos de Yannick, los que quería tener más a mano, había una foto de él con su suegro sentados en un banco de azulejos junto a una de las fuentecillas de La Mora y, por el aspecto de ambos, debía ser de finales de los años setenta. Los dos sonreían a la cámara con una expresión relajada y satisfecha en la que Helena creyó leer también algo como alivio. ¿Alivio de qué? ¿Qué problema del jardín habrían solventado? ¿Qué acertijo habrían resuelto? Se lo preguntaría a Karim, que seguramente habría tomado la foto y quizá recordase qué habían estado haciendo antes. También aprovecharía para preguntarle lo del asunto del agua. Si de verdad iban a construir cerca de allí un campo de golf tan grande podría haber problemas con el suministro, o quizá pensaran instalar una planta desaladora de aguas marinas. Habría que informarse. ¡Qué barbaridad! Dieciocho hoyos.

361

La palabra reverberó extrañamente en su cerebro; un aldabonazo en la puerta del castillo de la memoria que se extendió en ecos sin fin por las oscuras habitaciones cerradas de su mente.

Hoyo. Goyo.

Se quedó clavada en mitad de la terraza que llevaba a las habitaciones exteriores de invitados. Hoyo. Goyo.

¿Cómo podía haberlo olvidado?

El hoyo de Goyo. El hoyito de Goyito. ¡Cuánto se habían reído de niños y qué útil les había sido siempre! ¿Cómo era posible que no hubiese vuelto a pensar en ello?

Se dio la vuelta y casi echó a correr en su prisa por comprobar si seguía existiendo. No podía no existir. Que ella supiera, no se habían hecho grandes reformas de albañilería en la casa, y su habitación había estado siempre cerrada por orden de Jean Paul, siempre lista por si ella volvía alguna vez. El escondrijo tenía que seguir allí.

Entró como un golpe de viento en su cuarto, cruzó hasta las ventanas y se quedó mirando el pequeño banco de obra que había debajo de ellas y que por arriba estaba cubierto con una colchoneta y unos cojines. Allí se había tumbado muchas veces a leer cuando quería que la dejaran en paz, disfrutando de la sensación de que nadie más que ella y Alicia conocían el secreto que ocultaba.

Había sido idea de uno de los albañiles que su padre trajo para arreglar las habitaciones cuando los tres eran pequeños. Ese cuarto iba a ser el de Goyito y al hombre se le ocurrió, mientras ponía los ladrillos para el banco, que al chico le gustaría tener un lugar donde esconder cosas que no quería que su madre o sus hermanas encontraran. Le propuso dejar un buen hueco dentro del banco y cerrarlo por el lateral con una celosía de adorno.

Ella siempre había supuesto que su padre sabía de la existencia del agujero, pero que se había hecho el ignorante para no estropearle a Goyito la ilusión de tener un escondrijo secreto. Blanca, sin embargo, nunca supo nada de él.

Solo Alicia y ella se enteraron, pues un secreto tan grande fue demasiado para un niño de seis años y acabó por compartirlo con sus hermanas que, a partir de entonces, empezaron a usarlo también; sobre todo para pasarse cosas entre sí cuando, en la adolescencia, muerto ya Goyito, querían dejarle algo a la otra sin peligro de que la madre lo encontrara por casualidad.

Helena se arrodilló frente al hoyo con el corazón acelerado. Lo más probable era que no hubiese nada dentro. Alicia no sabía que la iban a matar; no era posible que le hubiera dejado nada como despedida, y sin embargo… Sin embargo tenía que probar; no tenía más remedio que abrir aquella celosía, meter la mano en el oscuro agujero que estaría lleno de polvo, pelusas y arañas, y moverla todo alrededor buscando lo que fuera, quizá cosas ahora estúpidas, cincuenta años después, que habrían quedado olvidadas aquel verano.

Sin darse cuenta, por un automatismo que afloraba de nuevo, echó una mirada inquieta a la puerta para asegurarse de que seguía sola. La casa estaba en silencio, del jardín no llegaban más que los arrullos de las palomas y el canto de las cigarras.

Tuvo que pelear un poco con el marco de madera que se había hinchado con el tiempo y no se deslizaba con la facilidad de antes, pero consiguió quitarlo y apartarlo para dejar al descubierto la oquedad.

Nada más meter la mano, sus dedos tropezaron con algo y, por un reflejo, volvió a sacarla, asustada, como si se hubiera quemado. ¡Había algo allí dentro!

Volvió a tender la mano hasta tropezar con algo crujiente y blando a la vez: un paquete envuelto en papel de colores, con un gran lazo rojo encima y un sobre que decía «Helena» en la caligrafía amplia y suave de su hermana. No. Dos sobres, uno encima de otro, los dos sujetos con la cinta roja que acababa en el lazo. Una gruesa capa de polvo agrietado, como un desierto en miniatura, se desmenuzó entre sus dedos.

Lo sacó todo con manos temblorosas y la garganta oprimida de angustia y, con el paquete contra su pecho, como si tuviera que protegerlo de una tormenta, se subió a la cama que Suad había arreglado mientras ellos estaban abajo desayunando, se apoyó contra el cabecero en una pila de cojines y se quedó mirando el paquete y los dos sobres.

Por una parte estaba deseando abrir aquellos mensajes del pasado y sentir de nuevo la cercanía de su hermana. Por otra, le daba auténtico horror porque sabía el daño que iba a hacerle. Pero ¿qué otra posibilidad quedaba? Podía volver a guardarlo en el hoyo de Goyo y tratar de borrarlo de su mente como había hecho con tantas otras cosas, pero nada más formular el pensamiento tuvo claro que esa no era opción. Había leído una vez que cuando de verdad no sabes qué hacer, debes tirar una moneda al aire. No para que decida por ti, sino porque, en el

363

mismo momento de lanzarla, sabes de golpe con toda claridad lo que no quieres que salga. Era verdad.

Tenía muy claro que iba a abrir el regalo. Era un regalo, ¿no? ¿Qué otra cosa podía ser con ese papel de globos y estrellas y velas de colores?

De repente, se le cortó la respiración durante unos segundos. ¡Claro que era un regalo! ¡El regalo de Alicia por su cumpleaños! Siempre lo habían hecho así. Cuando una de ellas sabía que no podría estar en La Mora para el cumpleaños de la otra, dejaba el regalo guardado allí para que lo abriera el gran día.

Ella, en el 69, no había celebrado su cumpleaños de ninguna manera porque para el 5 de agosto Alicia estaba muerta, ellos estaban en España después del funeral y ya no habían vuelto a Rabat ese verano. Y el regalo se había quedado allí, esperando en la oscuridad, igual que Alicia. Esperando en la oscuridad.

Sintió un escalofrío al pensar esas palabras que no sabía de dónde habían salido. ¿Por qué se le había ocurrido que su hermana estaba esperando en la oscuridad? ¿Esperando qué, a quién?

Se sacudió como un perro mojado, tratando de espantar el extraño miedo que se le había instalado dentro.

Tironeó de la cinta palpando a la vez el regalo, algo blando que cedía bajo sus dedos, y, en contra de su costumbre, empezó a despegar con cuidado los adhesivos que cerraban el papel.

Un peluche se la quedó mirando con sus ojos brillantes y negros. Un mono de brazos muy largos y sonrisa simpática con un pelo suavísimo marrón acastañado. Colgada de su cuello había una fina cadena de oro con un corazón gordezuelo también de oro y un pequeño brillantito en un lado.

Levantó el animalillo del papel y, sin pensar lo que hacía, lo estrechó contra su pecho y puso los largos brazos del mono en torno a su cuello, como una bufanda. Por un instante, un aroma a lirio del valle que desapareció enseguida se desprendió del peluche mientras Helena, con los ojos cerrados, frotaba su mejilla contra el falso animal. Era casi como estar abrazada a Alicia. Las lágrimas empezaron a deslizarse por sus mejillas hasta alcanzar su sonrisa.

«Te estás volviendo llorona, Helena —se dijo—. Eso es todo vejez. Casi setenta años y llorando abrazada a un peluche; pura senilidad.»

Pero era bueno estar en su habitación juvenil, llorando como una idiota, abrazada a un mono de peluche que olía al perfume de su hermana. De modo que se dejó resbalar por la colcha y se quedó de lado, de espaldas a la luz de las ventanas, con los ojos cerrados, sintiendo el brazo del monito entre su cuello y su hombro, hasta que dejó de llorar y se le tranquilizó la respiración.

Solo entonces se incorporó y abrió el sobre con dedos ávidos.

365

¡Cumpleaños feliz, hermanita! Aunque ya, a tus veintidós años —los dos patitos, ¡qué locura, qué vieja te estás haciendo!— y siendo licenciada en ciencias económicas, habría que llamarte doña Helena y de usted. Ja, ja.

Como no podré estar en La Mora el día de tu cumple —te dejo otra carta con las explicaciones, más bien confusas y precipitadas— te mando todo mi cariño con este mono.

¡Fue verlo y pensar en ti! Así tendrás un abrazo mío cuando esté lejos. Como sé que no te gusta el Shalimar, lo he rociado de lirio del valle, al pobre, para que pienses en mí. El otro regalo no necesita explicación. Un corazón de oro se explica solo y tú eres lista.

Con todo mi cariño para siempre y siempre y siempre, tu hermana, Alicia.

Luego había un corazón rojo, una flor, un beso marcado con lápiz de labios y dos patitos pintados en amarillo. Y la fecha de su cumpleaños: 5 de agosto de 1969.

Y

En el jardín, Carlos llevaba un rato hablando amigable-
mente con Karim, quien primero le había enseñado todo el recinto, explicándole arreglos, decisiones y las dificultades de
todo tipo que conlleva mantener algo tan grande, y luego había pasado a hablar de otros tiempos, cuando él era un muchacho recién casado, orgulloso de haber conseguido entrar en la
policía. Sus resultados habían sido buenos, pero él seguía convencido de que las palabras de recomendación de don Goyo
vertidas en los oídos oportunos habían hecho más por él que
todas las pruebas físicas y psíquicas.

—Era un gran hombre, don Carlos, un hombre de una
pieza, se lo digo yo. Duro cuando había que ser duro, pero
amante de su familia y generoso, muy generoso. Nosotros, si
no hubiera sido por él... no sé qué habríamos hecho.

—Tuvo que ser un golpe espantoso lo de su hija —comentó
Carlos como al desgaire, esperando conducir la conversación
hacia el tema que le interesaba.

—Fue horrible, sí. ¡La pobre señorita, tan guapa, tan joven!
Y todo por una pulsera de mierda, que sería muy valiosa, pero
no como para matar a su dueña. Como si no hubiese sido bastante con el robo y la violación, además la mata el hijo de puta.

—¿Usted cree que la mató el sospechoso que detuvieron?

Karim se pasó la mano por la frente, por el pelo, se giró hacia una enredadera, cortó unos cuantos tallos y empezó a emparrar otros, sin mirar a Carlos.

—No —dijo por fin—. La verdad es que no; pero nos empezamos a dar cuenta después. Al principio estábamos todos
tan rabiosos por lo que había pasado que cuando lo pillamos
tratando de vender la cadenita de la muchacha, lo agarramos
sin pensar nada más. Todos lo habríamos matado allí mismo,
sin más explicaciones, pero claro, no podía ser. Lo llevamos al
calabozo y, eso sí, no habría querido yo estar en su lugar.

—¿Le pegaron?

—¿Le extraña?

—No. La verdad es que no.

—Ya sé que no se hace, que es violencia policial y todo eso. Sé que no debimos hacerlo, pero… ya sabe usted cómo son las cosas cuando se calienta la sangre.

Carlos no tenía ni idea de cómo eran las cosas cuando se calienta la sangre porque nunca había tenido que recurrir a la violencia en toda su vida, pero asintió con la esperanza de que Karim siguiera contando.

—Cuando entró don Gregorio en la celda, el pobre desgraciado ya se había llevado lo suyo, pero para él no era bastante. Al fin y al cabo era el padre de la muchacha. —Karim cambió de planta y empezó a emparrar tallos, sujetándolos con cordeles que iba cortando—. Lo dejamos un rato a solas con el detenido, para que se desahogara un poco. Yo estaba fuera vigilando la puerta y aún me acuerdo de los golpes, de los gritos. Don Goyo sonaba más como una fiera que como un hombre. No me habría extrañado que le hubiese mordido.

Caminaron unos pasos por el sendero hasta salir al pleno sol de un jardín geométrico con albercas estrechas y juegos de agua al estilo del Generalife. Carlos seguía en silencio para no cortar los pensamientos de Karim.

—De repente sonó una detonación, un tiro de pistola. Cuando entramos, el arma estaba en el suelo a los pies del detenido, que se había volado la cabeza. Don Goyo nos miró fijamente a los tres que acabábamos de entrar y todos comprendimos lo que había pasado. Meneó la cabeza un par de veces, así, de arriba abajo, sin bajar la vista, y cuando estuvo seguro de que nos entendíamos, dijo: «No sé cómo ha podido pasar. Me ha sacado la pistola del bolsillo». Así es como consta en el protocolo.

—En el que yo he leído, no —dijo Carlos suavemente—. No se nombra para nada a don Gregorio.

367

Karim se encogió de hombros.

—Esta parte del jardín la planearon el señor y su yerno. Es una de la que más trabajo lleva y más hombres necesita. Si se van a quedar la casa y quieren que el jardín siga como está, le aviso de que esto es una hucha sin fondo.

—Ya me figuro, ya. Dígame, Karim… entonces… después de ese… suicidio, todos ustedes empezaron a pensar que no habían cogido al verdadero asesino, ¿no es eso?

El hombre asintió con tristeza.

—Era un pobre desgraciado, un raterillo, un quinqui. Nos dimos cuenta de que no podía haber sido él cuando ya era tarde y nos llegamos a plantear reabrir el caso, pero el rastro ya estaba frío. Cuando unos años después volvió don Goyo a la comisaría, a mí ya me habían ascendido y por eso estuve en el ajo. Quería que investigáramos unas cuantas cosas que él había ido encontrando, pequeñeces, ideas raras… Se agarraba a un clavo ardiendo, el pobre. Que si la hija había ido a los Oudayas a encontrarse con un amigo o un posible amante, que si uno de los invitados de ese verano era drogadicto y podía haber conseguido la heroína que la mató, que si alguien había matado a su hija para vengarse de él por uno de los asuntos políticos en los que había estado metido… Ya le digo, espejismos, imaginaciones… Investigamos un poco sin sacar nada en limpio y lo dejamos correr. Oficialmente, el asesino había sido detenido y estaba muerto. Fin del caso. El comisario lo dejó llevarse una copia del informe y eso fue todo.

—¿Recuerda usted un caso muy posterior, de un americano que encontraron muerto en su hotel de una sobredosis de heroína?

Karim entrecerró los ojos unos segundos.

—No. No me suena; pero si fue en los años setenta o por ahí no sería el único. A muchos imbéciles les dio por venir a Marruecos a drogarse y tuvimos muchos casos de ese estilo. A veces la embajada repatriaba los cadáveres, si tenían papeles, y otras veces nos tocaba, además, cargar con los gastos del entierro. Menos mal que todo eso ya parece que no está de moda, y menos aquí en Rabat. Ahora los líos los tienen en Marrakech.

Soltó una extraña risita, como si le alegrara particularmente que la policía de Marrakech tuviera más trabajo que la de otras ciudades marroquíes, pero no le explicó qué era lo que encontraba tan divertido, y Carlos no preguntó.

Fueron volviendo despacio hacia la casa, parando en los rincones más bonitos, en todas las fuentes, las pérgolas y las estatuas para que Karim pudiera explicarle cosas.

—¿Cuál de las fuentes es la que arreglaron hace poco? —preguntó Carlos. De repente se le había ocurrido echar una mirada a la fuentecilla donde habían encontrado la pulsera.

—¿Hace poco? Ninguna, que yo sepa.

—El señor Luc estuvo con unos hombres arreglando una fuente porque el caño no funcionaba bien y no manaba agua.

369

Estuvo a punto de decirle que allí habían encontrado la pulsera que oficialmente le habían robado a Alicia el día del crimen, pero decidió callar de momento.

—Pues no sabría qué decirle. Lo mismo fue un día que no estaba yo, pero me extraña. Le preguntaré a Suad. A todo esto, vamos volviendo. Hoy es viernes y el cuscús estará ya casi listo. Mi mujer hace el mejor de Marruecos, ya lo verá.

—Señorita Helena… —Suad había tocado con los nudillos en la habitación pero con tanta suavidad que ella no estaba segura de si la había oído en la realidad o en el ligero sueño del que acababa de salir, un sueño que ya se estaba desdibujando y en el que Alicia la llevaba de la mano por el jardín al amanecer, cruzándose la boca con el dedo, sonriendo expectante como quien va a enseñar a otro algo que está segura de que le va a gustar, una sorpresa agradable—. Señorita, la comida está lista.

Hace un día tan bonito que la he servido en la piscina, ¿le parece?

Se sentó en la cama con cierta dificultad, tratando de averiguar dónde estaba, y asintió con la cabeza sin saber exactamente a qué estaba diciendo que sí. Suad se retiró de la puerta como un fantasma. Helena parpadeó y ya no estaba. ¿O es que no había estado nunca? El mono seguía aferrado a su cuello.

Se soltó de él, abrió la cadenita y se la puso, tibia, sobre su pecho. Fue al baño trastabillando a echarse un poco de agua fría a la cara, y poco a poco se fue despabilando hasta recordar con claridad dónde estaba, qué había pasado y por qué estaba allí.

Puso orden en su pelo, se dio un toque de blanco bajo las cejas y un poco de color en los labios y sonrió a su imagen en el espejo. Ya no tenía veintidós años, pero, para tener los que tenía, no estaba demasiado mal; había pasado fases peores.

En la cama arrugada, al lado del mono —«Se llama *Ali*», decidió de golpe— seguían estando las dos cartas, la abierta y la cerrada. Las cogió para enseñárselas a Carlos, pero de pronto pensó que resultaba demasiado arriesgado enseñarle algo que ella aún no había leído. ¿Y si Alicia decía algo que no quería compartir con nadie? Pero tampoco quería dejarlas allí, a la vista de cualquiera. Y no podía llevarse una y dejar la otra porque luego Carlos le preguntaría por qué solo había cogido una.

Se mordió el labio inferior durante unos segundos, dudando, y luego fue a la ventana, se agachó frente al banco y metió dentro el sobre. Siempre podría decir que no se había dado cuenta de que había algo más. La leería en cuanto pudiera y seguramente se la enseñaría a Carlos. Si no, nadie tenía por qué enterarse de que la había recibido.

Cruzó la terraza a buen paso y bajó por las escaleras exteriores que desembocaban directamente en la piscina. Carlos ya estaba a la mesa con una cerveza en la mano. A su lado humeaba una sopera de caldo y, a su lado, una fuente de cuscús.

—Estaba ya a punto de dejarte sin comer. Estoy muerto de

hambre. Menos mal que aquí, aunque estemos en un país musulmán, hay cerveza.

—Perdona el retraso. No te vas a creer lo que he encontrado.

Comieron con calma y gusto hasta no poder más mientras intercambiaban noticias y datos. Cuando acabaron, los dos tenían tanto en la cabeza que callaron un buen rato con la vista perdida en las aguas verdosas y cabrilleantes de la piscina.

Helena volvía a sentirse hinchada de información, indigesta. Aún no había conseguido digerir la idea de que su padre había sido militar toda su vida, de que había trabajado para los servicios de inteligencia, de que les había mentido día a día —¿también a su mujer, o Blanca sí sabía a qué se dedicaba?—, de que quizás incluso había sido un agente doble colaborando con los nacionalistas marroquíes para liberar su país de la dominación española. Y ahora Carlos le contaba lo que le había contado Karim. Su padre como asesino de un pobre desgraciado acusado falsamente del asesinato de Alicia. ¿Era posible todo aquello? Si ni siquiera habían tenido nunca armas en casa…

371

Bueno, sí, dos rifles de caza que Goyo tenía siempre encerrados bajo llave en el cuartito de la primera planta que llamaba su despacho y donde se refugiaba cuando decía, siempre de buen humor, que necesitaba recuperarse de tanta mujer en la casa.

¿De verdad había participado su padre en la represión de los mineros de Asturias, en la lucha por la Ciudad Universitaria? Al fin y al cabo, la guerra es la guerra, y él era militar.

Lo del ladrón de la cadenita de Alicia era otra cosa. Eso era un asesinato a sangre fría. Una venganza, una *vendetta*, como las de la mafia. Seguramente se podía ver también como un «ojo por ojo, diente por diente», o un rapto de locura transitoria, pero no le gustaba imaginarse a su padre disparando a quemarropa a un hombre atado a la silla de un calabozo, por muchas razones que pudiera alegar en su defensa. Y

sin embargo, cuando un par de días después Goyo les contó
que el detenido se había pegado un tiro en su celda, tanto su
madre como ella se alegraron, lo recordaba con toda claridad.
Curiosamente, el que no se alegró fue Jean Paul; eso no se le
había olvidado porque le pareció incomprensible. Recordaba
que, hundido como estaba en el sillón, mirando los dibujos de
la alfombra, se limitó a murmurar: «¿Qué más da? ¿De qué
sirve? Alicia sigue muerta». Goyo le puso una mano en el
hombro y entonces Helena vio que tenía los nudillos destro-
zados y pensó que habría estrellado el puño contra la pared,
como había hecho un par de veces a lo largo de los años en
momentos de total exasperación.

¿Qué pensaría después, cuando se le pasara la rabia y se
diera cuenta de que no había matado al asesino de su hija?
Había seguido investigando. Eso lo sabían por Karim y por el
álbum lleno de marcas y anotaciones, pero no había llegado a
nada.

¿Cómo habría conseguido por fin hacer las paces consigo
mismo y dejar el asunto para intentar olvidarlo?

—Helena… —comenzó Carlos desde la tumbona donde se
había reclinado después del café.

—¿Sí?

—Hay algo más.

—No, por favor, me siento como una esponja empapada, ya
no me veo capaz de absorber nada más.

—Entonces te lo diré luego. No es importante. Anda, túm-
bate un rato, se está muy bien aquí, entre sol y sombra.

—No. Tengo un poco de frío. Me voy al cuarto.

—¿Quieres que te acompañe?

—No, no hace falta. Disfruta de la naturaleza.

Abrazándose a sí misma, cruzó la zona de la piscina, subió
los peldaños que llevaban a la terraza, la atravesó y entró por
las puertaventanas abiertas del salón. No hacía frío, pero el
viento que soplaba del mar era fuerte y no le apetecía estar en

el exterior, además de que, a pesar de lo que acababa de decirle a Carlos sobre la saturación de su cerebro, quería aprovechar el rato de soledad para leer la carta que había escondido, como una ardilla guarda alimento para los malos tiempos.

Cerró la puerta tras ella, sacó el sobre y se lo llevó a la cama donde *Ali*, el mono, seguía tumbado, esperando su regreso. Volvió a apoyar la espalda contra los cojines, se echó la colcha por encima y, con una inspiración profunda, le dio la vuelta al sobre y rasgó el lacre violeta.

Nada más ver la letra de Alicia supo que la había escrito a toda velocidad en un impulso y se preparó para una carta incoherente que le ofrecería más preguntas que respuestas. Sacó las páginas y otro sobre pequeño también cerrado que dejó a su lado para después.

¡Ay, Helena, qué difícil es esto! Figúrate que me he pasado un buen rato pensando si escribo «querida Helena» o «mi querida hermana» o alguna tontería tipo «hermanita mía», «brujita», «peque querida» o cualquiera de las cosas que nos llamábamos de pequeñas. Luego me he dicho que lo importante es empezar y es lo que acabo de hacer.

Me habría gustado tener más tiempo para hacer las cosas con calma, que todo esto hubiera pasado en un momento de tranquilidad, estando solas con los papás en La Mora, sin toda esa panda de desconocidos que llena los pasillos y se amontona en la piscina con la excusa de la superfiesta de la llegada a la Luna. Ya sé, ya sé que en parte la culpa es mía, y de JP —¿te puedes creer que es la primera vez que me doy cuenta de que JP también es la marca de cigarrillos que me gusta: John Player Special, las preciosas cajetillas negras, brillantes como la madera de un piano?—. No me hagas caso. Estoy de los nervios. Te cuento, y te cuento rápido para no arrepentirme.

Pasado mañana a estas horas ya no estaré aquí. Mañana, después de la fiesta, cuando todo el mundo se acabe de acostar —han dicho que el alunizaje será sobre las tres de la madrugada hora local y luego seguro que todo el mundo querrá aún bañarse y comer algo antes de irse a la cama—, poco después de amanecer, con la primera luz amarilla, vendrá a buscarme Michael y nos iremos juntos. Ya tengo la maleta preparada, debajo de la cama como si estuviera vacía, y pasado mañana no tendré más que cogerla con cuidado de no despertar a JP, bajar las escaleras, abrirle la puerta a Michael y subirme en el taxi.

Luego al aeropuerto. París. Escala en Londres y de ahí a Toronto. Te escribiré cuando llegue a nuestro destino definitivo: Halifax, Nueva Escocia. A partir de ahí no sé nada ni tengo planes.

Llevo meses pensando en esto, Helena. Hace más de un año que conocí a Michael y nos enamoramos. Nos hemos visto pocas veces, primero en aeropuertos, luego en hoteles, aquí y allá, pero nos hemos dado cuenta de que esto va en serio, de que nos queremos de verdad y queremos estar juntos. Le he dado mil vueltas a si es justo hacerle algo así a JP. El pobre no sabe nada; tampoco ha habido tantas ocasiones y él últimamente no para mucho en casa. A veces me consuelo pensando que podría ser que él también se hubiera enamorado de otra chica. ¡Eso sería lo mejor que podría pasarnos! Así podríamos separarnos contentos y seguir siendo amigos, incluso seguir pasando las vacaciones todos juntos aquí en La Mora. Pero no creo que vayamos a tener tanta suerte.

Como te conozco, sé que llevarás un rato pensando que por qué no te lo he contado cara a cara, por qué no lo he hablado contigo.

Primero porque al principio me moría de vergüenza de haberme enamorado estando casada, de ser una mujer adúltera, y no quería reconocerlo ni para mí misma. Luego porque tenía la estúpida esperanza de que se me pasara, de que me entrara el conocimiento, como decía Micaela, o me quedara embarazada de una vez —tanto tiempo casada y sin éxito, sangrando regularmente todos los meses con lluvia o con sol— y entonces todo quedara claro y resultase imposible. Al final, cuando yo ya sabía que esto iba en serio, porque me daba miedo contártelo y perder tu admiración, tu respeto y tu cariño. Siempre he sido tu hermana mayor, la seria, la responsable, la casada, la mujer de negocios. Así tú podías ser la pequeña, la loca, la *hippy*, la que se metía en líos y se atrevía a todo. Tú sabes que no siempre era así de verdad y que los papeles de las dos a veces se confundían, pero esa era la base y me daba miedo contártelo y que pensaras: «Alicia es una golfa», o una tonta, una insconsciente, una… pon ahí lo que quieras, da igual, todo me asusta.

He estado intentando volver en mí, volver a ser la chica tranquila, sensata y de fiar que todos conocéis, pero no he podido. Me he hartado incluso de la sofisticación de nuestras colecciones, de la opulencia de nuestros tejidos y la intensidad de nuestros colores. Estoy pensando en abrir un taller pequeño en Canadá, diseñar para jóvenes como nosotras, cosas sencillas que se puedan permitir comprarse sin tener que ahorrar medio año; me gustaría probar estampados geométricos blancos y negros, o con algún color, tipo Mondrian, o con muchísimos, tipo Vasarely. Ya lo irás viendo. Te quiero de conejillo de Indias para lucir mis prototipos.

En el sobrecito de dentro de este encontrarás una foto de Michael. Échale una mirada, ¿verdad que es guapo? Tiene solo un año más que yo, no cinco como JP, y es… ay, Helena, ¿cómo voy a decirte cómo es? Él quería que lo llevara a La Mora, que os lo presentara a todos, quería ser de la familia, pero no podrá ser hasta que lo arregle con JP, y de momento no puedo. Sé que JP no me dejaría ir así como así, que serían semanas o meses de discusiones, de preguntas, de terapias de pareja que es lo que se acaba de poner de moda en París… y yo no me siento capaz por el momento. No quiero perder los primeros meses, que son los mejores, discutiendo con JP en lugar de ver a Michael todos los días, de despertarme a su lado y salir a pasear de la mano y que me enseñe su país. Sé que soy una egoísta y una cobarde, pero no hay nada que hacer.

Además me horroriza que empecemos a pelearnos por la empresa —el dinero para fundarla lo puso papá, como bien sabes—, por La Mora —JP no concibe la vida sin esa casa y ese jardín, pero es mío, es nuestro, de los cuatro—, incluso por mamá y papá y por ti, que sois su única familia. Al menos, si me voy así, él se queda con todo de momento y no notará tanto mi falta.

375

¡Deséame suerte, hermanita! No pienses mal de mí. Te escribo en cuanto llegue y luego iremos viendo.

Ayuda a JP en lo que puedas. Él te quiere como a una hermana y te necesitará mucho en los próximos tiempos. Discúlpame con los papás. Creo que mamá sospecha algo. No quise contarle lo que aún no te había contado a ti, pero sabe que es algo que me hace feliz y creo que me cubrirá al principio, aunque no tenga muy claro lo que está pasando. Ahora puedes contárselo si quieres. A los dos. ¡Os quiero tanto! Pero tengo que tratar de encontrar mi felicidad. Me entiendes, ¿verdad?

Mil besos y hasta muy muy pronto!

Tu hermana,
Alicia

Sin darse tiempo a pensar en lo que Alicia le contaba desde el fondo de los tiempos, levantó la solapa del sobre pequeño y sacó la foto de Michael. Sí. Era guapo, como había dicho Suad, con cara de buen chico, vestido de uniforme con su guerrera negra y su corbata estrecha, con el pelo bien peinado y un mechón rebelde cayéndole sobre los ojos grises. El muchacho que habría podido ser su cuñado y ahora era un desconocido, un viejo como ella misma, un hombre de setenta y tres o setenta y cuatro años. Detrás de la foto, su nombre completo, su dirección y su teléfono.

¿Sería posible localizarlo después de tanto tiempo? ¿Para qué? ¿Para decirle que su hermana acababa de presentárselo?

Dejó caer la foto sobre la colcha y abrazó a Ali unos momentos. Luego empezó a leer otra vez desde el principio.

Cuando volvió a bajar, el sol estaba ya a punto de ocultarse tras el horizonte. Las palmeras se recortaban, intensamente negras, contra el cielo incendiado de poniente; las luces de la planta baja estaban apagadas y el silencio lo cubría todo como un paño mojado. ¿Dónde se habría metido Carlos?

Fue a la cocina, encendió la luz y vio que Suad había dejado algo preparado para la cena. Destapó la cacerola con curiosidad: *carchouf*, una de sus comidas favoritas, con alcachofas y pencas. En una olla, al lado, un guiso de cordero con miel y almendras. A pesar de que no hacía tanto desde la comida, se le hizo la boca agua.

Salió sin apagar la luz, ahora ya buscándolo. Un crujido en el salón la hizo acercarse a ver. Carlos estaba allí, casi a oscuras, junto a la chimenea, arreglando unos troncos para encender el fuego.

—Estamos en junio, hombre de dios.

—Me he debido de quedar frío ahí fuera; he dormido lo menos dos horas en la tumbona. ¿Nos preparas un té mientras yo enciendo esto?

Helena volvió diez minutos más tarde con un té al que había añadido un chorrito de whisky. El fuego ya crepitaba en la chimenea y Carlos lo miraba fijamente, sentado en un puf. Ella se sentó a su lado en el suelo, sobre la alfombra.

—¿Te pasa algo, Charlie? ¿Estás triste?

Él se encogió de hombros, con las dos manos rodeando la taza de té.

—Está bueno esto —se limitó a decir. Las sombras jugaban con sus rasgos creando expresiones que pasaban sobre su rostro como las nubes sobre un paisaje.

Callaron durante un buen rato. Helena quería enseñarle la carta de Alicia pero Carlos estaba tan raro que no le parecía el mejor momento.

—Creo que está empezando a afectarme todo esto —dijo por fin, pasándose la mano por la cara—. Nunca supe nada de tu familia ni me importó, porque parecía que a ti no te importaba. Luego me di cuenta de todo lo que habías sufrido y seguías sufriendo por las preguntas que quedaron sin respuesta

377

y me entusiasmé pensando que podría ayudarte a superarlo todo y que volvieras a ser feliz. Por eso insistí tanto en que probaras con una constelación familiar. Ahora… no sé, Helena. Todo lo que estamos encontrando es… no sé cómo decir… Me afecta, me angustia, preferiría no haberme enterado.

—¿De qué? ¿De lo que le pasó a mi hermana? ¿De lo que hizo mi padre? ¿De la existencia de Michael? Mira, ahora te enseñaré algo más.

—No tengo ganas de más, cariño.

—Pero esto es bueno. Mmm… quiero decir, no es malo. Mira. —Sacó la foto del bolsillo del cárdigan y se la tendió—. Te presento a Michael, el que habría podido ser nuestro cuñado. Lo mismo conseguimos dar con él.

Carlos sacudió la cabeza en una negativa y puso la foto boca abajo en el suelo, a su lado.

—¿Por qué no?

—Porque está muerto, Helena.

—Solo tiene cinco años más que yo.

—No es hablar por hablar. Sé que está muerto, ¿entiendes? —Ahora la miraba a los ojos y estaba claro que sabía lo que decía.

—¿Cómo lo sabes?

—Porque con su nombre y sabiendo que trabajaba para Pan Am he estado buscando en internet y lo he encontrado.

—¿En serio? Eres genial.

Carlos metió la mano en el bolsillo trasero de los vaqueros y sacó el cuadernillo que siempre llevaba encima.

—El 17 de diciembre de 1973 el vuelo 110 de Pan Am que estaba a punto de despegar del aeropuerto Leonardo da Vinci-Fiumicino de Roma con destino a Teherán vía Beirut fue atacado por un comando palestino. Murieron 30 personas, entre ellos cuatro políticos marroquíes que iban a entrevistarse con las autoridades iraníes, el comandante y el copiloto —leyó Carlos de sus apuntes—. El avión se incendió, bueno, lo incendiaron. Luego secuestraron uno de Lufthansa y siguieron viaje. Fue uno de los mayores escándalos internacionales de los años setenta, cuando estaba empezando en serio el terrorismo mundial. Michael O'Hennesey era el copiloto.

Helena no dijo nada; apoyó la cabeza en el hombro de Carlos y cerró los ojos. Ella también estaba empezando a cansarse de todo aquello. ¿De qué servía saber? ¿De qué le había servido enterarse de que su hermana se había enamorado de otro hombre, había estado dispuesta a dejarlo todo por él y había sido asesinada el día antes de marcharse a empezar de nuevo? Ahora todavía le resultaba más doloroso pensar que, si hubieran hablado a tiempo, toda su vida habría cambiado.

Sin embargo... ¿habría sido mejor? En lugar de ser pintora, ahora llevaría cuarenta años dirigiendo Alice&Laroche, que a lo mejor se llamaría Helène&Laroche, aunque desde el punto de vista del *marketing* y la publicidad no habría sido aconsejable. Se habrían reunido con Alicia y Michael y sus hijos todos los veranos en La Mora o habrían hecho viajes juntos. Quizás en lugar de tener a Álvaro con el imbécil de Íñigo, habría tenido hijos con Jean Paul. Posiblemente, tampoco Luc existiría. Ni Almudena. Sus hijos y nietos serían otros y tal vez los querría más porque habría vivido siempre con ellos. Sería posible que sus padres hubiesen muerto más felices, en el seno de una familia estructurada. Tal vez su padre no habría sentido la necesidad de suicidarse. Si su madre se habría vuelto demente de todas formas era algo que no se podía saber. Carlos no existiría en su vida —¿cómo habría podido, viviendo entre París, Rabat y Madrid, haber conocido a un editor de Adelaida?— y ahora ella seria madame Laroche y pasaría sus días en la clínica de Madrid acompañando a Yannick en sus últimos meses.

¿Era esa una perspectiva mejor? No. Era simplemente otra vida, de otra mujer que no era ella; con otros sufrimientos, otras cicatrices, otros arrepentimientos y otras culpas.

—¿Y si lo dejamos ya? —preguntó en voz baja, con la vista fija en el fuego—. Al fin y al cabo, ¿qué más da? Hace tanto tiempo… Es una manía estúpida esta que nos ha dado. Cualquier día nos morimos nosotros y ¿qué importa que hayamos contestado a ciertas preguntas o no? Mañana es nuestro último día en Rabat. Vamos a ver cosas bonitas, a comer a la playa, a uno de esos restaurantes de pescado. Vamos a la Chellah, a ver las ruinas romanas, a pasear por la medina y a cenar al Dinar Jat. Vamos a olvidarnos de todas estas cosas horribles. ¿Ves como hice bien en abandonar a mi familia? —Terminó, acariciándole la mejilla sin afeitar—. ¡Y eso que no sabía ni la mitad de lo que ocultaban!

Carlos sonrió y le cogió la mano.

—Si al menos ha servido para que pienses que hiciste bien, en lugar de sentirte constantemente culpable…

—Yo siempre he pensado que hice bien. —Helena se envaró.

—¿Y lo de la culpa en la constelación?

—Eso fue idea de Maggie; yo no lo pedí.

—Pero quiere decir que, nada más oírte contar tu historia, se dio cuenta de que la culpa era un factor importante. Si ahora ya no te sientes culpable, hemos adelantado muchísimo, ¿no crees?

Estuvo a punto de contestar de malos modos, pero decidió dar un largo trago a su té, que mientras tanto se había puesto tibio y un poco amargo, y pensar su respuesta antes de hablar. ¿Se sentía menos culpable o solo se sentía culpable de cosas distintas? De no haberse dado cuenta de que su hermana tenía un problema y necesitaba ayuda, por ejemplo. De estar tan centrada en Jean Paul que todo lo demás había dejado de existir y no había percibido nada de lo que sucedía a su alrededor. De no haberse preguntado nunca quién era su padre y de dónde salía tanto dinero como el que ellos tenían. De no haberle preguntado jamás a su madre si la quería menos que a sus hermanos y por qué.

Sin embargo, tenía razón Carlos, ya no se sentía tan mal como antes. El haber indagado en lo oculto sí le había servido, le estaba sirviendo de algo. Quizá no fuera mala idea llegar hasta el final y, una vez desvelados todos los misterios, o todos los que se dejasen revelar, poner punto final, aceptarlo y olvidar para siempre.

—¿Qué era lo que querías contarme antes, cuando estábamos comiendo en la piscina? ¿Lo de Michael?

Carlos negó con la cabeza, se giró hacia la mesita del café y volvió a llenar las tazas.

—No. Mucho peor. Tiene que ver con tu padre.

La Mora, Rabat. 1969

Jean Paul dio una calada al canuto que acababa de pasarle Jimi, tragó el humo hasta el fondo y se estiró en la tumbona con la vista clavada en la luna creciente. ¡Increíble pensar que veinticuatro horas más tarde los primeros seres humanos pasearían por su superficie!

Le había tocado una buena época para estar vivo, una época llena de prodigios, un tiempo en el que cada vez se vivía mejor, con más alegría, con más libertad.

Lo malo era que eso lo estaba descubriendo ahora, a los casi treinta y dos años, cuando ya estaba atado de pies y manos a un negocio que funcionaba cada vez mejor y a una esposa a la que quería pero que no era la mujer que de verdad le llenaba. A veces miraba a Jimi y a Barbie y les tenía envidia. Habían cortado con todo, eran libres para ir y venir, hacer lo que les diera la gana, no tener que pensar en la próxima temporada ni en si sus creaciones gustarían lo suficiente como para cubrir gastos y poder ir estableciéndose entre las grandes casas de moda. Claro, que ellos tampoco habían tenido que cortar con mucho. Habían dejado de estudiar, eso era todo.

John era otra cosa. Había llegado a un estupendo equilibrio

entre la libertad total y el poder pagársela él mismo sin tener que gorrear en exceso. Le había contado que había conseguido vender algunas de sus fotos y que tenía esperanzas de establecerse como fotógrafo independiente e incluso cumplir su mayor ilusión: fotografiar para *Playboy*. Se había pasado la última semana aprovechando los momentos en que Blanca y Goyo no estaban en casa para fotografiar en la piscina a Barbie, a Valentina y a cualquier mujer que se dejara, y la verdad era que las fotos eran espectaculares, tanto que incluso había empezado a pensar que a lo mejor sí que valía la pena contratarlo para fotografiar la colección de la temporada primavera-verano, como él le había propuesto. Alicia se negaba en redondo: John le parecía un macarra y solo lo aguantaba porque no había más remedio y pronto se marcharía con sus dos amigos.

Él había intentado de todas las formas posibles que le permitiera tomarle una foto que la convenciera de su talento. Alicia, naturalmente, no había querido, a pesar de que John había insistido casi hasta el límite del buen gusto. Le había explicado incluso con todo detalle cómo veía él la foto: Alicia sentada a caballo en una silla frente a la piscina, tomada desde detrás y a la misma altura, de manera que el espectador tuviera los ojos a la altura de su cabeza. El pelo rubio en un recogido banana y una fina cadena de oro cayéndole por la espalda junto a la columna vertebral. A izquierda y derecha, el agua violentamente azul y, desdibujadas al fondo, las altas palmeras.

Cuando lo contaba le brillaban los ojos y se notaba que las manos le picaban de ganas de coger la cámara, pero Alicia se limitaba a sonreír —esa sonrisa fría que helaba el corazón de quien la recibía— y decía que ella no era una «conejita» de *Playboy*, ni pensaba serlo nunca.

A Jean Paul no le habría importado tener una foto así de su mujer, pero por supuesto era ella quien decidía.

Helena tampoco había querido dejarse fotografiar así. Su foto habría sido muy diferente, según John: su cuerpo en bikini rojo de lado en una tumbona para marcar la curva de la cadera y la suave redondez de los pechos. La melena rizada, las grandes gafas de sol y los labios violentamente rojos ocupando el punto de enfoque. Todo el fondo verde oscuro tras la tumbona blanca, la piel dorada brillante de aceite, las uñas escarlata y una copa de campari con una rodaja de naranja en el suelo delante de ella. Una foto plana, de colores simples, como un cartel publicitario pintado.

Un par de días atrás Helena había aparecido a la hora de la cena con un cuadro pequeño aún húmedo y se lo había enseñado a él y a John.

—¿Algo así? —había dicho.

John se había quedado con la boca abierta. Era exactamente su foto, al óleo. «Autorretrato con piscina», había escrito en la parte de atrás. «Helena Guerrero.»

—Déjame tomarla, anda. Ni siquiera tienes que desnudarte del todo, ya lo ves.

—No tengo nada en contra de desnudarme, pero no quiero fotos. Y menos de esas. Digan lo que digan ahora las revistas y los críticos, la fotografía no es arte. Sobre todo lo que haces tú —le había dicho sonriendo, pero tan agresiva como siempre.

Curiosamente, lo que en Alicia le parecía mojigatería, en Helena lo encontraba valiente y decidido.

¡Si pudiera quedarse todo como estaba, pero con Helena en lugar de Alicia!

Ella estaba en otra tumbona, al otro extremo del círculo junto a la piscina, riéndose de algo que contaba Luigi, haciendo chocar los cubitos de hielo de su vaso. Alicia, como siempre, se había retirado ya, cada vez más temprano, como si le repugnara su compañía y la de los amigos.

A veces pensaba que si tuviera valor, se lo diría claramente y se divorciarían. Pero entonces, ¿qué pasaría con el negocio? Aún no habían amortizado la inversión, de modo que, aunque oficialmente el dinero había sido regalo de Goyo y Blanca para montar Alice&Laroche, si él quisiera devolvérselo y quedarse con la empresa, aún no tenía bastante. Aparte de que Alicia se quedaría con la mitad.

Y La Mora… Eso era lo más importante. No podía imaginar su vida sin poder volver allí, sin ese jardín, sin esa casa.

Él había sido siempre un niño pobre, nacido en París pero criado por sus abuelos en Bretaña porque tanto su padre como su madre habían muerto en la guerra. De esa época no conservaba muchos recuerdos; solo tenía siete años cuando acabó. Recordaba los tanques americanos llenos de soldados sonrientes que le regalaron chicle y una tableta de chocolate. Poco más.

A la muerte de sus abuelos heredó la casa, la vendió y volvió a París. Allí conoció a Alicia y, de hecho, empezó su vida real. Le estaba profundamente agradecido; era la mejor compañera, la mejor socia que podía imaginar. Le había dado cariño, seguridad, una familia, una casa de ensueño. Y le había permitido conocer a la mujer de su vida que, por desgracia, no era ella sino su hermana pequeña.

No podía evitar sentirse ruin cada vez que pensaba lo mal que se lo había pagado. Llevaba todo el verano dándole vueltas y vueltas a cómo salir de aquello. Sabía que a Helena le pasaba lo mismo, pero tenían tan poco tiempo juntos y solos que, cuando encontraban un rato, no hablaban de lo que más les angustiaba. En Rabat, se escapaban cuando podían a un hotel, casi siempre el Firdaous, en la Plage des Nations, un lugar semisalvaje abierto al Atlántico donde podían pasear por la playa sin que nadie los observara. Llegaban separados, pedían dos habitaciones y trataban de aprovechar el tiempo lo mejor posible.

Seguramente esa necesidad de hablar era la que lo había llevado unos días atrás a comentarle algo a John, poca cosa, cuando todos se habían retirado ya y ellos estaban tomando la última copa en el jardín de arriba, oyendo el chapoteo de la fuente en la noche oscura perfumada de jazmines.

—¿No habéis oído hablar del *free love*? Parecéis de otro siglo. Lo mejor sería que Alicia encontrara a otro tipo —le dijo John con la voz ya bastante pastosa—. A nadie le sienta bien follar siempre con la misma pareja. En cuanto descubra que hay otros hombres, seguro que ella sola se te quita de encima. Y entonces podréis seguir juntos en el negocio, e incluso seguir casados, ¿qué más da? Lo importante es ser libre, aunque hayas firmado algún papel. Si los dos estáis de acuerdo… a los demás que les den.

No le había dicho nada de Helena. No quería complicar las cosas.

John ya se había llevado al catre a Valentina y a Monique, y todos parecían contentos, como si lo de compartir cama no tuviera realmente más importancia que comer juntos o llevar a alguien al aeropuerto. Quizá tuvieran razón. Pero él no podía imaginar a nadie más con Helena, a pesar de que sabía que ella ya se había acostado con muchos. Ni siquiera era capaz de imaginar a Alicia con otro hombre. Nadie lo sabía, pero John tenía razón: Jean Paul seguía siendo un antiguo.

Tendría que aprender mucho en los próximos tiempos y convertirse en un hombre moderno, como al parecer eran todos los que lo rodeaban, salvo su suegro, que era un hombre de una pieza y el modelo de lo que a él le gustaría ser a su edad.

La Mora, Rabat. Época actual

El último día en Rabat se levantaron temprano para que les diera tiempo a hacer un poco de turismo. Los dos habían decidido darse una tregua y disfrutar del presente en lugar de aventurarse por los pantanos del pasado, como habían estado haciendo hasta el momento. Visitaron la Chellah, fueron a ver la Torre Hassan y el mausoleo de los reyes de Marruecos, pasearon junto al río descubriendo toda la zona nueva de marinas y restaurantes que aún estaba en plena construcción y, cuando

385

empezaron a cansarse de tanto andar, Helena tuvo una idea repentina. Era una vuelta al pasado, pero Carlos no tenía por qué saberlo. Ya pensaría al llegar si se lo contaba o no.

—Ya sé dónde voy a llevarte a comer. Si todavía existe, claro.

—Podemos mirar en internet, ver si existe y llamar.

—No. Aunque no existiera ya, el paseo es bonito y seguro que hay otros sitios por allí. No está lejos.

Cogieron el coche y, atravesando el moderno puente que en su época no existía, llegaron a Salé, lo dejaron atrás y continuaron hacia el norte, con el oceáno, invisible, a su izquierda. Un sol espléndido hacía brillar las florecillas silvestres que cubrían los campos a través de los que discurría la estrecha carretera. En la indicación Plage des Nations, Helena se desvió a la izquierda, hacia el mar.

—Mira qué horror, lo están estropeando todo como en España la costa mediterránea, mira cuántas casas nuevas, y de las caras, directamente en la playa. Cuando nosotros veníamos aquí no había nada, absolutamente nada, salvo el hotel al que vamos ahora. —Se las arregló para que su voz sonara normal y Carlos supusiera que al decir «veníamos» se refería a ellas dos con sus padres para una comida de domingo o excursiones a la playa.

Aparcaron junto a un edificio blanco casi al nivel de la arena que, desde allí, apenas se destacaba sobre el paisaje, oculto entre rocas y grandes adelfas.

—¡Existe! ¡Sigue aquí! —dijo, admirada y feliz.

Carlos sonrió. Le encantaba verla así, entusiasmada, olvidada de la desconfianza básica que se había convertido en su marca de fábrica.

La dejó caminar dos pasos por delante de él para que pudiera disfrutar sola de la primera impresión y de los recuerdos que para ella encerraba aquel lugar.

Fue como entrar en el túnel del tiempo.

El mostrador de recepción, como sacado de una película de los años sesenta, estaba vacío. Ella lo acarició unos segundos con la vista y siguió adelante por un pasillo enmoquetado.

Apenas llegó a la puerta del comedor, Helena se tapó la boca con las dos manos y se quedó clavada allí mismo mirándolo todo como si no se lo pudiera creer. Era una sala grande con amplias ventanas al mar y la playa ahora desierta, espejos enfrente que repetían la vista y una construcción de cristal en medio, como un amplio ascensor, llena de plantas a diferentes niveles, con una fuente de platos desde los que rebosaba el agua de unos a otros. Las columnas que sostenían el techo de la sala eran blancas y se abrían por arriba como grandes setas. Todo lo demás, las paredes y la tapicería de los sillones que rodeaban las mesas vestidas de blanco, era de la gama del rosa violáceo, unas veces liso y otras con un estampado psicodélico que recordaba al cuaderno donde Alicia había escrito su encuentro con Michael. Varios ramos enormes de flores del paraíso decoraban el comedor. En cada mesa había un florero con rosas y una vela en una tulipa de cristal. Solo dos estaban ocupadas.

—¡Está todo como hace cincuenta años, Carlos! —dijo Helena con voz ahogada—. No había esperado tanto.

—Es precioso, sí. Como haberse metido en una película de James Bond de finales de los sesenta.

El *mâitre*, con traje negro y chaleco blanco, los acompañó a la mesa que eligieron, frente al mar. Ahora, sentados, podían ver abajo, casi a nivel de la playa, la piscina del hotel rodeada de sombrillas blancas.

—También tenemos abierta la terraza de abajo, si lo prefieren. Aunque hace un poco de viento…

—Gracias, estamos bien aquí —dijo Carlos, poniéndose las gafas para empezar a estudiar la carta.

—No me lo puedo creer —insistía Helena con voz maravillada—. Es increíble, en serio. No me extrañaría ver venir

387

a mi madre y mi hermana del tocador. ¡El tocador! —Se puso en pie de un salto—. Pídeme lo que quieras, tengo que ir a ver una cosa.

Hacía tiempo que Carlos no la había visto tan excitada por algo, así que sonrió y volvió a la carta mientras ella se alejaba hacia el fondo del comedor.

El tocador de señoras estaba a la derecha, donde ella recordaba, y al entrar tuvo la sensación de que el tiempo se anulaba de golpe. Una sala casi circular de paredes de espejo, una mesa estrecha rodeando la sala, diez o doce taburetes tapizados de rosa frente a la mesa y los espejos de la pared, el papel floral —rosa, malva y dorado— repitiéndose en reflejos sin fin y ella en el centro, reflejada de frente, de perfil y de espaldas una y otra y otra vez, cada vez más pequeña, más lejana, más oscura en las heladas profundidades de cristal. Por un instante le pareció que las Helenas más alejadas se iban haciendo más y más jóvenes, pero parpadeó y desapareció el efecto.

Allí, sentadas en aquella salita, con los bolsitos sobre la mesa, había visto a muchas mujeres mayores que ella retocándose el maquillaje, pintándose los labios, refrescando su perfume, fumando tranquilamente un cigarrillo a solas o charlando con una amiga mientras los hombres se quedaban al otro lado del umbral sin acceso a aquel reino rosado de la femineidad. Ahora no había nadie a la vista, aunque todos los fantasmas del pasado seguían presentes. Podía sentir sus ecos alrededor, sus sombras rodeándola, acercándose, tendiendo hacia ella sus largas manos descarnadas.

Se sentó en uno de los taburetes en el centro del tocador y se quedó quieta mirando su reflejo, buscando en el rostro del espejo el que tuvo tantos años atrás, cuando ella se debatía allí dentro entre el deseo y la vergüenza, y al salir la esperaba Yannick en la mesa. Si cerraba los ojos, lo veía con toda claridad. Él mirándola avanzar desde el tocador, dejando la servilleta sobre el mantel blanco, junto a la vela encendida y las copas de malbec, poniéndose de pie para recibirla de vuelta, sentándose de nuevo frente a ella con los ojos brillantes de admiración y de deseo.

Le acudió también una imagen de Alicia, sentada a su lado, encendiendo un cigarrillo con el movimiento de cabeza que le permitía apartar la melena del encendedor y que era totalmente natural aunque parecía ensayado. ¿Habría estado Alicia también en aquel hotel con Michael? ¿Un encuentro clandestino, más atractivo por ello, como los de Jean Paul y ella misma?

Le dio risa de repente imaginar que se hubieran encontrado por casualidad, cada una con el hombre que no le pertenecía.

Al salir, Carlos levantó la vista de su cuaderno, se subió las gafas sobre la frente y le sonrió, sin dejar de mirarla mientras se acercaba. Ahora era un hombre mayor el que la esperaba, igual que ella era también una señora mayor, pero el brillo de sus ojos era tan halagador como el de tiempos pasados.

—¿Qué hemos pedido? —preguntó al sentarse—. Estoy muerta de hambre.

—Ya lo verás. ¿Has visto muchos fantasmas?

Sonrió.

—Una legión. ¿Sabes que una vez vinimos aquí para la Nochevieja? Había cena y baile. Yo debía de tener dieciocho o diecinueve años. Me pasé el rato tratando de quitarme de encima al hijo del embajador de no sé dónde, que era un pelmazo, hasta que tuvo que rescatarme papá y dejarle claro que cuando una señorita dice que no es que no, y un caballero tiene que respetar su decisión. Curioso. Ahora que sé que papá fue militar veo muchas cosas de otra manera. ¿No ibas a contarme tú algo de él?

—No hay prisa. Es algo de su época de militar de uniforme, nada que afecte al asunto de tu hermana. Ahora comamos y ya hablaremos de todo esto a la noche, en casa.

Un camarero depositó sobre la mesa una enorme bandeja llena de pescado y marisco, otro una botella de pinot gris en un cubo de hielo.

389

—¡Ay, Charlie, cómo me conoces!

—Soy de inteligencia rápida, querida. Dieciocho años me han bastado para aprender a tenerte contenta… en ocasiones —dijo Carlos, feliz, mientras servía el vino en las copas. Hacía tiempo que no había visto a Helena tan cariñosa con él y no pensaba arriesgarse a que se estropeara el ambiente. Ya habría tiempo después para los secretos.

Volvieron a La Mora después de dar un paseo por la medina y de comprar un par de tonterías de regalo para la familia, cosa que a Carlos le pareció increíble; Helena estaba de tan buen humor que no solo se había limitado a pensar en su nieta sino que incluso había comprado una pulsera de plata para su nuera y unas carteras de cuero para los hombres de la familia. «Así verán que no soy tan mal bicho como piensan», había comentado sonriendo y luego lo había casi obligado a comprarse una chaqueta de napa negra mientras ella elegía una roja, de un cuero tan suave que podría haberse usado para guantes.

Luego habían decidido regresar a casa para dar un último paseo por el jardín y acabar con toda la comida de Suad que aún quedaba en la nevera, recoger las cuatro cosas que habían traído y despedirse de la familia marroquí.

—Voy a dar una vuelta por ahí fuera mientras dure la luz —dijo Helena al llegar.

—Yo quiero preguntarle a Suad una tontería que se me ha ocurrido. Luego te busco.

Carlos entró directamente al salón, buscó por las carpetas hasta encontrar lo que quería y fue a ver si la mujer estaba en la cocina. Tuvo suerte. En ese mismo momento entraba desde la cocina exterior, acompañada de un chico joven que, con unos guantes de cocina enormes, sujetaba un *tajine* que enseguida depositó sobre la encimera de piedra.

—Mi nieto, Ahmed —lo presentó.

Se estrecharon las manos y el muchacho desapareció lo antes que pudo con una sonrisa de disculpa.

—Él ya no habla español. Aixa quería enseñarle pero su marido prefirió que aprendiera inglés.

—Bueno, yo soy australiano. Podríamos habernos entendido sin problema. ¿Qué es eso de ahí? —preguntó señalando el *tajine*.

—Otra de las comidas que le gustan a la señorita Helena: un *tajine* de sardinas.

—Si nos quedásemos una semana entera, tendríamos que salir rodando. ¡Qué bien nos trata usted!

Suad sonrió, satisfecha.

—Es que es como volver a los viejos tiempos. Los más felices de mi vida, cuando todos estaban aquí y éramos como una gran familia. Luego ya… primero solo monsieur Jean Paul. ¡Cuánto sufrió ese hombre, Dios mío! Después, a veces venía algún amigo, poca cosa. Más tarde el señor se casó con madame Betty, bueno no sé si estaban casados de verdad, yo creo que no, y nació el señorito Luc. Pero ya no era lo mismo que antes. No había esa alegría, no recibían a casi nadie, no daban fiestas. Cuando murió madame, hará unos doce años, solo quedaron el padre y el hijo.

—¿Y el señor Luc no tiene hijos propios? ¿No se casó?

Suad hizo amago de acercarse un poco, bajó los ojos y casi susurró.

—A monsieur Luc, las mujeres, no… Usted me entiende, don Carlos.

Él se apresuró a asentir.

—Sí, mujer, claro que sí. —Para romper el momento de incomodidad que se había creado entre ellos, sacó del bolsillo la foto que había traído para enseñársela—. Mire, Suad, esta foto es de hace un montón de años, de cuando la fiesta de la noche de la luna, ¿recuerda?

—Todos los días. Fue la última noche de alegría en esta casa.

—Mírela y dígame si alguna de estas personas volvió a venir por aquí después de aquella fiesta.

Suad se la acercó mucho a los ojos, dio un par de pasos hasta ponerla donde mejor daba la luz y la estudió con parsimonia, moviendo los labios como si la leyera.

—¡Qué jóvenes estaban aquí don Goyo y doña Blanca, qué guapos! A ver… no. De estos no me acuerdo. Estos eran italianos y venían bastante, pero luego ya no. ¡Este sí! Este siguió viniendo bastantes años, y era el que menos me gustaba, qué cosas. —El dedo de Suad señalaba la cara de John Fleming, el fotógrafo americano—. Debieron de hacerse muy amigos, no sé por qué, la verdad, porque era un hombre desagradable y sin educación, pero sé que hacía fotos de los vestidos de monsieur y de sus maniquís.

—¿Y venía con frecuencia?

—No, por suerte no. Una vez al año todo lo más. Se quedaba dos o tres días. Se pasaba el tiempo en la piscina, casi siempre borracho, y luego se iba. A veces se peleaban a gritos, otras veces casi ni se hablaban. Pero es que monsieur Jean Paul también se volvió muy raro tras la muerte de su mujer. Luego, muy poco a poco, fue mejorando.

—¿Se acuerda de cuándo dejó de venir el americano?

Suad sacudió la cabeza.

—Lo siento. Sé que me alegré de que dejara de venir, pero cuándo fue…

—No importa. Muchas gracias. Helena está en el jardín y quería despedirse de usted y de su hija.

—Voy a buscarla. Si no necesita nada más…

Salió al patio trasero y, ya había guardado Carlos la foto en el bolsillo, cuando volvió a asomar la cabeza.

—No sé si le servirá de algo, pero creo que dejó de venir por aquí poco después de que volviera don Goyo.

—¡Ah! ¿Volvió?

—Al cabo de muchos años, un buen día apareció por aquí

como ustedes ahora, se quedó un par de días y estuvo viniendo una temporada, mientras se hicieron las obras de la piscina nueva. A ver, eso debió de ser sobre el año 79 u 80. Lo sé porque el pobre señor murió en el 81 y eso fue uno o dos años antes. A doña Blanca, en cambio, ya no la vi más.

—Muchísimas gracias, Suad, bendita sea su memoria.

Ella sonrió, orgullosa, y se marchó a buscar a Helena.

21

Madrid. Época actual

Chavi y Almudena habían ido a recogerlos al aeropuerto y ahora acababan de dejar el coche en un aparcamiento subterráneo, casi al lado del apartamento que habían alquilado Helena y Carlos.

394   Los hombres cogieron la maleta y las bolsas mientras las mujeres caminaban juntas delante de ellos, charlando y gesticulando.

—¿Y si vamos a comer por aquí? —sugirió Almudena—. Así nos contáis qué habéis averiguado.

—No —dijo Carlos—. Hay ciertas cosas que no quiero discutir en un lugar público. Mejor subimos al piso.

—Pero no tenemos nada de comer —dijo Helena.

—Pues pedimos unas pizzas o algo del chino. —Chavi pertenecía ya a la generación del *take away* y el *coffee-to-go*.

—¡Buena idea, cariño! —dijo su novia.

Helena miró a Carlos con suspicacia. No podía imaginarse qué narices pensaba contarles pero le parecía muy sospechoso que quisiera hacerlo en un lugar donde pudieran estar solos. Se temía que aquello que en Rabat «no corría prisa» y tenía que ver con su padre era mucho más serio de lo que ella había pensado. ¿Tendría algo que ver con su suicidio? Esperaba que no. El viaje a Marruecos la había puesto de muy buen humor y no quería que nada la sacara de esa sensación.

—Ah, abuela, tienes cita con Paloma hoy a las seis, y no podemos retrasarlo. Tu pobre vestido lleva ya de prueba desde el martes y hay que acabarlo a tiempo.

—No te preocupes, allí estaré. ¿Vendrás conmigo?

—No me lo pierdo por nada. —Sonrió de oreja a oreja y Helena volvió a pensar lo joven que era, cuánta vida tenía por delante, cuántas alegrías, cuántos sufrimientos le quedaban por pasar.

Decidió dejar de pensar esas tonterías. «Así son las cosas y no hay por qué tenerle lástima a nadie. Que haga con su vida lo que pueda, como hemos hecho todos. Y si necesita ayuda, que me la pida.»

Quince minutos después la mesa estaba puesta y el servicio de reparto del chino les había entregado un auténtico montón de cajitas transparentes llenas de cosas de comer que despacharon en media hora. Luego, satisfechos, se sentaron en la salita con una botella de orujo que Carlos había comprado en el aeropuerto, para hacer la digestión.

—He esperado hasta ahora para contaros esto porque todavía me resulta realmente raro y quería darle un par de vueltas y luego compartirlo con vosotros, que sois los que habéis hecho el trabajo de archivo sobre el padre de Helena.

—¡Qué pena que Felipe se lo pierda! —dijo Almudena—. ¿Lo llamo? Seguro que está o en la Biblioteca Nacional o en el Archivo Histórico del Ejército. Nada está muy lejos de aquí. Podría llegar en media hora y seguro que vosotros, mientras, tenéis más cosas que contar.

—¡Venga! Llama. Pero solo tenemos hasta las seis —le recordó Helena.

A Felipe le debía de hacer mucha ilusión el asunto porque llegó en veinte minutos.

—Le he dicho que le pago el taxi —les confió Almudena en

voz baja mientras Chavi iba a abrir la puerta—. El pobre está fatal de dinero.

Se saludaron todos y, aunque le hicieron sitio en el sofá, Felipe prefirió sentarse en la alfombra, a los pies de su amiga, con un chupito de orujo en la mano.

—Bueno —comenzó Carlos paseando la vista por el grupo—, lo primero es deciros que esto que os voy a contar lo he sacado de una carpeta marcada como «Privado» que estaba en la segunda de las cajas de Helena. Son cuartillas escritas a máquina y da la sensación de que se trata de unas memorias que Goyo había empezado a escribir. Habrá unas ciento cincuenta páginas. No las he leído todas con detenimiento, aunque pienso hacerlo. La cosa empieza en 1934, con la revuelta de los mineros de Asturias y la represión por parte del Ejército, y termina a medias, en 1938, aquí en Madrid, pasando por la muerte de Durruti.

—¿Quién? —preguntó Helena. Los ojos de Felipe se abrieron de asombro. Ella lo notó enseguida y estuvo a punto de contestar mordiendo, como siempre; en el último momento, sin embargo, se dio cuenta de que el chico ni siquiera había abierto la boca y decidió moderar su respuesta—. Lamento mi ignorancia. Supongo que era alguien importante pero nunca he estudiado historia de España.

—Buenaventura Durruti fue un líder anarcosindicalista, Helena. Para muchos, un héroe, una leyenda. Murió de un disparo aquí en Madrid el 20 de noviembre de 1936, unos meses después del comienzo de la guerra. No está claro quién lo mató y eso ha dado pie a muchas historias.

—¿Y mi padre tenía algo que ver con él?

—No —continuó Carlos—. Vaya, supongo que no. Tu padre lo odiaba, obviamente, y lo mataron en la Ciudad Universitaria, junto al edificio del Clínico que acababa de ser tomado por tropas marroquíes, quizás incluso las que él mandaba, pero no hay ninguna evidencia de que él estuviera implicado. Parece que lo hirió una bala suelta de las muchas que se estaban disparando en aquel momento.

Curiosamente, Helena sintió una especie de alivio de que no se pudiera relacionar a Goyo con una muerte concreta.

—Entonces, dices que unas memorias —intervino Chavi—. ¿No puede ser una novela?

Carlos levantó las cejas y cabeceó indeciso.

—Esa es la cuestión. Que en el fondo de la carpeta hay una carta de una editorial en la que se le dice que, una vez leídos los fragmentos que les ha enviado para que puedan evaluar las posibilidades de publicación, la editorial ha decidido no hacerlo, a menos que se novelice mucho más y se elija un tono más popular para llegar a la masa de lectores que se interesan por ese tipo de escándalos históricos.

—¿Qué escándalos? —preguntó Felipe.

—¿De cuándo es la carta? —dijo Almudena casi a la vez.

—La carta es de 1980, es decir, ya muerto Franco y bien entrada la Transición. El escándalo al que se refiere, aparte de ciertos episodios poco gloriosos de la represión en Asturias, es sobre todo, el de la muerte del general Balmes.

El único que mostró agitación fue Felipe.

—¿Balmes? ¿Amado Balmes, el de Las Palmas, julio del 36?

—El mismo —contestó Carlos, mirándolo a los ojos.

—No me digas que cuenta quién lo hizo.

—Exactamente.

—¡Hostia! Eso es dinamita. ¿Tiene pruebas?

—Dejadme que os lo lea.

—Para un poco —dijo Helena mirando a los otros dos—. Primero nos cuentas de qué va la cosa y luego nos lees lo que quieras, ¿os parece?

Chavi y Almudena asintieron con la cabeza. Chavi rellenó los vasos.

—A ver si consigo resumirlo en pocas palabras. Corrígeme si me equivoco, Felipe —empezó Carlos—. Todos sabéis que a lo largo de los primeros meses de 1936, con la victoria del Frente Popular en las elecciones de febrero y el establecimiento de la República, la situación en España era más bien caótica. El país estaba totalmente polarizado en derechas e izquierdas. Los militares también estaban divididos entre los que apoyaban la República y el gobierno legalmente constituido y los que, a pesar de haber jurado fidelidad al gobierno democráticamente elegido, pensaban que la patria estaba en peligro de caer en el caos y la anarquía, y mucho peor, de acabar siendo títeres de los comunistas de Moscú.

—No hay que olvidar —intervino Felipe— si me permites, Carlos, que en Alemania e Italia los nazis y los fascistas acababan de hacerse con el poder y muchos españoles de derechas, entre ellos muchos militares, miraban con envidia hacia Europa, deseando un destino similar para su patria. Igual que en Alemania los camisas pardas y en Italia los camisas negras, aquí se crea la Falange y llega la camisa azul. ¿Os acordáis del «Cara al sol con la camisa nueva»? Pues eso.

Carlos le hizo un gesto para animarlo a continuar.

—La Iglesia tiembla también de miedo, pensando que con el triunfo de las izquierdas los católicos van a ser aplastados y desposeídos de todos sus bienes, y está dispuesta a dar su apoyo a cualquiera que prometa protegerla. Y no hay que olvidar que los partidos de izquierdas, ahora en el gobierno, se llevan a matar entre sí y hacen todo lo posible por ponerse la zancadilla política día sí, día también, lo que crea en la población, y mucho más en el Ejército, la sensación de que España se va al garete.

»Varios generales entablan conversaciones secretas sobre el futuro de la patria. No hace mucho de un intento de golpe fracasado por parte del general Sanjurjo, que ahora se encuentra en el exilio, y todos saben que si esta vez se atreven, tienen que hacerlo bien, tiene que ser la definitiva. El más o menos jefe de este grupo de generales conjurados es Mola, aunque

Franco empieza a ser una figura muy destacada. Curiosamente, Franco es el que más fuerte pisa el freno cuando los otros empiezan a tener prisa, y durante meses nadie está seguro de si se cuenta con él o no en caso de sublevación.

»En marzo del 36 Franco es nombrado comandante general de Canarias y antes de salir para su nuevo destino se encuentra, aquí en Madrid, con otros generales como Mola, Varela, Fanjul y Orgaz. Seguro que os suenan los nombres porque todos tienen calle en casi todas las ciudades y pueblos de este bendito país, o la han tenido hasta muy poco. Al término de esa reunión, aún no hay nada decidido. —Felipe se dio cuenta de que llevaba ya un buen rato hablando y se interrumpió, poniéndose colorado de repente—. Perdona, Carlos, no quería quitarte la palabra tanto tiempo.

—Sigue, hombre, sigue, eres un profesor nato, lo estás haciendo de maravilla.

Todos lo animaron con palabras y gestos. Felipe tomó un trago de orujo, Helena sacó un paquete de galletas que llevaba en el bolso y las dejó en la mesa.

—Franco y su familia llegaron en barco a Las Palmas, donde fueron recibidos por el general Amado Balmes, que era gobernador militar de la isla y, por tanto, su superior, y al día siguiente siguieron viaje a Tenerife, donde Franco, aún en el puerto, fue abucheado por un grupo de huelguistas del Frente Popular al grito de «el carnicero de Asturias». Se sabe que, durante esa primavera, Franco estuvo muy controlado por el gobierno y los partidos de izquierda de las islas, que habían empezado a tenerle miedo y procuraban interceptar sus mensajes escritos y, por lo que parece, incluso intervenirle el teléfono. Se dice que los suyos creían que se iba a producir un atentado contra su persona y por eso los oficiales a su mando se relevaban para rodearlo y cubrirlo veinticuatro horas al día.

—Ahí es donde encontramos a Goyo Guerrero, que es reclamado urgentemente a Canarias, primero a Tenerife y más

399

tarde a Las Palmas, ahora os cuento por qué —añadió Carlos.

—Bien, pues la cosa es que se sabe que Franco tuvo una conversación privada con el general Balmes donde se supone que le reveló los proyectos de insurrección y le preguntó si estaría dispuesto a apoyarlos. Balmes debió de negarse, por la cara que llevaba después de la entrevista, según testigos presenciales, y un par de meses después, dos días antes del levantamiento militar, tuvo un accidente mortal al desencasquillar una pistola.

Se oyeron silbidos y exclamaciones ahogadas por parte de Chavi, Almudena y Helena.

—Fue una época llena de desafortunados accidentes de altos oficiales, sí —concluyó Felipe con sorna.

—Bien, señoras y señores —dijo Carlos—, gracias a Felipe tenemos ahora un buen punto para despegar. Dejadme que os lea un capítulo de las memorias de Goyo. Poneos cómodos.

400

El día había amanecido claro y despejado, como casi siempre en Tenerife. A mediodía el calor sería fuerte pero para entonces, si las cosas salían como estaban previstas, ya habría pasado todo.

No recuerdo haber estado particularmente nervioso al pensar en lo que estaba a punto de hacer; era algo necesario y, después de haberlo hablado con Franco, me constaba que no había otra salida. Balmes no se uniría a nosotros. Eso había quedado claro en la entrevista que habían mantenido en Las Palmas en el mes de mayo, aunque Franco no había perdido todavía la esperanza de convencerlo, si no de colaborar en el alzamiento, al menos de asegurarnos que las tropas de Canarias no jugarían en nuestra contra. Pero al parecer Balmes se había mostrado diamante desde entonces e incluso había enfurecido a Franco hablando de «deslealtad» al pensar en faltar al juramento que ambos habían hecho de defender la República.

Yo me había incorporado a mi nuevo destino a primeros de mayo y, ya en Las Palmas, me había enterado de que mis competencias incluirían la gestión de armas. Nadie me había informado todavía de qué se esperaba de mí pero, si algo aprendimos los cadetes oficiales en la Academia de Zaragoza a las órdenes del director general Francisco Franco, fue disciplina. Y la disciplina se muestra en todo su esplendor precisamente cumpliendo órdenes que uno no comprende o incluso desaprueba. En eso consiste el acatamiento de la jerarquía; en eso consiste el honor de un soldado.

De todas formas, debo decir en descargo de mi general que la misión que se me encomendó no fue una orden. Podría haberme negado y, si no lo hice, no fue por miedo a posibles represalias, sino porque siendo un patriota y un soldado, además de un hombre no del todo estúpido, valga la inmodestia, era patente que hacer desaparecer el peligro de la existencia de Balmes a nuestra retaguardia resultaba indispensable para cumplir nuestros planes. Era un acto de guerra, aunque aún faltasen dos días para que la guerra empezara oficialmente.

Fui informado de la misión por boca del mismo Franco de la manera menos oficial posible: en un campo de golf.

Unos cuantos oficiales recién llegados a las Canarias fuimos invitados a un acontecimiento social en Tenerife. Se trataba de la boda del capitán Varela, que había sido compañero mío en la academia y a quien le había perdido la pista. Se nos concedió el permiso correspondiente y desembarcamos en la isla vecina el 25 de mayo. Al día siguiente de la boda, Franco me mandó llamar para saludarme y nos fuimos juntos al campo de golf, deporte al que yo no había jugado nunca.

Una vez recibidas mis órdenes, planteé el problema que me causaban los planes de mi propia boda, que tendría lugar el 14 de junio en Valencia, pero Franco me tranquilizó diciendo que aún tendríamos que esperar como poco hasta mediados del verano.

Desde entonces, mi único cometido fue esperar el momento y, mientras esperaba, decidir cómo iba a llevar a cabo la misión encomendada.

El 16 de julio el general Balmes tenía previsto visitar el cañonero

Canalejas, que iba a ser varado. Después había expresado a su ayudante sus planes de ir al campo de tiro del cuartel de ingenieros a probar unas pistolas, lo que tendría que haberme dicho a mí, ya que entraba en mis competencias pero, a pesar de todas mis precauciones, era evidente que de mí no acababa de fiarse. Los cuarteles están llenos de chismes y seguramente alguien le habría dicho que yo era un hombre de Franco.

A mí, de todas formas, me venía muy bien el plan de Balmes. Antes de que llegase al campo de tiro, ya estaba yo allí con una buena selección de armas que pensaba darle a probar, además de las que él trajera consigo.

Estoy seguro de que no era yo el único en el plan de Franco, aunque no conocía a nadie más ni se me había dado a entender que trabajaríamos en equipo. Digo que estoy seguro de que éramos más porque, misteriosamente, Balmes, como para ponérmelo más fácil, llegó sin su ayudante ni su jefe de Estado Mayor, que habría sido lo normal.

También podía tratarse de que Balmes tenía sus propios planes y pensaba encontrarse allí con alguien con quien no le convenía que lo vieran sus más allegados.

En cualquier caso, llegó solo con el chófer, que se quedó en el coche leyendo la prensa mientras él comenzaba a probar las armas.

No resultó difícil. Cuando ya había probado las dos primeras, no tuve más que acercarme a él con la Astra del nueve largo en la mano y disparar a quemarropa a la altura de su vientre, entre el vientre y la ingle, un lugar que casi siempre garantiza una copiosa hemorragia y una muerte rápida, aunque dolorosa. Franco me había insinuado que, si era posible, le gustaría que Balmes tuviera algo de tiempo para darse cuenta de que había hecho mal al no apoyarnos; por eso elegí ese lugar. Y por algo que podríamos llamar justicia poética y que no hace al caso.

Dejé caer el arma a sus pies e inmediatamente me incliné sobre él mientras pedía ayuda a gritos, diciendo que el general había sufrido un accidente, que el arma se le había encasquillado y él había tratado de desatascarla apoyándosela en el vientre. Una barbaridad evidente que, sin embargo, supe enseguida que iba a funcionar cuando vi las expresiones de los primeros que acudieron a socorrerlo. Eran de los nuestros. Aceptarían esa versión sin cuestionarla.

Metimos a Balmes en el coche, sangrando como un cordero degollado y murmurando palabras inconexas, de las cuales solo llegué a entender «Julia» que era el nombre de su esposa. Salieron a toda velocidad hacia la Casa de Socorro mientras a mí me dio tiempo de recoger cuidadosamente las armas —al fin y al cabo era mi obligación— y separar una de ellas para mostrársela después al juez instructor, si me lo solicitaban.

El general Balmes murió horas después.

El funeral se celebró al día siguiente, 17 de julio, con asistencia del general Franco, que se desplazó expresamente para ello a Las Palmas, donde le esperaba el *Dragon Rapide* que el 18 de julio lo llevó a Tetuán. El resto es historia.

No es mi intención pedir perdón a mis posibles lectores. No me arrepiento de lo que hice entonces y, si pudiera volver a aquellos tiempos, con aquel idealismo que era el lucero que guiaba mis pasos, volvería a actuar como lo hice; porque estaba convencido de que era por mi patria. Sin embargo, me parece oportuno que en estos tiempos que ahora corren quede al descubierto lo que sucedió; que no haya más mentiras.

El general Franco, poco antes de comenzar lo que después se llamaría Cruzada y Glorioso Alzamiento Nacional, ordenó el asesinato de un camarada. Todo soldado mata cuando tiene que ser así, un soldado es un guerrero moderno y la vida de un guerrero es la muerte de otros. Pero la muerte del general Balmes fue un asesinato. Que yo cometí, no lo niego, pero que fue planeado desde arriba y ahora me pregunto si no fue por otros motivos menos altruistas que la salvación de España.

Ahora, en mis últimos años, me doy cuenta de que no es de esa manera como deben ganarse las batallas y, por si es lo último que he aprendido en mi paso por esta vida, quiero dejar constancia de ello.

403

La disciplina es importante, pero eso no exime a ningún soldado de actuar de acuerdo con su conciencia.

Entonces pensé que la muerte de un solo hombre era un precio adecuado para salvar a la patria. Ahora ya no pienso así. Ahora qué España vuelve a sumirse en el caos que ha dejado la muerte del general, sé, sin embargo, que la fidelidad al gobierno legalmente constituido es importante. Ahora la monarquía ha sido restaurada y debe ser defendida. Solo si el Rey lo ordena, volveremos a luchar. No soy más que un anciano ya, pero estoy a Sus órdenes.

Carlos dejó las cuartillas mecanografiadas sobre la mesa, se levantó a servirse un vaso de agua y volvió a sentarse.

—Tenía toda la razón la editora —dijo Chavi—. Le falta marcha, la prosa es seca y en el fondo al lector le da igual lo que cuente porque no se identifica con el narrador.

—A mí no me da igual —dijo Helena, metiéndose las dos manos en el pelo.

—Es que era tu padre.

—Un asesino. Mi padre era un asesino. Lo mató a sangre fría, sin más. Porque Balmes no quería rebelarse.

—Pensaba que estaba salvando España —dijo Carlos con dulzura, cogiéndole una mano.

—Se había casado con mi madre un mes antes, ¡por Dios! Acababa de volver de la luna de miel —dijo ella, sacudiendo la cabeza.

Se levantó, buscó entre las fotos y documentos que estaban extendidos por el banco de la cocina y volvió con la foto de boda de sus padres y sus tíos. Goyo sonreía con su sonrisa especial de triunfador. Blanca no tenía ni idea de lo que su marido estaba planeando, no sabía que un mes después aquel oficial tan joven y tan guapo mataría a sangre fría a un superior, abriendo así camino a un levantamiento militar y a una guerra civil que duraría tres años.

Felipe había cogido las cuartillas y las estaba releyendo.

—Esto es impresionante, Helena. Cuando decidáis qué hacer con ellas… si no os sirven, me encantaría editarlas.

—Los académicos sois todos unos buitres —dijo Almudena revolviéndole el pelo.

—Es que podría ser un bombazo. Lo pensaréis, ¿verdad?

Carlos asintió. Comprendía muy bien el entusiasmo del muchacho. Para Helena era algo personal, familiar. Para él era solo la posibilidad de destacar en su profesión.

Un móvil empezó a pitar insistentemente.

—¡Abuela! Tenemos que irnos.

Las dos mujeres se levantaron mientras los hombres se quedaban en torno a la mesa empezando a comentar lo que habían oído.

—¿Vamos andando? —preguntó Almudena.

Helena la miró sin expresión y echaron a andar en silencio mientras Almudena intentaba imaginarse cómo sería enterarse de una cosa así referida a su propio padre, a Álvaro. Tratándose de su bisabuelo, un bisabuelo que no había conocido y del que no había visto más que alguna foto ocasional, la cosa no le daba ni frío ni calor. Siempre había sabido que era un franquista convencido, pero nunca se le había ocurrido investigar sobre su vida. De todas formas comprendía que Helena estuviera conmocionada.

—¿Nunca sospechaste nada? —preguntó, tratando de sacarla de su mutismo.

—¿Qué iba a sospechar? Siempre fue un buen padre, preocupadísimo por nuestra salud, nuestra educación, cualquier cosa que nos pasara. Era un padre estupendo, en serio, y las dos sabíamos que habría sido capaz de matar a cualquiera que hubiera querido hacernos daño. ¡Vaya! Ahora ya no es gracioso decir una cosa así, ¿verdad? —Estuvo a punto de contarle que de hecho Goyo había matado con su misma pistola al hombre que pensaba que había violado y asesinado a su hija mayor, pero decidió no hacerlo. Con saber lo de Balmes ya era suficiente para la niña—. ¡Si vieras las pocas ganas que tengo ahora de probarme un vestido y hablar de tonterías!

—Lo comprendo, pero verás cómo te mejora el ánimo en cuanto te lo pongas. ¡Es precioso!

Se sonrieron y Helena hizo lo posible por apartar el tema de su pensamiento. Ahora había que pensar en cosas más amables.

Paloma las recibió con tanta simpatía como siempre, pero con un punto de impaciencia que enseguida les aclaró.

—Tenéis que perdonarme, pero me han adelantado una reunión y tengo mucho interés en acudir, así que tendré que dejaros pronto, pero no os preocupéis, mis chicas son de total confianza.

Helena se puso el vestido con ayuda de una de las modistas y Paloma le dio un par de vueltas alrededor mientras ella se miraba en los varios espejos que rodeaban la plataforma de pruebas. Era realmente precioso y le sentaba como un guante. Incluso la hacía más joven y misteriosa.

—Perfecto —sentenció Paloma al cabo de unos minutos—. No va a ser necesario tocar nada. Quizá… como mucho… —Se acercó, cogió un pellizco diminuto de tela y lo colocó unos milímetros más a la derecha—. ¿Cómo lo ves, Paqui?

La mujer asintió con la cabeza y sujetó la tela con uno de los muchos alfileres que apretaba entre los labios.

—Pues ya está. Tengo que dejaros.

—¿Y cuándo te pago?

—Cuando vengas a recogerlo. ¿Te va bien mañana?

—Por la tarde sí.

—De acuerdo entonces. A partir de las cinco, cuando quieras. Antes no estaré yo.

—Paloma, ¿podría pasar un momento a tu despacho a hacer una llamada? —Se las arregló para indicarle con los ojos que no quería explicar más allí, delante de todo el mundo, pero que ya lo haría cuando estuvieran solas.

—Claro, mujer, lo que quieras. —Le dio dos besos—. Nos vemos mañana y luego ya… ¡el sábado! ¡El gran día!

El rostro de Almudena se iluminó.

—No tardo nada —dijo Helena mientras se iba poniendo su ropa de calle de camino hacia el despacho, al fondo de la sala.

Entró, encendió la luz y fue derecha a la estantería que Carlos le había descrito. Efectivamente, allí estaba la foto de la que le había hablado: un grupo de chicos y chicas de unos veinticinco años, todo parejas, salvo una joven sola que debía de ser la novia del que estaba tomando la foto. Entre ellos, la tercera por la izquierda, Alicia con su sonrisa de duende. Detrás de ella, con las manos en sus hombros, un chico un poco mayor que ella, con pelo oscuro y gafas de intelectual. Un chico que, desde luego, como ya había descubierto Carlos, no era Jean Paul.

Pero que tampoco era Michael.

¿Qué clase de vida había llevado su hermana? ¿Cuántos secretos más le quedaban por descubrir?

En cualquier caso, al día siguiente le preguntaría a Paloma y averiguaría quién era el tipo de las gafas, aunque solo fuese eso.

Almudena y ella se separaron al salir de la tienda. Regresó al apartamento paseando, con la cabeza de nuevo pesada y la mente girando en torno a su hermana. Para variar. «Cuarenta y siete años muerta y aún no he conseguido librarme de tu sombra, Alicia —pensó—. Te juro que me estoy hartando de verdad.»

¿Qué clase de mujer había sido su hermana? Ella creía saberlo todo de ella, o casi todo, y ahora se encontraba con que su vida había estado llena de secretos. A su lado, ella misma había sido prácticamente transparente, ya que lo único que había ocultado era su relación con Jean Paul.

Su padre había ocultado mucho más. ¿Y su madre? ¿Tendría ella también algún secreto culpable?

Nada más meter la llave en la cerradura, Carlos la llamó desde la salita.

—¡Tienes que ver esto, cielo!

—No, Carlos, por tu padre, ni un papel más.

—No es un papel. Es de tu especialidad. Un cuadro. Estaba metido de lado en la caja, bien embalado en papel manila.

—A ver. —Helena se quedó mirando la pequeña pintura con una extraña mezcla de emociones en su interior, todo el pasado derramándose sobre ella como una cascada.

—No está nada mal, ¿eh? —pinchó Carlos—. Ni una sola sombra. Todo pleno sol. Y es entre cartelismo y expresionismo, si no confundo las categorías. Estás muy guapa.

—Es que tenía veintidós años.

—Y ya pintabas.

—Poca cosa, ya lo ves. «Autorretrato con piscina.»

—Pues a mí me encanta. Las gafas de sol, el bikini rojo…

—La idea fue de John, *the Boss*, el americano. Quería tomarme una foto así, tipo *Playboy* aunque algo más decente, y nunca lo dejé. Era guapo, pero la verdad es que daba un poco de grima. No le hizo gracia que lo pintara y que luego no se lo diera.

—¿Puedo quedármelo yo?

—¿Para qué?

—No tengo ningún autorretrato tuyo y ahora debe de valer una fortuna una obra de Helena Guerrero de antes del periodo de las sombras, firmada y titulada. ¿Crees que me la he ganado haciendo de detective?

—Hacía mil años que no la veía, y me extraña una barbaridad. ¿Cómo es posible que la tuviera mamá, si se la regalé a Jean Paul aquel verano?

408

—Pregúntaselo cuando lo visites. ¿Vas a ir mañana?

Le gustó que le preguntara en singular, que no considerase que era evidente que irían los dos juntos.

—Creo que sí. Jean Paul estará impaciente por oír qué digo de La Mora.

—¿Le vas a contar lo que hemos descubierto?

—¿Lo de Michael? No. ¿Para qué? No tiene sentido hacerle daño ahora, en sus circunstancias. ¡Imagínate! Que se entere ahora de golpe de que su mujer estaba a punto de irse con otro. —Sacudió la cabeza en una negativa.

—Tienes razón. Anda, no te quites aún los zapatos. Te invito a cenar.

—¿Le hiciste el favor que te pidió?

—¿A Jean Paul? Por supuesto. ¿Te apetece comida mexicana?

—No me lo vas a decir, ¿verdad?

—No —dijo sonriendo—. No seas curiosona. Ya te enterarás más adelante.

Esta vez sí que llamó a la puerta de Yannick aunque estaba segura de que, yendo sola, no le habría molestado que entrara sin más. No hubo respuesta, de modo que esperó unos segundos y abrió con cuidado.

Las persianas estaban bajadas y le costó un momento adaptar los ojos a la penumbra. Jean Paul, piel y huesos, dormitaba con la boca entreabierta haciendo un ruido raro con la garganta, como si estuviera a punto de ahogarse.

Lo miró durante un par de minutos, de pie frente a su cama, sin saber si sentarse y esperar a que despertara o marcharse para volver en otro momento.

La entrada de una enfermera, con la brusquedad habitual en la profesión, le evitó tener que decidir. Yannick abrió los ojos, sobresaltado, la vio y por un instante su rostro se contrajo en una mueca de miedo.

—Soy yo, Yannick. Helena. Si quieres, puedo esperar fuera.

—Sí —respondió la enfermera sin volverse, mientras trajinaba con la vía—. Haga el favor de salir un momento.

Helena obedeció y, al verse de nuevo en el pasillo, estuvo a punto de marcharse. Solo había venido por cortesía, no tenía nada que decirle a su cuñado y le daba la sensación de que él no quería que lo viese así. «Nadie puede desear que lo vean así, ni siquiera cuando se trata de personas queridas, particularmente cuando se trata de personas queridas», pensó Helena, angustiada, recordando cómo había sido Jean Paul de joven, cómo lo miraban las modelos de su casa, cualquier mujer con la que se topase por la calle.

—Ya puede —dijo la enfermera, al salir del cuarto—. Pero procure no cansarlo mucho y no quedarse mucho rato. Está agotado.

Ella asintió con la cabeza y volvió a entrar. Ahora había más luz y a través de la ventana se veía la corona de una palmera cimbreándose al viento como una bailarina caribeña. Arrastró una silla junto a la cama.

—¿La has visto? —preguntó él con la voz ronca por la de falta de uso.

—¿A quién?

—La Mora —susurró.

—Es una joya, Yannick. Está mejor que nunca.

—¿La piscina nueva?

—Una preciosidad.

Él le obsequió una sonrisa pálida.

—Sabía que te iba a gustar. ¡Qué pena que nunca llegáramos a bañarnos juntos en ella, de noche, a la luz de la luna!

—¡Siempre has sido un romántico, Yannick!

—Sí. —Se incorporó un poco con mucha dificultad—. A veces entraba en tu cuarto y me tumbaba en la cama. Pocas veces, para que no se convirtiera en algo cotidiano. Cuando estaba solo.

No se le ocurría qué contestarle. No acababa de entender por qué nunca trató de localizarla, si tanto le importaba, o por qué no intentó olvidarla como había hecho ella con él. Nunca hubiese pensado que existiera una tercera opción, la que al parecer había elegido él: mantener la herida abierta y sufrir inútilmente.

—¿Sabes, Helena? Cuando tuve claro que no saldría de esta, empecé a pensar en el pasado. —Tuvo un ataque de risa que sonó como un acceso de tos cascada—. Bueno, siempre he pensado en el pasado, tienes razón —añadió, aunque ella no había dicho nada—. Me hice la pregunta de si tú lo habrías superado todo, si ya no te importaría saber lo que sucedió. Tus cuadros seguían mostrando sombras, pero podía ser un simple tic, una marca de fábrica dirigida, sobre todo, a los coleccionistas y a los museos, no algo que te importase de verdad.

Hizo una pausa y cerró los ojos, concentrado en recuperar el aliento.

—Entonces encontré en internet la entrevista de Nueva York, ¿sabes cuál te digo?

Ella asintió.

—Leí que te sigue importando, que sigues buscando respuestas. No voy a mentirte: me ilusionó saberlo, y por eso decidí contarte algo que, hasta el momento, solo sabíamos tu padre y yo. Muerto él, solo yo. Cuando yo muera, pronto ya, solo tú. ¿Quieres saberlo?

Helena se quedó mirándolo pensativa. «No. Sí.» Las dos respuestas eran igual de sinceras y ninguna había sido pronunciada. Jean Paul metió la mano debajo de la almohada y, al sacarla, había un sobre entre sus dedos.

—Por si acaso no llegaba a tiempo, lo escribí aquí. Las enfermeras saben que si sigue aquí cuando yo muera, es para ti. ¿Lo quieres?

—¿Dice ahí quién mató a Alicia?

—Sí.

411

Extendió la mano y Yannick le entregó el sobre.

—Léelo ahora por si tienes alguna pregunta más. Luego puedes llevártelo, guardarlo, quemarlo, lo que quieras. Es tuyo.

Bella Helena, queridísima cuñada, mi amor,

he decidido dejarte esto en herencia y, si todo sale como yo quiero, estarás leyéndolo ahora en mi presencia —en presencia del guiñapo en el que me habré convertido— a tu vuelta de Marruecos.

Lo que vas a leer es lo que yo supe por tu padre cuando una tarde de la primavera de 1979 me visitó por sorpresa en La Mora. Llevábamos mucho tiempo sin vernos aunque nos escribíamos de vez en cuando, pero se presentó sin avisar y tengo que confesarte que me dio un susto de muerte. Seguía fuerte y delgado, musculoso incluso, pero ahora tenía hasta el bigote blanco, ojeras y una chispa de locura en los ojos que nunca antes le había visto. Parecía hecho de acero, y sin embargo me sonreía con afecto, con alegría, casi diría que con dulzura paternal.

Me ahorraré la retórica: sentados en la terraza tomando un té de menta me dijo a bocajarro que sabía quién había sido el asesino de Alicia, que llevaba años investigando y por fin había llegado a una conclusión que no admitía réplica.

Quien la mató fue John Fleming, el fotógrafo americano, ¿te acuerdas? Uno de los tres *hippies* que conociste en Estados Unidos y vinieron a visitarte. *The Boss*. El que quería sacaros aquellas fotos en la piscina y luego yo, ¡idiota de mí!, contraté para varias de mis colecciones. El tipo que incluso siguió viniendo varios veranos a La Mora, dos o tres días, para consolarme y hacerme compañía, según decía él.

Goyo me contó que vino a Rabat a hablar con la policía para que reabrieran el caso. Creía haber reunido suficientes pruebas como para que valiese la pena intentarlo y poner el asunto en manos de la Interpol. Esa misma mañana se había entrevistado con el comisario, pero antes de que pudiese pasarle la documentación y los datos que tenía, Karim, el marido de Suad, que en esa época había ascendido a subcomisario, le dijo que justo dos días antes habían encontrado el cadáver de un súbdito americano con pasaporte a nombre de John Fleming, en un hotel de la ciudad. Había muerto de una sobredosis de heroína y apenas llevaba dinero consigo.

Se notaba que Goyo estaba profundamente aliviado, aunque había algo de decepción en su mirada. Creo que habría preferido verlo en la cárcel, juzgado y condenado a muerte. Era de esos hombres íntegros que hubiese asistido a la ejecución sin parpadear.

«Ahora, al menos, Alicia está vengada. Su sangre está en paz», me dijo.

Nunca había oído hablar a Goyo en esos términos, como salido de una tragedia de Shakespeare, de Calderón.

«Me han pedido que vaya a identificarlo porque les he dicho que, aunque tú también lo conocías, tenías con él una buena relación y esto podría ser muy desagradable para ti, pero si prefieres ir tú, no tengo nada en contra.»

Como puedes suponer, fue Goyo a identificar el cadáver. Yo, al día siguiente, me sentía realmente enfermo y ni siquiera me levanté. Al menos es lo que recuerdo ahora.

Unos días más tarde, ya repuesto, empezamos a hacer planes para mejorar el jardín y es cuando decidimos renovar la zona de la piscina. Tú sabes que tu padre y yo siempre compartimos el amor por los jardines. La piscina nueva, con sus rosales blancos y sus profundidades verdes, como un claro del bosque encantado que lleva al castillo de la Bella Durmiente, iba a ser un homenaje a madre e hija, Blanca y Alicia, curiosamente las dos mujeres que nunca llegaron a verla.

Ahora tú la habrás visto ya. ¿Has sentido, siquiera por un instante, el aliento de Alicia en el ambiente? ¿Te ha recordado a tu difunta madre? Pronto estaré yo también allí, con ellas, y serás tú quien cuide nuestros fantasmas.

Si algo me consuela es haber contribuido a disipar las sombras, Helena, a que tu futuro, a partir de ahora, esté lleno de luz, esa luz de Marruecos que tanto hemos amado.

413

Con todo mi amor y mi nostalgia por lo que pudo haber sido. Tuyo,

YANNICK

Levantó la vista de la carta y cerró los ojos. Las sospechas de su padre coincidían con lo que Carlos y ella habían averiguado. Después de cuarenta y siete años, el misterio estaba resuelto. El americano que, con el *free love* por bandera, usaba a las mujeres como pañuelos de papel, no había conseguido que Alicia consintiese ni siquiera en posar para una foto. Recordaba cómo la miraba en aquellas largas tardes de verano, cómo muchas veces pasaba horas con la cámara pegada al ojo mirando por el teleobjetivo mientras una de las chicas tomaba el sol o hacía una siesta a la sombra. Nunca supo si tomaba fotos o se limitaba a recorrer sus cuerpos con la vista. Ahora entendía lo de la violación. Ese debió de ser el motivo principal del asalto y luego, cuando ella empezó a defenderse, fue cuando la mató. Le quitó la pulsera para que la policía supusiera que se trataba de un robo, tiró el cuerpo por la ventana y salió a la calle discretamente vestido de turista de calidad con su cámara al cuello. Luego, una vez en La Mora, se dio cuenta de que la pulsera era una posesión demasiado peligrosa por el momento y decidió ocultarla allí mismo para recogerla cuando volviese en el futuro. ¿Por qué no llegó a hacerlo? Eso, probablemente, nunca llegarían a saberlo.

Ahora lo satisfactorio era que por fin había terminado, que el americano llevaba muchos años muerto y que su padre no había tenido nada que ver esta vez. Era reconfortante saber que el asesino de su hermana no había salido impune.

Alicia no volvería, pero al menos el hombre que la mató había recibido su castigo.

Cruzó la mirada con su cuñado y sonrió.

—Gracias, Yannick, muchas gracias.

Madrid. Época actual

Helena caminaba por la Gran Vía todo lo rápido que le permitían las masas de gente que llenaban la acera. Ya no tenía muy claros los horarios españoles, pero daba la sensación de que a partir de las seis todo el mundo salía de donde se hubiera metido y se lanzaba a la calle.

Estaba deseando llegar a la tienda de Paloma y dejar de chocarse con unos y con otros. Además se había propuesto averiguar como fuera quién era el hombre que, según Carlos, en la foto, apoyaba sus manos en los hombros de Alicia.

No le preguntaría directamente por su hermana; ya había quedado claro desde la primera conversación que tuvieron que Paloma o bien no recordaba haber conocido a Alicia, o no sabía que Alicia era la otra socia de Alice&Laroche o, por lo que fuera, no quería que Helena supiera que ellas habían sido amigas. Era raro que tuviera su rostro sonriente junto a otros seis o siete en una foto en su despacho día tras día y sin embargo le hubiera dicho que no conocía a su hermana, pero podía ser que en aquella época Alicia llevara una doble vida como habían hecho ella misma y su cuñado, y hubiese dado otro nombre y otra profesión para esa otra doble vida. O más bien, contando a Yannick, Michael y ahora el de la foto, una triple vida. ¡Increíble!

415

Increíble pensar en su hermana como *femme fatale*, en su padre como espía y asesino. ¿Sería por eso que, en su carta, su madre hablaba tanto de culpa y de pecado? ¿Porque sabía ciertas cosas de las que no quería hablar?

En la constelación la culpa era omnipresente, un personaje como los demás, y si la memoria no le fallaba, la culpa había estado casi siempre cerca de Blanca, para luego trasladarse junto a Jean Paul y a ella misma. No se había acercado a Alicia ni a su padre.

Su padre. Todo la llevaba a pensar en su padre. Le daba vueltas y vueltas a lo que había averiguado sobre él y no conseguía aceptarlo, llegar a creérselo. Goyo Guerrero, con su estilo natural, su elegancia, su olfato para los negocios, su facilidad de trato con todo el mundo, de pronto resultaba ser un militar franquista, un asesino, un mentiroso integral. Claro que, si de verdad era espía de profesión, no se le podía llamar mentiroso como a cualquiera que engaña a su mujer o le oculta algo a sus hijos, ya que la mentira es la esencia del oficio. ¿Lo sabría Blanca?

¡Cuántas cosas en su entorno inmediato que no había sabido nunca! ¡Cuántas cosas había tomado como venían sin preguntarse nada a lo largo de los años! Ni de dónde salía el dinero que su familia tenía en abundancia, ni por qué su padre tenía unos horarios tan extraños, ni qué hacía Alicia cuando salía de viaje o cuando se quedaba sola en París porque Jean Paul estaba con ella en Milán o en Madrid o en cualquier otro sitio, ni siquiera por qué un buen día, siendo ellas ya adultas, Goyo decidió poner a su nombre cierto número de propiedades.

Todo el mundo supone que es el único que tiene secretos, que los demás son almas cándidas, seres sencillos que viven solo en la superficie mientras que uno es el único capaz de doblez, de profundidades que tiene que esconder de los que le rodean.

Curioso que ella, en aquella época, tuviera ataques de angustia pensando qué dirían sus padres y su hermana si supieran de su relación con Jean Paul y, sin embargo, eran ellos los que guardaban secretos que la habrían escandalizado, entonces y ahora.

Sin embargo, después de tanto tiempo de defender la idea de que lo mejor era no saber nada de los demás y que los otros no supieran nada de ella, ahora se daba cuenta de que se sentía mejor sabiendo. Ahora solo tenía que interiorizarlo, pero era mejor saber. Quizá, ya pronto, conseguiría que la luz lo iluminara todo y desaparecieran las sombras que la habían perseguido durante toda su vida.

Entró en la tienda con un suspiro de alivio y la pasaron directamente al despacho de Paloma, que salió de detrás de su escritorio a darle dos besos.

—¿Quieres volver a probártelo? Yo creo que no hace falta, pero si te apetece verte otra vez con el vestido, no hay problema.

—No, ni pensarlo. Gracias, pero no. Yo debo de pertenecer a esa minoría de mujeres que no disfrutan nada probándose ropa. Me gusta tener cuando necesito, pero detesto ir de compras. No soy nada femenina —concluyó echándose el pelo hacia atrás, lo que le arrancó una sonrisa a la modista.

—Pues nadie lo diría viéndote. Te tiñes el pelo, te pintas y eres lo que mi abuelo llamaría «una real hembra».

Helena se echó a reír.

—No había oído nunca la expresión. Me suena más «una mujer de bandera», pero me temo que ahora quedaría demasiado patriótico.

Desde que había entrado en el despacho, Helena se había estado esforzando por distinguir entre los libros, las otras fotos y los detalles y recuerdos que llenaban la estantería detrás de la mesa de Paloma la única que le importaba, pero no había logrado descubrirla, de modo que, no estando a la vista, no sabía cómo abordar el tema.

En ese instante sonaron unos golpecitos en la puerta y entró una de las chicas con una bolsa elegantísima.

—Señora, aquí tiene su vestido —dijo, y volvió a marcharse.

—Ya tengo ganas de vértelo puesto en la boda. ¿Has buscado ya los accesorios? —Viendo su cara inexpresiva, añadió—: Las ajorcas de las que hablamos, una en cada muñeca o una sola en un brazo, en la parte alta. Eso sería lo mejor. Tienes los brazos muy firmes y te quedaría estupendo.

—Es que nado mucho. Cuando estoy en casa, claro.

—Bueno. —Paloma se puso en pie para despedirla—. Entonces nos vemos el sábado.

417

Tenía que hacer algo y tenía que hacerlo ya, antes de que la modista se marchara, y estaba claro que tenía prisa.

—Sí. Oye, una pregunta tonta. El otro día Carlos, cuando pasó aquí a telefonear, me dijo que había visto por casualidad una foto antigua donde le había parecido reconocer a mi hermana Alicia de joven.

—¿Aquí?

—Sí. Ahí en la estantería. —No quería decirle que ella también la había visto el día anterior, y que encontraba sospechoso que ahora hubiera desaparecido.

Paloma se giró, dándole la espalda.

—Pues la verdad es que me extrañaría mucho —dijo, mientras pasaba la vista por las fotos—, porque no tengo el menor recuerdo de haberla conocido. ¿Cómo era la foto, te lo dijo? Ven, acércate a ver si la descubres.

—Una foto de grupo, de gente joven; una pandilla de chicos y chicas.

—¡Ah! Ya sé la foto que dice Carlos. Se me cayó anoche, se rompió el cristal y esta misma mañana la he llevado a enmarcar. Le tengo mucho cariño. A ver si me acuerdo de quién salía en ella… —Frunció el ceño en un esfuerzo de concentración—. Las chicas éramos de la academia de costura… Mmm… Increíble, tengo esa foto aquí desde hace medio siglo y ahora no sé bien quiénes estaban y quiénes no. Yo diría que Dora, Ana, Elena y yo. Y nuestros novios de entonces.

—¿Y tú seguías teniendo una foto ahí de tu novio de entonces?

—Es que es una historia curiosa. —Sonrió; miró el reloj, cabeceó un instante y pareció decidir que aún tenía tiempo de contarla—. Se llamaba Martin. Era medio inglés, bueno, de madre inglesa, estudiaba económicas y fuimos novios bastantes años hasta que se enamoró de otra y me dejó.

—¡Vaya!

La modista sonrió.

—Pero no acabó mal la cosa. Luego la otra lo dejó a él en un par de meses. Justicia poética. Yo mientras tanto había tenido otro novio, pero Martin volvió y al cabo de un tiempo nos casamos. Murió hace diez años, de un infarto, estando en nuestra casita de Francia.

—¿Y Alicia no te suena definitivamente?

—Pues no, la verdad. ¿Tienes una foto suya?

—Aquí no.

—Pues si me la traes a la boda, miro a ver si me suena, ¿te parece?

—Perfecto. ¿Podrías tú traerme una copia de la famosa foto de grupo?

—Claro. Si te parece bien una simple foto de móvil.

Volvieron a llamar a la puerta.

—¡Paloma, disculpa! —dijo otra de las chicas metiendo apenas la cabeza en el despacho—. Emma está en la sala de pruebas y dice que si no vienes tú, ya volverá otro día.

—Ay, Helena, perdona. Sí, Mari, dile que voy volando. Ya hablaremos en la boda. ¡Tengo unas ganas de jubilarme! No me dejan vivir.

Salieron juntas del despacho.

—Pero aún no te he pagado —protestó Helena.

Paloma hizo un gesto con la mano.

—No sufras. Sé dónde encontrarte. Ya pagarás.

Helena se marchó con su vestido dándole vueltas a la idea de si sería posible que en la vida de Alicia hubiese habido otro hombre cuyo nombre empezaba por M y que también fuera de lengua inglesa. Una de las chicas de la foto se llamaba Elena. ¿Podría ser que su hermana le hubiese tomado prestado el nombre para esa otra, breve, vida? O era todo mucho más simple y tanto Carlos como ella se habían equivocado y habían tomado por Alicia simplemente a una muchacha que se le parecía un poco.

Tendría que esperar hasta la boda.

Υ

Carlos había salido a dar una vuelta porque, después de toda la tarde entre papeles, y a pesar de que tenía costumbre, le apetecía salir a la calle a disfrutar un poco del bullicio de una ciudad española. Fue paseando hasta la Puerta del Sol, bajó hacia la plaza Mayor y siguió adelante hasta la catedral de la Almudena y el Palacio de Oriente, ambos bellamente iluminados por el último sol de la tarde, llegó a la plaza de la Ópera y allí se sentó en una terraza a tomarse una caña y un pincho de tortilla.

Helena no era muy aficionada a las tiendas y a ir de compras, pero seguro que se entretenía charlando con Paloma y luego a lo mejor aún decidía que necesitaba comprar alguna cosilla. Tenía tiempo.

Ya no quedaban muchas cosas por repasar en la caja pero siempre había alguna sorpresa más, como si Blanca hubiera decidido darles, más que unos recuerdos familiares, las teselas de un mosaico que ellos tenían que reconstruir. O más bien un rompecabezas. Pero, como en todo buen rompecabezas, las piezas que les habían sido dadas eran las necesarias: ni sobraban, ni faltaban. Quizá fuera solo una impresión suya, pero creía que todo lo que había allí estaba por una razón concreta. Blanca había decidido con mucha precisión qué poner en esas cajas y qué no para que su hija pudiera construir una imagen concreta que contestara a sus posibles preguntas y a muchas otras que no se habría planteado de no ser por la existencia de aquellos documentos y fotografías.

Lo que había estado mirando por la tarde eran recortes de periódicos relativos al fallido golpe de Estado del 23 de febrero de 1981 y una breve carta a Goyo del coronel Vicente Sanchís, su cuñado, con el que, según Helena, nunca se llevó particularmente bien. La carta estaba fechada el 27 de febrero y en ella Sanchís, con una horrible prosa hinchada, llena de errores sintácticos e incluso alguna falta de ortografía, venía a decirle a Goyo que era un inútil, un viejo ridículo que a partir de la guerra no había tenido ya el valor necesario para una carrera militar y que ahora se sentía ofendido porque ninguno de sus antiguos camaradas, con los que a veces se veía aún, le hubiera insinuado lo que se estaba preparando.

La carta debía de ser una respuesta a una primera carta de Goyo o, más probablemente, a una conversación telefónica en la que quizá Goyo le había preguntado a Sanchís si él estaba al corriente de que parte del Ejército iba a intentar un golpe de Estado hipotéticamente auspiciado por el mismo rey. Sanchís, a juzgar por el veneno que destilaba su carta, debía de haberle respondido que los militares «de verdad» como él mismo estaban enterados de ello y, lógicamente, habían dejado fuera a Goyo, que no pertenecía al Ejército. Sanchís no podía saber, por la misma esencia de la misión, que Goyo nunca dejó de pertenecer, pero siempre en secreto.

421

Carlos suponía lo doloroso que debía de haber sido para Goyo el que el miserable de su cuñado lo insultara así en un momento crucial para la historia de su patria.

¿Sería esa la razón que lo había llevado al suicidio y por eso Blanca había conservado aquella carta, para que Helena sacase sus propias conclusiones? Goyo se había suicidado el 5 de marzo de un disparo en la boca. Sin dejar ninguna carta, al parecer. O ni él mismo sabía con claridad cuál era el motivo de su deseo de muerte o no vio la necesidad de compartirlo con nadie, ni siquiera con su propia esposa.

¿Se habría matado por despecho, porque en un momento crucial en el devenir político de España ninguno de sus camaradas se había acordado de él y le había preguntado si deseaba unirse al levantamiento militar, por fortuna para el país, frustrado? ¿Sería eso suficiente para que un hombre del temple de Goyo se pegase un tiro? Nunca lo sabría. En las cajas ya no había nada que no hubiera leído y releído. No había más pistas.

Tendría que aceptar que quedarían muchos cabos sueltos, muchas cosas que nunca llegarían a saber.

Su móvil empezó a vibrar.

—Carlos —dijo, sin mirar quién llamaba.

—¿Dónde estás? He ido al piso a dejar el vestido, ya estoy libre y tengo que contarte unas cuantas cosas.

Le explicó dónde estaba y unos minutos después un taxi dejó a Helena junto a la terraza del bar. Nada más sentarse y pedir una cerveza, sacó de su bolso la carta de Jean Paul.

—Esto me lo ha dado Jean Paul hace un rato. Lo tenía escrito por si se moría antes de volver a verme y al parecer las enfermeras tendrían que habérmelo dado si no hubiese llegado a tiempo. Escucha, te voy a leer lo más importante.

Helena se acercó a él para que la gente de las mesas cercanas no la oyera y leyó la carta de Jean Paul quitando el encabezamiento y la despedida. Aquel «mi amor» le costaría entrar en unas explicaciones que no le apetecían en ese momento, y lo importante era compartir con Carlos el asunto de la muerte de Alicia; ya habría tiempo para lo demás.

Él la escuchó atentamente sin interrumpirla hasta el final y, cuando acabó, se quedaron mirándose unos momentos en silencio.

—Curioso —comentó Carlos.

—¿Curioso? ¿Eso es todo lo que se te ocurre? ¿Por qué «curioso»?

—Puede que no sea nada, pero cuando en La Mora estuve hablando con Karim mientras me enseñaba el jardín de arriba, me contó que tu padre había vuelto a Rabat un par de años después a pedirles que investigaran ciertos datos que él había ido reuniendo, que así lo hicieron durante un tiempo por ser él quien era, pero pensando que la cosa no tenía ni pies ni cabeza, que el pobre se agarraba a un clavo ardiendo, y que al final lo dejaron. Pero cuando le pregunté si se acordaba de un americano que había muerto en un hotel de una sobredosis de heroína, me dijo que no le sonaba nada pero que se habían dado muchos casos de ese tipo en una cierta época, varios años más tarde. Lo que cuenta Jean Paul en su carta y lo que dice Karim no coincide. Jean Paul da a entender que cuando llegó Goyo a pedir que reabrieran el caso, el americano llevaba ya unos días muerto y por eso la policía no tuvo nada que hacer. También dice que Goyo fue a reconocer el cadáver, a ver si se trataba del mismo americano del que él sospechaba. Karim no sabía nada de eso y no creo que se le hubiese olvidado una cosa así.

—Quizá… como Karim te acababa de conocer, no se fiaba tanto de ti y no quiso contarte algo tan privado.

—Si me contó que tu padre le pegó un tiro al primer sospechoso y luego lo arreglaron entre todos para hacerlo pasar por suicidio, no veo por qué no iba a querer contarme que Goyo fue a reconocer el cadáver del hombre de quien llevaba tiempo sospechando. Además, si hubiera estado todo tan claro, Karim sabría que el caso se había resuelto. Sabría que el asesino de Alicia fue el fotógrafo americano y me lo habría dicho. O te lo habría dicho a ti. Y sin embargo no lo hizo, sabiendo lo importante que era para ti. O sea, que él lo ignoraba.

—Entonces, ¿tú crees que Karim quería ocultarnos algo?

—No, querida mía. Yo creo que quien quiere ocultarte algo es Jean Paul. Pero no sé qué.

423

Rabat, 1969

—Mademoiselle Alice —Suad abrió la puerta unos centímetros después de haber llamado con los nudillos—, teléfono.

Alicia estaba sentada en la cama pintándose las uñas de los pies de un rojo oscuro que había comprado hacía poco en París y que cada vez que lo miraba le parecía más bonito. Le daban unos escalofríos maravillosos al pensar que un par de días después esos mismos pies con sus uñas rojas se meterían entre las sábanas de una cama desconocida en un país desconocido con el hombre del que estaba enamorada.

—¿Quién es?

—Un señor con acento inglés y un nombre muy raro. Pero también puedo buscar a monsieur Jean Paul si usted está ocupada.

—¡No, no! Voy enseguida. —Saltó de la cama y se lanzó por las escaleras hacia el teléfono de la entrada.

—*Allo*.

—¿Alice? ¿Eres tú?

Michael, era Michael.

—Sí, espere un momento, paso la llamada al despacho. —Cogió el teléfono y, estirando el cable todo lo que daba, se metió en la salita contigua a la entrada—. Pero ¿cómo se te ocurre llamarme aquí? ¿No te he dicho que yo te llamaré?

—Alice, necesitaba hablar contigo. Me estoy poniendo muy nervioso y me encuentro muy solo esperando, sin ti, sin saber qué hacer mientras tanto. Quería oír tu voz.

—Ten un poco de paciencia, cariño. Ya falta poco.

—Pero todo sigue igual, ¿no? No has cambiado de idea.

—Lo tengo todo listo. Mañana es la fiesta. Pasado por la mañana temprano nos vamos.

—Casi no puedo esperar.

Alicia sonrió con la frente apoyada en la pared y el teléfono pegado a la oreja. Por la ventana vio pasar a Jean Paul llevando una brazada de ramas y el estómago se le contrajo sin poder evitarlo. El pobre no tenía ni idea. Y ella ni siquiera había decidido todavía si dejar una nota, o marcharse sin más, y llamar una vez hubiesen llegado a Canadá y la decisión fuera realmente irrevocable. Pero si no dejaba nada escrito pensarían que había tenido un accidente o que la habían secuestrado, y toda la familia sufriría incluso más.

—Amor mío, ¿no podríamos vernos hoy aunque solo fuera un rato?

—No, cielo, no es posible. Tengo todo el día lleno de cosas que preparar, y mañana estaré toda la mañana en la cocina ayudando o en el jardín con las decoraciones.

—¿No podría ir yo también a la fiesta?

—Ya lo hemos hablado. No puede ser. No te conoce nadie, tú tampoco conoces a nadie. Se nos notaría demasiado.

—Podrías presentarme a tu hermana y yo hago como que tengo interés por ella.

Alicia se echó a reír.

—No compliquemos más las cosas, anda. Tengo que dejarte.

—Te quiero, Alice. Por favor, llámame de vez en cuando.

—Te quiero, Michael. Falta poco ya.

Colgó, dejó el teléfono en su sitio y volvió al dormitorio a terminar de pintarse las uñas aunque ya había perdido la ilusión, pero no podía llevar un pie pintado y otro no. Se sentía absolutamente ruin y rastrera. Llevaba varias noches sin dormir pensando en el paso que estaba a punto de dar. Muchas veces, cuando Jean Paul subía a acostarse a las tres o las cuatro, ella aún no había conseguido pegar ojo y tenía que hacerse la dormida para que él no empezara a hablar o quisiera tocarla porque, aunque seguía queriéndolo y seguía gustándole su marido, no se veía capaz de tener dos hombres a la vez.

Lo de marcharse sin más no la dejaba descansar. Había elegido esa salida simplemente por pura cobardía, porque no quería tener que plantearle a Jean Paul que se había enamorado de otro, porque le daba miedo lo que pudieran pensar de ella sus padres y su hermana, porque no quería estropearles el verano y la vida, pero no veía cómo hacerlo, si no. Y quería estar con Michael, que ya había esperado tanto y estaba empezando a volverse loco con sus dudas y sus retrasos.

Sonó la campanilla avisando la comida y, con un suspiro, se levantó de la cama, se peinó, se lavó las manos y bajó a reunirse con la familia y los amigos en la terraza, donde las mujeres ha-

425

bían puesto una larga mesa con ensaladas y tabulés, varias qui-
ches y cuencos de macedonias.

Todo el mundo parecía estar de un humor excelente, hablando de los astronautas, de la luna que pronto sería conquista-
da por la especie humana, de si la siguiente temporada habría
más tejidos inspirados en el espacio sideral, de si se impondrían
los diseños de Courrèges, que no eran favorecedores pero resultaban muy de ciencia ficción.

Su madre la miraba de vez en cuando con una sonrisa misteriosa que le hacía preguntarse si sabría algo de sus planes. Su
padre, casi enfrente de ella, hablaba con Luigi de la posibilidad
de que pronto hubiera un pequeñajo correteando por La Mora;
la vio mirándolo y le guiñó un ojo con complicidad. Siempre se
habían llevado muy bien. Desde muy pequeña Alicia se había
sentido especialmente unida a su padre. Daban largos paseos
en los que hablaban de todo: los negocios que él llevaba, los
problemas de ella, grandes y pequeños, sus ilusiones para el futuro, los chicos que le gustaban, las decisiones que él a veces tenía que tomar y que le gustaba discutir con su hija porque decía que después de esa charla lo veía todo más claro.

¡Y se llevaba tan bien con Jean Paul! Era casi el hijo que había perdido, alguien que también tenía los pies en el suelo, que
había sufrido de pequeño al perder a sus padres en la guerra,
que estaba tan agradecido de tener ahora una familia. Se tenían
auténtico cariño, y ahora ella iba a abandonarlos a todos porque, de un momento a otro, se había encaprichado de alguien
que no pintaba nada allí, que a lo mejor, fuera de sus encuentros clandestinos, luego resultaba que no era el hombre con el
que podía ser feliz toda la vida.

Helena le pasó la fuente de la ensalada y en ese instante
tuvo tantas ganas de hablar con ella y contarle todo lo que le
pasaba que notó que se le llenaban los ojos de lágrimas. Tuvo
que fingir un ataque de tos y levantarse deprisa de la mesa para
poder estar sola unos minutos.

Estaba a punto de traicionarlos a todos.

No se sentía capaz.

Pero tampoco podía dejar a Michael.

Se retorció las manos unos segundos frente al teléfono y marcó el número del hotel Firdaous. Un par de minutos después tenía a Michael al aparato.

—¿Alice? ¡Qué alegría volver a oír tu voz. ¿Pasa algo, cielo?

Hizo una inspiración profunda para darse valor.

—Cariño, he estado dándole vueltas a lo que estamos a punto de hacer y he visto que no puedo.

—¿Qué?

—No puedo dejarlos así. Tengo que hablar con ellos, explicárselo hasta que me entiendan, hasta que sepan qué quiero hacer y por qué, y me perdonen; tengo que quedarme por lo menos hasta que me perdonen.

Michael dejó pasar un par de segundos en los que Alicia estuvo a punto de volverse loca. ¿La iba a insultar, le iba a gritar, iba a decirle que lo había traicionado?

Su voz sonaba tensa pero dulce; era evidente que estaba haciendo un esfuerzo por no dejarse llevar por los nervios.

—Alice, déjame estar contigo. Todo será más fácil si estoy allí yo también. Así me conocerán. Verán que no tienen nada que temer, que nos queremos de verdad, que soy una persona decente, que no te van a perder.

Ella negaba con la cabeza en silencio mientras las lágrimas le caían sobre la pechera de la blusa de verano.

—No, Michael, esto tengo que hacerlo sola. Tú aún no eres de la familia. No puedo imponerles tu presencia. No sé cómo se me ocurrió la estúpida idea de marcharme sin decírselo a nadie. No puedo hacerles eso. Todos me quieren tanto, siempre han sido tan buenos conmigo… no soy capaz de traicionarlos así.

Rompió a llorar y durante medio minuto Michael no oyó más que sus sollozos al teléfono.

—Alice, mi amor, tenemos que vernos, tenemos que hablar. Entiendo lo que dices y tienes razón, pero esto no podemos hacerlo por teléfono. Ven esta tarde al hotel.

—¡No puedo! Mañana es la fiesta y no voy a estropearles a todos esa fiesta porque tú y yo nos queramos. Hay tiempo. Después.

—Después tengo que volver al trabajo, Alice, lo sabes muy bien.

—Pues la próxima vez. Primero yo hablo con ellos y luego te presento.

—Tenemos que vernos por encima de todo. Si no vienes tú, iré yo a tu casa.

—¡No!

—Pues dime cuándo y dónde.

—Mañana tarde, a las cinco, en los Oudayas, en el café moruno. No podré quedarme mucho tiempo, pero pondré una excusa y trataré de ir. Pero tú, por favor, no vengas aquí todavía. Pase lo que pase. Mañana en los Oudayas.

Colgó, se secó las lágrimas con el dorso de la mano y salió de la salita. John la miraba inexpresivo desde la puerta de entrada. ¿La habría oído hablar? También era mala suerte que fuera precisamente él quien la hubiese pillado hablando por teléfono en inglés, que era su propia lengua. Esperaba que no hubiera captado nada o al menos no lo suficiente para delatarla. Le sonrió como si no tuviera ninguna preocupación y, en lugar de subir a su cuarto como había pensado, salió de nuevo a la terraza buscando la protección de los suyos.

22

Madrid. Época actual

—*E*s muy agradable este sitio —comentó Carlos paseando la vista por el restaurante que Almudena y Chavi habían elegido para celebrar la fiesta de la boda.

—A Álvaro le habría gustado más la Hípica o alguno de los locales con tradición en la familia, pero los jóvenes han preferido esto, que es de un amigo suyo y no tiene aún ni medio año —explicó la tía Amparo.

El local se llamaba Mirador de la Luna y estaba a una media hora al norte de Madrid, en medio de un jardín boscoso que apenas si parecía tocado por la mano del hombre. El salón era amplio, con grandes ventanales que permitían ver la sierra, decorado de manera sobria y funcional en tonos crudos y tostados con detalles en plata, algunas antigüedades, y muchas flores de temporada.

Era una boda relativamente pequeña, apenas doscientos invitados elegantemente vestidos.

Carlos y Helena estudiaron el plano para ver qué mesa les había correspondido y ella comprobó, con alivio, que Almudena había tenido la inteligencia necesaria de no obligarlos a compartir mesa con el pesado de Íñigo, su exmarido, y su actual esposa. De hecho, ellos estaban casi al otro lado del salón. ¡Chica lista!

En la mesa donde estaban ellos, cerca de la de los novios, estaban también su prima Amparo, Paloma Contreras, la modista, y Fernando y Emilio, dos buenos amigos de Álvaro, médico y arquitecto respectivamente, que eran pareja y no conocían a casi nadie más en el salón.

—¡Pobres! —dijo Amparo sonriendo, que había coincidido con ellos otras veces en fiestas familiares—. Con tanta gente joven que hay por aquí y os ha tocado la mesa de los mayores, por no decir de los vejestorios.

—¡Hombre, muchas gracias! Supongo que lo de vejestorio lo dirás por ti, ¿no? —Helena sonreía también, pero era evidente que no le había hecho mucha gracia el comentario.

—¡Menuda suerte hemos tenido! —dijo Emilio, halagador—. Compartir mesa contigo, Amparo, y con la mejor modista de Madrid, y con una artista de fama mundial…

—Y un editor australiano desconocido —terminó Carlos guiñándole un ojo—, pero que al menos habla español. Todos con un corazón tan joven como el de Almudena, eso sí.

430

Soltaron la carcajada y se lanzaron unánimemente sobre los canapés calientes que un camarero acababa de depositar en la mesa.

—¿Has encontrado tiempo para echarle un ojo a las cajas que dejó tu madre, Helena? —preguntó Amparo procurando que sonara natural y no hubiese ningún tono de reproche.

—Pues sí, prima, y resulta que, además, nos lo hemos pasado muy bien hurgando en el pasado. Carlos está encantado, pero es que en el fondo es su trabajo.

—Me alegro. A Blanca le habría hecho muchísima ilusión. Recuérdame antes de irnos de que te dé una cosilla más. La llevo aquí mismo en el bolso.

—Puedes dármela ya.

—No hay prisa. Ahora vamos a disfrutar de la comida. Si es verdad que nos van a traer todo esto que pone aquí, lo vamos a pasar muy bien —dijo, levantando el pequeño menú que había sobre cada plato.

—¿De qué cajas habláis? —preguntó Paloma.

—La madre de Helena seleccionó fotos, papeles y cosas varias de la familia para que, a su muerte, ella las tuviera.

—¡Ah, doña Blanca! ¡Qué señora tan elegante y tan guapa!

—Pero como en mi familia todo el mundo está empeñado en que a mí el pasado no me interesa, nadie se creía que de verdad las iba a estudiar —completó Helena mientras elegía un *nem* de verduras del plato de delicias asiáticas.

—El pasado es fundamental para poder entender y aceptar el presente —dijo Paloma—. Por idiota que suene, yo llevo ya varios meses acudiendo a unas reuniones de la Plataforma de Niños Robados. Aún no he conseguido casi nada, pero de todas formas solo tematizarlo y tener con quién hablar sobre ello, ya ayuda.

—¿Qué es eso? —preguntó Carlos—. No me digas que te robaron un niño alguna vez.

Ella sacudió la cabeza.

—No, no se trata de eso, por fortuna. Pero te aseguro que llevé muchísimo cuidado de que en mis partos estuvieran mi marido y mi madre presentes todo el tiempo, por si acaso.

—Es un tema que ha surgido no hace mucho —amplió Fernando—. Al parecer en la época de Franco e incluso después, hasta los años ochenta, se produjeron robos de bebés en muchos hospitales españoles. Ha sido un gran escándalo que, sin embargo, se ha tapado con mucha rapidez. Debe de ser que hay demasiada gente implicada y a casi nadie le conviene que la cosa se airee demasiado.

Paloma siguió hablando.

—Al principio muchas veces se trataba de que ciertas parejas del régimen, bien situadas y sin hijos, se ponían en contacto con ciertos hospitales donde ciertos médicos, enfermeras y monjas les «conseguían» bebés recién nacidos. A las madres se les decía que el bebé había nacido muerto y en paz. Y las que daban mucho la lata e insistían en ver el cadáver de su hijo al final conseguían que les enseñaran a un bebé muerto que tenían en la nevera para esos casos. Siempre había algún niño que efectivamente había nacido muerto y esos cadáveres se conservaban un tiempo para poderlos enseñar a las madres.

—Pero ¿cómo podían mantenerlo todo en secreto? —preguntó Carlos—. ¿No había sospechas ni denuncias?

Los españoles cambiaron una mirada.

—En aquella época, como seguro que sabes —contestó Emilio—, España estaba dividida entre los que habían ganado la guerra y los que la habían perdido. Todos españoles, pero españoles de primera categoría y españoles de segunda, o de tercera. Si la mujer que daba a luz era una roja, por mucho que sospechara, sabía que era inútil denunciarlo. Siempre saldría perdiendo. Algunas veces sí que se trataba de chicas muy jóvenes, solteras, pobres, que daban a su hijo voluntariamente en adopción. Pero otras veces se engañaba a la madre y su hijo era vendido a una familia que se lo pudiera pagar.

—¿Y tú crees que eso pasó en tu familia, Paloma? —preguntó Helena.

—No puedo saberlo seguro, claro, pero es que siempre me ha pasado una cosa rara. Desde muy pequeña tuve siempre la sensación de que me faltaba algo, de que yo era solo la mitad, de que había alguien más en el mundo que era como yo. Ya sé que suena raro, pero os juro que es verdad.

Todos cabecearon asintiendo y comentaron que habían leído cosas similares en revistas y novelas.

—Al final, después de darle mucho la lata a mi madre, que no quería hablar de aquellos tiempos, pensad que yo nací en el cuarenta y tres, en plena posguerra, de madre viuda, me contó que dio a luz mellizos y mi hermano murió en el parto.

Dos camareros rellenaron las copas y cambiaron los platos vacíos por un surtido de entrantes fríos.

—Eso ya me ayudó, pero lo curioso es que yo seguía sintiendo que había otra persona en el mundo que era como yo. Y era otra chica, no un varón. Mi madre insistía en que eran manías mías, que no podía ser, que mi hermano nació muerto y era chico, ella lo había visto con sus propios ojos, un niño moreno, algo más pequeño y débil que yo. Lo dejé estar durante mucho tiempo porque no sabía qué hacer. Llegué a creer que era una especie de caso grave de «amiga invisible»; incluso lo consulté con un psicólogo, que no consiguió ayudarme. Y de repente, un buen día, sentí de golpe un gran dolor, una enorme tristeza, y el eco que había tenido siempre dentro, desapareció. Supe de pronto que estaba sola en el mundo; que mi otro yo había muerto.

Calló unos instantes y continuó después de dar un sorbo de cava.

—Hace poco, cuando empezó a comentarse el asunto de los bebés robados, me informé, contacté con la gente de esta plataforma y empecé a buscar seriamente. Allí me enteré de que se hacían cosas horribles, como robar niños de personas sospechosas de ideologías de izquierda, sobre todo ya en los años setenta, figuraos, ¡en los setenta!, para dar sus hijos a parejas de ultraderecha y luego hacer un seguimiento científico para saber si en un niño influye más la genética o la educación y el entorno.

—¿Y has conseguido averiguar algo de tu caso concreto? —preguntó Carlos.

Paloma negó con la cabeza.

—Aún no. El problema es que yo nací en Tánger. Mi padre había sido oficial del Ejército republicano, estuvo tres años en la cárcel, en trabajos forzados, y salió ya muy enfermo. Llegó a casa, mi madre se quedó embarazada y decidieron trasladarse a Tánger donde la represión no era tan dura, según se decía.

433

Él murió al poco de llegar y mi madre se quedó sola y embarazada de mellizos. Dio a luz en el Hospital Español, como paciente de beneficiencia, porque no tenía dinero para pagarse el parto. Le ofrecieron dar a los niños en adopción, pero ella se negó. Éramos lo único que le quedaba de su marido. Ahora la Plataforma ha conseguido ver los registros de entonces, pero hay muchas lagunas y faltan muchos documentos. Los típicos incendios que siempre son una explicación tan socorrida. El día en que yo nací, nacieron tres bebés más. Dos niñas y un niño muerto, que sería mi hermano. Eso es todo.

—¿Qué constaba como causa de la muerte? —preguntó Fernando.

Paloma esbozó una mueca dolida.

—Lo mismo que todos en este tipo de casos. No eran muy imaginativos. Otitis.

—¿Otitis? ¿Mortal? ¡Qué salvajada! ¿Cómo podían ser tan idiotas? —Fernando estaba escandalizado.

—Por eso solemos saber que hay gato encerrado. Es la causa de muerte más frecuente en caso de robo. Lo mismo lo hacían a propósito para que los que estaban en el ajo supieran que era uno de los casos de «adopción». Mi madre pensó siempre que su hijo había muerto, al fin y al cabo vio su cadáver. Pero cuando yo empecé a meterme en esto, me enteré de que, como os he contado, muchas veces era el mismo cadáver de bebé el que enseñaban una y otra vez a todas las madres.

—Mi hermana también nació en Tánger en 1943 —dijo Helena, que había estado callada todo el tiempo. Se acababa de dar cuenta de que lo que había contado ahora Paloma era la historia de la que Almudena les habló días atrás en el restaurante sin acordarse de quién se la había contado a ella—. El 7 de mayo de 1943.

Paloma se llevó la mano a la boca.

—¡Qué casualidad! Yo también. Eso quiere decir que nues-

434

tras madres estaban de parto a la vez en el mismo sitio; que tu hermana fue una de esas dos niñas. ¡Qué cosas!

—En aquella época mis padres vivían no sé si en Casablanca o ya en Rabat, pero al parecer el hospital de Tánger era el mejor.

—Si eras paciente de pago, sí —dijo Paloma con un toque de amargura. Se dio cuenta de la expresión de los demás y sonrió de nuevo—. Vamos a hablar de cosas más agradables, si os parece. Al fin y al cabo esto es una boda.

—Ah, antes de que cambiemos de tema, Paloma. ¿Te has acordado de traerme la foto? —preguntó Helena.

Paloma asintió con la cabeza, cogió el bolso y sacó el móvil.

—Mira, aquí la tienes. Y lo había recordado bien: Dora, Ana, Elena y yo. Y Martin, claro, y los novios de mis amigas.

Helena cogió el aparato con un ligero temblor. Su mirada se clavó de inmediato en la chica rubia y en el desconocido que posaba sus manos en los hombros de ella.

—¿Este era Martin?

Paloma asintió con la cabeza.

—¿Y ella quién era? ¿Su novia?

—Claro.

Esperó unos momentos por si venían más preguntas y, al ver que no, y que su respuesta había dejado perpleja a Helena, añadió:

—No me digas que no la has reconocido.

Carlos estaba tan pendiente de las palabras de Paloma como ella. Los dos querían decir: «Alicia», pero ambos esperaban a que la modista lo dijera primero, para poderle preguntar de qué se conocían y cómo era posible que Alicia tuviera un novio llamado Martin cuando estaba casada con Jean Paul y acababa de enamorarse de Michael.

—Pero ¿qué os pasa? ¿Y esas caras? ¡La chica de la foto era yo a los veintipico años! Nunca os perdonaré que me hayáis llamado vieja de esa forma. ¡Mira que no reconocerme! ¿Y quién decís que podría ser Alicia?

—¿Tú, vieja? ¡Jamás, Paloma! —intervino Fernando, sin darse cuenta de que había una pregunta que esperaba respuesta—. ¡Venga, vejestorios queridos, vamos a brindar por la eterna juventud, por el amor y la buena comida!

Helena, que se había puesto palidísima, se levantó sin disculparse y se marchó apresuradamente en dirección al jardín.

Los demás se quedaron con las copas alzadas, perplejos, viéndola alejarse y brindaron en silencio.

—¿Qué le pasa a Helena? —preguntó Amparo mirando a Carlos.

—Será mejor que vaya a ver. Volvemos enseguida.

Lo siguieron la mirada de incomprensión de Paloma y la de preocupación de Amparo.

Rabat, 1969

Alicia aparcó casi enfrente de los Oudayas a las cinco menos veinte. Iba bien de tiempo; seguramente llegaría ella antes que Michael. Dudó unos segundos. Si recogía primero las telas y las dejaba en el coche, llegaría tarde a su cita con él. Si iba primero a ver a Michael, luego, al volver, tendría que darse mucha prisa; pero él podría ayudarla a llevarlas.

Cerró el coche y caminó a buen paso hacia la fortaleza. «Esto es lo primero —se dijo—. En el peor de los casos, si vuelvo sin las telas, nos pasaremos sin ellas.»

Llegó casi corriendo al patio y, cuando ya estaba a punto de entrar en la terraza del café, un turista que estaba apoyado en el quicio de una puerta haciendo una foto a la callejuela blanca con su zócalo añil, se despegó de la pared y le cerró el paso.

—¡Hola, Alicia! —la saludó en inglés—. ¿Qué haces tú por aquí?

Ella se mordió el labio inferior. Ahora ya estaba contestada la pregunta de si John la había oído cuando estaba hablando con Michael. Seguramente no sabía para qué y con quién había quedado, pero había venido a averiguarlo.

—Recoger las telas para la fiesta, y comprar unas pastas del café moruno —improvisó—. Perdona, pero tengo un poco de prisa.

—¿Me harías un favor? Me he dado cuenta de que estoy muy a gusto en Rabat, pero no quiero abusar de vosotros y he pensado alquilar una habitación aquí para unas semanas. Me han ofrecido algo aquí mismo, en esta puerta. ¿Te importa acompañarme un momento, a ver qué te parece? Yo no sé bien en qué fijarme, y si el precio es correcto y todo eso. Además, el hombre que la alquila no habla inglés y yo no hablo francés, ni árabe, claro.

—Ya te digo, John, tengo prisa. Quizás otro día.

—Me está esperando para las cinco. Será solo un momento. Por favor.

Alicia cambió su peso de un pie a otro. Solo quería marcharse, pero él le cerraba el camino hacia el café.

—Además —dijo John, acercándose un poco a su oído—. Si me echas una mano, nadie tiene por qué saber que has venido a encontrarte con un tal Michael a quien llamas «*my love*». Ni siquiera Jean Paul. Anda, es un momento. Me traduces el precio y las condiciones y te puedes ir.

Le abrió la puerta azul de la casa.

Alicia lo pensó un segundo, nerviosa y deseando acabar. Era un tipo despreciable, pero no le convenía que precisamente ahora empezara a contarle cosas raras a Jean Paul. Al día siguiente, después de la fiesta, ya no importaría, pero de momento no. Aún no. No antes de que ella hubiera reunido a su familia y les hubiera confesado sus sentimientos y su situación.

Entró en la casa y empezó a subir la escalera. Detrás de ella, John cerró la puerta.

A cien metros de allí, Michael eligió una mesa a la sombra junto al pretil del río, pidió un té de menta, echó una mirada a su reloj y se dispuso a esperar a Alicia.

Madrid. Época actual

Cuando Carlos la alcanzó en la terraza, Helena se abrazaba a sí misma, e incluso a simple vista se notaba que estaba temblando. Él la abrazó por detrás, y juntos perdieron la mirada en las cumbres de la sierra.

—¿Tú te das cuenta de lo que significa eso, Charlie? —La voz de Helena era ronca y sonaba inestable.

—Que Alicia y Paloma eran hermanas. Gemelas.

—Pero ¿cómo?

—Es evidente, ¿no?

—Sí —contestó ella muy bajito—. No hay otra respuesta. Mis padres la compraron. La robaron.

Hubo un silencio que a Carlos se le antojó muy largo. Pero sabía que tenía que darle tiempo. Helena digería las cosas mucho más deprisa que la mayor parte de la gente que él conocía, pero era importante dejar que lo hiciera sin interrupciones. Si se le daba el tiempo de pensarlo e interiorizarlo, se ponía en marcha el automatismo que a él siempre le había parecido casi escandaloso: de un momento a otro parecía que no había sucedido nada, como si se hubiese corrido el proverbial tupido velo sobre los acontecimientos. Luego, mucho más adelante, todo volvía a surgir para ser masticado de nuevo, una y otra vez, hasta que decidía que ya había examinado el asunto desde todos los puntos de vista posibles y había llegado a una conclusión. Entonces, al menos aparentemente, lo borraba de su vida para que no pudiera hacerle más daño. Y cuando se trataba de una persona que la había herido o la había traicionado, Helena era capaz de conseguir, al cabo de un tiempo, que esa persona dejara de significar nada para ella. Era el profundo núcleo de frialdad que siempre había estado en su interior y que le había permitido sobrevivir a todas las tragedias de su vida; la gente «se le moría», como lo formulaba ella, dejaba de ocupar su pensamiento, dejaba de dolerle. Salvo cuando la herida era tan grande que se transformaba en una de las sombras de sus pinturas, una de esas sombras amorfas, sin nombre, que seguían acechándola.

—¿Qué piensas hacer? —preguntó Carlos al cabo de unos minutos, cuando la tensión del cuerpo de Helena le permitió suponer que algo había cambiado ya.

—Habrá que decírselo a Paloma. Después de la boda, claro. Ahora no es momento.

—Sí. Estoy de acuerdo.

—¿Te acuerdas de que en la caja había tres fotos de mi madre? En dos estaba embarazada, de Goyito y de mí. De Alicia no había foto de embarazo. Supongo que estaba tratando de decírnoslo y no supimos verlo.

—También podría haberte escrito una carta. Habría quedado más claro.

—¿Quién sabe? Igual llegó a escribirla y luego la quemó. Ahora está claro por qué se sentía culpable. ¿Te acuerdas de que en la constelación la mujer que hacía de mi madre, se agarró el vientre nada más empezar? Se discutió un poco si podría tratarse de un aborto… ahora ya sabemos a qué se refería. Lo que no sabemos es por qué.

—¿Cómo que por qué? —preguntó Carlos, sin entender la cadena asociativa de Helena.

—¿Por qué compraron un bebé si podían tener hijos propios?

—Supongo que nunca lo sabremos. —Llegaron hasta el jardín los primeros compases de la marcha imperial de *La guerra de las galaxias*, lo que le arrancó una sonrisa a Carlos—. ¡Anda! Me parece que van a abrir el baile. ¿No crees que deberíamos estar dentro o no te sientes con fuerzas?

439

Helena se soltó de Carlos, enderezó su postura y se pasó la mano por el pelo.

—Sí. Ya pensaremos en todo esto más adelante. Ahora es la boda de Almudena y Chavi; todo lo demás puede esperar. Lleva esperando más de cincuenta años.

Después de haber comenzado la última parte de la fiesta de modo tan poco clásico, luego, por contraste, los novios habían decidido abrir el baile con *El Danubio Azul*.

Carlos y Helena lo habían bailado hasta el final y se acababan de sentar a recuperar el aliento cuando Marc se materializó junto a la mesa para sacarla a bailar.

—¡Pero muchacho! ¡Qué ocurrencia! ¡Con tantas chicas guapas que tienes aquí!

—Esto no es nada desinteresado, Helena —sonrió, tendiéndole la mano—. Con tu permiso, Carlos.

—Carlos no es mi dueño y yo ya soy mayor, jovencito.

—¡Mira que es difícil hacer las cosas bien contigo! ¡Eres de un jodido! ¡Y yo que trataba de ser elegante! Anda, ven a bailar; tengo algo que contarte.

—En ese caso probaré suerte con mi compañera de mesa —dijo Carlos, de buen humor, volviéndose hacia Paloma, que acababa de llegar del brazo de Emilio—. ¿Me harás el honor, Paloma?

La modista sonrió, se puso de nuevo en pie y, juntos, salieron a la pista. Helena pensó que hacían buena pareja y sintió una punzada de algo que, en otras circunstancias, podrían haber sido celos. Paloma llevaba un vestido vaporoso de un azul plomo que enfatizaba el color de sus ojos y el rubio pálido de sus cabellos. Parecía Grace Kelly en una película de Hitchcock. Parecía Alicia, una Alicia de setenta años que nunca había conocido. De repente le dio miedo la idea de tener que contárselo todo a la modista, ver cómo reaccionaba, empezar una relación con ella. O quizá no. ¿Por qué tendría que empezar una relación con una desconocida que, casualmente, se parecía a su hermana perdida? Sacudió la cabeza, impaciente, molesta por estar empezando a mentirse a sí misma. Nada era casual, y no se «parecía» a su hermana. Era su gemela.

Alicia nunca había sido su hermana; era la hermana de Paloma que, sin embargo, nunca había llegado a conocerla.

—Bueno, Helena, ¿bailas, o piensas darme calabazas? —insistió Marc, viéndola perdida en sus pensamientos.

Salieron a la pista y empezaron a intentar ajustar sus ritmos.

—Sé que soy un coñazo, lo sé y lo confieso, pero tengo algo que enseñarte y, como no es momento de ir a mi atelier, lo tengo en el móvil. ¿Me dejas que te lo muestre?

—Sí, hombre, sí. Vamos un momento ahí afuera. Tráeme un whisky con hielo, anda.

—Ah, creía que solo tomabas whisky después de medianoche. —Su sonrisa era traviesa.

—Hoy es especial. Se casa tu hermana.

—¡Aleluya! A ver si ahora descansamos todos. Espera aquí, vuelvo enseguida con tu droga.

Helena se sentó en un gran sillón orejero con vista a los altos álamos del jardín que ahora se balanceaban en la brisa. Detrás de sus copas se adivinaba la sierra, de un verde intenso. Pensó de pronto que hacía medio siglo, de hecho más, de la boda de Alicia, la primera boda de su vida. Se acordó de su vestido, de seda azul y negra, ajustado al cuerpo, del sombrerito con velo de mujer fatal, de los altos tacones, de las miradas que le echaban los amigos de Jean Paul: «Esa es la hermana de la novia», «un bombón de dieciocho años», «está como un tren». Tan guapos los novios, tan jóvenes, tan ilusionados. La fiesta en el jardín, decorado como *Las mil y una noches*. Seis años después Alicia estaba muerta y ya no quería a Jean Paul, mientras que ella estaba enamorada de su cuñado.

441

¡Malditos los recuerdos! ¡Malditos los secretos enterrados, las mentiras familiares, las preguntas sin respuesta, las respuestas que los demás se habían llevado a la tumba!

El futuro siempre empezando, empeñado en llegar y explotarle a todo el mundo en la cara.

Se preguntó qué sucedería con Chavi y Almudena, cuánto tiempo aguantarían juntos, si llegarían a tener hijos, a celebrar las bodas de plata.

Carlos y ella les habían regalado un vuelo a Australia, para que los visitaran cuando quisieran, para no perder la relación que apenas si habían empezado a cimentar, una relación que, curiosamente, había nacido de la exploración del pasado.

—Su whisky, madame. —Marc le tendía un vaso lleno de hielo y de líquido color de ámbar.

—¿Qué bebes tú?

—Gin-tonic, por supuesto.

—Venga, enséñame eso.

Marc dejó su vaso sobre un bargueño toledano oscuro y tan feo que podría ser auténtico, sacó su móvil y le abrió una foto.

—Mira. He estado trabajando en esto en el tiempo que no nos hemos visto. Día y noche. Obsesivamente. ¿Qué me dices?

La foto mostraba una tela de buen tamaño, aún sin terminar, en la que se veía un cine en ruinas tomado desde la pantalla hacia el patio de butacas. Los sillones eran rojos y muchos de ellos estaban rotos o habían sido colonizados por insectos o alimañas. Los palcos se caían a pedazos y las molduras habían perdido trozos de escayola, florones dorados y adornos que habían caído sobre las butacas. En medio de la desolación, una figura de mujer vestida de negro miraba al contemplador como si fuera su Némesis, con ojos llameantes y una boca entreabierta en la que se adivinaban unos dientes peligrosos que, sin embargo, quedaban ocultos por su sonrisa, una sonrisa que no prometía nada bueno.

Helena se quedó mucho tiempo mirando la imagen en el teléfono de Marc.

—Enhorabuena. Empiezas a descubrir tu voz y tu mirada.

—¿Te gusta?

—No. Claro que no. No creo que esto esté pensado para que le guste a nadie. Pero el arte no tiene por qué gustar. Tiene que conmover, sacudir, inquietar. Tiene que dar miedo, o escalofríos, o nostalgia por lo perdido. Tiene que darte un puñetazo en el estómago. O al menos un calambre en el intelecto. Tiene que plantear preguntas, romper esquemas, hacer que quieras mirar para otro lado o que te preguntes cómo es posible lo que estás viendo. Vas bien, Marc. Ni comparación con lo primero que me enseñaste.

—Es pura rabia.

—Se nota.

—La mujer eres tú.

—¿Ah, sí? ¡Qué halagador!

—No creas. Te he odiado mucho.

—Claro. Para eso lo hice.

—¿Y si yo hubiera sido de los que se rompen?

—Entonces te habrías roto y no se habría perdido nada. Así, con suerte, tendremos un artista más. No te lo tomes demasiado en serio, Marc. Hay artistas a montones; más de los que uno cree. Solo sobreviven los que necesitan su arte por encima de todo. Es cuestión de egolatría. El arte no te necesita a ti ni a nadie. Eres tú quien lo necesitas, más de lo que necesitas una vida normal, con hijos, con familia, con un amor estable. Estás dispuesto a sacrificar todo eso a cambio de ser artista. No es ni bueno ni malo, es que no lo puedes evitar. ¡Bienvenido al club de los obsesos! —Helena chocó su vaso con el de Marc y continuó—. A todo esto… cuando termines con las butacas, piensa que cada una de ellas es única, individual; píntala como si fuera la protagonista del cuadro. Debes concederle la misma atención a todo. Pero vas muy bien, en serio. —Hizo otra pausa

443

y lo miró a los ojos en silencio durante unos segundos, disfrutando de su nerviosismo—. Mira —dijo por fin—, sigue pintando así y dentro de año y medio, cuando vuelva a Madrid para preparar mi retrospectiva, si lo que has hecho es de este nivel, te presentaremos en público. Pero piensa que necesitas un mínimo de veinte telas. ¿Serás capaz?

—Estoy seguro.

—Bien. —Buscó por su bolso—. Aquí tienes mis contactos privados. Cuéntame cómo se va desarrollando la cosa —dijo, tendiéndole una tarjeta—. Tenme al día.

—¿Qué quieres a cambio?

—No seas idiota.

—¿Ya no quieres saber cuánto cuesta mi cuerpo?

—Sé lo que cuesta, me lo dejaste claro la primera noche, pero ya no compro. Ahora soy tu abuela adoptiva, y si todo va bien, tu descubridora. El sexo está sobrevalorado. ¡Ponte a trabajar —le acarició la mejilla y se puso de pie para volver al salón —, chico guapo!

De camino a su mesa, se encontró con Amparo, que estaba bailando con Álvaro, padre de la novia, guapísimo de chaqué.

—¡Mamá, me debes un baile! —le gritó al pasar.

—Prometido. Estoy en mi mesa.

—Helena, espera un momento. —Amparo se detuvo en medio de la pista, sacó un sobre de su bolso y se lo entregó—. Para cuando quieras leerlo. Es lo último que escribió Blanca.

—Gracias, prima. ¿Tú lo has leído?

—No. Es solo para ti.

Amparo y Álvaro siguieron evolucionando por el salón, Helena volvió a su mesa, que estaba desierta, cogió un bombón de la cajita que alguien había dejado en el centro y volvió a salir a uno de los salones exteriores para leer con tranquilidad y sin interrupciones las palabras que su madre le había trasmitido desde las profundidades del tiempo. No estaba segura de que fuera la mejor de las ideas hacerlo en ese momento, pero había tenido de pronto la intuición de que, después de lo que acababa de descubrir, ya nada podría sacudirla demasiado. Cuanto antes la leyera, antes terminaría. Ahora solo tenía que prepararse para leer otra sarta de mentiras sentimentales que posiblemente habían contribuido a tranquilizar a su madre en la última etapa de su vida. Las leería con distancia, con curiosidad, como quien lee una novela, algo que tiene un cierto interés pero que no va a afectar tu vida directamente.

Se sentó en un sillón medio oculto por unas frondosas palmeras en macetones y abrió la carta.

Querida hija mía, queridísima Helena:

Estas son las últimas palabras mías que leerás en tu vida; espero que hayas llegado hasta aquí y que sean de verdad tus ojos los que pasen ahora por estas líneas.

Si estás leyendo esto y no eres mi hija Helena, te ruego que tengas la decencia de volver a meter la carta en el sobre y no sigas adelante. Lo que voy a contar aquí no le importa más que a ella, a mí y, como mucho, a alguien que pertenezca a las siguientes generaciones de la familia, pero no está pensado para ojos de extraños. La maldición caiga sobre quien lea esto sin derecho.

Helena, hija mía, en esta carta tengo pensado revelarte todo lo que sé, el alfa y el omega, aunque puedo asegurarte desde ya mismo que sé bastante más del alfa.

Voy a empezar con lo que supongo que más puede interesarte después de haber leído lo que te dejé en las cajas, de modo que no hay más remedio que volver a aquel verano de 1969, el último que pasamos como familia en La Mora.

Yo empecé a notar que algo no iba bien cuando, fijándome en detalles aparentemente sin importancia, me di cuenta de que Alicia y Jean Paul pasaban muy poco tiempo juntos, mientras que tú y él casi siempre estabais en los mismos grupos, haciendo las mismas cosas. Ellos ya no se iban a dormir a la misma hora ni se levantaban juntos igual de tarde. Alicia, que hasta unos meses atrás se las arreglaba siempre para comentar lo raro que le parecía no haberse quedado embarazada todavía, ahora ya no lo mencionaba, mientras que de golpe parecía interesadísima por las compañías aéreas y por Canadá. De vez en cuando se encerraba en la salita de al lado de la puerta de entrada y hablaba en inglés en voz muy baja cuando calculaba que todos estábamos fuera de la casa, sobre todo su marido. Y un día, poco antes de la maldita fiesta del alunizaje, al tratar de sacar de debajo de su cama un gato que se había refugiado allí, me di cuenta de que la maleta mediana estaba llena. Te confieso que me picó la curiosidad y la saqué. Era evidente que Alicia pensaba marcharse sin decirle nada a nadie. No tuve más que sumar dos y dos para suponer que había otro hombre.

Intenté que se confiara a mí y me contara qué estaba pasando, pero no tuve éxito. No sé si le dio miedo o vergüenza, pero no conseguí saber nada concreto, salvo que no se encontraba del todo bien y que estaba angustiada por cosas vagas que no quiso explicarme.

El 21 de julio, cuando nos dijeron que la policía había encontrado su cadáver, aprovechando que papá y Jean Paul iban a Rabat a identificarla, yo dije que no me sentía capaz, me quedé en casa, deshice la maleta y lo metí todo otra vez en el armario. Luego busqué todo lo que pudiera apuntar a la existencia de un adulterio y resultar comprometedor para la reputación de mi hija. Reuní todas las cartas que encontré, incluso algún fragmento suelto de borradores o de cartas que ella misma había roto en pedazos, busqué su diario y me lo llevé todo a mi cuarto. Más adelante arranqué y destruí muchas páginas. Ella no quería que nadie pudiera leer lo que estaba destinado solo para sus ojos, de manera que, sabiendo que la policía llegaría pronto y querría enterarse de todos los secretos de la vida de mi hija, lo escondí todo. Efectivamente, la policía no encontró nada cuando registraron su habitación y Jean Paul no llegó nunca a saberlo.

Ese mismo día, muy temprano, llamó a la puerta un chico de uniforme que enseguida comprendí que debía de ser el hombre del que se había enamorado Alicia y por el que estaba dispuesta a dejarlo todo. Michael, me dijo que se llamaba. Le di la horrible noticia y le pedí en nombre de tu hermana y de toda la familia que no volviera jamás y que no permitiese que nadie lo supiera.

Solo mucho más tarde se me ocurrió que aquel chico tan guapo podría haber sido el asesino de Alicia, aunque nunca llegué a creerlo realmente.

Se lo conté a tu padre, investigó al muchacho y llegó a la conclusión de que no era probable. Por eso siguió buscando hasta que consiguió descubrir la verdad y solucionar el asunto.

A partir de 1979, como quizá recuerdes, todo cambió. Papá y yo empezamos a disfrutar otra vez de estar vivos, tú volvías a España un par de semanas los veranos y hasta Íñigo se dignaba permitir que Álvaro pasara un tiempo con nosotros en Santa Pola. Casi volvimos a ser una familia normal, siempre que no pensáramos en todo lo que habíamos perdido.

Esto, hija mía, es el omega. Ahora, si quieres, hablaremos del alfa, del auténtico comienzo de toda nuestra historia.

447

Helena apoyó la cabeza contra el respaldo del sillón orejero y cerró los ojos. No estaba segura de querer seguir leyendo pero algo la empujaba a continuar, una curiosidad quemante que casi podría definir como morbosa. El alfa. ¿Se atrevería su madre a contarle la verdad sobre Alicia? ¿Iba a proporcionarle una explicación que le hiciera comprender cómo habían podido llegar a esa situación? ¿O volvería a mentirle?

Desvió la vista hacia el salón. Por las cristaleras se veía pasar a la gente bailando, riéndose, la música sonaba a toda potencia, todo el mundo lo estaba pasando bien. Debería entrar, guardar la carta en el bolso y seguir leyendo más tarde. Al fin y al cabo la boda de su nieta era ahora, mientras que el pasado seguiría igual de muerto unas horas después cuando tuviera el tiempo y las ganas de volver a las líneas de su madre, la que ahora en sus cartas la llamaba «queridísima», como si ella no supiera que siempre fue la que menor valor tuvo a sus ojos y, si la quiso alguna vez, fue en la época de Santa Pola, primero porque estaba Álvaro, y luego porque era la única hija que le había quedado, ya que, muertos Goyito y Alicia, no había nadie más a quien querer.

Empiezo ahora la parte que más dolorosa me resulta, hija mía: el alfa, como te he dicho. Supongo que en gran parte se trata de que quiero irme de este mundo con la conciencia limpia y no me queda más remedio que confesártelo. Haz con ello lo que quieras, lo que puedas, y perdóname. Eso es lo único que me importa.

Siempre me alegró ver lo bien que os llevabais Alicia y tú. ¿Te acuerdas las veces que dije lo bonito que era veros juntas, hablando en francés como solíais hacer, comentando cosas del internado, hablando de chicos o de vestidos o de lo que fuera? Se me ensanchaba el alma al veros tan cercanas, tan cariñosas, una morena, otra rubia. ¿Nunca pensaste por qué no os parecíais nada físicamente? ¿Nunca se te pasó por la cabeza que Alicia o tú podíais ser adoptadas?

Helena levantó los ojos de la carta con un ahogo en el pecho. «Claro que no, mamá, qué tontería. ¿Cómo se me iba a ocurrir algo así? Aunque eso podría explicar por qué me querías menos que a tu propia hija —pensó, deseando no haber empezado a leer la carta—. Nunca nos insinuasteis nada; es evidente que no estaba previsto que nos enterásemos.»

Papá y yo nos casamos en 1936, muy felices, muy enamorados, y empezamos a construirnos una vida nueva en Marruecos porque a él lo habían trasladado a un puesto diplomático en el consulado de Casablanca. Pero pasaban los años y yo no conseguía tener hijos mientras que mi hermana Pilar ya tenía a Amparo y luego a Vicente.

Quizás ahora te suene raro, tú nunca has sido demasiado maternal, para ti los hijos son más bien un estorbo, te lo he oído decir muchas veces, pero yo pensaba que me iba a volver loca. Mi vida estaba vacía, todas las mujeres que conocía tenían a sus hijos y se pasaban la vida hablando de embarazos, de partos, lactancias, educación infantil… todas menos yo.

Al final tu padre, desesperado y tratando de hacer lo que pensó que era lo mejor para mí, me propuso algo vergonzoso que yo acepté enseguida: fingiríamos un embarazo con ayuda de Micaela —¿te acuerdas de Micaela?—. Ella me ayudaría a ponerme un vientre falso que iría creciendo mes a mes y, cuando llegara el momento, iríamos a Tánger, al Hospital Español, y allí adoptaríamos un bebé del que una madre soltera quería deshacerse.

Queríamos un niño, pero en la semana que estuvimos en Tánger solo nacieron niñas y al final aceptamos. Cuando entró la monja a mi habitación y me puso entre los brazos a Alicia recién nacida, el amor que sentí por ella fue instantáneo, como un rayo que me atravesara entera. Habría dado mi vida por ella, en ese mismo instante. Pasé tres días espantosos en el hospital fingiendo recuperarme de un parto que no había tenido lugar, con el miedo constante de que la madre se arrepintiera y me quitaran a mi hija.

Porque ya era mi hija, ¿comprendes, Helena? Tanto como si la hubiese parido yo.

Nada más salir de allí, papá emprendió gestiones para repetir lo que habíamos hecho y esta vez tener un chico. A todos los hombres les ilusiona tener un hijo y yo quería que tu padre estuviera igual de feliz que yo, que tuviera un varón que continuara su apellido y al que pudiera enseñar a montar, a cazar, a todas esas cosas que les gustan a los hombres.

Pero las cosas salieron de otro modo, hija mía. Año y medio después me quedé embarazada de forma natural y di a luz a Goyito en el sanatorio de Casablanca. Y otros dos años más tarde viniste tú, sin fingimientos, sin mentiras, hija mía y de papá, de carne y sangre nuestra.

Me acuerdo de lo feliz que estaba yo en el sanatorio, dándote de mamar y jugando con tu manita que me apretaba el dedo meñique cuando, sin que viniera a cuento, la mujer de la cama contigua me contó de casos de bebés robados a sus madres. Me explicó que había mujeres que querían librarse de sus hijos y darlos en adopción, pero que también había otras que no querían y a esas las engañaban diciendo que su niño había nacido muerto; lo que hacían era vendérselo a un matrimonio estéril que daba su nombre a la criatura y salía de la clínica con todos los papeles en regla mientras que la madre verdadera se volvía a su casa destrozada, llorando por su bebé muerto.

¡Aquella noticia me hizo tanto daño, Helena! Papá se esforzaba por convencerme de que en nuestro caso todo había sido legal, pero yo no dejaba de pensar «¿y si no fuera así?». Porque en ese caso sería un robo, un tráfico de seres humanos, un pecado contra Dios y los hombres y la naturaleza.

Me las arreglé para ir llevando la situación, para ir convenciéndome de lo que quería creer. Y entonces, apenas ocho años después de nacer, Goyito enfermó de meningitis y no hubo nada que hacer para salvarlo.

¿Comprendes ahora mi dolor? Era más incluso que el dolor natural por haber perdido un hijo aún niño. Era mucho peor porque yo sabía que era un castigo divino por nuestro orgullo, por nuestra falta de fe.

Y cuando conseguí superarlo, muchos años después, y empecé a creer que Dios me había perdonado, entonces sucedió lo de Alicia y eso me rompió. No podía dejar de pensar que no era justo que hubiese sido ella, porque el castigo debía ser solo para mí, no para mi pobre niña que no tenía culpa de nada, que habría podido vivir feliz hasta su vejez si se hubiese quedado con su verdadera madre.

Si Dios había decidido castigarme, el castigo, el auténtico castigo, habría sido perderte a ti, que eras mía de verdad. Y sin embargo tuve que vivir con la culpa de saber que había cometido un pecado terrible pero que el Señor me había permitido conservarte a ti en lugar de castigarme matándote.

450

Y luego, cuando ya empezaba a creer que después de perder dos hijos, ya podría perdonarme, me castigó con tu abandono. Tú te marchaste lejos y te perdimos también. No tienes idea de cuánto sufrí por ello, aunque sabía que me lo había merecido.

Mucho más tarde vino la fase de los veranos en Santa Pola y, aunque tú y yo ya no teníamos mucho que decirnos, yo estaba agradecida de haberte recuperado y no quería pedir más. Perdona que nunca me atreviera a contarte las cosas, pero mi vergüenza era demasiado grande.

Y después, cuando nos vinimos a vivir aquí, a Madrid, al piso de la Castellana (papá no quería que nos instaláramos en ninguno de los dos pisos que Franco nos había regalado a cambio de dar de lado a tu padre y de su silencio en un asunto que nunca llegó a contarme, aunque me enteré por los papeles que dejó y que confío que también tú hayas comprendido) es cuando, por pura casualidad, me llevó una amiga a una modista famosa, Paloma Contreras, en la calle Fuencarral.

451

No te puedes hacer una idea de cómo me sentí, Helena, cuando nada más entrar y conocerla, me vi mirando a mi propia hija muerta, como podría ser si hubiera vivido para cumplir los cuarenta y cinco. Tienes que conocerla. Tienes que ir y darte cuenta tú también de que es Alicia envejecida, aunque igual de preciosa.

Me aficioné a ir a verla. Era como una droga. No lo podía evitar. Se lo conté a tu padre, pero él no quiso ir y lo que a mí me consolaba a él quizá le habría hecho mucho daño. Siempre estuvo muy unido a Alicia.

Investigué con discreción y supe que la madre de Paloma había dado a luz en Tánger la misma maldita semana que yo pasé allí; a ella, al parecer, le habían dicho que había tenido mellizos, un niño y una niña, y que el chico había nacido muerto. Pero yo estoy segura de que había tenido gemelas. Le dejaron a una, la otra me la dieron a mí.

Y ahí empezó mi nuevo castigo, el que consistía en saber que aquella mujer no había querido deshacerse de su hija, sino que la habían engañado, que le habían robado a una de las dos. Y fíjate qué curioso,

Paloma se dedica a lo mismo que Alicia, las dos a la moda y el diseño, y las dos se casaron con chicos extranjeros en la misma época.

Nunca he tenido valor de decirle nada a Paloma. Paso por allí para verla sonreír, para llenarme los ojos con su presencia, para volver a ver viva a mi hija, pero nunca he querido hacerle el daño de contarle la verdad. Hazlo tú si lo crees conveniente.

Este es el alfa al que me refería.

Sé que tú siempre quisiste saber quién mató a tu hermana y espero que el tiempo que has dedicado a la lectura de los papeles que te dejé te haya servido para comprender qué sucedió. Por el contrario, nunca supiste que el verdadero misterio estaba al principio, en su nacimiento. Ahora lo sabes. Espero que puedas perdonarme.

De todas formas, Alicia fue nuestra hija y tu hermana. No creo que ninguna otra chica haya sido más querida por su familia. Tú, preciosa mía, Helena querida, eres mi única hija verdadera, nacida de mí, amamantada a mi pecho, sangre de mi sangre. Quiero que lo sepas, aunque ya no podré abrazarte cuando termines de leer esta carta.

Tu madre, que te quiere por toda la eternidad,

BLANCA

Se dio cuenta de que le temblaban las manos y dejó la carta en su regazo mientras intentaba tranquilizarse con inspiraciones profundas. Su madre la quería. La había querido siempre. Cuando pronunció aquellas horribles palabras que se le habían grabado en la mente y le habían corroído el alma durante decenios —«¿Por qué Alicia? Tendrías que haber sido tú»— no quería decir que lo hubiese preferido, sino que le habría parecido un castigo mayor. Pero ¿cómo iba ella a saberlo, si no tenía ni idea de que Alicia no fuera su hermana de sangre?

Le gustaría que Paloma le enseñara fotos de su infancia y compararlas con las de Alicia a la misma edad.

Tenía que hablar con Paloma y decirle todo lo que sabía. Paloma tenía derecho a comprender lo sucedido aunque fuera a costa de que Helena incriminara a sus propios padres, a Goyo y a Blanca. Estaba claro que la modista necesitaba saber; por eso iba a las reuniones de la Plataforma de Bebés Robados.

Helena guardó la carta en el bolso y aún con la cabeza girando en torno a todo lo que acababa de saber, entró en el salón, donde los camareros habían empezado a despejar la pista. O ahora venía la parte de cortar la tarta nupcial o iban a empezar las actuaciones de los amigos o algún tipo de espectáculo. Se sentía como partida en dos, como si parte de sí misma estuviera en el presente, en aquella sala donde se celebraba la boda de su nieta, y la otra parte flotando en el territorio del pasado que casi parecía más real que todo lo que la rodeaba, aunque el pasado estuviese habitado por fantasmas que la cercaban, que la habían cercado siempre y quizá por eso eran más reales y conocidos que las personas de carne y hueso que reían y brindaban a su alrededor.

Regresó a su mesa y se sentó con un suspiro; ni ella misma sabía si de satisfacción o de angustia.

—¿Todo bien? —preguntó Amparo inclinándose un poco hacia ella.

—Sí. Muy bien, Amparo. Por fin. Acabo de comprender muchas cosas.

Carlos le apretó la mano y estuvo a punto de preguntarle algo, pero en ese momento salieron a la pista los novios con un micrófono cada uno y se limitó a sonreírle y aumentar la presión en su mano.

Helena se quedó mirando a Paloma, embobada. Ahora que lo sabía, se preguntaba cómo era posible que no lo hubiese visto ella misma, aunque sí recordaba que en el momento de conocerla pensó «así sería mi hermana hoy si viviera». Y sí, así era: alta, fina, rubia, elegante, graciosa sin estridencias. Por eso Alicia y Helena, las dos hermanas, nunca se habían parecido físicamente.

453

Tomando una decisión repentina, se inclinó hacia Paloma antes de que los novios empezaran a hablar y le dijo:

—Tenemos que vernos lo antes posible. Tengo información para ti sobre tu nacimiento y lo que pasó en el hospital de Tánger.

Los ojos de Paloma se dilataron de sorpresa. Helena le cogió la mano y se la apretó. Luego sonó una fanfarria y ya no pudieron hablar más.

La Mora, Rabat. 1979

Cuando aparcó junto a la verja Goyo sintió un pinchazo de algo que podía ser nostalgia, o júbilo, o alguna otra emoción mezclada para la que no tenía nombre. Diez años. Habían pasado diez años desde la última vez que había entrado por esa verja a la que durante tanto tiempo había sido su casa, La Mora, el paraíso en tierra donde había sido tan feliz con Blanca, donde habían criado a sus tres hijos, donde habían sufrido tanto por la muerte del pequeño, por el asesinato de su hija mayor, donde habían celebrado la boda de Alicia y Jean Paul. Los rosales habían crecido y se derramaban como cascadas de colores sobre las verjas y los emparrados, las palmeras se balanceaban suavemente en la brisa del mar como llevaban siglos haciéndolo; todo seguía su curso y él ahora, por fin, también podría descansar y hacer descansar a Blanca, volver a viajar, volver a la vida.

No había avisado a su yerno de su llegada porque no sabía cuántos días necesitaría para las gestiones que tenía que hacer. Por fortuna todo se había arreglado más deprisa de lo que pensaba y ahora le sobraba tiempo. Tenía que hablar con Jean Paul antes que nada. Luego quizá se regalara unos días de asueto en La Mora, de pensar en el pasado, de hacer las paces con toda la rabia, con toda la furia, la angustia y la impotencia que lo habían llenado durante tantos años.

Disfrutó el corto camino hasta la casa porque lo que antes

era cotidiano y apenas digno de una mirada era ahora extraordinario y lo animaba a contrastarlo con sus recuerdos. Jean Paul se había preocupado de que todo estuviera bien; se notaba su amor por el jardín, el cuidado que había puesto en mantenerlo e incluso mejorarlo.

Llevaba las llaves en el bolsillo pero dudó durante unos segundos porque, aunque al fin y al cabo aquella seguía siendo su casa, desde la muerte de Alicia el usufructo pertenecía a su yerno.

Años atrás no había tenido más remedio que poner ciertas propiedades que tenía interés en conservar a nombre de sus hijas. El gestor les había recomendado a ambas que hicieran testamento cuanto antes, de manera que sus propiedades revertieran a Blanca en caso de defunción de ellas, y Alicia lo había hecho de ese modo, pero dejándole el usufructo a su marido siempre que no volviera a casarse. Nadie se había podido imaginar entonces que Alicia moriría a los veintisiete años recién cumplidos. De todas formas, ni él ni Blanca habían querido impugnar el testamento de su hija, que representaba su última voluntad, y ninguno de los dos había querido, de momento, seguir viviendo en Marruecos.

Ahora se habían vuelto a adaptar a la vida en España, el Mediterráneo les sentaba bien y había sido bonito construir una casa desde cero, amueblarla, adecuarla a sus necesidades de matrimonio mayor con una sola hija que vivía en Asia y un solo nieto al que apenas veían.

Antes de meter la llave en la cerradura le llegó un estrépito desde la piscina. Algo debía de haberse caído y rodaba por el suelo, de modo que fue a ver.

Jean Paul, sentado a la mesa de hierro, fumando frente a la superficie quieta del agua, le daba la espalda. Estaba claro que no esperaba a nadie y pensaba que no tenía nada que temer.

—¿Da usted su permiso, mi capitán? —dijo en broma para sacarlo de su contemplación.

Jean Paul casi dio un salto en la silla y se giró hacia él, pálido como una sábana.

—¡Joder, hijo! No quería asustarte de ese modo. Perdona. Tendría que haber tosido o algo.

Goyo dejó en una silla la bolsa que llevaba al hombro y se adelantó con la mano tendida. Jean Paul se la estrechó e, inmediatamente, lo abrazó con fuerza mientras ambos se palmeaban la espalda con entusiasmo.

—Pero ¿qué haces tú aquí? ¿Cómo se te ha ocurrido venir sin avisarme? Habría ido a recogerte al aeropuerto. ¡Cuánto tiempo sin verte! ¡Qué alegría!

—Tenía unos asuntillos que resolver y, como no sabía cuánto tiempo me iba a ocupar, he decidido venir a darte una sorpresa, pero ya he visto que casi te mato del susto.

—Es que aquí nunca viene nadie, Goyo, y como no te esperaba…

456 —¿Nada de fiestas locas, como antes?

Jean Paul sacudió la cabeza.

—¿Has visto ya a Suad? Se va a volver loca de alegría. Voy a pedirle que te prepare la habitación sin decirle que eres tú y así le das la sorpresa.

—Espera, muchacho. Un momento. Antes tengo que contarte algo.

—¿Te pongo algo de beber? ¿O prefieres un té?

—Primero quiero decirte lo que he venido a decir. Lo demás, después.

Se sentaron frente a frente. El rostro de Goyo era una máscara sin expresión, como si estuviera tallado en madera.

—Tú dirás.

—Tengo que darte una mala noticia. —Hizo una pequeña pausa, apenas unos segundos que a Jean Paul, sin embargo, se le hicieron eternos—. Supongo que hace poco que has visto a ese fotógrafo americano… Fleming.

—¿John?

—Sí, John Fleming, el que estuvo aquí hace años invitado por Helena, con una parejita medio *hippy*. Me figuro que era amigo tuyo. Sé que te visitaba una o dos veces al año.

—Sí. —El uso del pasado le acababa de dejar la boca seca—. John a veces es un coñazo, pero no hay nada que hacer. Vuelve siempre como la falsa moneda. Lo bueno es que es un culo de mal asiento y nunca se queda mucho tiempo.

—Ya no vendrá más.

—¿Qué ha pasado? ¿Ha tenido un accidente o algo?

—Es una forma de verlo, sí. Lo maté anteayer.

—¿Quéeee? —Jean Paul se agarró a los brazos de hierro del silloncito, mirando a su suegro a la cara, tratando de distinguir las señales de una broma que culminaría con una risotada al ver su expresión de horror.

—Ese hijo de puta era el asesino de Alicia —dijo Goyo con naturalidad.

Jean Paul se cubrió la cara con las dos manos mientras sacudía la cabeza en una negativa de impotencia.

—Estoy seguro. Totalmente seguro. Me lo confesó. —Goyo se inclinó hacia su yerno, que se había destapado el rostro y lo miraba, anonadado.

—¿Cómo que te lo confesó?

—Bueno… digamos que no fue exactamente por propia voluntad. Empezaré por el principio, si te parece. Espera, vamos dentro y te acepto esa copa; creo que tú, sobre todo, la necesitas.

Se acomodaron en el salón. Goyo en el sofá, junto a la chimenea, Jean Paul de espaldas a las ventanas, en el sillón orejero, después de haber servido dos whiskies y dejado la botella sobre la mesa, bien a mano.

—Llevo años investigando a ese cabrón desde que me di cuenta de ciertos detalles que luego te contaré. De momento basta con que sepas que estoy totalmente seguro de su culpabilidad. Supe que iba a venir a Rabat, lo seguí, vi que se regis-

457

traba en el hotel Balima antes de venir aquí a visitarte y me informé de que pensaba volver allí a pasar aún al menos otra noche antes de ir al aeropuerto. Supongo que tendría otros negocios en Marruecos además de venir a verte; negocios más lucrativos, por lo que enseguida verás.

»Yo cogí una habitación en otro hotel del centro, lo seguí hasta cerca de aquí y esperé a ver si volvía a Rabat. Esta vez solo estuvo unas horas contigo, luego estuvo un buen rato en la medina. De vuelta al hotel, se quedó en el bar tomando una copa. Me colé en su cuarto del Balima poco antes de que regresara y esperé. Nada más entrar le inyecté una buena dosis de burundanga. Al cabo de un par de minutos, lo dejé caer sobre la cama y empecé a preguntarle todo lo que quería saber.

—¿Qué es eso? —preguntó Jean Paul en un susurro.

—¿La burundanga? En la base se trata de escopolamina. Es un compuesto químico muy interesante que puede usarse como anestesia y que tiene la particularidad de que el sujeto contesta a cualquier pregunta que se le haga sin ocultar nada. Por eso lo llaman «el suero de la verdad». Y, lo mejor de todo, suprime la voluntad del sujeto durante un buen rato y, cuando se despierta, su memoria no ha registrado nada de lo sucedido.

—¿Existe de verdad una cosa así?

—Te lo juro. Ni siquiera es una sustancia peligrosa. La usé porque, a pesar de que estaba seguro, quería que confesara. En el caso de que me hubiese equivocado, lo habría dejado dormir en su cuarto y al despertar no le quedaría ningún recuerdo de lo sucedido.

—Entonces… ¿te dijo que lo había hecho él?

Goyo asintió y dio un buen trago a su whisky.

—Me dijo incluso que al principio había pensado en usar burundanga para violar a Alicia pero no la consiguió. Por eso usó heroína.

—¿Por qué la mató, Goyo? —Jean Paul estaba desencajado,

había empezado a sudar y el pelo se le pegaba a la frente.

—No se explicaba con mucha claridad. No había querido matarla al principio, balbució. Dijo algo de «hacerle un favor», el muy hijo de puta. Luego murmuró algo de «follársela» y te confieso que no quise oír más. Llevaba preparada una dosis de heroína para tumbar un caballo. Lo mismo que hizo él con mi niña. Justicia poética, ¿no te parece? Me costó una barbaridad no matarlo a puñetazos y a patadas, pero era fundamental hacerlo pasar por una sobredosis accidental. No podía dejarle marcas de golpes en el cuerpo. Antes o después lo encontraría la policía y tenía que parecer un accidente.

—¿Y por qué no me lo dijiste antes de hacerlo?

Por un momento Jean Paul tuvo la sensación de que su suegro lo miraba con cierto desprecio, pero enseguida cambió de expresión y no podía estar seguro.

—¿Para qué? ¿Lo hubieses matado tú? —Como esperaba, su yerno bajó la cabeza.

Goyo continuó hablando:

—Para mí era importante vengar a Alicia, hijo. Para ti no. Tú no eres como yo. Ahora su sangre está en paz, y su madre y yo podemos volver a la vida. Tú también, si puedes.

—No sabía que eras capaz de hacer una cosa así.

—Hay unas cuantas cosas de mí que nadie sabe, hijo.

Hubo un largo silencio en el que los dos acabaron lo que quedaba en el vaso y volvieron a llenarlo.

—A todo esto, el cabrón te robó algo. —Goyo se agachó, abrió la cremallera de la bolsa y sacó un cuadro pequeño: el autorretrato de Helena en la piscina—. ¿O se lo diste tú?

—No. ¿Cómo se lo iba a dar yo? Me encanta ese cuadro. Debió de cogerlo de mi habitación en un descuido. Siempre estuvo dando la paliza con que quería comprarlo y como yo no quería vender, supongo que me lo robó sin más.

—Me gustaría llevárselo a Blanca. Ahora cuando le cuente esto, quisiera darle el cuadro de Helena para que

459

pueda estar en paz. Pero dejaré escrito que a nuestra muerte será para ti. ¿Puedo?

—Claro, Goyo. Llévaselo a Blanca. ¿Se lo vas a contar? ¿De verdad?

—Es mi mujer, muchacho. Entre nosotros no hay secretos. Bueno… —sonrió—, apenas los hay. Y ella lo necesita para volver a vivir. Lo que no he conseguido encontrar es la pulsera de la abuela. La habrá vendido hace tiempo, el muy cabrón.

La luz se había ido yendo del salón. Estaban casi en penumbra; solo el color ambarino del whisky ponía un toque de calidez entre las sombras.

—¡Ah! Y al volver de la medina, el americano tenía esto. —Goyo volvió a agacharse hacia la bolsa y sacó dos fajos de billetes de francos franceses—. Pensé que ya no le iban a hacer falta, de modo que dejé unos cuantos y me quedé el resto. Nadie sabía que los tenía, nadie los echará de menos. La Mora siempre necesita arreglos y reparaciones.

Jean Paul se echó a reír, una risilla histérica que empezó siendo casi un susurro y acabó en una carcajada desde el fondo de los pulmones.

—Había pensado que podríamos diseñar una piscina nueva. Menos americana, más romántica, más elegante. ¿Te gustaría?

Jean Paul asintió con los ojos y la cabeza. Las risas aún no le permitían hablar.

Madrid. Época actual

Habían estado hablando sin parar durante casi tres horas, unas veces contando las cosas sin más, turnándose Carlos y Helena, y otras veces contestando las preguntas de Paloma hasta que llegaron a un momento en que unos por agotamiento y la otra porque el cerebro y el cansancio de las emociones no le daban para más, se quedaron callados, terminándose el té tibio a sorbos cortos.

Mientras tanto era ya casi de noche y el pequeño apartamento estaba sumido en la penumbra azulada que precede a la noche. Carlos se levantó a prender un par de velas y las depositó en la mesa, en silencio; luego encendió una lámpara de pie que daba una luz suave y volvió a sentarse.

Paloma miraba una foto de Alicia en la que se la veía a los veinte o veintiún años en París, acodada en un puente, con Notre Dame al fondo, a su izquierda. Le pasaba la yema del dedo por encima de la cara una y otra vez.

—Mi hermana —dijo en voz baja—. Mi gemela. La que yo supe toda la vida que existía; y nadie quería creerme. Alicia. ¿A ella no le pasó nunca? ¿Nunca sintió que tenía otra mitad perdida por ahí?

—Mi madre contaba a veces que de pequeña tenía una amiga invisible que se llamaba Pamela, pero, al parecer, desapareció al nacer yo. Nunca la oí hablar de ella.

—Claro, una vez que tuvo una hermana de verdad, dejó de pensar en la desconocida; es natural —dijo con tristeza. Vio cómo la miraban Carlos y Helena y volvió a animarse, al menos en apariencia—. ¡Cuánto me habría gustado crecer con ella! ¿Era buena hermana?

Helena asintió con la cabeza.

—Para mí, la mejor. ¡Cuánto siento que te la perdieras! ¡Cuánto siento que ni siquiera ahora puedas conocerla, aunque sea después de tanto tiempo!

Paloma levantó los ojos de la foto y sonrió.

—Al menos te he encontrado a ti. ¿Sabes lo que me gustaría? Que pudiera verla mi madre.

—Creo que sería peor para tu madre saber que su hija sobrevivió y la mataron antes de llegar a los treinta años. Ya sufrió bastante cuando le dijeron que uno de sus bebés recién nacidos había muerto, con eso basta para una vida —dijo Carlos suavemente.

—¡Qué curioso que todo esto se pusiera en marcha por

461

una constelación familiar! ¿No os parece? Creo que voy a apuntarme a una, a ver si sale lo mismo cuando plantee la cuestión de que siempre me he sentido como la mitad de algo —dijo Paloma.

—Es lo más probable. Eso de sentirse partido es un clásico en gemelos separados al nacer; hay montones de estudios sobre ello y yo lo he visto en varias constelaciones a las que he asistido.

—Aunque me figuro que no siempre se encuentran y que no siempre está tan claro como en nuestro caso.

—No, pero cuando la cosa no está tan clara, por cuestiones de falta de parecido o similares, siempre queda hacer un análisis de ADN.

Helena estaba admirada de cuánto sabía Carlos del tema. Había participado en varias constelaciones a lo largo de los últimos años y debía de haber visto muchas situaciones curiosas.

—Sé que suena tonto, dado el extraordinario parecido entre nosotras, pero ¿estáis seguros de que Alicia y yo somos hermanas? —preguntó Paloma, casi con timidez.

—Si quieres estar absolutamente segura, yo que tú encargaría un análisis genético al Instituto Nacional de Toxicología. Son ellos los que lo hacen en casos como estos.

—Pero ¿qué muestras les va a dar, Carlos? —preguntó Helena—. Lo más que pueden probar es que Paloma y yo no somos hermanas, cosa que ya sabemos. La idea sería probar que ella y Alicia eran gemelas, pero Alicia lleva casi cincuenta años enterrada y no me parece mucho plan exhumar ahora sus restos, la verdad.

—No hace falta. —Carlos se levantó, fue al dormitorio y volvió con una mano en el bolsillo de la americana. Sacó algo y lo dejó en la mesa con suavidad: el medallón que Blanca había puesto en la caja—. Ahí dentro hay un mechón de pelo de Alicia. Con suerte, se puede usar para la comparación de material genético de las dos gemelas.

Paloma cogió el medallón, cerró los ojos unos segundos y lo besó.

—Gracias, queridos míos —dijo—. Me habéis hecho el mayor regalo de mi vida.

—Señoras, estoy muerto de hambre. ¡Vámonos de aquí! Os invito a cenar.

Madrid, 1981

Goyo caminaba sin prisa por la Gran Vía en dirección a Callao. Había salido del Círculo de Bellas Artes, donde tenía que haberse encontrado con Pacheco, un antiguo compañero de la Academia que llevaba jubilado tantos años como él y que al final no había aparecido. Estaba más bien de mal humor. Era cada vez más frecuente que las personas dieran plantón a los amigos y conocidos y luego se disculparan tranquilamente con un «lo siento, chico, me surgió algo en el último momento». No pensaba volver a quedar con Pacheco en la vida.

De hecho cada vez había más cosas que no pensaba volver a hacer. Estaba claro que se estaba haciendo viejo; lo notaba en que cada vez le gustaba menos el mundo, la evolución de la sociedad, la falta de urbanidad y de cortesía de las personas, el olvido consciente de la caballerosidad, del sentido de la responsabilidad, de tantas cosas que en su juventud se consideraban imprescindibles para la vida civilizada. Por no hablar del abandono de todo tipo de valores. Ya no se hablaba de disciplina, de jerarquía, de sacrificio. «Patria» era un concepto anticuado. «Honor», una palabra extranjera.

Los últimos tiempos del régimen de Franco ya habían sido bastante vergonzosos, pero lo que se había instalado en su lugar era casi peor. Ahora incluso el PCE había sido legalizado, ya hacía cuatro años de ello, y en plena Semana Santa, además. Él no había sido nunca muy de misa, igual que Franco en sus inicios, pero aquello estaba hecho a propósito y clamaba al cielo.

463

Habían hecho una guerra, la paz había costado infinidad de sacrificios, miles de españoles habían muerto para evitar la debacle roja y ahora el país había vuelto a las andadas: comunistas, socialistas, trotskistas… hasta maoístas y Joven Guardia Roja y quién sabe qué aberraciones más pegaban impunemente sus carteles por toda España y convocaban a reuniones, y manifestaciones y sentadas y marchas. Cataluña y las Vascongadas tenían ahora un estatuto de autonomía, como lo llamaban, que llevaría en pocos años al deseo de independencia, con lo cual, o habría que volver a luchar para evitar la separación de regiones tan fundamentales para la unidad de la patria, o permitir que España fuera disminuyendo y perdiendo su lugar en el mundo.

La banda terrorista ETA campaba por sus respetos y llevaba cometidos ya cientos de asesinatos sin que ni los sucesivos gobiernos ni el ejército hubiesen hecho nada por impedirlos.

Cuando recordaba los sucesos de Asturias de cincuenta años atrás, le daba vergüenza ajena pensar que ahora el brazo militar se había vuelto tan flojo. Si lo dejaran a él montar una operación de emergencia, no habría más muertos que los terroristas.

¡Y el nuevo gobierno de la UCD! Hacía apenas una semana que el guaperas de Suárez había dimitido como presidente porque ya no lo apoyaban ni los suyos.

Si había quedado con Pacheco era porque aún tenía ciertos contactos y había oído rumores de que en algunos cuarteles aún quedaban patriotas que empezaban a cansarse de estar haciendo el canelo y se sentían deseosos de enseñar los dientes a toda la morralla «democrática» que estaba destruyendo el país.

Desde que había vuelto a vivir en España, Goyo se había ido crispando políticamente; hasta él mismo se daba cuenta. En Marruecos, una vez superada, al menos en parte, lo que él siempre consideró la traición del hombre y del régimen en quienes siempre había confiado y por los que se había sacrificado hasta las últimas consecuencias, la política franquista española era algo que le resultaba vagamente vergonzoso, anticuado, un poco ridículo, pero nada que le quitara el sueño. Luego, al volver a España, y sobre todo al instalarse en Madrid, la degeneración del régimen antiguo y la desorientación de los nuevos intentos de todos aquellos niñatos ni de izquierda ni de derecha habían conseguido volver a ponerlo agresivo. Ya no le gustaba su patria, ni la época en la que le había tocado vivir su vejez, ni el país que se vislumbraba en el futuro; y si alguna vez había pensado que el rey podría reconducir la situación, poco a poco se daba cuenta de que tampoco esa era la solución que necesitaba España. La actitud del monarca le hacía temer que si en algún momento se diera una situación como la que se vivió en Marruecos durante el régimen nazi en Francia, el rey de España no se pondría en contra de los vencedores como el sultán Mohammed tuvo el valor de hacer. Lo recordaba con orgullo y nostalgia.

465

Cuando el régimen colaboracionista de Vichy pasó a Marruecos la orden de hacer una lista de todos los judíos residentes en el país y entregarlos a Alemania a través de Francia, el sultán contestó diciendo que en Marruecos no había judíos, que eran todos súbditos marroquíes y, consecuentemente, no pensaba entregar a ninguno.

Si Goyo hubiera creído que el rey era de ese temple, habría aumentado su optimismo, pero sencillamente no lo creía capaz. Se había criado con Franco y sus chaqueteros, pasilleando, aprendiendo a intrigar, aprendiendo a callar cuando convenía, a quedar bien con militares, obispos y millonarios. ¿Qué se podía esperar? ¿Qué se podía esperar de un hombre que oficialmente era capitán general de los ejércitos españoles sin haber pegado un solo tiro más que a algún ciervo en Guadarrama o en algún safari en África?

Se vio reflejado en un escaparate al pasar. Seguía delgado, pero su espalda ya se curvaba ligeramente hacia el suelo sin que pudiese hacer nada por evitarlo. Tenía setenta y cinco años y llevaba ya muchos retirado del Ejército. Ahora era simplemente un constructor jubilado, un millonario viejo, alguien con quien solo se contaba por su dinero. «Y por mi mala leche», pensó, sonriendo por dentro.

Enfiló la calle Fuencarral. Allí, en alguna parte, debía de estar la tienda de la que le había hablado Blanca. En algún lugar de esa larga calle trabajaba una mujer de casi cuarenta años que nació en Tánger a la vez que Alicia. Sentía curiosidad, no podía negarlo; pero no iría a verla. Estaba seguro de que Blanca exageraba al decir cuánto se parecían. ¿Cómo iba a saberlo ella, si Alicia había muerto doce años atrás, antes de cumplir los treinta, y la modista, si de verdad era su hermana, era ahora mucho mayor?

Se había levantado viento y empezaba a hacer frío. Decidió entrar en una cafetería y tomarse algo caliente, un café con leche y una buena copa de coñac para combatir el invierno.

Buscó una mesa agradable, con buena luz por si quería echarle una mirada al periódico, junto a los ventanales, pidió lo que había pensado y se quitó el abrigo en cuanto el calor del interior empezó a hacerle efecto.

Entonces la vio. En la calle, cruzando hacia el mismo bar donde él estaba, con otras dos mujeres con las que conversaba y reía. Alicia. Su Alicia. Su niña preciosa.

No era que se le pareciese. Es que eran iguales. Era ella de nuevo.

Sintió cómo la garganta se le contraía y los ojos se le llenaban de lágrimas. Todo el dolor de la pérdida, toda la nostalgia de su pequeña se le vino encima de golpe como una ola gigante que lo dejaba empapado y aterido.

Nunca lo había visto así, pero ahora se daba cuenta de lo que significaba, de lo que habría significado para la madre, perder a su hija recién nacida. Aunque no. Perderla después, perderla a los veintisiete años era mucho peor porque significaba perder todo lo que los había unido durante todo ese tiempo, perderlo para siempre y tener que seguir viviendo sin ella, sin su sonrisa, sin sus mimos y sus caprichos y sus consejos; sin todo el futuro que uno siempre había creído que se extendía por delante de ellos.

La había vengado al menos, pero si en 1943 la hubiera dejado con su madre y su hermana gemela en Tánger, ahora Alicia podría ser socia de esa tienda de trajes de novia y venir al bar con las otras chicas a tomar un café en la pausa de media mañana y hablar de tonterías y reírse. Viva. Feliz.

Se tomó el coñac de un trago, fue a pagar a la barra y salió al frío de febrero sintiéndose viejo y derrotado.

467

Epílogo

Madrid. Época actual. Dos años después

*C*arlos salió a la plaza a tomar una bocanada de aire fresco. Tenía muchísima costumbre de acudir a *vernissages* e inauguraciones de todo tipo y sabía que nadie iba a echarlo de menos. La artista estaba asediada por unos y por otros, y más desde que todo el mundo se empeñaba en hacerse una foto con el móvil al lado de la gran pintora; al director y sus adláteres les solía resultar pesado tener que acompañarlo para que no se sintiese abandonado, y a él la gente en general le aburría porque siempre decían las mismas cosas, hacían las mismas preguntas y se empeñaban en querer saber detalles de su vida privada con Helena Guerrero, la gran artista, como si viviera con un animal fabuloso, con un dragón o con un unicornio, en vez de compartir sus días con una mujer normal que, por lo que fuera, era buenísima pintando.

Tres días antes había sido el *vernissage* de la exposición de Marc y ahora la inauguración de la retrospectiva de Helena. Le parecía que llevaba siglos de preparativos y celebraciones. Se alegraba mucho de que nadie más en la familia se hubiera decidido por el arte ni ninguna otra actividad pública. Aquello resultaba agotador para las parejas y la familia cercana. Pero pronto podrían acabar y dedicarse un tiempo a sí mismos, a descansar, a hacer algo bonito. Quizá volver a La Mora y reconquistarla para ellos dos.

Helena había mejorado muchísimo desde la boda de Almudena, tanto en carácter como en salud. Ya no tenía fases de insomnio alternando con fases de pesadillas. Incluso las sombras habían desaparecido de su obra, lo que había alegrado muchísimo al director del museo y al comisario de la exposición.

Recordaba aún sus rostros maravillados cuando Helena les enseñó su última tela: una plaza marroquí casi como la de su primer cuadro importante: *La luz de Marruecos*; todo el ambiente de un día de mercado, con puestos de frutas y de zumos, saltimbanquis, cuentacuentos, encantadores de serpientes… y en el centro tres mujeres jóvenes avanzando al encuentro del espectador pero obviamente hablando entre sí de algo que les interesaba y les hacía mucha gracia, cogidas del brazo, vestidas a la moda de los años sesenta. En el centro Helena, con el mismo aspecto de su *Autorretrato con piscina*, pero sin gafas de sol. A izquierda y derecha dos muchachas iguales: rubias, elegantes, un poco frías. Una de ellas con melenita corta y la otra con un recogido alto y un pequeño flequillo. Las tres sonrientes, felices, como si acabaran de oír un piropo que las hubiera halagado y estuvieran orgullosas de sí mismas, de ser tan jóvenes, tan guapas. Y de estar juntas.

La sombra de las tres, apenas visible, estaba detrás de ellas. El sol las iluminaba de pleno y sacaba los colores —vibrantes, poderosos—, a sus ojos, a sus vestidos, al bullicio de su alrededor. El cuadro se llamaba *Mediodía en Marruecos. 1969*.

Habían colocado ambas telas en una sala de paredes oscuras una frente a otra y el diálogo que se establecía entre los dos cuadros era magnífico y revelador.

Todos estaban seguros de que la exposición sería un gran éxito.

Carlos miró el reloj, calculó que podían quedarle otros diez minutos antes de que a alguien se le ocurriera salir a buscarlo, se sentó a una de las mesas del bar más cercano, en la terraza, y pidió una caña.

Con toda la calma del mundo, sacó una carta que llevaba dos años acompañándolo a todas partes y que había leído tantas veces que se la sabía casi de memoria. La desplegó de nuevo y volvió a leerla.

Maravillosa Helena, amor alcanzado y perdido para siempre,

ahora sí que hemos llegado al final de este largo viaje; no habrá más aplazamientos ni más visitas porque, si estás leyendo esto, es que yo ya estoy muerto y, por ello, a salvo de tus preguntas, de tus críticas y de tu horror.

No tengo ya la fuerza de escribir demasiado, de modo que me limitaré a consignar los hechos más notables que debes conocer para poder hacerte una idea fidedigna de algo que te importa o al menos te importó mucho.

Si todo ha salido como yo lo calculé, habremos tenido una conversación en la que tú habrás leído una carta, posiblemente en mi presencia, en la que te explico lo que sucedió aquel día en que tu padre vino a visitarme para decirme que había conseguido averiguar que el asesino de Alicia había sido John Fleming, a quien la policía rabatí había encontrado muerto en una habitación de hotel. ¿Recuerdas, queridísima?

No quise entonces decirte la verdad. No quise decirte que Goyo mató a John con sus propias manos inyectándole una sobredosis de heroína, como hizo él con Alicia. No sabía si decírtelo te haría odiar o despreciar a tu padre, ese hombre magnífico a quien yo tanto quise y que tuve la suerte de tener por suegro. Por si acaso, decidí callar de momento. Tú querías una solución que te permitiera descansar y yo te la proporcioné.

Pero ahora, después de mucho pensarlo, he decidido contarte la verdad, amor mío. Es hora de morir y siento que es conveniente hacerlo con la conciencia limpia.

Es cierto que John mató a tu hermana, a mi mujer. Suya fue la mano que lo hizo.

471

Pero, de hecho, la maté yo.

Lo siento, mi amor. No quise hacerlo. Fue un accidente. Te juro por lo más sagrado que jamás pensé que las cosas saldrían así.

Tú sabes cuánto nos queríamos entonces tú y yo, la de vueltas y vueltas que le dimos a cuál sería la mejor solución para poder vivir juntos como queríamos, sin hacerle daño a Alicia ni a tus padres. Yo, por otro lado, y ahora me avergüenza tener que confesarlo, tenía miedo de perder el negocio que tanto nos había costado crear y empezaba a dar frutos, perder La Mora, y perderte a ti.

Aquel verano Alicia estaba rara, fría, distante. Muchas veces, al acostarme a su lado por las noches, sabiendo que tú estabas al otro lado de la pared, pensaba lo estupendo que sería que Alicia, simplemente, desapareciera. Imaginaba un accidente de tráfico, un ataque terrorista al avión en el que volvía a París, un calambre mientras nadaba en el océano.

Y al parecer, un día, después de haber bebido y fumado mucho, en una de esas noches nuestras de la piscina, a solas con John, debí de hablar de mis fantasías; la verdad es que no recuerdo mucho. No le hablé de ti, de nosotros. Eso puedo jurártelo.

También sé seguro que jamás le pedí que matara a mi mujer, aunque solo fuera por no ponerme en manos de alguien capaz de hacer algo tan espantoso.

Por eso, el 20 de julio, cuando Alicia me dijo que se iba a Rabat a recoger las telas, no pensé que pudiese haber ningún peligro. John se había ido por la mañana a fotografiar por la medina. No pensé que una cosa tuviera relación con la otra.

La noche del 22, cuando ya había explotado la bomba de la muerte de Alicia y nuestra maravillosa familia había empezado a hacer aguas, John vino a verme al dormitorio donde yo trataba de dormir a base de sedantes y me enseñó la pulsera de la abuela. Puedes imaginar que me desperté de inmediato. Se sentó en la cama, a mi lado, y con toda naturalidad, me dijo que había decidido hacerme un favor, haciendo realidad mi deseo y que, como era una persona considerada, no pediría demasiado a cambio.

Te ahorraré los detalles sórdidos, amante cuñada. Desde ese momento, John Fleming empezó a visitarme una vez al año pidiendo una cantidad por su silencio que se iba haciendo más y más alta, conforme al prestigio creciente de la marca de Alice&Laroche, según me decía. Me contó que había escondido la pulsera en un lugar en el que jamás la encontraría pero que me incriminaría de inmediato si la policía la encontraba

Diez años me estuvo chantajeando. Yo era consciente de que, siendo el marido de la víctima, la persona que más podía ganar con su muerte y además, culpable de adulterio con su propia cuñada, las cosas solo podrían verse de una manera, en el caso de que la policía empezara a investigar.

Además, te lo confieso, yo me sentía tan culpable, que casi me alegraba de tener que pagar un precio por mi crimen. Por lo que le había hecho a Alicia y, además, por haberme quedado La Mora y el negocio. Solo te perdí a ti.

Solo. ¡Qué palabra tan pobre, tan pequeña, para expresar lo que aquello significó para mí!

Jamás llegué a entender del todo por qué nunca volviste. Yo no intenté acercarme a ti por dos razones: porque me sentía horriblemente culpable de lo sucedido, y porque tenía miedo de que Goyo y la policía de Rabat pudieran llegar a ciertas conclusiones que me incriminarían con toda seguridad. Si empezaban a sospechar, venían a La Mora con una orden de registro y encontraban la maldita pulsera, que yo no sabía dónde estaba, mi suerte estaba echada.

Esperé y esperé tu regreso. Y un día acepté que jamás sucedería.

De modo que te perdí para siempre, hasta nuestro reencuentro en una clínica oncológica cincuenta años después. Ese fue mi auténtico castigo.

Como te expliqué en la otra carta, Goyo vino a verme en 1979 pero no me dijo lo que yo te conté en la carta anterior, eso fue una mentira destinada a tranquilizarte. Lo que me contó era que había investigado a John, había quedado convencido de que era el asesino de Alicia y lo había castigado.

Lo curioso, y lo que me salvó, es que tu padre pensaba que John y yo éramos amigos, que él me visitaba por afecto una vez al año, para darme ánimos. No se le ocurrió pensar que yo pudiera tener algo que ver con el asesinato de Alicia y que estuviera siendo chantajeado por John.

Por eso me asusté tanto cuando me dijo que, al principio, le había inyectado el suero de la verdad. Porque una sola pregunta adecuada me hubiese condenado para siempre, pero por fortuna no se le ocurrió preguntar nada más que si la había matado él. Y la respuesta fue «sí». Parece que también murmuró algo de «hacerle un favor» pero tu padre lo malentendió, por fortuna para mí, y eso lo enfureció lo bastante como para no querer preguntar más.

Antes de marcharse dejando allí su cadáver, Goyo encontró en su habitación un buen puñado de billetes y pensó que se trataba de negocios de droga que el americano había hecho en la medina antes de retirarse al hotel.

Trajo el dinero a La Mora —dinero mío que yo acababa de darle a mi chantajista, junto con tu *Autorretrato*, que también me había exigido John— y sugirió que lo usáramos para remodelar la piscina. Puedes imaginarte la ironía de la situación. Creo que fue el peor ataque de risa histérica de mi existencia.

A partir de ese momento, mi vida fue más tranquila, pero no del todo, porque seguía sin saber qué había sido de la pulsera. Aquello se convirtió en mi pesadilla recurrente. Soñaba casi todas las noches que buscaba en un laberinto que cada vez tenía un aspecto diferente; a veces encontraba la pulsera en el limo de un estanque, a veces en un nido de pájaro en las últimas ramas de una higuera seca. Otras veces buscaba y buscaba sin encontrar, y de pronto las medallas de la pulsera caían sobre mí como pájaros enfurecidos, como enjambres de insectos dorados y letales. O goteaban sangre entre mis manos y la fuente se teñía de rojo. Sí. La sangre. Tantas veces la sangre…

Hasta que un día, tratando de arreglar una fuentecilla, la encontré. En eso te dije la verdad. Solo te mentí en cuanto al momento del hallazgo. La pulsera llevaba años y años en la fuente, pero también hace muchos años que la descubrí y desde entonces ha acompañado mis noches de La Mora, pasando de una mano a la otra como un rosario macabro.

También te mentí en lo de Luc; él no la encontró ni llegó a saber nunca nada del asunto. Si puedo pedirte un último favor desde el otro lado de la muerte, es que no le digas nada de todo esto a mi hijo.

Imaginé muchas veces volver a entablar contigo una conversación que nos llevara a la resolución del caso. Por eso te llamé a mi lado cuando supe que el tiempo apremiaba. Por eso te estimulé a ir a Rabat, a recuperar La Mora. Pensaba que eso nos uniría, a pesar de que ahora tienes otro amor y hay otro hombre a tu lado.

Nos ha unido un poco, ¿verdad, *mon amour*? Una aventura, como las de antes. Te he ido llevando poco a poco de la mano hasta que has llegado a ver por ti misma que, como en una de esas novelas que tanto te gustaban entonces, el asesino era el narrador.

He estado debatiendo conmigo mismo si decirte o no todo esto, y al final he llegado a la conclusión de que posiblemente debes saberlo, aunque quizá te quite la serenidad que habrás alcanzado al poder cerrar el caso de tu hermana con la mentira piadosa que te ofrecí en la carta anterior.

No sé si he hecho bien, pero no me arrepiento. El camino ha sido bello y te he ayudado a recuperar lo que fue tuyo, lo que fue nuestro.

Cuida de La Mora. Allí está mi corazón y nuestros mejores recuerdos.

Te dejo, ahora sí, para siempre, con todo mi amor,

YANNICK

Carlos terminó de leer por enésima vez y, por enésima vez, pensó: «¡Qué hijo de puta!». Le había dado a él la carta para Helena justo antes de salir para Rabat, dos años atrás. Después de darle muchas vueltas, ahora estaba seguro de que el muy cabrón lo había hecho a propósito para que fuera él, Carlos, quien cargara con el peso de la decisión: enseñarle la carta a Helena y hacerla desgraciada de nuevo o destruirla y saber que la estaba engañando, que él sabía cosas que ella ignoraba.

También estaba seguro de que Jean Paul había querido hacerle daño a él, dejando que se enterase de esa manera de que Helena y su cuñado fueron amantes en el pasado, en vida de Alicia; algo así como tratar de darle celos retrospectivos, posiblemente los que Jean Paul estaba sintiendo en el presente al verlo junto a Helena y saber que eran pareja. Lo que Jean Paul no había podido adivinar era que Charles St. Cyr era un hombre sereno que no se dejaba llevar por ese tipo de estupideces de folletín.

Por eso había leído la carta antes de dársela a Helena. Porque no se fiaba de Jean Paul; y las cosas le habían dado la razón.

Helena había recuperado la alegría, sabía que su madre la quiso siempre; se había enterado de quién mató a su hermana, sabía que el asesino había muerto ya, incluso había iniciado una tímida relación con Paloma, aunque aún no había llegado a convertirse en una auténtica amiga, cosa por otra parte, natural. Era la gemela de Alicia, pero no era ella. Era absurdo pensar que iba a recuperar a su hermana, y Helena, por fortuna, era una mujer terriblemente pragmática: siempre supo que era un simple sueño, bonito, un poco cursi, imposible.

Lo más importante, en cualquier caso, era que Helena estaba en paz.

Rasgó la carta en pedazos cada vez más pequeños, los dejó caer en el cenicero del bar y con un encendedor de plástico les prendió fuego hasta que no quedaron más que cenizas. «¡Qué lástima que sean tan pocas! —pensó—. Con un buen puñado de este tipo de cartas, podría haber encargado un diamante para engastarlo en un anillo y pedirle una vez más que sea mi mujer.»

Cuando apareció Álvaro buscándolo, Carlos aún se estaba riendo.

El vientecillo de la tarde casi había conseguido arrastrar todas las cenizas.

La Quinta del Pino (Elche),
29 febrero 2016

477

Este libro utiliza el tipo Aldus, que toma su nombre
del vanguardista impresor del Renacimiento
italiano Aldus Manutius. Hermann Zapf
diseñó el tipo Aldus para la imprenta
Stempel en 1954, como una réplica
más ligera y elegante del
popular tipo
Palatino

***
**
*

El color del silencio
se acabó de imprimir
un día de primavera de 2017,
en los talleres de Liberdúplex, s.l.u.
Crta. BV-2249, km 7,4, Pol. Ind. Torrentfondo
Sant Llorenç d'Hortons (Barcelona)

***
**
*